LA BASTIDE BLANCHE

DU MÊME AUTEUR

Les Ames brûlantes, éd. O. Orban, 1983.
Les Cités barbares, éd. O. Orban, 1984.
Programme MZ, éd. J.-C. Lattès, 1985.
Les Tentations de l'abbé Saunières, éd. O. Orban, 1986.
L'Or du diable, éd. O. Orban, 1987.
Le Bal des banquiers, éd. R. Laffont, 1988.
Psywar, éd. O. Orban, 1989.
La Cantatrice, éd. O. Orban, 1990.
Les Sept Esprits de la révolte, Éditions N° 1, 1992.
L'Enfant qui venait du froid, Presses de la Cité, 1993 (écrit avec Claude Veillot).
Vercingétorix, éd. Plon, 1994.
La Bastide Blanche, Presses de la Cité, 1995.
Le Secret de Magali, Presses de la Cité, 1996.
L'appel de la Garrigue, Presses de la Cité, 1997.

Jean-Michel Thibaux

LA BASTIDE BLANCHE

La Bastide Blanche *
Le Secret de Magali **

Production
Jeannine Balland

Le Code de la propriété intellectuelle n'autorisant, aux termes des paragraphes 2 et 3 de l'article L. 122-5, d'une part, que les « copies ou reproductions strictement réservées à l'usage privé du copiste et non destinées à une utilisation collective » et, d'autre part, sous réserve du nom de l'auteur et de la source, que les « analyses et les courtes citations justifiées par le caractère critique, polémique, pédagogique, scientifique ou d'information », toute représentation ou reproduction intégrale ou partielle, faite sans le consentement de l'auteur ou de ses ayants droit ou ayants cause, est illicite (article L. 122-4). Cette représentation ou reproduction, par quelque procédé que ce soit, constituerait donc une contrefaçon sanctionnée par les articles L. 335-2 et suivants du Code de la propriété intellectuelle.

© Presses de la Cité, 1997
ISBN 2-258-04847-8

A Éliane, un peu Magali.

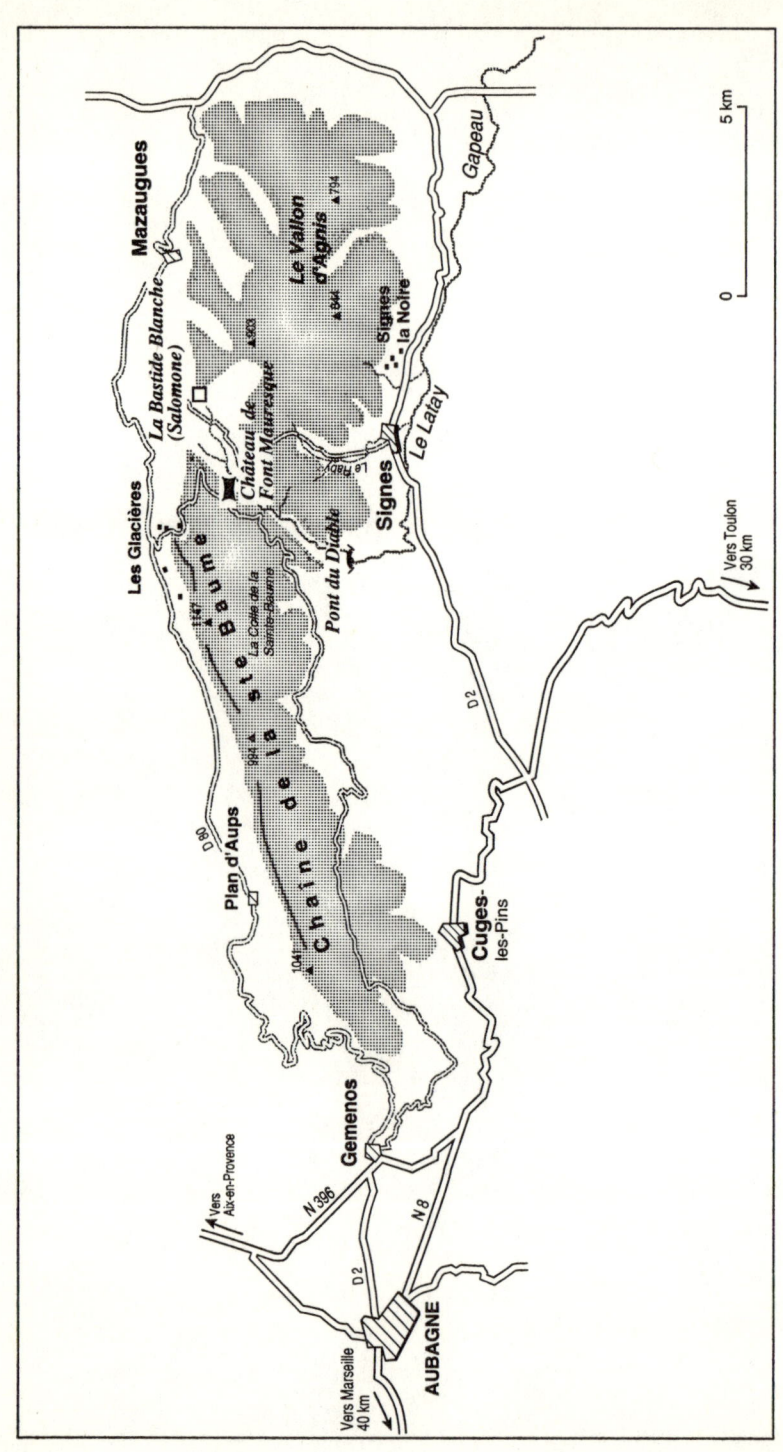

Première Partie

LA BASTIDE BLANCHE

1

Au sud d'Aix-en-Provence, entre Marseille et Toulon, la montagne se dressait, fière de ses mille mètres d'altitude et de son corps rocheux long de douze kilomètres.

On l'appelait la Sainte-Baume. Du temps des Ligures, on la redoutait, mais après la conquête romaine et la venue de sainte Marie-Madeleine, elle devint sacrée et attira de nombreux pèlerins. A ses pieds, les villages se développèrent; sur ses flancs, hommes et bêtes prospérèrent. Les voyageurs disaient d'elle, « c'est un morceau de paradis ».

Pourtant, en ce mois d'août 1898, sur le versant nord de ce joyau, l'enfer existait. Au sein d'une forêt qui couvrait plus de trente mille hectares, deux cents hommes peinaient comme des diables dans les tours à glace. Travailler l'été dans l'une des dix-sept tours, c'était risquer sa peau à chaque seconde. Ces monuments, dont le premier avait été érigé au XVIIe siècle, étaient remplis de plusieurs milliers de tonnes de glace en barres de cent à trois cents kilos. Ces barres d'eau gelée par le mistral pendant l'hiver avaient été découpées dans de vastes bassins creusés à l'ombre de la montagne, puis mises à l'abri dans le ventre des tours jusqu'à l'arrivée de la saison chaude. Elles valaient leur pesant d'or sur les marchés des villes provençales. Pour cette raison, les hommes se tuaient à la tâche toutes les nuits. Ils les sortaient avec d'infinies précautions, les chargeaient sur de gros chariots destinés aux livraisons et priaient la Madeleine pour la réussite de leur entreprise.

Tout le monde à Signes savait qu'il ne fallait pas franchir le Pont du Diable, Justin plus que quiconque. Une fois de plus, il regarda le ciel étoilé, puis fit claquer son fouet au-dessus de la tête des chevaux. Il n'y avait pas de menace dans ce ciel, les vieux fantômes ne se dressaient pas entre les montagnes et les astres, la lune adoucissait la ligne brisée des rochers d'un albédo laiteux. Non, il n'y avait aucun danger, et les chevaux à l'instinct sûr bondirent, entraînant de toute leur puissance le lourd fardier chargé de blocs de glace. Pendant un court instant, les quatre roues ripèrent sur le chemin pierreux avant de mordre les ornières. L'équipage s'enfonça entre les chênes-lièges, gémissant de toutes ses membrures. Les essieux grinçaient, les chevaux suaient, l'homme grimaçait sous la tension provoquée par cette conduite périlleuse.

On ne passait jamais par le Pont du Diable, sauf lorsqu'il y avait urgence : lors des défis lancés par les glaciers de la Sainte-Baume, ou lorsque les patrons exigeaient du rendement, ou, à la fin d'un été brûlant, quand la glace fondait trop vite.

Or l'année 1898 avait été chaude et, jour après jour, le soleil, chanté par les cigales, rognait les bénéfices des trois grandes familles rivales qui se partageaient l'industrie de la glace.

Justin se mit à maudire Joseph Viguière, son

employeur, au moment où les chevaux entamaient la descente vers Paneyrolle. Au bout du chemin s'arrondissait le Pont du Diable, colline jetée entre le ruisseau du Latay et le coteau du Paradis, haut lieu mystérieux cher aux sorcières depuis le temps lointain où les légions de César avaient piétiné l'endroit avant de marcher sur Marseille.

– Va! Va! Va, Garlaban! cria-t-il au plus vieux de ses chevaux, avant de faire claquer à nouveau son fouet.

Les oreilles de Garlaban se dressèrent, puis celles de Pilon, de Bertagne et d'Étoile. Les quatre chevaux portaient les noms des quatre sommets qui dominaient cette Provence méridionale aimée de Justin ; ils les portaient fièrement, faisant des jaloux à Signes, Gémenos, Cuges, Nans, Mazaugues, La Roquebrussanne, Aubagne. Il n'y avait pas de bêtes plus endurantes entre Marseille et Toulon.

Les cuisses vissées au banc, les pieds calés sous une traverse de bois, Justin les laissait aller dans la nuit. Cette fois encore, il serait le premier à livrer sa glace dans le quartier du Panier à Marseille. Il esquissa un sourire, puis éclata d'un rire clair lancé comme une provocation au Pont du Diable qui se rapprochait à vue d'œil. La montagne interdite lui répondit. Du moins il le crut. Quelque part monta un long cri. Justin se redressa, l'oreille aux aguets, mais le fracas des roues, le martèlement des sabots et ses propres battements de cœur étaient si violents qu'il ne parvint pas à identifier l'appel.

Le Pont du Diable l'attendait. Justin en connaissait chaque recoin pour l'avoir parcouru avec Magali, l'élue de son cœur, et quand la pente devint plus raide, chassant l'inquiétant souvenir du cri, il assura ses mains sur les rênes. Les roues de l'énorme chariot frôlaient d'un côté le vide du ravin et de l'autre la paroi de la montagne. Les chevaux ralentirent d'eux-mêmes et Justin, comme d'habitude, regretta la route sûre de la Sainte-Baume qui plongeait vers Aubagne en déroulant ses larges lacets de pierres damées. Il aurait dû l'emprunter avec les autres. Mais il avait voulu gagner du temps, prouver qu'il était le plus fort, qu'il ne craignait ni Dieu ni Diable et méritait les vingt francs de prime qui allaient récompenser cette course vers Marseille.

Sous son nez légèrement busqué, ses lèvres serrées formaient un trait unique au-dessus du menton volontaire. Sur le cou nerveux, sa pomme d'Adam montait et descendait à chaque virage. Seuls, ses yeux noirs ourlés de longs cils ne semblaient pas participer au chaos qui agitait le reste de son corps.

Soudain le cri perça à nouveau les ténèbres. C'était un cri d'homme. Justin tressaillit. Seul un mauvais bougre pouvait hurler ainsi sous la lune. Et il connaissait ce bougre-là.

– Marcel! s'exclama-t-il avant de lancer à ses chevaux : Vous entendez, vous autres? On a le Toulonnais à nos trousses, le *Vioulent*, allez, Étoile, du courage! Pilon, montre-nous que tu n'as pas peur du ravin!

Marcel Roubaud était un conducteur de glace comme lui; il méritait bien le surnom de *Vioulent*[1] et s'était fait peu d'amis au village.

Avoir Marcel au train, c'était comme être poursuivi par un chien enragé. Un seul coup d'œil derrière lui apprit à Justin que le Toulonnais n'allait pas tarder à le talonner. Il le vit sous les rayons blafards de la lune, fouettant avec rage ses chevaux, sa chemise blanche flottant au vent de la course, les jambes écartées, le

---

1. *Vioulent* : violent.

buste penché en avant, la bouche ouverte sur des jurons.

– *Pourcailho!* Crapule! Salopaille! Allez, sales bêtes, mangez-moi ce saligaud de Justin et ses quatre rosses!

Justin reporta son attention sur le chemin, qui, il le savait, allait bientôt s'élargir. Le Pont du Diable n'en finissait pas d'envahir les cieux; de seconde en seconde, il avalait les étoiles. Au grondement de son fardier bondissant vint se mêler le bruit du galop des gros percherons de Marcel. Justin les entendait souffler derrière lui, souffrant sous les morsures du fouet que ce fou de Toulonnais maniait à tour de bras.

– Place! Place, fumier!

Marcel écumait. Il avait la chance avec lui. Il venait de rattraper son ennemi à l'endroit où le chemin charretier s'évasait, passait de cinq à dix pas de large. Il en serait ainsi sur trois cents mètres. Assez pour doubler cet arrogant de Justin et ses bourriques de cirque aux crinières tressées.

– Ha! ha! ha! Je t'ai! s'écria-t-il à l'instant où ses deux montures de tête déboîtèrent pour entamer le dépassement.

– Jamais! répliqua Justin en laissant le cuir de son propre fouet piquer la croupe de Garlaban.

Il détestait faire du mal à ses braves compagnons de route, mais son honneur, leur honneur était en jeu. Tant pis pour son chargement de glace. Les barres gelées ne résisteraient pas aux soubresauts du fardier, malgré les toiles de jute qui les enveloppaient et les manchons de paille destinés à les caler.

Les chevaux de Marcel le remontaient. Il aperçut les yeux des deux premiers, roulant dans leurs orbites comme des billes dans un pot. De la bave s'échappait de leurs lèvres retroussées sur les dents prêtes à coincer le mors.

Il y eut un premier choc, puis un second, quand les chariots se retrouvèrent bord à bord. Les deux hommes ressemblèrent alors aux conducteurs de chars de la Rome antique luttant pour une couronne de laurier, faisant corps avec leurs bêtes, leur visage tendu vers le Pont du Diable et l'étroit goulot qui le précédait. A deux de front, ils ne passeraient pas ; l'un allait s'écraser contre les arbres et l'autre disparaître dans le ravin.

Marcel le coléreux hurlait ses obscénités ; il aurait voulu saigner ses percherons, leur insuffler sa haine pour Justin ; ils méritaient de crever s'ils ne gagnaient pas cette bataille.

Il tourna son large visage aux yeux rapprochés vers son concurrent. Sa main droite rampa un moment le long du manche du fouet, ses doigts écrasèrent le cuir.

– Saloperie ! cria-t-il en détendant son bras.

La lanière siffla et claqua sur le cou de Justin. La peau se déchira, et une marque rouge apparut au-dessus du col bleu de la blouse. Justin ne ressentit pas la douleur. A son tour il frappa le Toulonnais au torse, lui arrachant de nouvelles injures obscènes.

– *Pouer ! Bastardièro !* Tiens, voilà pour toi ! chuinta le Vioulent en répliquant du fouet. Prends ça, ordure ! Tiens pour ton lâche de père ! Et celui-là pour la truie qui t'a mis au monde ! J'oublie pas ta traînée ! ta roulure ! la fille de la sorcière ! Voilà pour Magali la salope !

En prononçant le nom de Magali, il redoubla de violence sur Justin avant de s'acharner sur ses propres chevaux.

Marcel les fouetta comme on fouettait les bagnards de Toulon dont on voulait la mort. Il sentit le coup de reins des bêtes, l'accélération, la vitesse sur son visage écarlate et il vit l'équipage de Justin disparaître peu à peu.

– Je l'ai eu! Je l'ai eu!

Il l'avait dépassé à temps. Il avait gagné, mouché ce rufian de Signois. Le goulot précédant le pont arrivait sur lui – il tira sur les rênes. En vain.

Rendus fous par la douleur, les chevaux avaient pris le mors aux dents. Marcel tira et tira encore à se rompre les veines du cou. Ses montures refusèrent d'obéir. Elles filaient tout droit vers le mufle rocheux du Pont du Diable qui attendait sa proie.

Pour la première fois de sa vie, Justin voyait la montagne maudite à l'œuvre. Le chariot du Toulonnais fonçait vers elle. Pendant un instant, les percherons galopèrent dans le vide, puis ce furent les roues qui tournèrent dans l'air. Sur son banc, Marcel lâcha les rênes, tenta de sauter, mais il était trop tard. Tout l'équipage bascula dans le ravin, le hennissement des chevaux précéda le fracas de l'avalanche des blocs de glace qui avaient rompu leurs amarres. Homme et bêtes s'écrasèrent sur les rochers dix mètres plus bas, le fardier démantelé se brisa sur eux, perdant roues, timon, frein, ridelles. Lorsque le tonnerre de cette chute cessa, Justin parvint à arrêter ses chevaux.

En bas, les morceaux de glace luisaient comme des diamants répandus dans la garrigue et, au milieu de cet écrin révélé par la lune, sous les planches du chariot brisé, gisait Marcel.

Justin sauta à terre et dévala la pente raide.

– Marcel! Marcel! cria-t-il d'une voix inquiète.

C'était bien la première fois qu'il prononçait ce prénom avec un sentiment qui ne ressemblait pas à de la haine ou à du dégoût.

En quelques gestes frénétiques, il dégagea le corps du glacier qui reposait sur une roue comme les suppliciés d'antan.

— Marcel, répéta-t-il en baissant la voix.

Il se saisit du Toulonnais, voulant l'arracher à cet endroit maudit. Le mouvement écarta les lambeaux de la chemise. C'était chaud sur ses mains, un rayon de la roue pointa à travers la poitrine du Toulonnais. Le bois jaillissait tel un vilain croc et le sang dessinait des entrelacs compliqués sur la poitrine sans vie; ce sang poissait les mains d'un Justin paralysé d'effroi.

Le regard vacillant de Justin quitta l'horrible blessure, passa sur le visage du mort déformé, figé en un ultime cri et s'arrêta sur la masse noire du Pont du Diable.

— Tu ne m'auras pas, balbutia-t-il pour se donner du courage.

Alors, il pensa à toutes les bonnes légendes de Provence, aux saints protecteurs du pays des cigales, à la Sainte-Baume toute proche où veillait Marie-Madeleine et ses mains tirèrent le corps de Marcel qu'il serra contre lui.

Au bout d'un moment, il se ressaisit. Il dut, avec un couteau, achever les chevaux aux membres brisés, puis il cala le cadavre du Toulonnais entre les barres de glace de son fardier et se mit à remonter lentement vers Signes, laissant derrière lui le Pont du Diable et les fantômes tournoyant sous la lune.

2

Au milieu du grand silence à peine troublé par les derniers chants des cigales, une rumeur de prière montait du village de Signes.

Justin tarda à quitter le sommet de la colline qui dominait les hautes maisons centenaires, regroupées autour des deux églises et du vieux manoir où se tenait autrefois la cour d'amour. Il aimait cet endroit, il l'avait toujours aimé. D'ici, il pouvait tendre les mains, se saisir des toits aux tuiles rouges et orangées, se mesurer au mistral. Souvenir heureux, enfance heureuse. Chef de bande, il menait les têtes brûlées de Signes à l'assaut de la vallée voisine où, dans la garrigue, cachés derrière les genêts ou allongés sous les cytises, les enfants du village rival de Méounes les attendaient pour la bataille. Que de coups reçus, donnés! Que de pièges déjoués! Il se sentait fait pour l'armée, la gloire et les femmes, mais lors de son service militaire, plus tard, il n'avait connu que les marches forcées, l'humiliation et les putes des bordels de Lyon. Il enviait son père paralysé dans son fauteuil d'osier, son père héros de Sedan, son père tenant le drapeau tricolore. Alors que la foudroyante cavalerie prussienne, lancée par le général von Wimpffen, écrasait les Français, Amédée Giraud s'était tenu fièrement à la tête de sa compagnie, jusqu'au moment où les sabots d'un cheval allemand lui avaient brisé la colonne vertébrale.

Justin soupira. Glacier enrôlé par le riche magnat marseillais Joseph Viguière, voilà ce qu'il était devenu !

— Justin ! Viens, la procession a déjà commencé !

— On va se faire remarquer par ta faute !

Les voix de ses deux cousines le tirèrent de ses songeries. Adrienne la brune et Anicette la blonde agitaient leurs mains, trépignant sur le terre-plein de la cour d'Amour, dans leurs robes noires de deuil. Le ruban de velours sombre maintenait les coiffes des deux mignonnes, le guidon flottait au-dessus de leurs nuques lisses et blanches. « Ces deux-là sont faites pour danser le *courdello*, pas pour pleurer », se dit-il en quittant son observatoire. Il les rejoignit alors qu'elles se composaient un visage de circonstance.

— On va pas plus loin, chuchota Adrienne à l'oreille de Justin en pénétrant au cœur du village par la rue des Fours.

Inutile de le lui rappeler, il le savait. Le village de Signes maintenait des traditions remontant à la nuit des temps. C'était un vieux village qui avait vu passer les Phéniciens, les Grecs, les Ligures, les Celtes, les Romains et les Goths. De tous ces peuples ensevelis par l'histoire, le village avait conservé des lois et des coutumes, les adaptant aux circonstances. Bien sûr, les Signois l'avaient oublié, mais la coutume qui interdisait aux femmes de participer à la procession des funérailles trouvait son origine dans la loi de Solon l'Athénien qui, vers 600 avant Jésus-Christ, la promulgua pour éviter la souillure des âmes.

Respectueuses de cette étrange règle, toutes les

Signoises avaient pris position sur le parcours du cortège. La plupart se tenaient aux fenêtres, par grappes de trois, quatre, cinq, les aïeules poussées par leurs filles, les fillettes perdues dans les plis noirs des corsages, toutes penchées au-dessus des ruelles encaissées. Les plus hardies et les plus bavardes occupaient les points stratégiques, le lavoir de la rue Ferraillette, les fontaines des places Saint-Jean et du Marché, les portiques et presque tous les pas de portes de la rue Saint-Jean; c'était dans ce dernier endroit que le rituel atteindrait son paroxysme. Justin s'engagea dans la rue Marseillaise, puis dans celle des Juifs. Il entendit le bruit confus des voix venant de la place des Chaudronniers, puis celui d'une cavalcade. Des marmots arrivèrent sur lui en courant, précédant l'imposant cortège fort de quatre cents hommes vêtus de noir.

L'un des enfants se saisit de la manche de sa vareuse et l'arrêta.

– Tu l'as vu, le diable?

Les autres garçons se regroupèrent derrière le jeune impudent aux mèches rebelles qui se tenait devant Justin. Leurs yeux, agrandis par la curiosité, dévoraient l'homme qui avait tenu tête au Malin. A n'en pas douter, il devait être fort, plus fort que le curé Charles et les sorcières de Signes la Noire.

– Je vous vois, *agasso-tambourlo*[1]! Et c'est déjà péché! Allez zou! Disparaissez avant que le mort se réveille.

Pris d'une soudaine frayeur, les enfants s'égaillèrent dans la ruelle.

Justin regretta très vite d'avoir mêlé le mort à sa colère. Car le mort arrivait. Le cercueil flottait sur la houle des épaules, semblant fendre de son étrave carrée

---

1. *Agasso*: pie.

une mer de casquettes et de chapeaux. Il fit un effort sur lui-même, bomba le torse, ajusta sa casquette de feutre sur sa tignasse brune et marcha avec lenteur vers la vague sombre.

Le cercueil sans couvercle oscillait, rythmant de son léger mouvement pendulaire le pas solennel de la troupe commandée par l'abbé Charles Nicolas. C'était bien un chef qui avançait devant la dépouille, dans son surplis brodé avec l'étole mauve et or autour du cou, insigne de son pouvoir dans ce monde et dans l'autre, les Évangiles serrés contre son cœur et la hampe de frêne surmontée de la croix brandie par sa main droite. Pendant un instant, ses petits yeux intelligents se posèrent sur Justin et un fin sourire s'étira sous l'imposant et large nez que les mauvaises langues qualifiaient en secret de groin ou de tarin capable de flairer leurs péchés.

Justin eut une légère inclinaison de la tête.

Les deux hommes s'appréciaient. Tous deux possédaient un instinct puissant, aimaient de la même passion cette rude terre provençale qu'ils parcouraient quelquefois ensemble. Le curé avait appris au glacier comment trouver des sources avec la baguette ou le pendule, et le glacier avait enseigné au curé l'art de prendre les grives et les lièvres avec des pièges. Mais pour l'heure, ils étaient prisonniers d'un cérémonial qui faisait frémir les gens de la ville, entre les hautes maisons pleines des prières des femmes.

Les lèvres pincées, le visage blême, le regard avide, les Signoises se haussaient sur la pointe des pieds, pour voir le mort. Elles s'arrêtaient de respirer en découvrant le Toulonnais étendu dans sa caisse de pin. Il grimaçait encore, le Marcel, et sa trogne pâle branlait sur le coussin à chaque pas. Il semblait vouloir se dresser, et comme pour l'empêcher de revenir parmi les vivants les femmes impressionnées laissaient tomber leurs bénédictions hâtives, l'emprisonnant un peu plus dans le monde invisible qu'elles redoutaient.

Tout à coup, des fenêtres de la place du Marché sur laquelle venaient de se déverser les processionnaires, monta un chuchotis léger qui se répandit dans le cortège des hommes, comme une alerte à peine perceptible mais acerbe. Justin promena son regard d'étage en étage. Ce n'était plus la bonne parole qui courait sur les lèvres des femmes, mais du fiel. Puis il comprit pourquoi elles s'étaient transformées en commères. Le monde invisible tant redouté s'était matérialisé près de la fontaine aux Gargouilles. Bien qu'il n'entendît pas prononcer le mot sorcières, Justin savait que tous le pensaient. Jouant des coudes, il se rapprocha de la fontaine près de laquelle la tête du cortège arrivait. Telles des Parques surgies du passé, les lavandières de la nuit – il préférait les nommer ainsi – formaient une barrière noire, entre la margelle humide du monument et les chaises de paille du café de France. Celle qui les menait, Marthe Morin, la vieille en robe fanée, portant son éternel cabas noir, était coiffée du fichu noir. Sa face sournoise, blanche dans l'ovale de deuil qui cerclait les os prononcés du front, des pommettes et du menton, se dérida à la vue du curé et de sa croix d'argent; puis elle se tourna vers ses sœurs légèrement en retrait.

– Son âme plane encore, dit-elle d'une voix claire et forte.

Comme pour lui répondre, les feuilles des platanes se mirent à bruire sous la caresse d'un vent chaud. Tous les regards se portèrent sur les arbres, puis se promenèrent d'un toit à l'autre. Comme tout le monde,

Justin chercha aussi un signe au-dessus du cercueil, et se mit à trembler comme les feuilles. Et si Marcel se redressait ? Si le cadavre se mettait à parler ? Il n'avait pas dit la vérité au maire quand il avait ramené le corps. Il n'avait pas parlé de la course, des coups de fouet ; et ce grand dadais de magistrat, Ferdinand Mouttet, propriétaire à la Jarrelière, médaillé de guerre qui avait perdu son courage à Sedan, s'était empressé d'entériner l'accident, jugeant fâcheux d'alerter les gendarmes pour cet « estranger » de Toulon décédé sur sa commune.

Justin détourna ses yeux du cercueil et compta mentalement jusqu'à vingt. Au bout de ce temps incroyablement long, rien ne se passa. Marthe Morin parlait tout bas aux deux autres lavandières de la nuit, Agathe Danjean et Victorine Aguisson : sa bouche s'ouvrait et se refermait comme un clapet ; les deux autres hochaient leurs têtes couronnées de cheveux ébouriffés ignorant les brosses et les peignes qui faisaient d'elles de véritables caricatures du Moyen Age. Brusquement Victorine darda son regard sur lui. Il sentit monter la peur. C'était la plus jeune des trois, quarante ans tout juste, mais, pour le malheur de Justin, elle était la mère de sa maîtresse, Magali, et Dieu seul savait à quel enfer elle l'avait voué pour avoir séduit sa fille unique.

Le regard de braise ne le quittait pas ; il se mit à chercher Magali parmi les vieilles pierres. Elle devait se cacher dans un renfoncement et les observer mais il ne la trouva pas. Les prunelles de Victorine pesaient toujours sur son visage, se frayant un chemin jusqu'à son esprit. Il sentit la sueur perler sur ses tempes. Qu'attendait donc Charles pour balayer les trois apparitions d'un coup de goupillon ?

Mais l'abbé Nicolas prenait son temps. Il aimait se

mesurer aux Parques de son village. A Marthe en particulier qui lui disputait chaque âme avec âpreté.

– Allons, ma fille, cède-nous le passage, dit-il enfin pour le plus grand soulagement de ses ouailles.

– Je ne suis pas ta fille, corbeau de Dieu! répliqua Marthe dont le visage se froissa de mille plis.

Charles vit dans le regard un gouffre agité d'ombres. Cette femme avait de réels pouvoirs qu'elle tirait de cette terre marquée, des forces obscures qui couraient dans les entrailles des collines, et de la fontaine aux Gargouilles qui depuis trois siècles et demi attirait saints et démons.

– J'ai un rite à accomplir, tu le sais, dit-il en s'avançant d'un pas, jusqu'à ce que la hampe de sa croix touche le cabas noir plein d'objets innommables, de racines empoisonnées et de philtres.

Marthe ne recula pas. Justin était assez près du couple pour entendre la conversation chargée de part et d'autre de menaces voilées.

– Tu l'accompliras, les chiens doivent expier! Et ce *débartavela*[1] encore plus que les autres! chuinta-t-elle en tendant son doigt osseux vers le cercueil. Il était en commerce avec moi, ajouta-t-elle, et il n'a pas réglé entièrement sa dette, trente francs, il me doit!

Charles se mit à sourire. Elle lui parlait d'argent; c'était comme si elle venait de perdre tous ses pouvoirs. L'avare aux mains avides prenait le dessus sur la sorcière aux doigts crochus. L'argent! Ils en étaient tous là. Lui comme les autres. Depuis le Second Empire, l'or avait remplacé Dieu et le Diable dans le cœur des gens, et les caves de Signes étaient pleines de petits trésors enterrés. Marthe vendait des potions, des talismans, et il vendait des messes. Tous deux arrondissaient leur

---

1. Écervelé.

pécule sur des promesses, des espoirs. Il se sentit soudain fautif et en voulut à la mécréante de l'avoir entraîné sur ce plan-là.

— Maintenant, tu vas t'écarter! gronda-t-il.

— Pas avant d'avoir coupé une mèche de ton mort! fit-elle en sortant un couteau aiguisé de l'ample vêtement qui la rendait informe.

— Dois-je demander aux hommes de te bousculer?

— La mèche, curé, la mèche! répéta-t-elle.

Justin se demanda à quoi pouvait bien servir les cheveux du défunt; il frissonna à l'idée de l'usage des boucles de Marcel entre les mains magiques de Marthe. D'un rien vous appartenant, ces femmes sombres tiraient à elles le mal et le feu du mal. Si la Morin réussissait à s'emparer d'un morceau du cadavre, où qu'il soit, le Toulonnais allait se tordre en spasmes et danser la gigue sur une mer de flammes.

— Dernier avertissement, Marthe!

Charles leva la main qui tenait les Évangiles. Les hommes suivirent le geste lent, redoutant l'instant où le bras s'abattrait, leur donnant l'ordre de se ruer sur la vieille chouette. Cette dernière souriait, montrant tous ses chicots et ses gencives saignantes. Quand le livre saint, la main et le bras retombèrent, pas un Signois ne broncha.

— *Bédigas*[1]! s'exclama Marthe. Ne comprends-tu pas qu'ils ont tous recours à mes services? Pas un ne lèvera la main sur moi. Pas vrai, l'éleveur d'abeilles? Et toi, le boulanger? Et toi, le facteur? Et toi? Et toi?

Elle les désigna un à un avec son couteau; ils restèrent muets.

C'était vrai, presque tous faisaient appel à ses services. Pour quelques piécettes, elle et ses deux

---

1. Niais.

complices protégeaient les essaims de Joseph Garnier, les blés de Cadière Siméon, les fermes de Taillanne, de Croquefigue, de Limatte, les chevaux du baron Guillibert, les six mille moutons et vaches des propriétaires en costume, agglutinés derrière la dépouille d'une canaille. Le facteur André Panetaux rêvait de gagner des courses cyclistes, et elle lui avait donné les moyens de remporter le tour de la Sainte-Baume, le Toulon-Marseille, le Verdon et le grand prix de Draguignan. Ceux-là qui évitaient son regard, ne les avait-elle pas aidés à agrandir leur clientèle, à faire de Signes une commune riche?

Les rapports du village étaient estimés à huit cent mille francs par an et elle ne doutait pas une seconde de son influence sur ce résultat financier. Alors qu'elle toisait l'abbé, que le triomphe se lisait sur les visages de Victorine et d'Agathe, quelqu'un se détacha du groupe des hommes mal à l'aise. Voyant son ami Charles en difficulté, Justin, pour la première fois, s'autorisa à affronter les trois lavandières redoutées. Son action eut l'imprécision floconneuse du rêve. D'un geste brusque, il repoussa Marthe au-delà de la fontaine, se saisit du bras d'Agathe et l'envoya rejoindre son aînée avant de marcher vers Victorine. Au moment où il toucha cette dernière, il entendit à peine les imprécations que lui lança la femme courroucée avant qu'il l'écartât.

– Tu paieras pour ça!

Alors qu'il demeurait sur place, incapable de comprendre pourquoi il avait agi ainsi, il sentit Charles l'effleurer. Aussitôt la confiance revint. A eux deux, ils pouvaient se battre contre l'univers, contre Léviathan, Astarot, Magot, Bélial, Belzébuth et les armées des ténèbres.

– Merci, lui dit le prêtre, la Terre Marquée est aussi

la nôtre, si ces trois garces veulent en découdre, elles trouveront à qui parler.

Justin acquiesça. Son cœur battait toujours aussi vite et fort. Charles avait raison, même si on ignorait tout de la raison qui avait poussé les anciens à appeler Signes la Terre Marquée. Un fait demeurait certain, cette terre influençait considérablement les esprits et les corps des Signois. En ce moment même, une force montait à travers le sol dallé de la place du Marché, montait à travers ses propres nerfs et ses muscles. Il vit s'enfuir les trois Parques vers la rue de Briançon. Sur leur passage, les femmes se signaient et refluaient à l'intérieur des maisons. Les fenêtres, vidées de leurs occupantes, ressemblèrent alors aux orbites des morts du jugement dernier.

Restait maintenant à accomplir le plus difficile : le repentir collectif que les Signois devaient à Dieu, depuis que, trois siècles auparavant, ils avaient assassiné leur évêque.

3

A la tension créée par Marthe et ses consœurs, s'ajouta la crainte : le cortège se rapprochait de la maison maudite où avait été tué l'évêque. Les Ave et les Pater devinrent pathétiques. La file d'hommes pénétra dans la rue Saint-Jean avec une lenteur calculée et tous levèrent les yeux avec appréhension sur la maison Bolène. C'était une bâtisse inhabitée, vaste, vétuste des combles à la cave. Derrière les persiennes closes sommeillait le secret qui empoisonnait la vie des Signois depuis trois siècles. Peu de villageois, à part quelques vieillards, en connaissaient l'intérieur ; chacun imaginait une maison étrange avec un labyrinthe de pièces et de couloirs, élargissant à l'infini l'antre du crime. Au fond des esprits, elle devenait un chancre monstrueux dans lequel s'épanouissait toute une végétation empoisonnée, toute une faune d'araignées, de rats et de scorpions dont les légions couvraient le sol et les murs lézardés.

Le truculent maire Mouttet, en théorie athée, avait envisagé de la faire abattre, mais sous le front de ce républicain bon teint persistaient trop de superstitions pour que ce projet aboutisse. En plus de la peur irrationnelle qu'éprouvait le gros homme, il y avait la crainte de perdre les élections. On ne lui pardonnerait jamais de toucher à la maison Bolène et il ne pouvait pas compter sur l'appui de son conseil municipal.

Justin méprisait la clique de Mouttet. La municipalité régnait sans partage sur la commune. Les Guérin, Charpenet, Venel, Mallausse et autres barbus radicaux, votaient en fonction de leurs intérêts, s'octroyant à chaque session un peu plus de pouvoir sur les biens publics dont ils tiraient profit. Pour l'heure, ces rapaces endimanchés marmonnaient des oraisons incantatoires où se mêlaient les noms des saints, de la Vierge et de Dieu.

Mais ils n'étaient pas les seuls, toute la population participait à l'exorcisme. On avança le cercueil et on le présenta à la maison hantée. Quand le bois frôla le crépi galeux de la vieille demeure, le silence se fit, et chacun demanda pardon comme le voulait la coutume. Ce pardon avait été imposé par le pape Clément VIII en 1604 et ils devraient le répéter jusqu'à la mort du dernier Signois. Le 16 septembre 1603, deux de leurs ancêtres, Claude Beausset et François Almaric, avaient assassiné l'évêque Frédéric de Ragueneau, crime qui se racontait aux veillées.

Justin se remémora les paroles de son grand-père et de son père. Il ferma les yeux, et eut l'impression de voir deux ombres se glisser entre les rangs, passer à travers les murs de la maison et perpétrer le meurtre. Il était neuf heures du soir quand le coup de feu retentit et un peu plus quand les criminels achevèrent le prélat, l'étranglant avec le cordon des rideaux. Mais étaient-ils réellement des criminels ? Ne voulaient-ils pas simplement mettre un terme aux exactions d'un homme qui, fort de ses privilèges, écrasait la commune d'impôts ? Justin ne les sentait pas coupables, en cela il était en désaccord avec Charles. En cet instant même, il se disait que l'évêque ne devait pas avoir la conscience tranquille pour se faire escorter par douze soldats lorsqu'il se rendait à Signes.

Mauvaise conscience, mauvaise âme. Justin frissonna à l'idée de cette âme emprisonnée à jamais derrière la façade grisâtre, cette âme qui réclamait son dû à chaque enterrement. Il observa Charles qui lisait un passage de l'Évangile et se demanda si son ami le prêtre avait assez de force pour repousser ce que cachaient les entrailles de la maison Bolène.

Bon sang! ce n'était qu'une vieille histoire! Nul ne devait la craindre. Ragueneau était mort, Marcel aussi. La maison Bolène fleurait bon la Provence, les pigeons roucoulaient sous ses tuiles et la porte vermoulue n'aurait pas résisté à un coup d'épaule. Tout paraissait bien ancré à la réalité : la chaleur, la sueur, les mouches qui harcelaient le cadavre. Justin sentit les odeurs des cuisines lourdes d'ail, de thym, de laurier, d'échalotes, de céleri et de *pebre d'ai* [1]. Il imagina les rires des femmes au fond des cuisines dans le tintamarre sécurisant des casseroles.

— Alors, mon ami, toujours la conscience tranquille ?

Justin tressaillit comme s'il venait d'être pris en flagrant délit de péché. Une odeur de cigare froid l'enveloppa ; il reconnut aussitôt celui qui lui chuchotait à l'oreille. Son patron. Joseph Viguière. Il lui jeta un coup d'œil en biais. Il éprouvait un certain malaise devant l'insistance avec laquelle le magnat marseillais l'observait.

— C'était un accident, répondit-il.

— Oui, oui, fit l'autre en arborant un fin sourire, chose rare dans ce visage long, étroit et jaune, qu'un

---

1. Sarriette.

mince collier de barbe poivre et sel ne parvenait pas à égayer.

Viguière était l'homme des chiffres et des profits; ses yeux avaient la couleur pâle de la glace qui l'enrichissait. On disait qu'il possédait des quartiers entiers de Marseille et des milliers d'hectares en Algérie. Pourtant, rien dans son accoutrement ne révélait son immense fortune. Si ce n'était sa bague surmontée d'un énorme rubis.

– La providence, dirons-nous, a éliminé le meilleur convoyeur de notre concurrent Camille Roumisse, poursuivit-il en englobant d'un regard satisfait le cercueil. Qu'attend donc le père Nicolas pour aller à l'église ? ajouta-t-il en soupirant.

Ces dernières paroles, il les prononça avec exaspération et inquiétude. A la grande surprise de Justin, qui s'en réjouit et prit un malin plaisir à répondre :

– Il faut du temps à l'évêque revenant pour reconnaître l'âme de ce pauvre Marcel.

Viguière eut une réaction brusque. S'emparant du bras de Justin, il obligea ce dernier à le regarder.

– Petit couillon ! Mesure tes paroles ! Cet endroit est empoisonné et tu y viendras tôt ou tard ! Vois cette maison, elle est pleine de lèpre; lorsque l'esprit immonde est sorti d'un homme, il erre par des lieux arides en quête de repos. N'en trouvant pas, il retourne dans ce lieu maudit. C'est votre histoire, Signois, et je n'en fais pas partie.

Justin se dit que le Marseillais avait raison.

La présentation du mort prit fin avec l'altercation. Charles commanda à la troupe de se rendre à l'église et le cercueil reprit son lent glissement, entraînant derrière lui le flot noir bossué de chapeaux. On passa devant la fontaine Saint-Jean et la chapelle du même nom, puis on longea le Raby, ruisseau qui attendait les pluies d'automne pour retrouver ses forces. L'odeur de la vase monta à toutes les narines, rappelant à chacun qu'il n'échapperait pas à la décomposition. Mais pour l'heure, ils étaient vivants, solides sur leurs jambes, libres de boire l'absinthe, de braconner, d'aimer.

C'était si bon de jouir de la vie. Justin se souvint de ses escapades sur les bords du Raby, des truites traquées dans les trous d'eau, des lavandières aux bras blancs et aux cheveux défaits, des nids dans les jonchères. Que cachaient les roseaux en ce jour funèbre ? Son instinct ne le trompait pas, il fouilla du regard les rives frangées de mille plantes et arbustes sauvages; il y avait quelqu'un tapi dans l'épaisseur des tiges.

Soudain, il la vit surgir alors que le cortège atteignait la place de l'église Saint-Pierre.

– Magali ! s'entendit-il crier.

La jeune fille, qui venait de quitter les roseaux, courait vers Charles, un couteau à la main. Le curé avait la bouche bée, les enfants de chœur paraissaient terrorisés, les porteurs du cercueil lâchèrent prise et les premiers notables du village décampèrent. La caisse tomba sur le côté, le mort roula dans la poussière, perdant le chapelet qu'un lointain parent lui avait mis entre les doigts.

– Pas ça ! cria Justin.

Magali fonçait vers le prêtre. Pendant un instant, il crut qu'elle voulait venger sa mère Victorine et les deux autres sorcières qui venaient de perdre la face, mais elle bouscula Charles, sauta sur la dépouille de Marcel. Jamais fille ne fut aussi belle à Signes; Justin vit les cuisses nerveuses de sa maîtresse enfourcher le Toulonnais, entr'aperçut la rondeur de sa poitrine alors qu'elle se penchait. Dans la main de la jeune fille, la lame brilla avant de disparaître dans la chevelure de Marcel.

– Magali! cria encore Justin en se précipitant vers elle.

Elle l'évita en se redressant mais lui montra la mèche qu'elle venait de couper.

– Maintenant, il ne doit plus rien à ma mère, dit-elle avant de détaler.

Justin ne tenta pas de l'arrêter, il éprouvait un singulier plaisir mêlé de honte, à rester passif alors que tous les regards convergeaient vers lui. Le premier à beugler « au sacrilège! » fut le maire, puis il y eut comme un cri de guerre. Un monstrueux juron s'échappa de toutes les poitrines tandis que Mouttet ceint de l'écharpe tricolore enjoignait ses administrés de rattraper la fille du Diable. Ce fut, au milieu de la cohue, une course folle. Il y eut des coups. Un vieux tomba, des godasses ferrées et des bottes de cavalier le piétinèrent.

Cependant, Magali avait franchi le lit de la rivière et beaucoup hésitèrent à la poursuivre de peur de salir leurs habits du dimanche. Mais le gros Mouttet, pris d'une haine féroce, s'élança, glissa sur la pente, fendit la haie des roseaux et pataugea dans la vase. Il patinait, battant des bras et soufflant tel un animal de trait sous l'effort. Alors la fureur fit place à des rires, à des « *Vé le grand couillon!* », « *Le pouerc danse la fricassée*[1] ». En effet, le maire tournait sur lui-même, pirouettant sur les pierres moussues. Ses beaux souliers vernis se teintèrent de vert, son pantalon se tacha, et la noble écharpe aux franges dorées s'accrocha aux épines d'un mûrier.

Ils avaient tous oublié la fille. Le mort gisait sur la

---

1. Variante de la polka qui, dansée en cercle, représentait la lutte de l'hiver et de l'été.

terre battue de la place, et le prêtre échangea un sourire avec Justin avant de reprendre en main son monde et de rappeler Mouttet à plus de tenue. A ceux qui désiraient encore traquer la fille du Diable, il répondit qu'il réglerait lui-même cette question. On remit le mort dans sa boîte mais on ne parvint pas à joindre ses mains sur sa poitrine; l'un des bras de Marcel ne pouvait plus se plier et se détachait au-dessus du corps en un signe d'adieu figé.

Charles s'approcha de Justin.

– Rejoins-la, et fais-lui savoir que dans six jours j'irai à Signes la Noire.

Justin acquiesça et quitta le cortège qui pénétrait dans l'église Saint-Pierre. Croisant le maire que les conseillers municipaux consolaient, il adressa un regard de défi à ces hommes qui dilapidaient les deniers publics. Seul le boulanger Dédé Mallausse lui rendit son regard avant de cracher sa bile :

– C'est ça! Cours après ta pute!

Justin se contint et poursuivit son chemin, descendant à son tour dans le lit nauséabond du Raby avant de retrouver le chemin emprunté par la jeune fille.

Magali goûtait son triomphe : cette victoire remportée au nez et à la barbe de tous ces hommes imbus de leur puissance. Elle s'arrêta, le souffle court; elle avait couru jusqu'au sommet de la colline des Rigaudelles située au sud du village. De là elle contempla les petites maisons serrées. Accrochées les unes aux autres, formant des bandes roses et ivoire, elles s'étageaient entre les bleus gris et pâles, les mauves et les lavandes, les verts clairs et sombres du paysage. Elles semblaient ne signifier rien de plus que ce qu'elles représentaient : d'innocentes et riantes habitations destinées à inspirer les peintres. Avec un peu d'imagination, on aurait pu placer çà et là des santons, et faire de Signes la plus belle des crèches, mais la jeune fille savait bien que cela aurait été une injure faite à Jésus.

Elle connaissait trop les Signois, les clans qui s'entre-déchiraient, les avares dans leurs alcôves, les ivrognes des cafés, les dévots médisants, les républicains violents. Un sentiment d'angoisse commençait à peser sur sa gorge. Elle entendit sonner la cloche et ce tintement lugubre lui rappela que la plupart des hommes présents la désiraient et la haïssaient ; certains avaient essayé d'abuser d'elle, en vain. Ils portaient encore les marques de ses griffes et de son couteau. La cloche appelait les femmes ; à présent elles étaient autorisées à suivre la cérémonie.

Magali vit à ses pieds cette houle de créatures en noir. Elles allongeaient les jambes sous leurs lourds jupons afin d'aller plus vite, piaillant avant de feindre le recueillement. Toutes ces langues dépeçaient au mieux le pauvre Marcel, s'attardant sur la vie de ce célibataire échoué par hasard ici. Il avait eu, disaient-elles, des déboires dans les bordels de la rue du Canon, à Toulon, et installé à Signes, sur les conseils d'un lointain cousin, il était devenu l'homme à tout faire du maître glacier Camille Roumisse, cherchant sans cesse la bagarre, méprisant les paysans et plus particulièrement Justin Giraud, son plus grand rival, à qui il avait disputé la « fille du Diable ».

Justin descendit le cours du Raby jusqu'à l'endroit où il se jetait dans le Latay, torrent capricieux qui ne mouillait son lit qu'au printemps et à l'automne, puis il coupa à travers un champ de blés fraîchement coupés. Il n'ignorait rien des intentions de Magali ; la jeune provocatrice allait faire un détour par les collines afin d'échapper à d'éventuelles recherches. Il devait la rejoindre avant qu'elle atteigne Signes la Noire.

Magali se raidit en l'apercevant sur la terre jaune; c'était donc lui qu'ils avaient lancé à ses trousses. Justin progressait rapidement elle le vit jeter sa veste et sa casquette, puis il se mit à avancer droit vers elle, à petites foulées, économisant ses forces pour une poursuite qui s'annonçait longue et pénible.

— Viens, mon beau! dit-elle. On va voir ce que tu as dans les jarrets.

Puis elle s'élança à son tour sur la pente rugueuse de la colline.

4

Magali grimpait, les poings fermés, dans la pénombre d'une forêt où pins, chênes et châtaigniers se livraient la guerre. Elle détestait les pins qui tuaient la terre, et évitait leurs racines pareilles à des serpents figés entre les pierres; elle les comparait aux hommes avides de pouvoir réfugiés dans l'église où elle-même n'avait jamais mis les pieds.

Soudain un craquement se fit entendre. Justin se rapprochait. Elle décida de l'entraîner sur les crêtes où elle emmenait quelquefois ses chèvres; elle avait le pied léger, sûr et elle ne le croyait pas capable de bondir de rocher en rocher. Au-delà d'une maigre lisière de chênes-lièges, le paysage fondait dans une chrysalide de blancheur. Le soleil pesait sur la rocaille dénudée. Là-haut, la Tête de la Paillette cognait contre le ciel parfait. Elle regarda le sommet de la montagne, puis derrière elle, avant d'entamer la difficile ascension.

A aucun moment, depuis qu'il s'était enfoncé dans la forêt, Justin n'avait perdu la trace de la jeune fille. Il savait repérer les indices qu'elle laissait sur son passage. Là une brindille cassée, ici une branche de thym écrasée. Il se pencha et, observant une empreinte légère, il se plut à imaginer le pied de sa maîtresse, sa cheville, son mollet. Cette évocation provoqua la montée de son désir. Il y avait longtemps qu'il n'avait pas fait l'amour avec elle, depuis... depuis le bal de la Saint-Jean. La gorge sèche, il se remit en route. Bientôt il atteignit l'endroit où les arbres ne poussaient plus et sentit le plomb du soleil sur ses épaules. Il espérait apercevoir Magali grimpant sur le flanc de la montagne mais, aussi loin que portait son regard, il n'y avait que des rochers, des arbustes rabougris, des traînées de terre ocre, vomies par la Tête de la Paillette. La Tête était le refuge de Magali. Peu de Signois venaient dans ce coin, préférant la Sainte-Baume, riche en sources et en gibier.

Au sud de la Tête, il y avait les avens de la Brèche, de l'Étrier, de Claustre, les abîmes de Maramoye et des Morts. Autant de lieux fréquentés par les trois sorcières de Signes, qui avaient une préférence pour l'aven du Sarcophage : Justin n'était jamais allé voir les ruines du Sarcophage où sommeillaient, disait-on, les vieux démons de Provence. Il se mit à espérer que Magali ne se rendrait pas là-bas. Où était-elle donc passée ? Une nouvelle bouffée de désir le poussa vers un point situé sous le sommet. Elle l'attendait dans un repli du terrain, il en était sûr.

Magali s'était étendue sur un rocher plat. La chaleur de la pierre se transmettait à son corps et elle fermait les yeux. Sentant Justin qui montait vers elle, tel un animal à la saison des amours, elle mêla son envie à la sienne.

Elle rouvrit brusquement les yeux quand il apparut. Justin ne marqua pas de temps d'arrêt en la découvrant étendue sur cet autel de calcaire blanc poli par le mistral ; au contraire il se rua en avant. Il s'en voulait souvent d'avoir succombé aux charmes de Magali mais, maintenant, il ne pouvait plus résister à l'attrait qu'elle exerçait sur lui. Au grand désespoir de ses parents. A la grande honte du village. Seul le curé semblait l'encourager dans cette liaison, y trouvant un intérêt. Charles se disait que l'amour ramènerait à Dieu cette brebis égarée, qu'un jour il les marierait tous les deux, mettant un terme aux vieux pouvoirs millénaires des sorcières de Signes.

Justin se figea soudain au bord de la large pierre où sa maîtresse était étendue. Seigneur qu'elle était belle! Son corsage blanc faisait ressortir sa peau de brune au grain doré, sa jupe légère piquée de fleurs brodées ne cachait pas la naissance des mollets, un bijou ancien trouvé dans une tombe romaine brillait à son poignet gauche, et elle avait étalé sa lourde chevelure noire qui rayonnait et tranchait sur la blancheur du rocher.

Elle plongea ses yeux dans les siens et leurs regards sombres se mêlèrent en une caresse.

– Tu en as mis du temps! dit-elle d'un air moqueur.

Justin demeurait muet. Il se retourna comme pour surprendre quelqu'un puis ramena lentement la tête vers Magali.

– Ils auraient pu te tuer!

– Ces lâches? Ils ont trop peur de ma mère, de mes tantes. Ce sont eux qui t'envoient?

Comme il ne répondait pas, tout en s'enflammant, elle bondit sur ses pieds et vint l'apostropher en se frappant la poitrine.

– Tu es bien comme eux, monstre! Je sais ce que tu penses! Dis-le! Dis que je suis une *ganipo,* une coureuse, une *gourrino!*

– Tu vas te taire! lui dit-il soudain, se saisissant de la main avec laquelle elle se désignait.

Non, elle n'était pas une *ganipo*, l'une de ces filles malpropres du vieux port de Marseille, ni une *gourrino* vivant au milieu des femmes dans l'une des riches bastides de la côte. Et puis qu'est-ce que c'était, cette idée de *gourrino* ? Lui savait bien qu'elle n'était pas une gouine, qu'elle aimait les hommes, qu'elle l'aimait.

Elle battit des paupières comme pour chasser sa colère, ses narines palpitaient, ses lèvres un peu renflées frémissaient et le sang remué les teintait d'un rouge franc. Elle libéra sa main d'un coup sec et revint sur sa pierre. Sa sensualité sauvage la rendait irrésistible. Justin s'approcha, mit un pied sur l'autel où elle l'attendait.

– Viens plus près, souffla-t-elle alors qu'il hésitait encore, regardant autour de lui, scrutant les buissons et les ravins, glissant sur l'œil du soleil qui éclairait tout et trop.

Il s'agenouilla, redécouvrant le parfum suave de violette qui se dégageait du cou offert et des chairs cachées par le corsage fermé par de petits boutons nacrés. Du corps de la jeune fille montait une odeur capricieuse et entêtante qui se mêlait à celle, plus lourde, des herbes de Provence, à la sienne, un peu musquée. Magali restait immobile, seules ses lèvres s'ouvraient pour prononcer quelques mots inintelligibles ; peut-être s'adressait-elle à quelqu'un d'autre à travers lui. Ou bien était-ce seulement la pulsion d'une force magique dans son corps qui lui insufflait des mots d'un autre âge. Il ne savait pas, il ne savait plus. Ce fut alors qu'elle se saisit de lui, l'embrassa goulûment, fouillant de sa langue la bouche et le mordant cruellement jusqu'à ce qu'il se libère de cette étreinte. Elle avait les yeux luisants de désir. Elle le vit enlever sa chemise et la jeter en boule au loin. Il avait un corps musclé par le travail. Elle eut un frisson en suivant la ligne des poils follets et dorés de la poitrine au nombril ; plus bas cette ligne s'épaississait et disparaissait sous la ceinture de cuir.

Il s'était redressé pour enlever son vêtement ; il tardait à se coucher sur elle ; et comme il la contemplait fixement, elle crut à une sorte de provocation. Sans hésiter elle referma ses doigts sur le premier bouton de nacre.

Justin regardait cette main enchantée qui descendait le long du corsage, ouvrant un chemin de plaisir. Hardiment, il colla ses lèvres entre les seins de Magali et goutta cette peau salée par la sueur. Il sentait battre le cœur, il sentait la chaleur et un désir qui se communiquait, se répandait en lui. Sa bouche courut d'un sein à l'autre, descendit le long du torse, s'attarda sur le ventre alors que les mains de sa maîtresse faisaient glisser la jupe sur les hanches. A son tour, il retira son pantalon et ses caleçons, elle avança sa jambe nue, la pressa entre les siennes avant de se saisir de son sexe. Elle le guida, elle lui donna ses lèvres, se serra contre lui et ne pensa plus qu'à jouir. Ils firent l'amour sur la pierre, sous le soleil, accompagnés de la musique assourdie des insectes, sous le ciel qui tendait un voile pur entre la Sainte-Baume et la Paillette. Au loin les cloches se remirent à sonner et le cercueil fut emporté vers le cimetière.

5

Quatre étages de barres glacées luisaient dans le ventre de la glacière de Basset. Justin était au fond dans le froid. Cinq autres glaciers travaillaient à ses côtés. Malgré la température proche de zéro degré, on voyait luire leurs visages en sueur dans la lumière des lanternes. Au-dessus d'eux, la poulie grinçait. Une barre de deux cents kilos se balançait dans le vide, tendant le toron de chanvre tiré par les hommes d'en haut. Sans cesse, leurs mains gantées de cuir repoussaient des blocs, les faisaient glisser hors de leur lit de paille jusqu'aux berceaux de bois destinés à être remontés à l'air libre. Justin ne sentait plus ses muscles; la douleur vrillée au creux de ses reins se réveillait à chacune des tractions qu'il exerçait sur la barre, surtout au moment de la soulever pour la déposer dans le berceau. Le labeur était si dur qu'il ne pensait à rien. Pas même à Magali et à toutes ces histoires de mariage qu'il s'était mises en tête depuis peu. Seuls comptaient la glace et le gain qu'elle lui rapportait. Elle était aussi chère que le cristal de Bohême; elle vivait. Les flammes des lanternes allumaient des milliers d'étoiles sur la surface des barres.

– Un, deux et trois! commanda-t-il.

A trois, son coéquipier unit son effort au sien. La barre qu'ils venaient de saisir décolla du sol. Pendant quelques secondes, le sang monta à leurs visages et leurs oreilles bourdonnèrent.

– On dépose.

Ils laissèrent choir délicatement leur fardeau sur un berceau et se retrouvèrent face à face, très proche l'un de l'autre, soufflant leur haleine et reprenant leurs forces.

– T'en as plus pour longtemps à gagner double, dit l'homme en lorgnant les piles de glace dont le volume diminuait de nuit en nuit.

Justin lui jeta un regard oblique. Il n'aimait pas le ton de son compagnon. La plupart des journaliers employés par Viguière le jalousaient parce qu'il cumulait le travail de manutentionnaire et celui de conducteur de chariot.

– Ouais, répondit-il en considérant la hauteur des piles.

Elles le dépassaient d'un bon pied. Dans quatre nuits, cinq au plus, il livrerait son dernier chargement à Marseille. Et dire qu'ils avaient vidé tout ça ! La tour de Basset, haute de vingt mètres et d'un diamètre de dix, pouvait contenir mille six cents tonnes de la plus précieuse des marchandises de Provence. Admiratif et fier, il leva les yeux vers le sommet de l'édifice noyé dans la pénombre. Ce fut à cet instant que la corde cassa.

D'une poussée formidable, il envoya son compagnon contre une pile, puis roula sur le côté. Le bloc que les haleurs remontaient à la surface tomba d'une hauteur de quinze mètres, brisant son berceau dans un bruit formidable. La glace se cassa et vola en mille morceaux.

– Nom de Dieu ! hurla Viguière qui surveillait

toutes les manœuvres par l'une des deux ouvertures pratiquées dans sa tour.

– Elle est fichue, bredouilla un homme.

Justin et les autres le regardèrent. C'était lui qui liait la corde au berceau. Il aurait dû signaler l'usure du chanvre. Pendant un instant les poings se serrèrent ; il y eut de la bagarre dans l'air. La barre brisée. Des sous retenus sur leur salaire. Ils demeurèrent tendus au milieu de cette poussière glacée éparpillée à leurs pieds jusqu'à ce que maître Viguière tonnât :

– N'allez pas vous battre à présent ! Vous toucherez votre dû. Cette perte, elle est pour moi. Allez zou ! Que diable ! On doit livrer avant l'aube.

Le mot aube les secoua. L'aube, c'était la mort de la glace. S'ils ne se hâtaient pas, le soleil se chargerait de faire fondre les gains si durement acquis. Ils se remirent à peiner à la clarté rougeâtre des lanternes et leurs grandes ombres mouvantes dansèrent sur les vertigineuses parois du puits.

Minuit trente. Justin quitta le chemin des glacières pour emprunter l'ancienne route de La Ciotat. Il fit claquer son fouet aux oreilles de Garlaban. Aussitôt le cheval se mit à galoper, entraînant ses trois compagnons.

Justin jeta un œil sur son chargement. Tout était bien arrimé. Quatre tonnes de glace enveloppées de toile de jute et d'une bonne épaisseur de paille reposaient dans le long chariot. De grosses cordes liaient le tout et il en avait lui-même vérifié les attaches.

Après l'accident de la semaine précédente, il avait voulu éviter le Pont du Diable. Cependant il ne pouvait chasser la scène de son esprit. La course folle dans la nuit. La chute de Marcel. Les chevaux et son concurrent écrasés sur les rochers du ravin. Un beau gâchis. L'enterrement de Marcel avait été payé par son patron, le puissant Camille Roumisse ; mais on n'avait pas vu ce dernier, qui évitait le village de Signes pour de sombres raisons liées au passé.

« Méfie-toi de Roumisse, lui avait dit Viguière. Il voudra se venger. » Justin avait haussé les épaules, se disant qu'aux yeux de Roumisse il n'existait même pas. Il n'était rien face à un homme qui brassait des millions à Marseille.

Roumisse possédait le château de Font Mauresque, une centaine de fermes, des propriétés en Afrique et en Asie, des compagnies et des usines. Lui, Justin Giraud, vivait à la Salomone et il n'avait nul besoin de grimper sur le toit de sa « Bastide Blanche » pour apercevoir les limites des terres familiales. Viguière exagérait. L'histoire de la Bible ne se répéterait pas. Le Goliath marseillais et le David signois ne se rencontreraient jamais.

Les chevaux connaissaient les moindres pièges de la route. Ils ralentirent d'eux-mêmes lors de la descente sur Gémenos, passèrent le village au pas, comme s'ils respectaient le sommeil des habitants, puis accélérèrent sur le long plat d'Aubagne à Saint-Marcel. Il était quatre heures du matin quand ils pénétrèrent dans Marseille par la porte d'Aubagne.

Justin n'était plus seul. Un peu avant le village de Saint-Marcel, d'autres véhicules l'avaient rejoint. Il se retrouva au milieu d'une colonne de voitures de maraîchers, entre deux tombereaux de tomates et de salades tirés par de vieilles carnes. Chevaux et paysans allaient tête basse, mal réveillés, sans un regard pour la ville sombre qu'ils traversaient. Justin aimait ce silence troublé par le fracas des roues et le roulement des sabots.

C'était toute une armée en marche pour le grand ravitaillement de Marseille. Elle s'étirait le long de la rue d'Aubagne, promenant son cortège d'odeurs entre les façades des immeubles aux volets clos. Le basilic, le thym, les choux, la sauge, les melons, les moutons... un gigantesque fumet de nourriture piquée d'ail montait aux narines.

L'armée se désagrégea au croisement de la Canebière et du Grand Cours. Nombreux furent ceux qui se faufilèrent dans les méandres du Panier pour rejoindre les places de Janquin et des Dominicains; d'autres restèrent là, tout près des quartiers bourgeois qui s'étendaient de la porte de Noailles à celle du Paradis, mais la plupart se rendirent au port.

Justin était parmi ces derniers. De l'hôtel de ville à la place de la Tour, l'encombrement fut tel qu'on ne put ni avancer ni reculer. Les primeurs venaient de rencontrer la marée, et les fragrances des collines se mêlèrent aux effluves de la mer.

Justin n'allait jamais sur les quais. Il avait ses habitudes. Il assurait sa vente face à la salle des concerts. On l'attendait déjà quand il calma ses bêtes et tira sur le frein. Au débouché de la rue du Paradis, un autre glacier appartenant au clan Roumisse déballait sa marchandise sous le nez de la clientèle. En fait, il n'y avait pas de véritable concurrence en fin de saison. Beaucoup de tours avaient été vidées et la glace manquait. Pour la forme, malgré la distance, les deux hommes se lancèrent un regard de défi avant d'annoncer les prix à la hausse. Il y eut quelques râleurs, des mots gras, mais on ne s'enrouait pas la voix à discuter. La glace était un produit de luxe et les acheteurs aux bourses pleines ne chipotaient pas pour deux ou trois francs de plus au mètre.

Justin démaillota une barre, prit son mètre, sa hachette et sa scie. Aussitôt ce fut la bousculade. Il n'y en aurait pas pour tout le monde. Les millionnaires avaient dépêché leurs domestiques; les grands restaurateurs et leurs aides faisaient la queue; des rentiers comptaient leur argent en lançant des coups d'œil sur leur voisin. Tous voulaient de la glace des montagnes, de la glace pour se rafraîchir le gosier, pour le champagne, pour garder le foie gras ferme, pour les sirops. Certains se l'appliquaient sur la tête, d'autres la mettaient dans l'absinthe.

– Un mètre cinquante! demanda un bellâtre aux cheveux grisonnants en tendant une pièce de vingt francs or.

Justin mesura, scia, tailla. Le morceau se cassa net. Il connaissait l'homme de réputation. Il tenait un établissement de luxe au bas de la Canebière, l'une des meilleures tables de Marseille.

– C'est pour les sorbets? questionna Justin.

– Au cassis, mon cher, au cassis!

Les sorbets au cassis. Justin en eut l'eau à la bouche. Il imagina les fruits égrappés, puis écrasés, avant d'être pressés dans un tamis. La purée fine obtenue versée dans une jatte avec du sucre, du jus de citron et de la crème fraîche, le tout entouré d'un linge, d'une feuille de papier étanche et d'une bonne épaisseur de glaçons.

Le temps pressait. Pendant le transport, les barres avaient perdu dix pour cent de leur poids, et comme l'aube pointait, blanchâtre au-dessus de la Bonne-Mère, il se hâta de découper sa marchandise. En moins de vingt minutes, il liquida tout. Ses poches se remplirent d'argent. Le glacier de Roumisse, lui aussi, pliait bagage, parlant à un petit homme qui jetait des coups d'œil dans sa direction.

Justin ne s'en formalisa pas. A présent, seul comptait le retour vers la Bastide Blanche. Les sous tintaient dans les doublures de sa vareuse; ils le confortaient dans ses projets. Magali et lui unis par Charles. Le prêtre l'aiderait dans ses démarches. Quand il houspilla Garlaban et que son chariot s'ébranla, l'avenir lui appartenait.

6

Charles leva les yeux vers la Vierge; il ne lui vint aucun conseil du tranquille visage, plus froid que le marbre de l'autel. Sombres étaient les trois nefs de l'église Saint-Pierre en cette heure avancée de l'après-midi. Le curé se remémorait la journée de Marcel, il se sentait harassé et déambulait sans but dans ce grand navire où les saints polychromes veillaient dans leurs niches. Il entendait encore résonner le timbre lugubre de la cloche des morts. Dans ses visions, il affrontait toujours et partout les trois sorcières. En finir n'était pas facile. D'autres avant lui avaient essayé et d'autres essaieraient encore, quand il ne serait plus que poussière. Pendant un moment, il chercha du secours auprès des saints et du Christ en croix mais les regards extatiques ou blessés l'ignorèrent. Il était seul, seul dans l'encerclement des cierges.

A ce point, abandonné, Charles sourit, transpercé d'un ravissement impur. Et si tout cela n'était que décors, craquo-mensonge, comme on disait ici ? La tentation approchait, venait sur lui de toutes parts, montait en lui avec tous les péchés de ses paroissiens. Il lâcha :

– Vous n'existez pas!

Par défi, mettant son érudition au service de sa rébellion, il le répéta en arabe, en hébreu et en sanscrit, bafouant Rome qui avait fait de lui un petit prêtre de campagne. Il ne connaîtrait jamais les linges brodés d'or, la foule des vastes églises de Marseille, on ne l'appellerait jamais Monseigneur, et il ne se laverait pas les mains en grande pompe face à des bataillons de curés émerveillés et soumis. Il lui semblait que le titre d'évêque aurait comblé le vide, que le pouvoir donnait la foi, que la mitre compensait le jeûne, l'ascèse, le célibat.

Une femme... des femmes! L'interdiction absolue qu'il s'était faite de penser aux femmes tomba comme un château de cartes. Il dut se faire violence afin de ne pas céder au désir qui le tourmentait. Il posa ses mains sur le bénitier pour ne pas chanceler. Ses expériences passées dans le confessionnal remplirent ses yeux d'images obscènes. Les garces le mettaient à rude épreuve, quand il était enfermé dans sa cage de bois; il voyait luire leurs yeux à travers la grille et ces yeux disaient : « Je vous fais envie, mon père », « Si vous saviez, mon père, comme je suis toute chaude en vous racontant ces saletés », « Est-ce que cela vous plairait que je vienne toute nue dans la sacristie ? »

Soudain, il plongea la tête dans la vasque afin d'apaiser le feu qui le brûlait. Quand il la ressortit, Justin était là qui le regardait avec effarement.

– Ça ne va pas, mon père ? balbutia son ami.

– J'ai... eu un étourdissement. Ça va... Ça va!

De seconde en seconde, Charles retrouvait sa maîtrise. Il s'essuya le front et la bouche du revers de la main, puis entraîna Justin hors de l'église. Sur le parvis, Justin abandonna l'étiquette et se mit à tutoyer son aîné :

– Tu ne veux pas que j'aille à Méounes chercher le docteur ?

— Ce couillon de docteur Charpin! Tu veux ma mort ou quoi? Si on parlait un peu de soigner ton âme, hein? Qu'as-tu fait pendant tout ce temps la dernière fois dans les collines avec Magali?

— Elle s'était réfugiée derrière la Paillette, c'est loin.

— Hum...

Charles savait et comprenait. Lui-même, sans cette soutane qui le protégeait, aurait succombé aux charmes de Magali. Il ferma un instant les yeux et les tentations lui revinrent avec la netteté d'une photographie. Se signer. C'était la seule chose qu'il pût faire, mais il agrandit son geste, traçant la croix dans l'air en une bénédiction qui les absolvait tous deux.

— Voilà pour les formalités, dit-il. Tu as délivré mon message?

— Oui. Magali m'a assuré qu'elles t'attendront quand la lune mordra le Signal des Béguines.

Instinctivement, l'abbé se tourna vers le haut rocher qui se dressait quelque part sur la chaîne de la Sainte-Baume, mais il ne le vit pas. Il manquait de recul pour embrasser du regard le formidable massif où travaillait et vivait Justin.

— Où la rencontre aura-t-elle lieu?

— A la source du Gapeau.

— Nous y serons.

Nous, Charles venait de dire nous. Justin l'interrogea d'un regard apeuré et rencontra le sourire d'un Charles amusé.

— Eh oui! tu viens avec moi parlementer avec les dames de la nuit. Je ne veux pas que la Victorine t'envoûte et te rende malade parce que tu lutines sa fille. Allez! Zou! Remets-toi, j'ai du vin à la sacristie, on va trinquer en attendant que la lune se montre.

La nuit les surprit alors qu'ils cheminaient sur la départementale terreuse. Justin pensait à son lit tout là-haut, derrière les murs épais de la maison Salomone. Sa mère devait s'inquiéter, mais elle avait l'habitude, il travaillait souvent la nuit et la laissait avec le père taciturne. Il se demandait si Charles emportait sur lui une fiole d'eau bénite, des hosties, quelque chose en plus de la croix qui ballottait sur sa poitrine. A ses côtés, le prêtre marchait d'un pas décidé, le regard rivé entre les ornières de la route.

A présent, la source du Gapeau n'était plus très loin. On se trouvait en terrain neutre. Pendant la journée, les Signoises lavaient leur linge dans l'eau claire et abondante du ruisseau qui naissait de la roche. Au rythme des lourds battoirs frappant le coton et la serge, elles chantaient le soleil et l'amour jusqu'au crépuscule ; c'était sur ce même chemin qu'on les rencontrait, se déhanchant, sous le poids des grands paniers d'osier, des *banastes* et des *gourbins* en équilibre sur leurs têtes altières.

Les deux hommes parvinrent à la source. Justin sondait les profondeurs. A une centaine de pas, des arbres majestueux occupaient un vaste espace ; ils n'avaient jamais subi les attaques de l'homme. Aucun bûcheron ne se risquerait dans ces bois où poussaient les chênes adorés par les descendantes des prêtresses ligures. Il se souvint d'un pari d'adolescence et de son aventure nocturne douze années plus tôt. La peur lui serrait la gorge quand il avait pénétré sous le couvert des hautes branches et la *gagagno* l'avait pris d'un coup. Ce fut plié en deux, les mains sur le ventre, qu'il était reparti vers ses camarades hilares qui l'attendaient près de la source.

Au-delà de la masse sombre des arbres, il y avait

Signes la Noire. Quatre maisons et des ruines. Le refuge du trio infernal. Et de Magali. On s'y rendait par un autre chemin, si possible en plein jour; encore fallait-il une bonne raison pour approcher ce lieu. Les volontaires ne manquaient pourtant pas. Ils venaient de tous les coins, en calèche, en charrette, à cheval. Ils achetaient les services de Marthe, les philtres d'Agathe, les envoûtements de Victorine. Ils se damnaient, disait Charles.

— Dix heures, chuchota le prêtre, c'est l'heure des mauvais génies. Tiens-toi prêt, Justin, elles vont arriver.

Prêt, Justin l'était. Malgré l'imagination qui commençait à la remplir d'effroi. Il n'avait rien à faire dans ce coin. Rien. Sinon décamper.

Un bruit attira leur attention. Une forme noire se glissait entre les arbres séculaires; une autre apparut à l'orée du bois, puis une autre sur la rive opposée du ruisseau. Les lavandières de la nuit venaient de quitter le *fangas*, ce bourbier où elles plantaient des clous et des couteaux rouillés en invoquant le Malin.

Ils reconnurent la silhouette un peu voûtée de Marthe. La vieille, dont l'apparition brusque sur le bord du Gapeau avait fait reculer Justin, attendit ses comparses avant de s'adresser à Charles :

— Je vois que tu es venu avec le petit, ironisa-t-elle de sa voix chevrotante au fort accent provençal. Aurais-tu peur, curé ?

— Peur de toi, Marthe! Avec tes sachets de champignons empoisonnés, tes pierres d'onyx, tes plumes de corbeau et tes cigales réduites en poudre! Je n'aurais même pas besoin de la croix pour te renvoyer à ton chaudron, une gousse d'ail suffirait.

Agathe et Victorine grommelèrent tout bas des malédictions, mais Marthe les fit taire en levant les bras.

— La paix, les agasses! Du respect pour l'homme du Ciel... Que veux-tu, Charles?

Le ton s'était fait doux, sucré. Charles fit la grimace : cela l'inquiétait de partager une intimité avec la vieille tordue. S'il était l'homme du Ciel, elle incarnait la femme de la Terre, née de la tourbe. Marthe pouvait soudainement le salir en vomissant de la boue. Mais pour l'heure, elle se faisait humble, enfouissant ses mains dans les larges plis de sa robe mitée.

— Trois choses, ma bonne Marthe, dit-il d'une voix enjouée. Je veux trois choses.

— Je t'écoute :

Les deux complices de Marthe recommencèrent à s'agiter; elle les contraignit à reculer d'un pas en leur lançant tour à tour un regard où Justin crut voir des flammes.

— D'abord, tu cesses de tourmenter Mlle Pasquier; ensuite, je ne veux pas vous voir rôder autour de la chapelle de Château-Vieux; enfin vous me restituez les cheveux du pauvre Marcel.

Le ricanement de Marthe fit frémir Justin. Il s'exhalait du fond de son être comme un caquetage froid, plus mécanique qu'animal. La vieille tourna sur elle-même, sa lourde robe se gonfla un court instant telle une voile noire sous l'effet d'une bourrasque, et elle partagea sa joie avec ses sœurs :

— Vous entendez! Vous l'entendez, ce marchand d'absolutions! C'est un *mardassiè*[1] et il veut nous empêcher de travailler!

Son rire se cassa net, elle tendit un doigt vers le curé, donnant un son plus grave à sa voix.

— Hé, pitchoun, écoute mon conseil, retourne dans

---

1. Merdeux, morveux.

ton église et prie pour ton âme, nous n'avons rien à échanger.

— Moi si! trancha Charles.

Marthe se tut. Justin vit le vieux visage raviné se creuser davantage, taillant des rides de perplexité entre les touffes blanches des sourcils rapprochés et des sillons de méfiance autour des yeux. La vieille lança :

— Pour la troisième chose, c'est plus possible! Les cheveux du mort ont déjà été distribués.

Distribués à qui? Les deux hommes eurent la même pensée. A leur sens, ces mèches se trouvaient dans le monde du chaos. Marcel avait payé chèrement sa dette. Dieu seul savait où le Toulonnais errait à présent.

— Bouèn! En voilà des silences pour un rufian de glacier! Un voleur! Un ivrogne! Trente francs, il me devait, et tu sais pourquoi, curé?

— Je ne veux pas le savoir! répliqua Charles.

— Il voulait séduire la fille cadette de son patron. Voilà la vérité! Ce coureur de jupons qui puait du bec rêvait d'entrer dans le lit parfumé d'Amélie Roumisse.

Cette révélation stupéfia Justin. Il ignorait tout de la fille des Roumisse, ennemis de sang des Viguière qui l'employaient. Elle lui paraissait plus irréelle que les dames de Paris dessinées dans *le Petit Journal*. Penser que Marcel désirait l'une des demoiselles les plus riches de Marseille était inconcevable. Le Roumisse, sans aucun doute, aurait fait éliminer ce prétendant malpropre s'il avait appris ses intentions.

— Avec notre aide, continua Marthe, il y serait parvenu. On avait le philtre, les astres étaient favorables, on aurait tracé le cercle à la prochaine lune et la petite lui ouvrait la porte de sa chambre. Et dire qu'en plus des trente francs, cette opération nous aurait rapporté un droit sur l'enfant à naître! Peuchère de nous! Les hommes n'ont plus de parole! Mais je crois en la tienne, curé. Venons-en au premièrement, j'abandonne à tes soins l'institutrice si tu m'offres ton chapelet.

Charles tarda à répondre. L'institutrice, Mlle Pasquier, souffrait réellement depuis que ces garces l'envoûtaient. La frêle jeune femme voyait ses forces décliner de jour en jour; à plusieurs reprises elle s'était évanouie en classe devant les petits effrayés. Cette maladie provoquée à distance, elle la devait certes aux sorcières, mais aussi à la haine de la femme du maire.

Ferdinand Mouttet était son amant depuis le printemps dernier, il n'avait pas fallu longtemps à Mireille Mouttet pour l'apprendre, en deux séances de lavoir les langues s'étaient déliées. Cocue qu'elle était. Avec des cornes comme des cyprès. Mireille, trompée et honteuse, avait écouté les conseils de l'épicière, puis ceux de la modiste et de l'herboriste, puis sa colère. Un soir, empruntant un chemin détourné, elle s'était rendue à Signes la Noire, avait frappé à l'huis des portes interdites et offert ses boucles d'oreilles à Marthe pour mettre un terme à la liaison de son époux.

Charles avait appris toute l'histoire au confessionnal; Justin chez le coiffeur, son oncle : Antoine Giraud. A chaque veillée, quand les enfants dormaient, les conversations glissaient peu à peu dans le bourbier des passions qui déchiraient le village; on s'apitoyait sur le sort de l'institutrice et on la maudissait; elle n'aurait pas dû succomber aux avances de Mouttet dont la renommée n'était plus à faire. En quelques années, en fait depuis qu'il portait l'écharpe tricolore, ses grosses pattes molles avaient caressé une bonne douzaine de femmes.

– Alors, curé, ce chapelet, il vient?
– J'ai mieux à t'offrir, dit Charles.

Justin fronça les sourcils. Que pouvait offrir de mieux son ami qu'un chapelet chargé de prières, aux grains d'ivoire polis par des doigts qui ne connaissaient pas la souillure ? Il vit Charles fouiller dans ses poches. Une minuscule bourse de cuir apparut dans sa main droite et il l'éleva à hauteur de ses yeux.

– Ça ! ajouta-t-il.

A quatre pas, dans cette nuit d'encre à peine éclairée par un pâle croissant de lune, les trois mécréantes ne pouvaient voir de quoi il s'agissait. Toutefois, elles prirent conscience de l'importance de l'objet car elles n'hésitèrent pas à poser les pieds sur les pierres glissantes qui affleuraient à la surface du courant.

– Pas plus loin ! intima Charles. Je vais déposer ce sachet près de la source et vous le prendrez quand nous serons partis. Il contient cinq hosties.

– Des hosties ! s'écria Justin en même temps que Victorine.

C'était impossible. Charles ne pouvait pas commettre un tel sacrilège. La chair du Christ ! Entre les griffes de ces salopes qui se signaient à l'envers, crachaient sur les oratoires, et glorifiaient le Diable en égorgeant des coqs et des chats noirs.

– Tu n'as pas le droit ! dit Justin en tentant de s'emparer de la bourse. Elles vont ensorceler le village !

– Reste à ta place ! ordonna Charles.

Justin ne l'écouta pas. Se saisissant de la main qui l'empêchait de s'avancer, il la tordit. Mais Charles était un robuste gaillard. Ils luttèrent pendant un moment, et ce fut lors de ce corps à corps que le prêtre put révéler tout bas :

– Arrête, fada, elles ne sont pas bénites.

Sur ces mots apaisants, Justin se laissa repousser brutalement par son ami et feignit de tomber. Cette altercation, sur laquelle comptait Charles, donnait plus de valeur aux hosties; il ne viendrait jamais à l'idée de Marthe la futée qu'elles n'étaient pas bénites. La vieille femme trépignait. Ses yeux ne quittaient plus la bourse que le curé venait de déposer sur une pierre plate.

– Pour le deuxièmement, dit Charles, nous verrons plus tard.

En vérité, il se fichait de leurs randonnées nocturnes à Château-Vieux. Il y avait à cet endroit, perchées sur un piton, des ruines et la chapelle de Notre-Dame-de-la-Nativité, mais les trois femmes ne montaient pas jusque-là; elles se contentaient de rôder autour des anciennes tombes romanes, oubliées de Dieu et des hommes, et personne ne se souciait de les voir creuser les nuits de pleine lune.

– Adieu, pécheresses! lança Charles en prenant Justin par le bras.

– Pas si vite!

La voix claqua. Justin tressaillit. Il s'attendait à l'intervention de Victorine Aguisson. La mère de Magali s'avança vers lui sans prendre garde à l'eau qui mouillait ses gros godillots et ses chevilles. Campée au milieu du ruisseau, elle dévisagea Justin qui s'était immobilisé. On pouvait voir luire ses yeux dans la nuit et, en dessous de son menton volontaire, briller l'étoile inversée à cinq branches appelée « Étoile de Salomon ».

– Laisse le petit en paix! dit Charles.

– Ton petit a vingt-sept ans, répliqua Victorine, et un beau goupillon entre les jambes. Il plaît trop à ma fille, je ne voudrais pas qu'elle subisse ce que j'ai subi quand j'avais son âge. Il y a des regards qui tuent, curé! et j'ai senti ces regards sur moi quand je poussais mon gros ventre dans les rues du village. Il y avait des yeux qui disaient : « Qui c'est le père? » et d'autres : « Que le bon Dieu la fasse crever en couches. » Celui qui m'a aimée et abandonnée n'a jamais payé.

Elle se tut un instant, retenant de vraies larmes. Il lui était difficile de remuer ce passé et ce bonheur perdu, mais il lui était facile de changer le présent, aujourd'hui elle en avait les moyens.

– Tu ne t'approcheras plus de ma fille, tu as compris, Justin ?... Ou dois-je faire en sorte que tu deviennes impuissant ?

– Nous nous aimons, et rien n'empêchera notre mariage à sa majorité.

– Si tu me l'engrosses, je te tue, et ce ne sera pas une mort agréable, crois-moi. Fiche le camp, vaurien!

Sur ces mots, elle traça des signes cabalistiques dans le vide, prononça des paroles en un provençal si vieux qu'il en devenait inintelligible, puis jeta quelque chose dans l'eau du ruisseau.

– Dorénavant tes nuits ressembleront aux nôtres, ajouta-t-elle alors que Justin disparaissait avec Charles.

7

Justin appréhendait ce qui allait suivre. Une fois de plus, ses pas l'avaient conduit dans cette gorge où Marcel était mort un mois plus tôt. Pourquoi se rendait-il toujours ici ? Il contempla les rocs aigus, les troncs tordus et une fine sueur recouvrit son visage. Il fallait rebrousser chemin, retourner au village ou se réfugier dans la Sainte-Baume. Il s'exhalait du fond du ravin comme de froides bouffées, plus lourdes que les brouillards de l'hiver. L'air glacé l'enveloppa ; cette poussière d'eau passa à travers ses narines et s'écoula dans sa poitrine, il étouffait, il allait mourir. Puis une voix suave l'appela, réchauffa ses chairs. C'était plus une caresse qu'un appel, plus une tentation qu'un ordre. Malgré lui, il se sentit attiré vers le fond où gisaient toujours les débris du chariot à glace. « Non », s'entendit-il penser, car les mots refusaient de sortir de sa bouche serrée. Il voulut tourner son regard vers la Sainte-Baume mais les muscles de son cou n'obéirent pas, le forçant à fixer le creux d'où s'échappait le brouillard. La voix continuait à verser ses notes mystérieuses, l'attirant irrésistiblement. Il laissa ses jambes le conduire, ses pieds glisser sur les éboulis, ses mains assurer des prises sur les racines. Il vit les pins et les rochers englués dans ce dégorgement brumeux, glacial, et soudain l'une des roues du chariot apparut, dressée à l'horizontale comme pour un supplice d'antan. Il se figea, conscient du danger. La voix se tut. Comme d'habitude. Il se prépara à affronter le cauchemar; il avait la gorge sèche, les mains tremblantes, la tête en feu; ses yeux, qu'il ne pouvait pas fermer, lui faisaient mal à force de contempler les restes du chariot; il voyait tout à travers un voile de peur qui l'engourdissait. Quand il entendit le ferraillement accompagné d'un tintement triste de cloche, il recula. Pas assez vite. Une traînée de fumée noire l'immobilisa au centre d'un cercle. A cet instant, il sentit la puanteur horrible, l'odeur de chair décomposée. Le hurlement d'un chien battu à mort le fit tressaillir, une chose froide et gluante frôla sa joue, provoquant une vague de terreur qui balaya toutes ses pensées et le pétrifia sur place.

Ce qui empestait allait venir. Déjà une forme évoluait près de la carcasse du véhicule, se précisait, avançait par saccades, tendant ses bras en direction de Justin.

— Marcel! hurla-t-il.

Le Toulonnais à la démarche raide le regardait, les yeux exorbités; il le regardait en souriant, la bouche ouverte maculée d'un trop-plein de sang coagulé qui lui éclaboussait les dents. Cette fois, il n'était pas venu seul, l'évêque Ragueneau l'accompagnait. Justin reconnut aussitôt le prélat, mort trois siècles plus tôt, la mitre mitée s'inclinait sur les os à vif du crâne et ce squelette vivant vêtu de lambeaux d'or et d'argent sans éclat s'aidait d'une crosse noueuse sur laquelle étaient accrochés les débris de ses mains.

Le rictus des affreuses apparitions s'élargit à l'approche de Justin, qui se fit violence. Il bondit en

arrière et se mit à remonter l'éboulis. Sa progression vers le bord du ravin se poursuivit, lente, interminable. Jamais il n'échapperait à l'étreinte des deux damnés. Jamais!
Il se mit à hurler.
Des mains le saisirent aux épaules. Il se rua en avant.
– Calme-toi, mon petit, calme-toi, tu es à la Salomone.
Cette odeur d'herbes et de feu de bois, cette voix douce et inquiète, ces mains usées par les ans... il reconnut Henriette, sa mère, avant d'ouvrir enfin les yeux sur le pathétique visage penché au-dessus de lui. Elle le contemplait avec des prunelles humides, fatiguées, d'un bleu trop pâle cerné par un lacis de veinules rouges qui en disaient long sur sa vie.
– Ce n'est rien, maman, dit-il en secouant ses épaules pour en chasser les frissons.
Il mentait. Ce n'était pas rien. Ce cauchemar qui le poursuivait inexorablement, il le devait à Victorine qui, de Signes la Noire, tissait nuit après nuit ses maléfices. Sa mère n'était pas dupe. Elle n'ignorait rien de sa liaison avec Magali, des sorts jetés par Victorine et des tourments subis par son fils. Connaissant l'entêtement de Justin, elle n'avait pas essayé de le détourner de la jeune Aguisson; il continuait à la rencontrer en cachette dans une borie du plateau d'Agnis, loin des terres soumises aux influences des trois lavandières de la nuit, très loin de l'abîme des Morts et de l'aven Cyclopibus.
Henriette regarda son fils s'étirer sur la paillasse. Le lit de planches craqua lorsqu'il le quitta en fredonnant une chanson populaire de Saboly : *Noste pauvre cat qu'a de niero*. Elle le trouvait bien insouciant pour un garçon de son âge; il venait de passer une sale nuit et il

chantait « notre pauvre chat qui a des puces ». A la vue du torse nu de son fils elle s'éclipsa alors qu'il enfilait une chemise rugueuse et des pantalons en velours côtelé.

Il fureta dans sa chambre qui n'était pas bien grande, mais bourrée de livres offerts par Charles ou achetés d'occasion sur le cours Lafayette à Toulon et chez les bouquinistes de la rue de Rome à Marseille. Il se nourrissait d'histoires, s'était passionné pour les « cours d'amour » après avoir lu *De l'amour* écrit par Stendhal, ce grand amoureux de la Provence. Il trouva ses souliers de marche derrière une pile de livres frappés de noms magiques. Nostradamus, Crescimbeni, André le Chapelain et bien des penseurs du Moyen Age qui n'avaient pas fini de livrer leurs secrets au paysan Justin Giraud. La porte de l'armoire gémit quand il l'ouvrit pour décrocher sa veste de toile bleue ; il l'avait toujours entendue grincer ; ce bruit le rassurait, lui rappelait son enfance quand sa mère rangeait le linge, allant et venant dans la minuscule pièce en posant un œil scrupuleux sur le crépi et les carreaux avant de vérifier le contenu du pot de chambre. Lorgnant du côté de la fenêtre, il vit pointer l'aube, et se dit que la journée s'annonçait belle. Il en profiterait pour se débarbouiller à l'une des nombreuses sources de la Sainte-Baume avant de rejoindre son équipe sur le versant nord du massif.

Cependant son visage s'attrista au moment où il pénétra dans la salle commune pleine de l'odeur de la soupe, et aussi d'une présence sombre clouée sur une chaise de paille : son père, Amédée Giraud.

– Bonjour, père, dit-il.

Pas de réponse. Il contourna la table et enfourcha un tabouret face à l'âtre.

– Je vais aux bassins, ajouta-t-il à l'intention de son père dont il voyait la nuque grise et les épaules immobiles.

L'homme n'engageait jamais la conversation avec son fils. Il lui arrivait de parler, mais c'était pour lui-même. Alors il se lançait dans de longs monologues sur la guerre, sur *sa* guerre, donnant l'impression d'être au centre d'une mêlée confuse où politiciens, soldats et empereurs s'entre-déchiraient. Le temps et ses jambes s'étaient figés à jamais le 25 août 1870, une semaine avant la défaite de Sedan et la capitulation de Napoléon III.

Ce jour-là les trompettes sonnaient sur le plateau de Floing et la route de Bazeilles; les bottes et les sabots faisaient trembler la terre et Dieu même dans son ciel traversé d'obus. Amédée progressait au sein d'une masse d'uniformes hérissée de baïonnettes, comme dans un rêve où le tintement des gamelles et des bidons se mêlait aux sifflements des balles. Il avançait vers l'ennemi invisible, la cervelle vide, le sang fouetté par la gnole, le cœur battant pour le drapeau de la France, le ventre plein de haine pour les Prussiens et Bismarck. Le régiment était sa force, un rouleau qui ne reculait jamais, avalait les kilomètres, prenait les positions avancées des Teutons, comme l'avaient prévu les officiers de l'état-major. Il ralentissait à peine sur les cadavres des chevaux et des hommes, s'enlisant dans le sang et la boue avant de repartir plus vite encore vers les positions allemandes.

« En avant! En avant! » hurlaient les sergents. Il y eut des explosions; les premiers rangs furent fauchés, le bloc des uniformes se creusa mais les hommes le comblèrent avec courage, comme attirés par la poudre et l'acier qui les anéantirent vague après vague. Amédée se retrouva en première ligne dans une fumée noire, il escalada un monceau de morts et de blessés, déchargea son fusil au jugé et se mit à courir en pointant sa baïonnette. Ayant traversé le rideau de fumée, il eut un choc puis sentit ses entrailles se vider. Devant lui, les compagnies prussiennes s'écartaient, laissant passer des escadrons de uhlans. Ce torrent de chevaux écumants et de cavaliers en furie venait sur lui, dérisoire pion sur la plaine. Où étaient ses camarades ? Et le régiment ? Et le drapeau ? Il aurait voulu crier « Vive la France ! Vive l'empereur ! », mais la peur lui clouait la langue.

Quand la cavalerie fut à quelques mètres de lui, il se recroquevilla, pensa de toutes ses forces à Henriette qui était enceinte de Justin, eut la vision de la Sainte-Baume et sombra dans l'inconscience au moment où un cheval, le heurtant du poitrail, l'envoya bouler sous un affût de canon.

Trois jours plus tard, il se réveilla sur une civière les os brisés, les jambes mortes à jamais, condamné à la chaise, à la pitié, à devenir une preuve vivante de l'humiliation française. Et cela faisait vingt-huit ans qu'il demeurait assis face à la fenêtre s'ouvrant sur la Sainte-Baume qu'il adorait.

– On va nettoyer, ajouta Justin avec indifférence.

– Il était temps ! La pluie ne va pas tarder, dit sa mère pour meubler la conversation.

Mais le cœur n'y était pas. Henriette essayait de sourire, elle arrivait seulement à tordre ses lèvres, à rider ses joues. Elle avait trop souvent le même regard résigné. Quand elle était en présence de son époux et de son fils, elle ne tenait pas en place, se sentant de trop, et éprouvait un vif soulagement en se rendant à la verrerie où elle empaquetait des brocs et des coupes pour quelques sous par jour.

Elle enfouit ses bras dans la panetière à moulures en spirale, en retira une énorme miche de pain qu'elle déposa devant Justin, alla jusqu'au chaudron fumant, huma la soupe au pied de bœuf avant de se saisir d'une assiette et de servir son fils selon le rituel immuable, attendant qu'il hoche le menton avec satisfaction. Puis elle murmura quelque chose à Amédée qui lui répondit d'un grognement, ce qui signifiait qu'il n'avait besoin de rien. A présent, elle pouvait partir et, comme à chaque fois, elle imagina que son absence faciliterait l'échange entre ses deux hommes.

– A ce soir, maman.

– A ce soir, répondit-elle en s'emparant d'un petit chapeau de paille, d'un baluchon et d'une gourde.

Et ce fut tout; elle s'échappa de la maison. Une bonne heure la séparait de la verrerie située dans la plaine d'Agnis. Elle traversa le potager, tourna vers l'est, jeta un coup d'œil oblique sur la Salomone, sa Bastide Blanche et trapue qui abritait trois familles, deux chiens, un cochon et quelques poules. Que pouvaient-ils se dire à présent?

Rien. Ils ne se disaient rien.

Justin engloutissait sa soupe. Il but un verre de vin en faisant claquer sa langue, puis fit plus de bruit qu'il n'était nécessaire en préparant sa besace, pour provoquer une réaction chez son père. Amédée ne réagit pas; il se sentait enfoncé dans un trou inaccessible, dont il ne pourrait jamais sortir; toutes sortes d'images l'habitaient sans cesse, réveillées par les lointains échos de trompettes de guerre.

Il ne sentit même pas la main de son fils sur son épaule.

– Père, veux-tu que je te rapporte du tabac?

Les yeux du vieil homme s'abaissèrent; il hocha la

tête en signe d'acquiescement. Justin ne lui demanda plus rien. Amédée n'acceptait aucune aide. Il avait son coin pour faire ses besoins, derrière le potager où il se rendait sur ses béquilles, traînant ses jambes comme un escargot ; il avait un confident, l'oncle Rupert qui vivait aussi à la Salomone avec sa famille : ce cultivateur bourru lui commentait les nouvelles du village ; il avait enfin ce paysage dont il ne se lassait pas : la Sainte-Baume grandiose qui le narguait jour après jour, lui faisant sentir son handicap, elle qui rayonnait de vie et de mystère, elle qui donnait naissance aux sources vives, aux ruisseaux sauvages, à la glace pure qui se vendait à prix d'or. Il aurait donné le reste de son existence pour une heure de marche dans le site enchanté. Une heure avec de vraies jambes, à bondir, courir, escalader. Comme son fils.

Il le vit dehors dans l'encadrement de la fenêtre, silhouette souple aux membres déliés, et il en éprouva de la jalousie. Il lui semblait que Justin lui avait volé cette vitalité qui était la sienne avant le désastre de Sedan. Que par une alchimie secrète ou la volonté de Dieu, au moment du choc avec le cavalier prussien, sa force était passée dans le ventre fécondé d'Henriette.

— Ne pense plus aux choses terrestres, se dit-il tout bas en essayant de fermer les yeux, de ne plus aimer la vie verdoyante, le ciel de Provence, ce fils fougueux qui s'éloignait sur le chemin.

Justin sentit peser le regard de son père jusqu'au moment où il pénétra dans la forêt de chênes qui couvrait les collines de Bagatelle et de la Folie. A l'instant où il se fondit dans l'ombre fraîche des arbres, il se libéra de sa gêne, se mettant à chanter, à parler aux esprits follets des bois, aux oiseaux dans les feuillages roussissants.

Quel bonheur de retrouver le chemin, de pouvoir se laver à la source de la Folie, de franchir les champs d'oliviers, d'aller de broussaille en broussaille, de saluer ces rustres charbonniers qu'étaient les cadiers à la recherche des genévriers. Lui-même découvrait parfois des colonies d'arbustes aux baies jaunâtres ou violacées dont les grives étaient friandes et il songeait alors à tous les bienfaits de l'huile de cade, bonne à guérir la gale, le psoriasis, l'acné, l'impétigo, à tremper les métaux, à embellir les cheveux des femmes.

Autour de la Sainte-Baume, plus de cent fours produisaient cette huile bienfaisante ; il y avait aussi les plâtrières, les cultures de fleurs, les moulins à papier, à farine, à huile d'olive. Ce massif grouillait de vie, d'hommes en communion avec la nature, de femmes aux larges robes noires qui se rendaient à Signes et à Mazaugues le long d'étroits sentiers, serpentant entre les roches nues posées au-dessous du ciel comme des trophées suspendus.

Il marchait avec insouciance, la Sainte-Baume approchait. Les lointains sommets de roche calcaire et nue se détachaient au-dessus de la masse drue des forêts qui couvraient le pied du massif. Heureux, il contemplait les énormes contours qui le dominaient et se dressaient telle une forteresse. Il arriva au bourg du Clos de l'Héritière. Sur le seuil des maisons regroupées dans un écrin de verdure qui fleurait bon la sauge et le romarin, des vieillards prenaient l'air et le soleil.

Justin leva sa main en signe d'amitié. Il les connaissait tous, ces anciens bûcherons, ces braconniers aux grosses bacchantes, ces rescapés du Mexique et de Sedan, ces amoureux des boules ou de l'absinthe. Des cannes lui rendirent son salut, puis l'un d'eux détacha son corps voûté du banc de pierre sur lequel il méditait et s'avança vers lui.

– *Qué fa, pitchoun ?*
– *Quoi qué fa, Tartaras ?* répondit en riant Justin. Mais je vais aux Glacières... Ça ne va pas, Tartaras ? Je passe par ici depuis dix ans et tu m'arrêtes aujourd'hui pour me demander ce que je fais ?
– C'est pour ton bien, pitchoun. Aujourd'hui, il vaut mieux que tu quittes le chemin. Je sais ce que je dis ; ce matin il y a des mauvais bougres qui rôdent à une portée de fusil du Clos, j'ai l'œil, pitchoun, surtout quand je pose des pièges, et ceux que j'ai vus attendent quelqu'un. Alors quand tu m'es apparu comme un cabri sur le chemin, je me suis dit : « Tiens, en voilà un qui a pas que des amis ! »

Justin étudia le vieil homme. Il méritait bien son surnom de Tartaras. En provençal, cela voulait dire gerfaut, oiseau de proie, et ce tartaras-là avait la vue perçante. L'âge n'altérait pas ce regard noir, aiguisé, qui savait repérer un rouge-gorge à plus de trois cents pas.

– C'est pas des Signois, continua Tartaras, c'est pas des habitants de la Sainte-Baume. Ils ont de beaux paletots avec des boutons en cuivre et des faluches de marin. A mon avis, ils viennent de Marseille.

Des Marseillais ou des Toulonnais, se dit Justin. A neuf heures du matin sur ce versant perdu ? D'après la description que venait d'en faire Tartaras, ce n'étaient pas des journaliers à la solde des magnats de la glace qui se partageaient le territoire en trois parts à peu près égales. Ce n'étaient pas non plus des invités aux châteaux de Jean d'Espinassy de Venel et de Villeneuve Esclapon, ceux-là se promenaient le dimanche après-midi avec des élégantes en ombrelles.

– Combien sont-ils ? demanda Justin.
– Trois.

Justin contempla le chemin qui tournait à gauche après la dernière maison du bourg, puis la colline.

– Par là, pitchoun! s'exclama Tartaras en pointant un index noueux en direction d'une trouée dans les feuillages. En coupant par les ruines de Villevieille, tu rejoindras la Mauringuière et alerteras les tiens. On veut pas de la racaille des ports chez nous! Faites-les courir jusqu'au Garlaban à coups de pied au cul.

– Promis, Tartaras, je te ramènerai une faluche de marin pour coiffer l'épouvantail de ton jardin.

Justin obliqua vers la colline et il entendit Tartaras crier :

– Cogne bien, pitchoun!

8

Ces taches rouges derrière lui, c'étaient les toitures du Clos de l'Héritière. Justin venait de parcourir près de cinq cents mètres, quand il découvrit les ruines de Villevieille. La coutume voulait qu'on évitât cet endroit abandonné lors de la grande peste du Moyen Age. Pourtant les rois se rendant à la grotte de la Sainte-Baume avaient fait halte ici avec leurs chapelains, chevaliers et écuyers tout rayonnants d'or et d'acier sous les oriflammes. Un temps béni. La terre guérissait les hommes, elle portait l'empreinte de Marie-Madeleine, les miracles y étaient nombreux; on venait de loin s'abîmer les genoux sur les pierres des chemins. A présent les ronces envahissaient tout; les ruines appartenaient au Malin; il fallait fermer les yeux pour retrouver la quiétude de ce passé oublié. Justin les ferma un instant comme le lui avait appris Charles, les mains posées sur les vestiges d'un pilier. Il regarda vers ces rois qui embrassaient la garde de leurs épées contenant des reliques, vers ces chevaliers qui cherchaient le Graal, et plus loin encore, quand la Sainte-Baume ne portait pas de nom, à une époque où le langage était réservé aux anges et aux démons, vers cette nuit peuplée de grands sauriens. Ses sens l'avertirent de la proximité d'un danger bien avant d'entendre le craquement.

Bizarrement, il ne songea pas aux inconnus repérés par Tartaras, mais au redoutable sanglier que craignaient les chasseurs, un vieux mâle de deux cent cinquante livres blessé deux années plus tôt. Un gars de La Roquebrussanne avait perdu l'usage de son bras après avoir été chargé et mordu par l'animal. Justin s'apprêtait à grimper sur un pan de mur, quand il entendit un bruit de feuilles derrière lui. Regardant par-dessus son épaule, il aperçut un homme coiffé comme un marin pêcheur.

« Merde ! Ils m'ont retrouvé ! »

Il ne chercha pas à savoir comment. Le fait était là ; ces inconnus habitués à la ville le suivaient à la trace. Soudain il comprit. Comme un appel venu du fond de l'enfer, l'aboiement grave d'un chien retentit à un jet de pierre des ruines. Le molosse noir ne tarda pas à surgir des houssaies, entraînant après lui un ridicule bonhomme ventru en costume de velours.

Justin reconnut aussitôt la bête et l'être liés l'un à l'autre par une chaîne. Tous deux appartenaient à Camille Roumisse, le rival de Joseph Viguière, le millionnaire de Marseille allié à la pègre, aux armateurs, au parti colonial et à tous les aventuriers qui investissaient les Soudan, Togo, Dahomey, Madagascar, territoires récemment conquis par la France.

Le molosse tirait sur la chaîne. Marius Caronet, contremaître de son état, essayait de le retenir. Quand le chien découvrit Justin au milieu des restes de Villevieille, il bondit en avant en montrant ses crocs.

– Au pied ! Néron, au pied ! Tu auras ta part de canaille !

Le chien n'en fit qu'à sa tête ; il s'arracha à la terre de

toute la puissance de ses muscles, secouant le ventre ballottant de Marius.

– On le tient! hurla quelqu'un. Allez zou, Marius, lâche ta bestiasse!

Celui qui venait de crier se montra avec ses deux comparses. C'étaient bien des Marseillais et non pas des Toulonnais, Justin les identifia à leur accent. Trois rufians de la pire espèce, le genre de types qui passaient leur temps à jouer aux cartes et du couteau dans les bouges du Panier.

– Tu dois payer! lança l'un d'eux, au menton de travers, le regard en biais, bancal des pieds à la tête, plein de tics caractéristiques dus à l'abus de gnole et d'absinthe.

– Es-tu prêt, morveux! enchaîna un autre en montrant une lame.

Le dernier des trois hommes s'approcha de son compère Marius et s'empara brutalement de la chaîne qu'il libéra. D'un trait, sous le regard effaré du contremaître dont les bajoues tremblotaient, le chien fila vers Justin. A son tour, le Signois brandit son long couteau de chasse et écarta les jambes en penchant le buste. A cet instant, les hommes de Roumisse jouirent de la peur qu'ils lisaient sur son visage. A n'en pas douter, le molosse n'allait faire qu'une bouchée de ce paysan, leur évitant de se salir les poings.

Mais peut-être n'était-ce pas de la peur qui figeait les traits de Justin, car il n'hésita pas à sabrer l'air devant lui quand l'animal se détendit pour un bond prodigieux. Il manqua son but; le chien aussi. Alors qu'il s'apprêtait à recevoir une nouvelle charge, il vit avec stupéfaction que Néron continuait sur sa lancée, filant à toute vitesse vers le pas de l'Aï dont le front rocheux culminait à plus de mille mètres.

– *Lou chin est fada!* dit l'un des Marseillais.

– Il est jeune, bredouilla Marius, en se demandant quelle était la priorité maintenant : bastonner le Justin ou retrouver le chien favori de son maître.

L'ascendant du petit voyou bancal se manifesta. Des quatre, il était le plus hargneux, le plus malin, le plus âpre au gain; il aimait la bagarre, les coups qui font mal, le sang qui gicle des nez et des arcades sourcilières. Il désigna le Signois et se mit à courir. Il ressemblait à une marionnette de bois mal articulée, mais il se rapprochait vite. Ses souliers ferrés tintaient sur les cailloux, son visage en galoche suintait la méchanceté et sa bouche, où il manquait les dents de devant, s'ouvrit pour un « Je vais t'arranger le portrait, espèce de bordille! »

Ça, c'était du pur jargon de port et pas des paroles en l'air; Justin les prit en compte et il s'élança à son tour vers le pas de l'Aï.

– Tu ne nous échapperas pas! hurla le bancal en rameutant à lui les trois autres.

Justin progressait sur une pente de plus en plus raide, le quatuor à ses trousses. Roumisse voulait venger la mort de Marcel, son meilleur convoyeur. Justin se demandait quel était le degré de cette vengeance. Allait-il être rossé et couvert de bleus? Désirait-on lui casser un membre, ou tout simplement le balancer dans un précipice? Ces vendettas faisaient partie de l'univers des glaciers; il y avait tant d'argent en jeu que les hommes de la Sainte-Baume se livraient une guerre sans merci. Cette guerre avait ses règles, c'est-à-dire que tout était permis. Depuis 1656, date à partir de laquelle la glace de Provence avait été commercialisée, à l'instigation de la reine Christine de Suède résidant dans la cité phocéenne, on comptait les victimes par dizaines. La plupart, il est vrai, perdait la vie par accident tant le travail était dangereux, mais entre le crime et l'accident, la frontière était mince.

Justin se retourna et les vit, suant et soufflant à vingt mètres en contrebas. Le gros contremaître peinait à la queue du petit groupe des poursuivants. Il n'irait pas bien loin si ce n'était pour ramener ce couillon de Néron qui avait dû flairer un lièvre ou un renard. Les trois citadins paraissaient plus à l'aise sur ce terrain qui s'effritait, le bancal surtout. Ce diable tordu grimpait vite. Il aperçut le Signois entre les taillis et harangua les siens, leur criant que Justin suivait une route sans issue; ils firent mouvement pour la lui couper. Justin regarda vers le haut et vit que dans sa précipitation il s'était trompé de chemin; il s'était dirigé droit vers la paroi rocheuse. Une minute plus tôt, il aurait pu obliquer sur la gauche ou la droite, là où les rocs s'assemblaient pour former des escaliers géants. Mais à présent, il était trop tard, il allait devoir affronter la montagne taillée à vif.

– On le tient! glapit Marius.

Justin ne se retourna plus. Il repartit vers le mur haut de cent mètres. De broussaille en broussaille, toujours plus haut, il n'économisait plus son souffle, ne prenait plus la peine d'écarter les épines, d'essuyer son front. La sueur lui brûlait les yeux et il ne prit pas le temps de mesurer et de détailler la paroi quand il plaqua ses mains sur la surface fissurée du roc. « Allez! Zou! Bourrique! » se dit-il à lui-même en glissant ses doigts dans une fente et en refermant son poing sur une racine. Il commença à grimper; en se rapprochant du ciel, il pensa à la chute vertigineuse. Son cœur battait si fort à ses oreilles qu'il n'entendait plus brailler les Marseillais sur ses flancs. En vérité, les hommes de main de Roumisse ne parlaient plus guère. Eux aussi peinaient et redoutaient de tomber bien que leur ascension fût plus facile que celle du Signois.

Un éperon de pierre blanche éclaboussé de fientes d'oiseaux lui offrit une meilleure prise; Justin s'y accrocha, l'enjamba et reprit des forces pendant quelques secondes. Puis il se tordit le cou pour apercevoir le sommet de la falaise. Tout là-haut planait un couple de rapaces.

Il se mordit violemment la lèvre pour lutter contre la nausée, et ferma les yeux; ses doigts tâtonnant au hasard s'accrochèrent aux aspérités de la roche. Alors il tendit les muscles pour s'élever. Centimètre après centimètre, la poitrine haletante, conscient avec frayeur de ses limites physiques, il progressa, se collant à la falaise. Quand il eut franchi le surplomb, il faillit pousser un rugissement de joie en s'arrachant à sa situation périlleuse. Il avait gagné; à présent il pouvait ramper le long d'une pente raide, grêlée, tourmentée par la force des éléments qui semblaient vouloir précipiter les sommets de la Sainte-Baume dans les plaines environnantes. Il fit une vingtaine de pas, puis chancela, et tomba. Le ciel et la terre aride tourbillonnèrent tandis qu'il combattait l'étourdissement dû à la peur. Il écouta son sang, goûta sa sueur, resta les bras en croix, oubliant pourquoi il était ici, sur l'enclume rocheuse où nul ne s'aventurait.

– Debout, charogne!

La voix lui parvint comme à travers un rêve; il mit du temps à réagir. Une ombre lui cacha le ciel. Un visage contrefait, asymétrique, teigneux, vint près du sien, soufflant une haleine sentant l'alcool, le tabac gris et l'aigre.

– T'es fait! continua le bancal sur le même ton en le saisissant par le col.

A cet instant, le poing de Justin partit en avant et écrasa le nez camus du Marseillais.

— Pute borgne!... s'écria l'homme en le relâchant pour porter les mains à son visage ensanglanté... Cet enculé m'a défiguré! Tenez-le, vous autres.

Justin n'eut pas le temps de se remettre sur pied. Les complices du bancal se jetèrent sur lui et l'immobilisèrent sur le sol. Ce fut à cet instant qu'il sentit le premier coup entre ses jambes et hurla de douleur.

Il se traînait entre les buissons. Il avait tellement mal qu'il n'arrivait pas à reconnaître le paysage. Sa Provence, ses repères, les chemins ne faisaient plus partie de sa mémoire. Il y avait cette douleur dans la tête, là où ce salopard de Marseillais l'avait cogné avec une grosse pierre. Titubant sur ses jambes, il parvint jusqu'à une mare et ce ne fut qu'en se laissant choir dans l'eau qu'il mit un nom sur les lieux : le col des Glacières. En territoire ennemi. Il marchait en aveugle depuis des heures sur le sol de Roumisse. Il était loin, trop loin de la bastide de son patron, de Pivaut et de la Mauringuière où travaillaient les équipes.

Trois des glacières Roumisse se trouvaient à moins de cent mètres de l'endroit où il se tenait; il perçut le choc d'une pioche. Quelqu'un extrayait des pierres du calcaire pour réparer les murs des bassins. Ce bruit le détermina à poursuivre son chemin. Il se remit sur ses jambes, mais tout tanguait encore devant ses yeux; il se retint à un tronc d'arbre, jura, se traita d'*especado*[1] jusqu'à ce que la mer des chênevières, des chênaies et des micocouliers se calme. Les heurts de la pioche se firent plus secs, l'odeur des essences afflua à ses narines, le soleil l'emplit à nouveau d'énergie.

1. Lourdaud.

Il reprit sa marche avec plus d'assurance, guettant du côté des bruits qui s'effacèrent peu à peu au fur et à mesure qu'il descendait vers la vallée. Le plus dur restait à accomplir. Passer près du château des Roumisse. Le sentier y conduisait tout droit. Bien sûr, il était possible de l'éviter, mais Justin y mit un point d'honneur. Il venait de payer durement pour un acte qu'il n'avait pas commis. Lui ne devait rien à personne, seul ce stupide Marcel était en compte avec Dieu et le Diable.

Tout en approchant du château de Font Mauresque, Justin ruminait sa vengeance. Mais que pouvait-il entreprendre contre le tout-puissant maître de la glace, Roumisse, allié du député et fondateur du « groupe colonial » Eugène Étienne, ami du prince d'Arenberg, président du Comité de l'Afrique française, homme d'affaires marseillais : Charles-Roux ?

« Un bon fusil, je le guette sur la route d'Aubagne et je lui colle une balle dans la tête. »

En prononçant tout bas ces mots terribles, il songea au vieux chassepot de son père enroulé dans une toile, caché au-dessus de l'armoire conjugale, puis il se méprisa tant ce geste lui paraissait lâche. Il aurait voulu ressembler à Charles ou du moins croire aux bonnes paroles des Évangiles, des couillonnades en vérité, inventées pour tromper les petits. Comment pouvait-on avaler des « Aimez vos ennemis, priez pour vos persécuteurs, priez pour ceux qui vous ont offensés » ?

Toute sa vie, il avait vu souffrir son père et sa mère, ses camarades se tuer au labeur, ses cousines raccommoder des hardes, des pauvres mendier devant les églises, alors que les riches se pavanaient en habits brodés, sur le dos de leurs pur-sang, ou derrière le volant de leurs automobiles. Toutes ces images et ces idées lui tournaient dans le crâne, ajoutant à sa douleur, et il ne se rendait pas compte de la proximité du château.

Soudain Font Mauresque se dressa entre les cyprès ; il eut un mouvement de recul. Malgré son envie de se montrer, il se dissimula derrière une haie de buis et contempla la bâtisse ocre et orangé. Il lui sembla que les pierres taillées, les tuiles et les hautes cheminées prenaient la forme d'une barricade lui barrant l'avenir ; les quelques centaines de mètres qui le séparaient des massifs fleuris enfermant le château étaient justement la distance qu'il ne pourrait jamais accomplir. Il souffrait, mais d'une souffrance qui lui était presque étrangère. Toute cette richesse lui faisait mal parce qu'elle était l'obstacle à sa vengeance.

Les minutes s'écoulèrent sans qu'il bougeât. L'endroit exerçait maintenant sur lui une sorte de fascination. Avec une véritable excitation, il suivit des yeux le travail des jardiniers en chapeau de paille. Puis il les vit soudain surgir sous les feuillages bleutés d'un olivier séculaire. Elles étaient quatre, en robes blanches. Deux d'entre elles portaient une ombrelle et riaient aux éclats, les deux autres s'époumonaient à appeler quelqu'un en retrait.

Et ce quelqu'un jaillit soudain, telle une boule noire sur l'herbe rase. Néron, le molosse. Justin battit en retraite, mais le chien l'avait déjà flairé.

9

– Néron! cria une jeune fille.
Néron ne dévia pas d'un poil. L'odeur de l'homme caché, il la connaissait. Elle guidait sa course et l'attirait comme celle du renard repéré deux heures plus tôt dans la montagne. Il aboya quand l'homme vaniteux essaya de s'enfuir et poussa plus fort sur ses pattes arrière.
Justin grimpa sur une restanque et s'apprêtait à gravir un éboulis de pierres sèches quand il entendit l'aboiement et le froissement des feuilles mortes dans son dos. La peur flamboya en lui comme une braise ranimée par le mistral et s'éteignit l'instant d'après, étouffée non pas par un regain de courage, mais par la perte de conscience.
– C'est un *boumian*, je te dis.
– Mon Dieu, qu'il est sale!
– Il faut avertir ton père.
– Non!
Le non claqua en lui. Aussitôt après, quelque chose de chaud, râpeux et humide glissa à plusieurs reprises sur son menton; il faillit hurler en ouvrant les yeux. La gueule patibulaire du molosse était contre son visage; le chien avait posé ses pattes sur son torse et s'appliquait à le lécher.

Les quatre jeunes filles le regardaient avec dégoût et crainte. Surtout une jeunette de quatorze ou quinze ans dont la figure boutonneuse et simiesque grimaçait. Trois brunes et une blonde ; un quatuor qui cadrait mal au milieu des restanques et des oliviers. Il n'était pas possible de les imaginer ailleurs que dans les luxueux hôtels particuliers de Marseille, sous les hauts plafonds lambrissés, mouvant leurs corps virginaux dans des espaces mesurés avec le nombre d'or et ornés de statues exaltant la beauté humaine et la richesse.

Ces jeunes filles ressemblaient à des fleurs blanches peintes par ces artistes fous qu'aimait Charles. Justin avait oublié le nom de ces peintres, mais il se rappelait que leurs tableaux avaient un rapport avec l'impression donnée par le mouvement des jeunes filles. La comparaison s'arrêtait là. Les quatre créatures vêtues de dentelles, d'indienne de Rouen, de rubans, de camées et de perles demeuraient dans l'incommensurable indifférence de leur condition sociale, elles l'observaient comme on observe les pauvres des quartiers populeux ou les nègres débarqués à la Joliette. Justin sentait leur certitude d'appartenir à une très ancienne lignée patricienne, à la souche gréco-phénicienne qui avait mis en valeur la région.

Il ne voyait pas en elles les Provençales en casaque satinée aux manches collantes et longues, en jupe rouge de pisé surmontée des trois fichus de soie, de gaze et de dentelles couvrant le buste de plis. Elles devaient sûrement mépriser ces femmes en costume qui se drapaient de « chapelle » et nouaient leurs fichus en forme de cœur dans la ceinture. Il aurait aimé voir à leurs oreilles des *li round*, ces simples anneaux d'or que portaient les Signoises et toutes les villageoises du coin. Mais à leurs lobes délicats pendaient des crémaillères d'or et d'argent alourdies de cabochons accrochés en cascatelle.

Ce fut à ce moment qu'il réalisa que deux d'entre elles pouvaient être les filles de Roumisse ; il rampa sur le dos pour s'éloigner de ces diablesses et du couillon de chien dont la langue semblait prendre goût à sa peau.

— C'est un *boumian,* répéta la petite brune dont le visage ingrat devint méchant. Je vais prévenir père.

Elle recula, dardant les billes sombres et brillantes de son regard sur Justin, puis se détourna, faisant voler sa robe autour de ses jambes grêles. Elle n'alla pas loin. Une poigne dure l'arrêta.

— Tu ne fais rien que je ne te commande. Cet homme paraît blessé, il est d'usage de porter secours à son prochain. Es-tu bonne chrétienne ? Suis-je ta sœur aînée ? Veux-tu aller au bal de la préfecture ?

La petite teigne hocha trois fois la tête. Il y avait comme une menace dans la voix de la grande, mais elle ne put s'empêcher de répéter entre les dents : « Sale boumian. »

C'était plus qu'il ne pouvait en supporter. Non, il n'était pas un bohémien. Cette estourdie lui faisait monter le sang au visage.

— Ai-je l'air d'un gitan ? répliqua-t-il. Je suis signois ! Et de bonne souche ! Mes ancêtres ont planté les oliviers sur les Terres d'en haut ! Et mon nom vaut sûrement mieux que le tien, mécréante.

La petite s'empourpra mais demeura coite. Elle tourna sa figure hérissée de boutons vers sa sœur et attendit que cette dernière prenne sa défense.

Justin se relevait. Debout il les dominerait d'une bonne tête, elles allaient voir ce qu'elles allaient voir, se disait-il. Elles reculèrent toutes sauf la grande. Elle croisa son regard et entama une sorte de duel silencieux qu'il eut du mal à soutenir. Puis comme il résistait à ses attaques, elle arbora un sourire énigmatique, changeant de stratégie. Avec celle-là, il allait avoir du mal. Elle était de la trempe d'une Magali et possédait d'autres atouts.

La jeune fille prenait la mesure de cet inconnu, venu des lointains bleuâtres de la montagne ; elle le sentait sur la défensive, comme un animal – un bel animal –, et elle avait envie de jouer. La vie était si triste à Font Mauresque où son père l'obligeait à venir deux fois par semaine, entraînant avec lui la maisonnée marseillaise, une mère futile et bigote, sa teigne de sœur, les précepteurs, le maître de musique et une bonne douzaine de larbins venus renforcer les permanents du château. On était trop loin des belles avenues où elle prenait plaisir à se montrer et recueillait les œillades discrètes des hommes. Ici il n'y avait que des insectes et des piquants.

Elle suivait ses pensées secrètes avec l'ombre de ce sourire qui charmait déjà Justin. Oubliant qu'elle était une demoiselle du château, il la regarda mieux. Son corps élancé ne supportait aucune comparaison avec celui des femmes qu'il connaissait ; les lignes en étaient si longues, si fragiles, si exagérées que la jeune fille ressemblait à une madone de vitrail, faisant paraître sa sœur et ses amies gauches et lourdes. Le bout de ses doigts s'appuyait sur un tronc d'olivier, sa main étroite avait la même ligne impérieuse que son bras fin dont on devinait la perfection sous la légèreté des dentelles. Ses yeux gris, allongés vers les tempes, lui donnaient une expression froidement sereine, sa bouche demeurait cruelle, malgré le sourire. Son visage ivoire, ses cheveux d'or pâle, tout en elle rappelait la légende de la reine Christine de Suède que les vieux conteurs narraient au coin du feu.

— Venez! dit-elle soudain. Il faut vous soigner.

Justin sentit une boule de crainte monter à sa gorge. L'ensorceleuse lui tendait cette main fragile, lisse, aux ongles bombés et nacrés, qui n'avait jamais connu les lessives et la terre. Elle l'invitait — non, elle ordonnait — à la prendre.

— Tu n'y penses pas! brailla la brunette en toisant le paysan qui rejoignait sa sœur.

Son dégoût était tel qu'elle en aurait pleuré. Toucher ce *boumian*, c'était se salir et les salir, elles, la famille, toutes les grandes familles de l'industrie et du commerce.

— Toi! répondit simplement la sœur aînée en tendant un doigt frémissant et accusateur sur la cadette.

Il y avait dans ce « toi » tant de violence, d'accusation secrète que la jeune fille recula en ravalant sa salive. Elle chercha du secours auprès des deux autres, mais ces dernières rougissaient et gloussaient en lorgnant vers l'homme. Alors, serrant les poings, la chipie s'en alla en direction du château.

Ce départ inquiéta Justin, mais la blonde fée qui veillait sur lui depuis quelques secondes le rassura.

— Elle ne dira rien. Je sais des choses sur elle. Assez pour la faire mettre en pension chez les sœurs, ajouta-t-elle en la regardant s'éloigner.

Justin la crut. On était obligé de la croire. Ses paroles étaient faites pour cingler; elles sortaient de cette bouche cruelle et parfaite que Justin contemplait avec des arrière-pensées.

Il sentit la main fraîche dans la sienne, la douce pression des doigts lui fit l'effet d'un baume.

Il tâcha de prendre un air naturel, de répondre à son

sourire, mais un mélange de crainte et de perplexité le faisait hésiter; ces filles appartenaient à un autre monde, qui inspirait le respect ou la révolte; son cœur balançait encore entre ces deux pôles.

– Je dois retourner au travail, mentit-il alors qu'il avait fait une croix sur sa journée aux bassins.

– Dans cet état! Vous n'y pensez pas! Fiez-vous à la Providence; elle vous a conduit jusqu'à nous pour vous remettre de vos blessures. Ne croyez-vous pas aux rencontres, aux astres? Allez, allez, laissez-vous mener, vous ne le regretterez pas.

– Oui! Oui! renchérit l'une des demoiselles.

Les deux autres, il ne les voyait même pas. Elles avaient l'air de grandes sottes habillées en communiantes; aucune sensualité n'émanait de leur présence. Elles rayonnaient trop de cette innocence puisée dans la lecture de romans roses choisis par leur mère, et il ne prit pas la peine de les dévisager.

Elles s'écartèrent pour laisser passer le couple, lui emboîtant le pas, gloussant toujours comme de jeunes poules. Comme il s'éloignait du château, Justin entendit jouer du piano. Quelqu'un frappait les touches avec la rudesse d'une lavandière.

– Ma sœur, dit la jeune fille qui suivait son regard.

Il imagina le laideron furieux sur son tabouret, l'œil dardé sur la partition, plaquant des accords avec ses griffes, se torturant l'esprit avec des histoires de *boumian*. Il en aurait presque ri, s'il n'avait pas été dans le fief de Roumisse. Sa méfiance revint. Et si elle était la fille de son ennemi? Cette pensée fut si forte que l'inconnue se retourna et lui dit:

– Je m'appelle Camille Roumisse... Et vous?

Il eut l'impression que la main de Camille le brûlait, qu'elle le conduisait dans un piège. Il fallait déguerpir. Au plus vite.

– Vous avez perdu votre langue ? ajouta-t-elle en fronçant son minois.

– Justin... Justin Giraud, s'entendit-il répondre.

La main de la jeune fille se fit plus ferme dans la sienne ; il ne tenta pas de s'en libérer. Les arbres, à l'extrémité du parc, étaient un mélange de cyprès et de thuyas, de très grands arbres avec des troncs noirs et des feuillages serrés qui lui rappelèrent les haies du cimetière. Mais cette barrière, plantée pour se protéger du vent, ne cachait pas de menace. Au-delà de l'alignement et du chemin qui le bordait, la nature qu'il aimait reprenait ses droits, mariant les essences aux senteurs fortes, les buissons couverts d'épines et les bosquets de chênes. C'était la Provence qui avait enchanté Frédéric Mistral. Justin, retrouvant ses marques, se sentit ragaillardi ; il eut même un regard amusé pour les nymphettes en bottillons qui avançaient avec prudence. Un chemin s'enfonçait en serpentant entre des massifs de genêts sauvages dont les tiges droites et vigoureuses perçaient la terre aride et montaient à l'assaut du ciel.

Ces filles étaient bien de la ville. Elles jetaient des regards apeurés sur cette flore indisciplinée et l'une d'elles cria quand sa robe fut accrochée par une ronce. Justin prit l'initiative de la libérer, écrasant la tige avec son pied, mais la main de Camille reprit possession de la sienne.

– Sales plantes ! dit-elle en lançant un œil courroucé sur l'empotée qui s'était laissé piéger par la ronce.

Justin eut un sourire triste. Que connaissaient-elles de ce monde ? Elles auraient dû se pourlécher les babines en voyant les angéliques que les confiseurs d'Aix et de Marseille préparaient dans leurs chaudrons remplis de sucre. Et l'anis qu'elles foulaient, ne leur rappelait-il pas les bonbons couleur de lait ? Tout était bon pour les hommes sur cette terre : la verveine et sa demi-sœur la sauge, la marjolaine et la gentiane contre les lourdeurs d'estomac, la bourrache et le fenouil que les mères préparaient en teinture ou cataplasme, quand la varicelle ou la rubéole attaquait la peau de leurs bambins, le persil contre les piqûres d'araignée, les feuilles de buis qui empêchaient les plaies de s'infecter.

Qu'apprenaient-elles donc à la ville ? Il ne pouvait pas imaginer que leur préférence allait vers les rues Saint-Ferréol et Paradis, là où les modistes et les chapeliers rivalisaient d'audace, là où les mondaines rêvaient d'aventures extraordinaires au fond des brasseries.

Cependant, au centre de cet enchantement, Justin regardait la jeune fille opiniâtre qui le guidait, il voyait sa robe à larges volants ornée de fins ramages satinés. Une robe de mariée, aurait dit Magali avec envie en la comparant à sa pauvre jupe en toile. Justin chassa le souvenir de sa maîtresse et se concentra sur la blonde jeune fille. Par moments, il apercevait son profil, sa joue pâle à la pommette saillante, son nez droit légèrement pointu, sa lèvre inférieure charnue qui s'avançait avec le menton volontaire, son œil froid qui s'allumait lorsqu'il glissait sur lui. Elle évoquait une héroïne des anciennes cours d'amour de Signes, l'une de ces femmes lointaines et belles, adulées par les chevaliers qui se jetaient des défis dans la plaine du Gapeau. Elle évoquait aussi un animal cruel.

Il fut rappelé à la réalité par une branche de houx qui lui frôla la joue, laissant derrière elle trois ou quatre marques rouges.

– Où m'emmenez-vous ? lui demanda-t-il.

Elle posa un doigt sur sa bouche et se mit à marcher plus vite. Elle le conduisait vers une maisonnette aux volets bleus qu'il connaissait pour l'avoir vue souvent du haut de la Sainte-Baume mais il ne se doutait pas qu'elle était aussi bien entretenue.

En vérité, c'était une maison de poupée, avec deux minuscules fenêtres à petits carreaux, un toit à une pente couvert de tuiles moussues, bien à l'abri sous les grosses branches d'un châtaignier, toute décorée de lierre et de pots de géraniums. Le sentier aboutissait à une terrasse carrelée de brun ; au-dessus du perron, enchâssé dans la maillure du lierre, Justin put lire « L'ABRI », mais il n'était pas rassuré pour autant. Avant qu'il puisse trouver un prétexte et s'évader dans la colline, deux paires de mains le poussèrent dans le dos, une autre l'entraîna dans la fraîcheur d'une pièce rose meublée d'une commode, d'un lit à une place, de trois chaises autour d'une table ronde sur laquelle étaient éparpillés quelques fioles à parfums et d'autres objets féminins.

– C'est mon refuge, dit la jeune fille en virevoltant avant de donner du volume à ses cheveux en se regardant dans l'ovale d'un miroir accroché au-dessus de la commode.

– Vous êtes une fille Roumisse, n'est-ce pas ?

Cette question stupide lui brûlait la langue depuis le début de leur rencontre. Elle avait bien dit qu'elle portait ce nom maudit.

– Je m'appelle bien Camille Roumisse, et mon nom vaut bien le vôtre, monsieur de Signois, quoi que vous en disiez !

Camille, elle portait le même prénom que son père. Justin se sentit mal. Il lorgna vers l'extérieur avec inquiétude. Si le maître de la glace le trouvait ici, c'était la mort assurée ; pourtant l'endroit exerçait sur lui une sorte de douce contrainte.

– Laissez-moi vous présenter Amélie de Banon et

Lorraine Resteroux, ajouta-t-elle, alors que les deux donzelles s'inclinaient comme au bal de la préfecture devant les cavaliers.

Il s'entendit encore bêtement répéter « Justin Giraud » et se laissa conduire quand Camille le fit asseoir sur le lit. « Fiche le camp ! » « Ne fais pas le beau ! » « Tu vas te faire prendre comme un *cat-fer* [1] par le Roumisse ! » La voix de la raison criait en lui ; l'image d'un *cat-fer* se débattant dans un piège d'acier sous les yeux d'un Roumisse le harcelait mais il n'en demeurait pas moins assis sur l'édredon moelleux du lit.

Pendant ce temps, les demoiselles s'activaient. Sur les ordres de Camille, Resteroux et de Banon allèrent à la pompe à eau avec bassine et broc à la hanche.

– C'est comme à la guerre dans le livre de M. Zola, dit l'une d'elles en posant délicatement son récipient sur la table.

– Tu lis ces saletés ? s'étonna la seconde.

– La paix, vous autres ! s'exclama Camille. Justin n'a pas été blessé par les Boches... Prenez des linges dans la commode. Pardonnez-leur, monsieur, elles lisent trop de romans.

– La vie est parfois roman, répondit Justin. J'ai lu *la Débâcle* de Zola et mon père y était. Zola n'a rien imaginé ; il n'a fait que retracer la vérité.

– Oh, je n'ai pas voulu vous offenser, dit-elle.

Les deux amies de Camille se rapprochèrent du Signois avec ce qu'elles avaient pu trouver dans les tiroirs. Resteroux tenait une taie d'oreiller brodée aux lettres C et R, de Banon tendit à Camille un drap blanc qui sentait la lavande. Toutes deux rougissaient à la vue de ce paysan qui connaissait les écrits interdits circulant dans les chambrées des couvents.

---

1. Chat sauvage qui vivait encore en Provence au XIXe siècle.

— Vous croyez, entama Resteroux d'une voix affaiblie, que c'est vrai... dans *Nana* et dans *la Curée*?

— Lorraine, tu es folle! intervint Camille en lui arrachant brutalement la taie des mains.

Justin regarda Lorraine et Amélie d'un autre œil; elles n'étaient finalement pas aussi moches que cela quand l'émotion animait leurs visages.

— Qu'est-ce qui est vrai? demanda-t-il malicieusement.

— Ces histoires de femmes... Ce qu'elles font.

Lorraine avait osé, malgré le regard furibond de Camille; une chaleur montait entre ses jambes, s'épendait, faisant battre son cœur et trembler ses lèvres. Elle avait maintenant la certitude d'avoir commis un péché qui lui vaudrait une bonne dizaine de Pater et d'actes de contrition si elle osait se livrer à son confesseur. Cet homme la contemplait maintenant avec insistance; il la regardait plus que Camille. Justin, il s'appelait. Un beau prénom qui allait bien avec son visage ténébreux encadré de cheveux noirs, souples, dans lesquels elle aurait bien passé une main s'il n'y avait pas eu les deux autres garces.

Justin prenait son temps pour répondre. Plus les minutes passaient, plus il maîtrisait la situation. Il se laissa faire quand Camille nettoya sa figure avec le linge mouillé. Elle s'y prenait bien. Par instants, il sentait son haleine tiède sur sa peau et résistait à l'envie de la prendre par la nuque pour écraser ses lèvres sur les siennes. Ce serait une bonne façon de se venger. La fille de Roumisse. Mais il ne pensait pas à la vengeance. Cette femme l'attirait réellement.

Soudain, il se mit à parler et, quand les premiers mots quittèrent sa bouche, Camille s'arrêta de laver ses plaies, Lorraine sentit monter son trouble de plusieurs crans, Amélie devint écarlate.

— « Nana se pelotonnait sur elle-même. Un frisson de tendresse semblait avoir passé dans ses membres. Les yeux mouillés, elle se faisait petite, comme pour se mieux sentir. Puis, elle dénoua les mains, les abaissa le long d'elle par un glissement, jusqu'aux seins, qu'elle écrasa d'une étreinte nerveuse. » Et après ? demanda-t-il à Lorraine. Allons, mademoiselle, je suis sûr que vous connaissez la suite par cœur, et vous aussi, Amélie.

Il ne s'adressa pas à Camille. Volontairement. Elle allait devoir brûler les étapes si elle voulait rivaliser avec ses amies. C'était une question d'amour-propre, de séduction, de prestige, et sur ces plans-là il ne la croyait pas différente des Signoises. Pour le moment, elle semblait étouffer de rage, les poings crispés sur la taie humide qui gouttait sur sa robe. Elle devait créer un barrage de toutes ses forces entre Lorraine et lui, utilisant son regard glacial à des fins d'intimidation, mais son amie était sous l'emprise de la passion. Lorraine tenta de s'éclaircir la voix, mais c'était la peau de Nana qui à présent collait à la sienne, et sa voix avait ce ton rauque des femmes qui fument et boivent trop dans les arrière-salles des cafés.

— Ce n'est pas bien, entama-t-elle... mais si vous insistez...

— J'insiste !

— Camille, tu veux bien ?

Pas de réponse excepté la lueur meurtrière qui passa dans les prunelles grises.

— Bon, j'y vais ! Aidez-moi, monsieur Justin.

— « Et rengorgée, se fondant dans une caresse de tout son corps », commença-t-il en ne la quittant pas des yeux.

— « Elle se frotta les joues à droite, à gauche, contre

ses épaules, avec câlinerie. Sa bouche goulue soufflait sur elle le désir. Elle allongea ses lèvres... »

— Mon père! cria soudain Camille. Il arrive, j'entends le chien.

La panique s'empara des deux filles. Lorraine et Amélie coururent à la fenêtre. Il n'y avait rien sur le chemin, mais le danger approchait car Camille les poussa vers la porte et leur montra un sentier sur le côté.

— Par là, vite!

Alors que les deux demoiselles disparaissaient, jupes retroussées et cheveux au vent entre les thyms, Camille revint vers Justin, le prit par les épaules et le dévisagea longuement comme si elle allait l'embrasser, avant de le repousser violemment.

— Partez!

Il eut un doute. Il n'entendait rien. Pas le moindre aboiement. Et il avait l'ouïe fine.

— Partez! Je vous en prie. Nous nous reverrons aux premières glaces!

Il se dirigea vers elle pour lui arracher ce baiser, mais elle mit les mains sur sa poitrine et détourna la tête.

— A la glacière de l'Ombre, lui dit-il alors avant de la quitter.

Une fois au-dehors, il se mit à courir en contournant la maisonnette et il grimpa jusqu'à en avoir le souffle coupé vers le sommet de la colline qui dominait les terres de Roumisse. Quand il se retourna, il la vit, fleur blanche solitaire, sur la terrasse de l'Abri, qui l'observait. Il n'y avait pas de chien, pas de père, pas de Marseillais. Elle avait menti, et il se dit en riant que Zola était un fameux compère et Nana une sacrée entremetteuse.

10

Une grosse masse se mit à frapper les rochers. Les coups, lents et réguliers, semblaient éveiller de proche en proche les équipes sur les bassins. Justin maniait cette masse de vingt livres avec précision, fracassant la pierre avec une sorte de délectation. A chaque rencontre avec la roche, la vibration faisait trembler son corps.

Les forces de la terre le pénétraient, faisaient de lui le meilleur des compagnons glaciers de la Sainte-Baume. Joseph Viguière, son employeur, lui confiait les tâches les plus rudes, « pour donner l'exemple », disait-il, car les autres journaliers exécutaient toujours les ordres d'un air maussade. Justin était carrier, porteur, conducteur, tailleur de glace. Il y eut un grand bruit, et tous tournèrent la tête pour voir s'effondrer le rocher en une multitude de morceaux.

— Beau coup! lança Joseph Viguière qui vérifiait la propreté des immenses bassins où s'affairaient les hommes, ajustant les pierres, arrachant les racines et les mauvaises herbes, égalisant le sol avec bêches, râteaux et sarcloirs.

Le maître de la glace quitta son observatoire et rejoignit Justin. Il promena son œil vif sur le visage du

Signois, cherchant à deviner ce qui se passait. Car depuis quelques semaines ça n'allait pas du tout entre eux. Justin ne parlait presque plus, répondait par des onomatopées d'une voix bourrue. Il refusait l'absinthe le midi et la gnole le soir. En fait, il faisait le cabochard depuis le jour où il était revenu de la montagne couvert de bleus et sentant la lavande.

– On est prêts, dit Viguière en bourrant sa pipe.
– Le ciel aussi, répondit Justin.

Ils levèrent les yeux vers la masse grisâtre roulée par le vent d'est; les nuages avaient le ventre lourd, ils passaient au-dessus des montagnes arides, plombant les sommets d'une teinte morne, mais ils n'attristaient pas les deux hommes.

– La pluie va être abondante, dit Viguière en soufflant une bouffée de fumée que le vent humide rabattit sur sa figure réjouie.
– Peut-être.
– Qu'as-tu, petit?... Tu n'es plus avec Magali? Tu t'es embéguiné d'une femme mariée? Si tu as des dettes de jeu, je peux les couvrir.
– Vous savez très bien que je ne joue pas! Je n'ai rien! Rien qui mérite d'être raconté!

Il venait de répliquer sèchement. Jamais il n'avait parlé sur ce ton à son patron, il le respectait, le défendait à l'occasion, car c'était un homme juste qui vivait selon la tradition provençale qu'il plaçait au-dessus des lois républicaines imposées par Paris. Cependant Justin ne s'excusa pas. Il avait trop d'amour-propre, trop de passion contenue, trop de Camille et de Magali en lui qui se disputaient son cœur, trop d'aigreur accumulée contre le père de Camille qui était l'égal de Viguière. Il n'avait rien dit à personne, pas même à Charles, qui s'était inquiété de sa mine taciturne.

Viguière allait le questionner à nouveau quand une grosse goutte s'écrasa sur son nez.

– Enfin! s'écria-t-il. Jésus soit béni! *La pluego! La pluego!*

Il jeta sa pipe, prit Justin par les épaules et le fit valser sur la rocaille, riant et hurlant. Justin éclata de rire à son tour, et tous les compagnons lancèrent leurs outils en l'air et ouvrirent les bras pour offrir leurs poitrines à l'eau. Le ciel ouvrit grand ses bondes, faisant tomber sur eux des trombes que le vent puissant déplaçait avec fureur.

Les hommes retirèrent leurs vestes de toile, leurs chemises, leurs pantalons pour sentir l'eau glacée qui allait les rendre riches. Gagné par la fièvre collective, Justin enleva ses vêtements et se mêla à eux. Certains s'empoignèrent et roulèrent dans la boue tels des chiens fous. L'eau dévalait de restanque en restanque, le long des mille sentiers de la Sainte-Baume, cascadait dans les canaux creusés par les glaciers, se déversait dans les bassins où les hommes pataugeaient, comme s'ils se livraient à un rite païen sous les yeux de leur maître.

Viguière balbutiait des mots incompréhensibles. Ce qu'il ressentait chaque année, son père l'avait ressenti avant lui, car l'eau n'était pas toujours au rendez-vous. Il y avait eu des saisons terribles marquées par la sécheresse ou par des tempêtes qui détruisaient tout. Peut-être priait-il? Il avait l'air transfiguré. Soudain il se baissa, il saisit une poignée de boue qu'il étala sur sa face. Il en éprouva le goût sur sa langue puis, vif et agile malgré ses cinquante-trois ans, il s'élança sur la restanque. Justin, qui attendait cet instant, le suivit, rejoint bientôt par tous ses équipiers ivres de joie.

Le maître, perdant haleine, arriva jusqu'au piquet

d'attache des chevaux, libéra brutalement un coursier brun, le saisit par le garrot, l'enfourcha et fonça sur le large chemin qui desservait les glacières, droit vers la Sainte-Baume. Il y avait d'autres chevaux, certains étaient attelés à deux lourds chariots, les hommes s'en emparèrent. Justin fut le premier à galoper derrière Viguière ; dans son dos, les fouets claquaient, les bêtes houspillées donnaient de grands coups de reins et les véhicules zigzaguaient entre les ornières glissantes.

On n'y voyait pas grand-chose sous la pluie battante et drue, mais on connaissait le chemin par cœur ; ils laissèrent sur leur droite les glacières de Pivaut et sur leur gauche celles de la Mauringuière. Ces six tours, gigantesques réservoirs à glace, appartenaient à Viguière. Elles suffisaient à alimenter Marseille pendant la saison chaude, mais plus loin il y avait les cinq tours du domaine de Font Frège administré par Béranger Terron et juste sous le front rocheux s'élevaient celles de Camille Roumisse, cinq sur le versant nord et deux au sud, ce qui rendait la compétition difficile et obligeait les trois maîtres à se partager le marché de la glace entre les villes côtières du Var et des Bouches-du-Rhône.

Ils arrivèrent à la jonction des trois territoires, là où le ciel se confondait avec le formidable éperon rocheux formé des baux des Glacières et de Saint-Cassien et des deux sommets du pas de l'Aï et du Paradis. Abandonnant montures et chariots, ils se pétrifièrent face à cette Sainte-Baume qui avait nourri des générations d'hommes ; à eux se joignirent les gars de Roumisse et ceux de Terron. Bientôt, ils furent plus de cent à contempler le spectacle. L'averse noyait les falaises qu'elle sculptait et lissait grain par grain dans un bruit d'enfer, l'eau écumait dans les failles, disparaissait pour resurgir, bouillonnante, au pied du bau où naissaient les canaux.

Ils regardaient ces courants rapides et imaginaient ce qui se passerait dans quelques mois ; l'eau pacifiée dans les bassins deviendrait glace ; la glace conservée dans les tours qu'étaient les glacières serait acheminée vers Toulon et Marseille. Tout au bout de ce rêve, il y aurait les criées, les grands restaurants, les hôtels particuliers où leur glace durcie par le mistral de décembre s'achèterait à prix d'or. Des larmes, lourdes, brillantes, coulaient avec l'eau sacrée sur leurs visages basanés qu'ils avaient barbouillés de terre ; ils ne se haïssaient plus. C'était bien le seul jour de l'année qui les voyait unis sur les confins de la Sainte-Baume.

Ceux de Cuges ne se cognaient pas avec les journaliers d'Aubagne, il n'y avait pas de bataille rangée entre Signois et Méounais, entre les gars de Mazaugues et de la Roque. Ils auraient dansé la *moresque de Callian* ou *lou rigaudoun mieterran*[1] s'il y avait eu des femmes ; mais les femmes ne venaient jamais rire et pleurer sous le bau ; elles se contentaient de prier au loin, bénissant Marie-Madeleine qui veillait sur leurs hommes dans la montagne.

La présence de Roumisse mit un terme à la joie de Justin. Quand il le vit, raide et plein de morgue au milieu des siens, tout vêtu de noir, avec un chapeau à large bord, il ne put s'empêcher de le comparer à un oiseau de mauvais augure. Roumisse ne riait pas, ne pleurait pas et en l'observant bien, on pouvait voir se dessiner de temps à autre une grimace de mépris sur son visage osseux.

Justin ne le quitta plus du regard et Roumisse sentit peser sur lui ces yeux de braise si fort qu'il lui fit face.

1. Le rigaudon méditerranéen.

Trente mètres et un rideau dense de pluie les séparaient, mais ils eurent l'impression d'être proches l'un de l'autre, si proches qu'ils entendaient battre leurs cœurs haineux.

Justin eut un sourire en pensant à la fille de ce salopard qui lui avait donné rendez-vous aux premières glaces, puis le remords revint une fois de plus. Il ne pouvait associer Camille à sa vengeance; au fil des nuits, la blonde jeune fille avait envahi ses rêves; il se demandait s'il n'était pas amoureux d'elle. Ces couillonnades sentimentales avaient fini par le rendre maussade, agressif, et la pauvre Magali en souffrait : depuis plus de deux semaines il refusait de la rejoindre dans leur cabane de berger, trouvant des prétextes stupides qui la laissaient perplexe.

Roumisse rompit le charme qui les liait tous. Sa voix tonna; il regarda un à un ses hommes d'un œil sévère et supérieur, ainsi qu'il concevait son rôle.

– C'est assez! Il y a du travail en bas!

A leur tour, Viguière et Terron rassemblèrent leurs équipes. Il y avait – c'était vrai – beaucoup de choses à accomplir sur les flancs de la Sainte-Baume; consolider des murs, changer les tuiles des tours à glace, creuser de nouveaux canaux, graisser les cordes et les poulies, ferrer les chevaux, couper du bois; des dizaines de stères de chêne vert seraient nécessaires pour alimenter les feux qui les protégeraient des rigueurs de l'hiver; la température descendait régulièrement à moins dix degrés.

La pluie, toujours la pluie, cinq jours et cinq nuits qu'elle tombait presque sans discontinuer, ravinant les collines, engorgeant les plaines, faisant sortir le Raby, le Latay et le Gapeau de leurs lits. La chaleur, les cigales, les fifres, le soleil découpant les villages en ombres et lumières, les parties de boules sur les places, les filles aux bras nus qui se rendaient aux lavoirs, tout cela n'était plus qu'un souvenir flou qui égayait les veillées. Nul n'en voulait au ciel de lâcher tant d'eau. Les panses des montagnes se remplissaient, les puits retrouvaient leurs niveaux, les sources alimentaient les fontaines et les saisons à venir s'annonçaient bonnes. Bonnes pour les glaciers. Bonnes pour les paysans. Bonnes pour le gibier.

Justin pensait à toutes les richesses que dispensait cette eau qui le frappait et mordait son dos nu. Il faisait froid, mais il aimait éprouver son corps, le durcir. La nuit avait été mauvaise, peuplée de cauchemars. Si cela continuait, il en parlerait à Charles.

D'un élan formidable, il porta un coup au cœur bien entamé de l'arbre qu'il cognait depuis une demi-heure. Il y eut un craquement, une oscillation, et le chêne s'abattit. C'était un moment de souffrance étrange pour Justin qui avait toujours la sensation de l'entendre crier, puis gémir se disait alors qu'il y avait peut-être une âme sous cette écorce. Il lui fallait du temps avant de l'élaguer. Il attendait dans une sorte de recueillement que les regrets s'effilochent et que la pluie le lave d'une faute.

Mais il n'était pas le seul à demeurer immobile sous la tourmente. A une cinquantaine de pas, une forme imprécise se confondait avec les rochers et le guettait.

11

Camille avait marché plus de deux heures vers le nord. Elle se croyait perdue quand, ayant fait une halte dans une clairière en surplomb au-dessus de la forêt, elle le vit. Sur le coup, elle chancela, et s'adossa à un tronc pourri. A présent elle se moquait de la boue, de la pluie, de la fatigue; Justin était là dans cette encoche de nuages et de verdures pâles.

– Mon Dieu, mon Dieu, qu'est-ce que je fais ici? balbutia-t-elle en fermant les yeux.

Ses tempes battaient. L'effort qu'elle avait fourni pesait sur tout son corps, mais plus encore lui pesait l'interdit qu'elle bravait. Justin Giraud était détesté par son père; c'était ce que lui avait appris le contremaître Marius Caronet. Elle avait mené son enquête avec discrétion et une nuit elle s'était emparée du carnet secret de son père. Le maître des glaces avait ses petites manies; elle feuilleta les pages jaunies contenant des adresses et des chiffres puis découvrit la liste rouge des ennemis de la famille Roumisse. Il y avait là, couchés en minuscules lettres calligraphiées, quelques grands de Marseille, des avocats, des juges, des armateurs, des propriétaires parmi lesquels figurait Joseph Viguière, des célébrités, Jules Ferry, Gambetta, Jaurès, et une majorité d'inconnus avec tout en bas le nom de Justin Giraud. Ce fut à cet instant que, traversée par de violentes bouffées d'animosité à l'encontre de son père, elle décida de brûler les étapes et de ne pas attendre les premières glaces et le rendez-vous à la tour de l'Ombre.

Maintenant, elle se sentait pleine à la fois de culpabilité et de désir. Elle entendait la hache pénétrer le bois, et c'était comme si les coups sourds creusaient une marque douloureuse dans son ventre. Elle aurait dû être à Marseille avec sa mère, traînant avec grâce une lourde robe de velours serrée aux jambes, plissée aux hanches, son sac plein de friandises destinées aux pauvres de leur paroisse.

Ses journées, elle les passait à répandre des bienfaits, à porter des vêtements aux orphelins, à broder des oriflammes pour les processions, à faire semblant d'imiter sa mère qui œuvrait de toute son énergie à la sauvegarde de leurs âmes. A celle de son époux en priorité. Ne murmurait-on pas tout bas dans les salons que le très honorable Roumisse fréquentait les prostituées du Panier ? Ces racontars ne blessaient pas Camille. Au contraire, ils la confortaient dans son mépris pour les femmes de la haute bourgeoisie, pour sa mère qui voulait se confondre avec le ciel et devenir une sainte. C'était ainsi que toutes ces belles farcies de prières et de compassion perdaient leurs maris.

Camille ne serait jamais une âme éthérée ! Elle préférait ressembler à son père. Dévorer la vie, dévorer les autres, dévorer le monde, dévorer ce Justin. Oui, elle allait suivre les voies brûlantes des passions et montrer ses appétits, mieux que la stupide Nana de Zola. Soudain un fracas la fit tressaillir et elle ouvrit les yeux. L'arbre s'abattait d'une secousse sur la terre détrempée.

Le cœur de l'arbre commençait à pourrir; Justin en fut soulagé. Il soupira d'aise, et son soupir coïncida avec une énorme bourrasque qui ploya et agita les feuilles du chêne vert; il se remit à étudier l'arbre, cherchant les angles d'attaque, calculant le temps qu'il lui faudrait pour faire de ce tronc un tas de bois.

Tenir ses poings étroitement serrés, sentir trembler tous ses os à chaque coup, n'être plus qu'un avec la lame d'acier qui pénétrait sous l'écorce; il retrouva ces sensations qui le vidaient de toute pensée. Il frappa, frappa encore jusqu'au moment où il détourna brusquement les yeux de sa tâche. D'instinct, il braqua son regard vers les hauteurs et vit Camille qui descendait prudemment.

Elle s'immobilisa, accrochée à des racines de pin, frappée, non d'une sensation visuelle, mais d'une impression de toucher. Il ne la regardait pas, il la possédait. Elle se sentit fléchir. Envolées, ses belles résolutions de dévoreuse. Justin était sur son terrain, pas en ville, elle avait tout de la proie désignée au chasseur. Elle éleva gauchement sa main libre pour lui faire signe mais il ne lui répondit pas.

Seigneur! Qu'est-ce qui lui avait pris de braver l'autorité paternelle, d'inventer un prétexte pour se rendre à Font-Mauresque, de ruser pour venir jusqu'ici? Il lui semblait qu'elle allait mourir de honte tant que ce regard serait sur elle. Elle sentait ses doigts paralysés arrimés à la racine. Elle allait lâcher et dégringoler sur la pente mouillée.

Et elle dégringola, jupes retroussées, jupons remontés sur ses jambes blanches. La boue, les brindilles, les feuilles mortes s'engouffraient plus haut que ses cuisses mal protégées par la culotte de dentelle.

Elle cria jusqu'au moment où elle se sentit saisie,

soulevée et déposée loin de la grosse pierre sur laquelle elle allait buter.

— Laissez-moi, dit-elle, laissez-moi !

Profondément vexée, se disant qu'elle portait le nom tout-puissant de Roumisse, elle voulut échapper aux bras qui la tenaient, mais elle ne réussit qu'à se faire mal.

Justin ne voulait plus la libérer. Plus jamais. Camille ici, un mois avant leur rencontre prévue, c'était inespéré. Elle n'avait pas su résister à l'envie de le revoir et il en éprouvait de la fierté, lui le petit paysan qui livrait la glace aux grands de Toulon et de Marseille, lui qui se lavait à l'eau de source, dormait sur une paillasse, dansait le branle montagnard avec des filles sentant l'ail et le thym, il serrait tout contre lui le plus beau parti de Provence.

— Camille, dit-il, Camille.

Il prononçait son prénom comme pour se prouver qu'elle était bien là. Une Roumisse qui n'exprimait qu'un silencieux dédain, les joues creuses, l'éclat froid et pur de ses yeux où il n'y avait pas trace de pitié. C'était le plus magnifique des visages qu'il eût jamais contemplés, l'eau coulait sur cette peau comme sur le plus lisse des marbres et la bouche renflée s'ouvrait un peu en une convulsion de colère muette... et de plaisir.

Camille sentait les doigts durs de Justin sur ses épaules et sa poitrine frôlait la sienne. Il y avait toujours ce sombre regard possessif. Elle se disait qu'elle devait demeurer inaccessible, trouver des mots qui le blesseraient, mais au lieu de cela, elle contemplait son cou, ses épaules larges, le menton volontaire, les lèvres attirantes.

Elle pensa soudain à tous les baisers décrits dans les romans et une rougeur monta à son front. Son inexpérience en ce domaine faisait d'elle une gourde. A n'en pas douter, il allait se moquer d'elle. Une seule fois, dans la moiteur d'une alcôve, elle avait embrassé sa meilleure amie Eugénie, une délurée, qui remuait bien la langue dans sa bouche, et elle avait éprouvé du plaisir à lui rendre la pareille.

Elle n'eut pas le temps de se ressaisir; il s'empara de sa nuque et écrasa ses lèvres sur les siennes. Quand sa langue rencontra celle de Justin, quand ils mêlèrent leur salive, elle se sentit fondre. Elle enfouit sa main dans ses cheveux, plaqua son corps au sien, ce contact la remplit de crainte et de bonheur. L'envie de le dévorer prit le dessus et ce fut elle qui resserra leur étreinte, donna des petits coups de dents jusqu'à en perdre l'haleine. Puis elle détacha son visage du sien pour le regarder avec des yeux neufs, qui brillaient non plus d'un éclat froid, mais d'un désir mal contenu.

– Eh bien, toi alors! dit-il stupidement, ahuri par les initiatives qu'elle venait de prendre, le forçant à prolonger ce premier baiser qui n'avait rien de pudique.

Après tout, il l'avait cherché. Retrouvant ses esprits, il se demanda jusqu'où il pouvait aller. Des femmes, il en avait connu, du moins le croyait-il. Toutes du pays. Et quelques putes au Panier de Marseille et dans la basse-ville de Toulon. Dans sa mémoire, elles se ressemblaient, les unes aimaient avec la peur au ventre, la peur de tomber enceintes, la peur d'être surprises par leurs pères ou leurs maris, les autres forniquaient dans l'attitude lasse et résignée des odalisques habituées à se vendre à des files d'hommes pressés. Magali était l'exception. Avec la fille de la sorcière, il ne connaissait pas de limites, mais en ces instants, il s'efforça de chasser la Signoise de sa tête. Seule Camille comptait.

– Viens! lui dit-il avec une âpreté qui inquiéta Camille. Je connais un coin où nous serons tranquilles.

– Je dois partir... Je vous en prie.

Elle mesurait soudain que ce n'était pas un jeu. Qu'on ne dévorait pas les hommes comme des sucres d'orge. Elle eut une mimique de petite fille, tira sur la main qui l'emprisonnait.

– Laisse-moi!

A son tour, elle le tutoyait. Loin de l'attendrir, elle provoqua chez lui une réaction passionnelle contre laquelle elle ne put rien. A nouveau, il l'embrassa sauvagement, puis la souleva entre ses bras puissants sans effort apparent. Il l'emportait... non, il l'enlevait. Pourtant elle était une Roumisse, et une Roumisse n'abdiquait jamais. Elle essaya de penser à son père, à leur rang, à l'honneur de ce nom craint et respecté de la Canebière à Saigon. Mais le cœur de Justin battait contre sa joue. Il lui communiquait chaleur et désir. Vaincue, elle s'abandonna alors qu'il l'emportait vers le plateau d'Agnis.

A aucun moment Justin n'avait déposé son fragile et précieux fardeau. Sa marche mécanique et forcée l'avait conduit sur des sentiers que peu de Signois connaissaient. Et de raccourci en raccourci, il était parvenu à la borie où il retrouvait parfois Magali. Ce fut sans remords qu'il ferma la porte derrière lui avant d'étendre délicatement Camille sur la paille sèche. Une fois de plus la jeune fille fit appel à sa raison, une fois de plus elle succomba au plaisir quand les lèvres de Justin parcoururent son visage mouillé. A peine soufflat-elle « non » quand il écarta les pans de son manteau de pluie et que ses doigts habiles s'attaquèrent aux boutons nacrés de son corsage. C'était chaud et humide sur ses seins. Elle ferma les yeux et sentit cette langue qui tournait sur sa poitrine menue. Puis elle sentit qu'il lui relevait et écartait les genoux, avant de plonger sous ses jupons, entre ses cuisses; il allait la découvrir toute blonde, un peu ouverte, offerte, et la caresser longuement, lapant et buvant, allant au-delà de ce qui se disait tout bas entre vierges de bonne famille.

Elle ne sut jamais si, effrayée, elle le repoussa immédiatement, ou si, tremblante et écartelée, elle se laissa aller, gémissante, troublée par cette caresse qu'elle avait rêvée, ce péché qu'elle avait désiré, mais que jamais elle n'avait imaginé tel. C'était une sensation si forte qu'il lui semblait ne pouvoir la supporter plus de quelques battements de cœur.

Elle s'efforça de repousser ce visage entre ses jambes, mais elle n'avait plus de forces. Elle le frappa mollement, tenta de décrocher ses mains de ses hanches, et plus elle se débattait, plus son ventre bougeait sous cette langue dure qui la fouaillait. Plus la vague montait, l'onde se propageait, le sang pulsait à ses tempes, la vue se brouillait. Soudain elle rejeta la tête en arrière et cria.

Au bout d'une éternité, il la lâcha et se redressa. Elle n'en finissait pas de jouir, haletante, les sourcils froncés, la bouche tordue, luttant inconsciemment contre un plaisir trop grand. C'était une autre femme et il l'aimait autant que la Camille inaccessible et froide qu'il admirait. Aimer. Il venait de penser à Camille en accordant à ce verbe toute sa valeur et il se sentit bizarre comme si sentiment amoureux et désir ne pouvaient aller de pair. Cependant, elle était là, offerte, prête à franchir d'autres interdits, les yeux élargis et humides, elle le contemplait d'un regard étrange où se mêlaient envie, dégoût, reconnaissance, colère.

Camille ne savait plus où elle en était. Se reprendre, elle ne le pouvait plus ou ne le voulait plus. Elle était à la merci d'un homme, elle, qui dominait son monde, commandait ses amies, méprisait les dandys et régnait, telle une princesse, lors des grands bals à Marseille. A la merci d'un paysan. De Justin. Pour qui son cœur battait. Son Justin, son double et son contraire avec qui elle avait envie de faire un long chemin.

– Regarde-moi, lui demanda-t-il.

Elle ne comprit pas immédiatement pourquoi il lui parlait ainsi. Depuis quelques minutes elle ne cessait de river ses yeux aux siens. Et lorsqu'il commença à dégrafer la ceinture de son pantalon et qu'elle porta enfin son regard sur la bosse qui déformait le caleçon, elle ne put s'empêcher de clore ses paupières.

– Regarde!

Elle n'osait pas. Elle entendit cliqueter la boucle de la ceinture quand il rejeta son pantalon et elle perçut le glissement du caleçon. Il ne se passait rien. Les secondes s'égrenaient, sa tête bourdonnait, puis elle eut l'envie de le découvrir. Ses paupières battirent. Elle croyait tout connaître des hommes, elle les avait vus nus sur des tableaux, sculptés dans des marbres, évoqués avec ses amies, mais jamais elle ne s'était attendue à ça. La force qui se dégageait de « ça » qu'il tendait vers elle et caressait lentement de haut en bas l'impressionna. Elle fut consciente qu'elle désirait toucher « ça ». Et quand il lui prit la main pour la refermer sur sa chair, elle ne fut pas effrayée mais ressentit des frissons dans tout le corps. Elle n'était plus une captive réduite à la passivité; elle sentait qu'elle pouvait prendre des initiatives et le réduire au plaisir et elle laissa aller ses doigts comme elle l'avait vu faire quelques instants auparavant. Il s'arqua, ses reins se tendirent vers elle, puis il participa au jeu, mêlant ses doigts à sa toison.

Après, il y eut ce moment où ils joignirent leurs bouches, leurs mains, cet acte pendant lequel elle le mordit, jusqu'au sang, jusqu'à ce que le même râle sourd monte de leurs gorges.

Justin s'était écarté d'elle et était étendu, immobile, en travers de la paille, la tête rejetée en arrière. Elle entendait son souffle profond se calmer peu à peu. Couchée sur le dos, abandonnée, la bouche entrouverte, elle se sentait vide, calme et légère. Elle ne regrettait rien. L'impulsion insensée qui avait mis à bas ses beaux principes et son éducation avait un nom : l'amour. L'amour était le grand mobile qui l'avait poussée vers Justin et elle aurait voulu le crier. Des mots venaient, qu'elle n'osait prononcer. Quand Justin revint contre elle, elle eut un geste de défense et, comme il la regardait avec perplexité, elle lui dit d'un ton grave :

— Jure-moi que tu m'aimeras toujours ?
— Je te le jure.

Peut-être avait-il répondu trop vite, mais il le fallait. C'était la deuxième fois qu'il prêtait ce serment. Et quelque part dans la vieille demeure qui abritait les femmes de Signes la Noire, une jeune fille se mit à hurler avant de s'évanouir.

12

– Les sels! Vite, les sels!

Victorine Aguisson tournait, affolée, autour de sa fille. Magali avait poussé ce cri affreux avant de tomber. A présent, elle était pâle, comme morte, au milieu de la grande salle sombre et enfumée. La belle femme brune qui ne perdait jamais son sang-froid et commandait aux entités des mondes noirs était perdue. Elle lançait « des sels! des sels! » alors que ces derniers se trouvaient à cinq pas d'elle sur l'une des nombreuses étagères poussiéreuses où s'entassaient des centaines de fioles et de boîtes.

– Et tes pouvoirs! *Sarvélo*[1]! qu'est-ce que je t'ai appris?

La voix de la vieille Marthe tonnait sous les hautes voûtes. Dès le cri de Magali, l'ancêtre des sorcières avait quitté son refuge d'en haut, la seule pièce convenable où elle recevait la clientèle.

– J'ai Panetaux le facteur! Tu me fais perdre du temps! grommela-t-elle en agitant les cartes du tarot de Marseille qu'elle tenait dans la main gauche.

– Voyons ça!

Alors que la terrible lavandière vêtue d'oripeaux se

---

1. Écervelée.

penchait sur la jeune fille, une autre ombre, Agathe, fit son apparition. Elle agitait entre ses doigts un chapelet fait de vingt-deux vertèbres de chèvre.

– Qu'est-ce qui s'est passé ?

Victorine se borna à bredouiller quelques paroles, les yeux dardés sur les doigts ratatinés de Marthe qui palpaient le cou de sa fille. La vieille souffla soudain son haleine fétide sur le visage blême de l'inconsciente et prononça d'étranges interjections d'une voix rauque. L'effet fut presque immédiat. Magali battit des paupières et se redressa sur son séant, jetant un regard hagard sur les trois femmes accroupies près d'elle.

– Ma petite ! Ma petite ! s'écria Victorine en voulant la prendre dans ses bras.

Mais Magali roula sur elle-même et lui échappa.

– Qu'as-tu ? s'inquiéta Victorine.

– Mal d'amour, répondit Marthe en crachant par terre.

Ce mollard gras et gluant n'annonçait rien de bon. La vieille chouette ne crachait jamais pour rien.

– Malade ? Elle a une mauvaise maladie ?

A la pensée que cette ordure de Justin ait pu transmettre une pisse-chaude ou pire à sa petite fée, Victorine fit appel à ce qu'il y avait de plus mauvais en elle. Ce fils de porc ! Elle allait lui pourrir la queue et les couilles, puis elle le rendrait aveugle, muet, sourd...

– Non, dit Marthe, pensant à son facteur qui voulait gagner la prochaine course de bicyclette à Toulon. Elle n'a rien dans le sang et dans le ventre. Son mal est dans la tête. Quand le jour mourra, nous rendra notre liberté, nous chercherons à savoir. Je vous laisse, le champion m'attend et il paie bien !

Marthe eut un rire de crécelle et disparut dans l'un des nombreux recoins de la salle.

– Maman ! je t'interdis de fouiller dans ma vie privée !

Magali était furibonde. Elle en avait assez d'appartenir à ce clan maudit, d'être surveillée à distance, entourée de charmes, de sortilèges, d'esprits servants ; elle aspirait à sortir de cet empoisonnement de tous les instants. Elle se campa face à sa mère et la défia.

– Que tu parles bien, ma fille, ironisa Victorine dont le beau visage arrogant et sensuel flamboyait. C'est ton chéri de la Salomone qui t'apprend le langage des riches ? Ce moins que rien ! Ce pouilleux ! Ce misérable casseur de glace ! Figure-toi que je m'en suis déjà occupée, de ton galant ! Il dort mal depuis quelque temps ; c'était juste pour lui faire comprendre que tu n'étais pas une fille pour lui !

– Tu n'as pas fait ça ? Maman ! Dis-moi que ce n'est pas vrai !

– Pffft ! jeta Victorine. J'ai fait ce que mon devoir de mère commandait et j'espère avoir réussi !

– Je te hais !

Magali se détourna de sa mère, les larmes aux yeux, puis elle partit en courant.

– Magali ! Magali ! reviens !

Victorine avait crié sur le perron, mais la jeune fille ne s'était pas retournée. A présent, elle pataugeait dans la vase sous les grands arbres, non loin du Gapeau, elle déchirait sa jupe au contact des ronces. Elle allait de l'avant, sans but précis, la tête pleine de la vision qu'elle avait eue avant de s'évanouir. C'était si fort. Pendant un instant très bref, elle avait eu le sentiment de ne plus être à Signes la Noire mais de communier avec Justin étendu dans la borie de leurs amours. Il était avec une inconnue ; il la trompait, et tout ça à cause de sa mère.

Elle retrouva la terre ferme les collines qu'elle aimait. Puis les larmes chassées par la pluie, elle reprit courage. De la détermination, du savoir magique, de la séduction, elle n'en manquait pas. D'abord, elle allait s'occuper de cette inconnue, puis de sa mère, et reprendre Justin. Arrivée au sommet de la Paillette, elle se tourna vers le nord où s'allongeait le village de Signes, puis elle étendit les bras comme pour embrasser l'espace en clamant :

> *Boucs d'enfer, monstres et faunes,*
> *Esprits follets, esprits des aulnes,*
> *Démons du soir, démons du bruit*
> *Et cavalières de la nuit*
> *Filandières du clair de lune,*
> *Bergers de mauvaise fortune,*
> *Obéissez à Magali*
> *Par la vertu de sa magie.*

C'était dit. Elle qui n'avait jamais voulu suivre les traces maudites de ses ancêtres, elle allait maintenant invoquer les forces occultes pour faire triompher son amour.

Viguière avait remarqué le changement d'attitude de Julien. Le garçon manifestait sa joie ouvertement, buvant le coup avec les compagnons, plaisantant avec les uns et les autres, travaillant plus que de coutume en chantant. Le maître des glaces attribuait cette bonne humeur à la prime qu'il avait octroyée aux hommes. Cent francs par tête. Le salaire mensuel d'un agent principal de la fonction publique. La saison avait été remarquable. La glace lui avait rapporté gros. Les comptes n'étaient pas clos, mais il savait déjà que le bénéfice serait de deux cent vingt-cinq mille francs.

Il contempla la tour. Des cinq qu'il possédait, elle était la plus belle. Elle s'appelait Pivaut [1]. Elle se dressait au-dessus des pins. Son corps massif en pierres taillées s'enfonçait profondément dans le sol. Elle aurait pu être prise pour un donjon tant elle impressionnait par sa puissance.

Viguière se disait qu'il avait fait bâtir un monument qui résisterait aussi longtemps que les pyramides d'Égypte. Il s'en approcha, promena un doigt sur les jointures parfaites. Le trou sombre de l'ouverture de chargement laissait échapper des échos. Tout au fond, les journaliers procédaient au grand nettoyage. Ils asséchaient le sol, le ratissaient, passaient la terre au tamis. Ils astiquaient chaque pierre, ne tolérant pas le moindre insecte, un seul brin de paille.

Viguière se pencha. Un air frais monta à son visage. L'intérieur de sa tour était propre et net. Au milieu des lanternes, les hommes allaient et venaient. Ils posaient les claies neuves destinées à recevoir la première couche de glace. Au centre, un ballot de paille attendait d'être éventré, mais cette opération ne débuterait pas avant les premiers gels de décembre. Il vit Justin qui inspectait le bois des claies.

– Oh! Justin!
– Oui, patron?
– Monte me voir!

Il y avait une longue échelle de douze mètres sous l'ouverture, mais le Signois de la Bastide Blanche la dédaigna, préférant grimper à la corde de la poulie. Viguière apprécia. Il aimait l'énergie de son équipier. Dieu avait mis beaucoup de qualités dans cet être, des qualités qui demandaient à s'exprimer. Viguière en était conscient. Ce petit méritait qu'on s'intéresse à lui.

---

1. Elle sera prochainement classée monument historique.

Il lui tendit la main et le prit par l'épaule, l'entraînant loin de la tour et des oreilles indiscrètes. Ils marchèrent un bon moment en silence jusqu'à la ferme de Pivaut où les attendait le maître maçon Gravat. Ce dernier étudiait un plan déroulé sur une table. Avant de le rejoindre, Viguière arrêta Justin.
– Tu sais, petit, je me fais vieux.
– Vieux, vous ! Mais vous avez à peine cinquante ans !
– Cinquante-trois, pitchoun. Cinquante-trois et tout l'intérieur de la carcasse fatigué. Le docteur Charpin me suit, et le docteur Charpin sait de quoi il parle quand il examine mon œil, ma gorge et tout le reste... Je me suis dit qu'il me fallait un homme de confiance, quelqu'un qui pourrait diriger tout ça si je devais aller à l'hôpital. Enfin... Bonne mère ! Ne me regarde pas comme ça ! Je suis pas encore dans la boîte au cimetière. C'est une supposition. Quelque chose qui pourrait m'arriver dans quatre ou cinq ans. Alors j'ai pensé à toi.
– Monsieur Viguière !
Justin était abasourdi et ébloui. Il n'arrivait pas à mesurer sa chance. Cette opportunité qui s'offrait lui ouvrait de nouvelles perspectives. Il grimperait dans la hiérarchie sociale, se rapprocherait de Camille.
– Ne t'emballe pas. J'ai trois bonnes années devant moi pour te mettre à l'épreuve. L'héritage ira à mes neveux, mais si tu te montres à la hauteur de mes espérances, tu auras ta part.
Ils se remirent en marche et saluèrent Gravat. Justin vit le plan. Sur la feuille calée entre quatre cailloux, était dessinée la plus imposante des tours de l'histoire des glacières. Deux fois plus haute et plus large que celle de Pivaut. Gravat se lança dans des explications. Il leur montra les conduits hélicoïdaux de refroidissement, leur cita des chiffres, et quand il se dit prêt à

attaquer les travaux, Justin aperçut le clin d'œil que lui faisait Viguière. Alors il comprit que cet édifice serait sa part s'il servait bien les intérêts du maître des glaces.

Guilleret, Justin descendit jusqu'au village. Il ne voyait rien, ni le ciel lourd, ni les bastides alentour, ni même le chemin sur lequel il avançait. Il avait en tête la tour dessinée par Gravat, mais ce qu'il voyait surtout, c'était la blondeur de ses cheveux, la soie de sa peau, la limpidité de son regard, la fragilité de son corps, une Camille idéalisée qui lui avait donné un autre rendez-vous, plusieurs même, puisqu'il était question qu'ils se rejoignent tous les quinze jours, le jeudi, dans la borie. Jamais, il ne s'était senti aussi bien. Ce changement méritait bien une absinthe au Café de France, ou à celui du Jet d'eau ou chez Bazan qui tenait l'Avenir. Peut-être qu'il allait tous les faire !

Il les avait tous faits, même les Acacias et l'Europe, puis passablement éméché, il s'était rendu chez son oncle le coiffeur, Antoine Giraud.
– Justin !
Les voix joyeuses de ses cousines, Adrienne Rupert et Anicette Morique, l'accueillirent dès qu'il poussa la porte vitrée du salon. Pendant trois ou quatre secondes, il se demanda ce qu'elles faisaient dans ce lieu enfumé où complotaient les hommes, puis il se souvint que son oncle, grand libéral qui prônait l'égalité des sexes, les faisait travailler les jeudis et les samedis soir. Leur tâche consistait à raser les clients et après quelques expériences saignantes et coupantes qui leur avaient valu les pires insultes, elles étaient devenues expertes en la matière.
– *Qué fas*, neveu, c'est pas ton jour, que je sache, lui dit Antoine qui coiffait un vieux bonhomme ruminant sa chique.

– Ça l'est... désormais... c'est...
– T'en tiens une bonne, pitchoun! Olive, donne-lui ta chaise.

Il y eut quelques rires, puis les conversations reprirent. Ils étaient au moins dix là-dedans, sans compter les deux donzelles qui papillonnaient autour de leurs proies prisonnières des serviettes chaudes.

C'était un lieu magique. Sur les consoles sculptées, les bouteilles bleues d'eau de Cologne alignaient leurs panses à côté des ciseaux ouvragés, des peignes d'os, des brosses et des blaireaux. Les brocs et les cuvettes de porcelaine reposaient sur le marbre avec les savons et les serviettes épaisses en toile écrue. Dans une salle voisine brûlait en permanence un feu sur lequel chantait un gros chaudron plein d'eau. De temps à autre, Anicette et Adrienne s'y rendaient, la blonde avec son chignon tombant sur le col d'un chemisier bariolé, la brune avec ses cheveux épars sur des épaules découvertes. Elles se sentaient toutes deux mangées du regard. Les hommes s'intéressaient plus à leurs croupes qu'aux journaux froissés et aux catalogues.

Justin était tout à ses pensées brumeuses. Les conversations s'échauffaient mais il restait en dehors des polémiques; dans un coin, assis sur une marche, Olive le cafetier défendait âprement l'automobile face au maréchal-ferrant Barthélemy qui menaçait de tuer le premier Signois acquéreur de l'un de ces monstres.

– Je le tue! Je le tue! Lui et son moteur à explosion!

Des duels verbaux naissaient, opposant dreyfusiens et monarchistes, anarchistes et républicains, et une grêle de « couillon », « *fayoou* [1] », « *cacho mecho* [1] », « *bouffounaire* [1] », « *palot* [1] », *voourian* [1] », tombait dans le salon de l'oncle Giraud. De temps à autre, le coiffeur

---

1. Successivement : imbécile, sournois, bouffon, rustaud, vaurien.

intervenait. Habile, il proposait un verre d'eau-de-vie. Son eau-de-vie. Il partageait son temps entre la coiffure et la distillation, ce qui faisait de lui un homme particulièrement influent dans le village.

— Ça va mieux, pitchoun ? demanda-t-il à Justin.
— Je crois.

Justin croyait, pourtant il voyait au moins quatre visages de Panetaux le facteur dans le miroir et quatre minois d'Anicette. Nul n'ignorait que ces deux-là fricotaient l'hiver dans les étables et l'été dans les champs. La blonde cousine était à demi penchée sur la figure ensavonnée du bel André. Elle lui prenait le menton, laissait glisser le rasoir d'une caresse longue et précise, lui soufflait son haleine sur la bouche, tirait sur la peau des joues et faisait étinceler la lame de son instrument avant de la plaquer avec une sorte de volupté à la lisière de la mousse épaisse. Peu à peu, elle mettait à nu ce visage, elle le caressait du dos d'un doigt pour juger son travail.

Toute la clientèle était complice et complaisante ; il régnait une atmosphère étrange. Peut-être était-ce dû à l'odeur du tabac, des eaux de lavande, de la gnole. Cette odeur sucrée, fauve, piquante, qui faisait tourner les têtes. Ou à la personnalité d'Antoine Giraud.

A un moment, le facteur put parler ; il venait de retrouver sa peau de bébé qu'il lissait de la main sous le regard énamouré d'Anicette.

— C'est parfait, c'est parfait, dit-il à la jeune fille.

Puis il vida le verre de gnole que lui tendait Giraud avant de lancer d'une voix de stentor :

— J'étais à Signes la Noire cet après-midi !

Signes la Noire. Les sorcières. Les conversations cessèrent. Les cerveaux embrumés semblèrent s'éclaircir, délaissant Dreyfus, Panama, le Tonkin. Dès qu'on évoquait les trois mégères, les affaires locales reprenaient quatre têtes qui crachaient l'eau; c'était un visage usé qui avait perdu son sourire et le relief de son regard, mais Charles ne s'intéressait pas à cette gargouille. Il montra la chouette sculptée qui la surmontait.

— Cela fait plus de deux siècles que vous avez perdu la signification de cette fontaine! Elle est feu, eau, terre et air! Elle a été construite sur un point où toutes les lignes de forces se rejoignent. Bois l'eau de la chouette, mon fils, elle te rendra sage et tu verras bien au-delà de ce qui est permis de voir au simple mortel.

Justin se sentit à nouveau poussé en avant et il but malgré lui. A peine avait-il dégluti que Charles l'emmena de force sous l'ange étrange qui possédait un sexe. Charles fit un petit signe de croix puis fit plonger à nouveau la tête de Justin.

— Bois!

Et il but encore.

— Bois!

Et il but encore sous la sculpture de l'Homme prisonnier.

— Bois!

Et il but une dernière fois sous le sigle du bélier.

A cet instant seulement, Charles le lâcha. Justin était partagé entre la colère et la curiosité. Le curé venait de se livrer à un rite païen qui lui aurait valu l'interdiction de dire la messe, voire la révocation. Cependant, il demeurait serein, croisant les bras sur son torse étroit, où la croix de bois jaune verni faisait une tache claire sur sa soutane.

— Pourquoi? beugla Justin.

— Voilà un baptême qui t'a fait du bien, tu as la gargoulette claire à présent, mais ce n'est pas une raison pour alerter toutes les agasses de la place.

Sur ces mots Charles et Justin regardèrent autour

d'eux, mais pas un volet ne grinça. Les seuls bruits qu'ils entendaient étaient ceux qui provenaient de l'officine de maître Baptistin Fouque, le nougatier.

— Tu es protégé maintenant et tu en as bien besoin.

Justin se rappela soudain les propos de Panetaux sur les sorcières et ses poils se hérissèrent. Que savait donc Charles? Et comment l'avait-il appris aussi vite?

— Tu me dois des explications.

— Les gens d'ici ont peu de secrets pour moi; je les confesse et les conseille.

— Le facteur a la langue bien pendue!

— Que t'importe de savoir qui a parlé; je sais, un point c'est tout! Je sais – que Dieu me pardonne – que les trois garces te veulent du mal. Et peut-être n'ont-elles pas tout à fait tort.

— Que veux-tu dire?

— Que ta Magali souffre depuis quelque temps. Qu'il y a une fille blonde comme les blés dans les collines et que ton cœur va vers elle. J'ignore qui elle est, mais j'ai de l'intuition; elle t'attirera des ennuis. Tu pèches, Justin, et je ne peux pas te guider. Ce n'est pas par des prières que tu changeras, et les Écritures ne te seraient d'aucun secours; elles disent en substance que si ton sexe est pour toi une occasion de péché, coupe-le et jette-le loin de toi : mieux vaut pour toi entrer dans la vie estropié que d'être jeté avec ta virilité dans le feu éternel.

Dans d'autres circonstances, Justin se serait esclaffé, mais à présent il était blême. Charles savait pour Camille. On les avait donc vus là-haut. Les collines grouillaient de plâtriers, de charbonniers, de cadiers et de braconniers. Il se sentit soudain fragile. Charles savait. Magali n'allait pas tarder à le savoir. Et Roumisse aussi.

13

Magali pleura longtemps sur la Tête de la Paillette ; puis quand elle fut à bout de larmes, quand son cœur ressembla à une pierre noire et dure, elle éprouva le besoin d'agir.

Elle se fiait à son instinct. Le don était en elle. Sa mère, sa grand-mère et cent générations de femmes avant elles, s'étaient laissé guider par ce fil invisible. Cet instinct lui montrait l'autre versant de la vallée. La lune s'était levée ; elle baignait le plateau d'Agnis de sa lumière placide. La Sainte-Baume se dressait, inexpugnable au milieu des brouillards, avec des reflets de métal.

Magali descendit vers le village mais n'y pénétra pas. Elle se faufila à travers champs jusqu'aux premières restanques d'un adret aride, et entreprit la montée difficile qui allait la conduire à la borie. Ce chemin, elle l'avait fait tant de fois, le cœur battant, l'esprit léger, buvant les odeurs de la terre, parlant aux oiseaux qui s'approchaient d'elle et au petit peuple des lutins qui ne se montrait plus aux hommes d'aujourd'hui. Pendant ces ascensions, elle sentait pénétrer jusqu'au plus profond d'elle-même les forces de ce monde de paix et d'amour. C'était toute la Provence qui chantait et la portait vers son amant.

A présent il n'y avait plus rien de ces sensations. Quelque chose grondait dans le ventre de la colline, quelque chose sifflait sinistrement dans le ciel étoilé et elle résistait mal à ces appels, aux êtres haineux qui accouraient en rampant. Malgré elle, elle les avait attirés des mondes d'en bas. Le don encore. Ce maudit don. Soudain, elle cria. Un battement d'ailes, lourd et lent, se fit entendre au-dessus des arbres. Elle eut l'impression que c'étaient des ailes de cuir gigantesques, mais quand elle leva les yeux elle ne vit rien ou ne voulut rien voir. La constellation du Chariot palpitait faiblement, pas une ombre ne tachait les astres. La chose s'éloigna. Bientôt elle n'entendit que les propres battements affolés de son cœur.

Quand elle parvint au sommet où s'étendait le plateau, elle attendit un bon moment avant de poursuivre sa marche, scrutant chaque arbre, chaque rocher. Ce buisson là-bas, n'avait-il pas la forme d'un animal aux pattes repliées et cet autre ne ressemblait-il pas à une créature volante au repos?

« Du courage, ma fille! » se dit-elle.

Elle passa près des buissons, marcha un quart d'heure avec la sensation d'être épiée, puis arriva à la borie. Sa gorge se noua; le nid d'amour reposait sur son lit de pierres sèches; le vieil olivier qui mêlait ses racines aux moellons plantés dans le sol l'auréolait de ses feuillages argentés par la lune.

Il fallait qu'elle sache, qu'elle confirme sa vision. Elle se prit à croire qu'elle avait tout imaginé, que si Justin ne la voyait plus, c'était à cause du travail aux glacières. S'accrochant à ce faible espoir, elle pénétra dans l'abri, chercha la lampe à huile, l'alluma et comprit qu'elle avait été trompée.

Il y avait cette indéfinissable odeur de parfum, une

odeur d'un raffinement inouï qui ne pouvait appartenir qu'à une femme de la ville. Bouleversée, elle se jeta sur la couche de paille qui gardait l'empreinte de « leurs ébats ». Là l'odeur était plus forte. Elle prit la paille par poignées et la froissa avant de la jeter loin d'elle. Ce fut alors qu'elle eut la preuve de l'infidélité de Justin. Plus doré que les blés, un long cheveu blond reposait sur ce lit où elle versait ses larmes. Cette découverte tarit son chagrin et attisa sa haine, elle le prit délicatement entre le pouce et l'index, souriant méchamment.

– Ô fille blonde qui que tu sois, désormais tu m'appartiens, souffla-t-elle. Êtres de la nuit, apprenez-moi comment faire une image d'elle, si pareille qu'on puisse s'y tromper. Et alors je lui percerai les yeux, le cœur, le foie et le ventre avec des aiguilles que j'aurai fait rougir dans le feu. Je vous conjure de m'aider.

Sur ces mots, elle ferma les yeux et attendit. Pendant de longues minutes, il ne se passa rien, puis une image se forma et le visage pâle de Camille lui apparut en rêve. Quand elle ouvrit les yeux, elle était imprégnée de la personnalité de sa rivale, de son regard froid et gris, de sa bouche parfaitement dessinée, de son nez pareil à celui des madones. Sa haine monta d'un cran ; il lui semblait entendre les bêtes alentour ; elle les avait appelées, elles rôdaient autour de la borie et parfois le sol tremblait comme si un animal pesant à écailles venait renifler le bois de la porte. Elle se sentit forte et retrouva les gestes de sa mère.

– L'amour, je le lui retirerai goutte à goutte, dit-elle en enfermant le cheveu dans son mouchoir.

Elle trouva un mauvais sac de toile et le remplit de paille puis, ayant accompli cette tâche, elle brisa la lampe qui enflamma la couche. Aussitôt le feu se répandit et elle dut sortir de la borie. Ça brûlait bien et elle en éprouvait du plaisir, elle pensait à la blonde, elle allait lui pourrir le sang, la tourmenter nuit après nuit et Justin lui reviendrait. Dans la nuit peuplée d'esprits, son rire éclata, puis elle se mit à parler à ceux qu'elle avait fait venir des mondes d'en bas.

Ceux du monde d'en bas, les trois lavandières les invoquaient de temps à autre et, dans la grande bâtisse aux poutres noircies, retentissaient alors des éclats de voix, des mugissements, des rires démoniaques accompagnés d'un souffle glacial.
Marthe allait d'un bout à l'autre de la vaste salle, les yeux dans le vague, la respiration courte. De sa démarche bancale, elle cheminait selon un itinéraire compliqué, évitant des obstacles que les deux autres ne voyaient pas.
Agathe remuait le contenu huileux d'un gros chaudron avec une spatule; le récipient était couvert de signes hébreux et de lettres qui rappelaient l'alphabet interdit des runes.
Victorine se tenait près d'une étagère où elle avait préparé les poudres nécessaires au rituel. Elle paraissait absente, loin de ses deux comparses. Toutes ses pensées allaient vers Magali dont elle partageait le désespoir. Le fil ténu qui liait la mère et la fille jouait son rôle de conducteur. Sa fille souffrait à cause de ce bâtard! Ce fumier! Ce porc! La violence revint. Que faisait donc Marthe? Elle regarda la vieille dans son interminable périple; elle la voyait hésiter, repartir en arrière, tourner à droite, à gauche, s'adresser à des êtres invisibles dans cette étrange langue où se mêlaient provençal, latin et hébreu. Jamais ce n'avait été aussi long. Quelque chose n'allait pas. N'y avait-il pas d'autres moyens pour dessécher la queue de ce salopard? Les poupées, pourquoi pas les poupées?

Victorine contempla les poupées espacées devant les pieds fourchus de Belzébuth. Les personnalités politiques, pour qui des gens avaient payé cher, vêtues de leurs habits de cérémonie, formaient la première ligne, avec leurs têtes grossières toutes piquées d'aiguilles, leurs ventres rebondis transpercés d'un clou, leurs jambes en partie tailladées. Derrière eux suivaient toutes sortes de personnages, avec une majorité de femmes reconnaissables à leurs cheveux ou à leur poitrine exagérément prononcée. Mais c'était sur le bas – ventre de ces femmes de pacotille que les sorcières s'étaient acharnées, les bourrant de métal et de tiges, tant et si bien que ces figurines ne pouvaient plus tenir droites.

Victorine saurait piquer l'entrejambe du Justin avec les mots qu'il fallait. Oui, elle saurait. Toute à ces pensées apaisantes, elle ne s'aperçut pas du changement de Marthe. La vieille s'était arrêtée près du chaudron et Agathe levait vers elle un regard intrigué et gourmand.

– Victorine! Victorine! dit-elle. Marthe revient.

En effet l'ancêtre revenait. Et ce n'était pas un passage facile. Elle grimaçait, bavait, le corps traversé par des douleurs qui la faisaient se tordre et sauter sur place. Soudain elle ouvrit les yeux, s'accrocha au cou d'Agathe, imprimant dans la chair ses ongles jaunâtres et sales. Agathe supporta cette violente étreinte sans mot dire; elle avait l'habitude.

– Alors ? demanda Victorine qui les avait rejointes.

Visiblement, Marthe avait du mal à reprendre pied sur ce monde; elle semblait ne pas les voir, ni les entendre.

– Alors? répéta Victorine qui voulait en finir avec l'amant de sa fille.

– Intouchable, balbutia la vieille sorcière.

— Comment, intouchable!
— Il a une protection... La fontaine.

Victorine faillit s'étrangler de rage. A ne pas s'y tromper, c'était un coup du curé. Lui seul au village connaissait les propriétés du monument et les divers rituels qui s'y rattachaient. Selon les jours, les heures et les personnes, la fontaine était positive ou négative. Victorine frappa du poing dans sa main ouverte comme si elle venait d'avoir une idée, puis elle se rua vers les cartes du ciel d'Agathe.

— Saturne, disait-elle tout bas... Où est Saturne en ce moment?

Elle s'apprêtait à haranguer sa comparse quand, avec un bruit d'étoffes froissées et de respiration haletante, la vieille Marthe se précipita vers la tenture de cuir qui masquait l'entrée de la salle.

— Magali! dit-elle en écartant brutalement le cuir.

La jeune fille se tenait immobile, frissonnante et meurtrie sur le seuil. Elle portait un sac de toile serré contre sa poitrine. L'œil vif de Marthe alla du visage de la petite Aguisson au sac, puis elle lui prit les poignets et se fondit quelques instants en elle.

— Hum, fit-elle en hochant du menton, rien de grave, tu t'en tireras avec une bonne fièvre.

Victorine n'avait plus de voix. Sa petite. Sa pitchoune. Son *roussignoulet*[1]. Son cœur de mère battait comme au jour de l'accouchement, si fort qu'elle ne pouvait pas faire un pas vers sa fille. Magali eut un sourire désarmant pour Marthe et se dirigea avec son précieux sac vers sa mère.

— Maman...
— Oui, oui, Magali, dit Victorine en la prenant

---

1. Jeune rossignol.

contre elle, lui baisant les cheveux, le front, les tempes, les yeux embués de larmes.

Elle se revoyait à son âge, abandonnée et enceinte, maudite, traînée dans la boue par les Signoises, interdite d'église. Par bonheur son roussignoulet n'en était pas là.

– Maman, répéta Magali.

Ce qu'elle allait demander était difficile. Elle hésitait à présent. Au fil des pas qui l'avaient ramenée vers Signes la Noire, son audace s'était émoussée. Elle était sur le point de faiblir quand le visage de sa rivale s'imposa à nouveau, méprisant et glacial malgré son extrême beauté. Elle sentit que cette inconnue rendrait Justin malheureux. Il y avait de l'aveuglement à charger cette fille blonde de tous les maux, Justin avait une grande part de responsabilité dans cette affaire, mais aux yeux de Magali, il n'était pas coupable.

– Confie-toi à moi, mon oiseau, chuchota Victorine.

– Justin...

En prononçant le prénom de l'être aimé, Magali sentit sa mère se raidir.

– ... Il en a une autre, ajouta-t-elle en se mettant à sangloter.

Par le Diable cornu! Que la nouvelle était bonne! Victorine en tressaillit de joie. Dès qu'elle le pourrait, elle irait danser sous la lune.

– Maman.

– Ma chérie?

– Apprends-moi à faire une poupée.

Victorine se détacha de sa fille pour mieux la regarder. Elle ne s'attendait pas à une pareille demande; elle la croyait fermée à la magie noire. Sur le moment, elle ne sut pas si elle devait s'en réjouir ou s'en lamenter: servir le Démon, c'était perdre son libre arbitre, sa joie de vivre. Victorine croyait à la réincarnation, mais à l'inverse des philosophies hindoues et bouddhiques, elle avait la certitude que la somme des actes mauvais déterminait les futures incarnations de l'individu, en le rendant plus puissant à chaque renaissance.

— Nous ferons de ta fille un exemple pour notre confrérie, dit à ce moment Marthe qui, clopin-clopant, s'était rapprochée d'elles.

Victorine se sentit libérée d'un poids; Marthe se trompait rarement, elle avait la prescience et projetait dans l'avenir des gens qui lui apparaissait comme un livre d'images animées. Alors, elle reprit Magali entre ses bras et lui dit:

— Viens, petite, je vais t'apprendre à faire des poupées.

Lassée d'attendre au coin du feu, Henriette Giraud s'était couchée. La robe qu'elle rapiéçait pendait sur le dossier d'une chaise de paille, tout près de l'âtre.

Amédée aurait pu se rendre compte que cette robe était verte, qu'elle l'enchantait autrefois quand Henriette la mettait. Mais le sens de cette robe de drap vert, couleur de l'espérance, que l'épousée apportait en dot avec l'argent, le battoir et la quenouille, lui échappait à présent, d'autant plus que cette tradition s'était perdue en l'espace d'une vingtaine d'années. En quittant l'aiguille et le fil, Henriette lui avait demandé s'il voulait dormir dans la chambre, et il lui avait répondu non d'un grognement.

Depuis des heures, il guettait un signe. Il avait vu la pluie s'arrêter, la lune se lever, courir un sanglier sur le chemin. Il pensait à Dieu qui l'avait cloué sur une chaise, et il se mit à le haïr pour la dix millième fois, enrageant de ne pas pouvoir grimper au sommet de la

Sainte-Baume pour lui cracher à la face. Plus le temps passait, plus son cœur se durcissait. Il n'espérait plus en ces bondissements joyeux de la vie qui provoquaient l'exaltation de Justin, son fils.

Mais où était-il donc, ce vaurien ? se dit soudain Amédée en jetant un coup d'œil à la montre de gousset qui pendait sur son gilet de velours. Plus de minuit! Il enviait souvent son fils pour sa jeunesse, son insouciance, ses aventures amoureuses. Il se sentait sévère, désabusé et fatigué comme un vieux bagnard. Les femmes n'éveillaient plus rien en lui. Toutes celles qu'il avait convoitées appartenaient à son passé et il n'imaginait plus leur nudité, les soirs de bal quand les couples se retrouvaient dans les étables ou derrière le cimetière.

– C'est fini, tout ça! gronda-t-il.
– Papa!

Amédée sursauta. Son fils le tenait par les épaules.
– Laisse-moi.

Justin poussa un profond soupir et s'écarta de lui. Il aurait tant voulu le soulager une seule fois, partager le fardeau de ces terribles souvenirs. Pour la première fois de sa vie, il trouva son père vieux et décrépit; il avait l'air d'un homme qui sait que le bord de la tombe n'est plus qu'à quelques pas.

– Tu as bu! s'exclama Amédée en sentant le relent de gnole que dégageait Justin.

Il l'observait comme on regarde un coupable, faisant la moue, et s'aperçut que les cheveux venaient d'être coupés.

– Et chez Antoine en plus!

Que Justin bût, cela le navrait, mais qu'il se soûle la gueule chez son frère le coiffeur le mettait hors de lui. Amédée détestait son cadet, sa suffisance, ses idées de gauche, sa réussite, sa gnole; cet homme avait été choyé dès la petite enfance et s'était débrouillé pour rafler toutes les économies de la famille Giraud, bien avant la mort de leur mère. C'était avec les sous du clan que le salon de coiffure avait prospéré, qu'il avait eu sa licence de distillateur, qu'il s'était marié avec une fille ayant des biens et des terres, qu'il propageait les idées empoisonnées de Ferry et de Gambetta...

— Va-t'en! hurla-t-il.
— Papa?
— Va dans ta chambre!

La mort dans l'âme, Justin le quitta. Dès qu'il fut dans la minuscule pièce, il se jeta sur son lit, puis il lâcha un juron à l'intention des ténèbres traîtresses. Dès que le mot ordurier eut franchi ses lèvres, il se rendit compte qu'il exprimait plus de peur et de tristesse que de colère. Alors qu'il s'apprêtait à vivre des moments d'intense bonheur avec Camille, tous se liguaient pour lui rendre la vie impossible; les sorcières, Magali, son père, Roumisse pesaient sur lui et les bienfaits de la fontaine n'y changeaient rien. La nuit allait être longue, très longue.

14

Le mistral soufflait, courait sur la terre aride, gelait tout d'une haleine puissante et glaciale. Rien ne l'arrêtait. Ni le front de Garlaban, ni les murs cyclopéens de Sainte-Victoire et de la Sainte-Baume. Il s'engouffrait dans les vallées et les villages, brûlait la peau des oliveuses juchées sur les cavalets, soulevait les jupes et les jupons, mordait les chairs protégées par les bas de laine et les caleçons. Pourtant les femmes l'aimaient, ce mistral qui faisait tourner les moulins et transformait l'eau en glace.

La glace, Magali y songeait. Elle l'associait à Justin qui refusait toujours de la voir. Et dire qu'il était là-haut dans sa Salomone attendant le grand jour qui bouleverserait les habitudes de centaines de paysans, le jour de la glace.

Elle se disait que son amant ne tarderait pas à revenir. La poupée de paille, de cire et de chiffons contenant un cheveu blond recevait son lot quotidien d'aiguilles. Au début, cela avait été dur de lancer des sorts, d'attiser la haine qu'elle portait dans son cœur mais Marthe l'avait assistée et déculpabilisée. Désormais, dès que sonnait la dixième heure de la nuit, elle officiait seule, une aiguille rougie à la main, et perçait les seins ou le ventre de la figurine, appelant, sans trop connaître la portée de leurs pouvoirs, Sezarbil le destructeur, Azeuph le tueur d'enfants, Kataris le dévoreur, Razanil le gardien des pierres et Mastho le trompeur. Elle avait peur de ces démons; cependant elle ignorait tout des origines de ce dangereux rituel tiré du nuctéméron d'Apollonius de Tyane; il s'était transmis comme une recette à travers les âges de femme en femme jusqu'à Marthe et ses semblables. Et d'Avignon à Antioche, de Khartoum à Salem, il variait dans son déroulement et ses applications.

Si au moins, elle connaissait le nom de sa rivale, cela accélérerait le processus d'envoûtement. Magali regarda ses compagnes dans l'oliveraie. Aucune ne ressemblait à la femme apparue dans sa vision quand elle s'était évanouie. Ce devait être une fille de Cuges ou d'Aubagne, peut-être une fille de bourgeois habitant l'été l'une des belles propriétés de Gémenos ou l'une des bastides des montagnes. A cette idée, elle se sentit « une moins que rien ».

Une moins que rien. Elle n'avait qu'à contempler les autres femmes sur les échelles, cueillant les petits fruits bruns, ridés et si doux au toucher. Voilà à quoi elle ressemblait, à une grosse paysanne aux cheveux emmêlés par le vent. Même Anicette et Adrienne, les deux inséparables cousines, paraissaient avoir vieilli de dix ans. Les visages fripés, les lèvres pincées, les yeux rougis par le froid, leurs paniers d'osier sous un bras, les mains libres perdues dans les feuillages grisâtres, elles ne chantaient plus comme au début de la cueillette une semaine plus tôt.

Elles s'épuisaient pour quelques sous et une bonbonne d'huile d'olive. Le monde parut bien injuste à Magali qui sentit gronder en elle une sourde révolte, mais le mistral soufflait et la contraignait à garder l'équilibre sur les barreaux, rappelant la dure réalité de la vie. Il lui engourdissait les doigts. Elle ne sentait plus les olives au creux de ses mains gelées.

« Justin, Justin, pourquoi m'as-tu abandonnée », se dit-elle pour la centième fois.

Soudain elle entendit l'appel de la montagne, elles l'entendirent toutes. Le mistral l'emporta de vallée en vallée, de plaine en plaine, de village en village.

– La trompe! s'écria Adrienne.

Le grand jour! Le mugissement annonçait la récolte de la glace. Elles arrêtèrent le travail et écoutèrent, les regards tournés vers le Signal des Béguines. Tout là-haut, invisible sur le roc gris, le gardien des glaces soufflait dans la trompe de cuivre géante. Un autre, plus à l'ouest, sur le pic de Bertagne, ne tarda pas à lui répondre avec le même instrument. A eux deux, ils couvraient toute la région de leurs formidables mugissements. A Cuges, Gémenos, Aubagne, Roquevaire, Nans, Mazaugues, La Roque, Néoules, Méounes et Signes, les hommes quittèrent les cafés, les étables et les champs, les femmes préparèrent le pain, le vin, l'ail et le fromage.

Le même mot revenait sur toutes les bouches: la glace. Les uns le prononçaient avec jubilation, les autres avec respect. La nature avait été généreuse avec cette partie de la Provence en lui donnant le blé, l'olivier et la glace. Ils ne mourraient jamais de faim, ils ne manqueraient jamais d'argent.

Même les enfants étaient sortis dans les cours des écoles pour mieux entendre les trompes, et leurs bouches bées en disaient long sur ce qu'ils ressentaient. La montagne sauvage appelait leurs pères et ils éprouvaient pour elle un désir informulé, une envie quasiment charnelle. Le vent qui pliait les cyprès avait saisi leurs entrailles comme il saisissait l'eau des sources et des canaux et, tandis que le froid coupait leur respiration, il leur venait en tête des histoires de glacier, des exploits prodigieux, des fatigues de géant, des courses folles sur les routes et des bagarres dans les bouges de Marseille et de Toulon.

A leur tour, les cloches se mirent à sonner gaiement. Charles et son sacristain tiraient sur toutes les cordes du clocher de l'église Saint-Pierre. A ce déchaînement de cuivre et de bronze venaient s'ajouter des coups de fusil; on se serait cru le jour de la Saint-Éloi quand les hommes à cheval descendaient les rues du village et tiraient vers le ciel pour saluer l'été et tuer les mauvais génies tapis dans les récoltes.

– Les cloches, vous entendez les cloches! s'écria l'une des oliveuses en se signant.

C'était un signe de croix joyeux qui s'adressait plus à Marie-Madeleine, gardienne de la Sainte-Baume, qu'à Dieu lui-même. La belle sainte n'avait pas quitté les hauteurs de la montagne pour l'inaccessible Royaume des Cieux et protégeait toujours la Provence des santons; c'était ce que croyaient ces femmes qui se rendaient parfois dans la grotte où avait vécu la pécheresse convertie.

Tout à la joie de ce renouveau, elles se mirent à chanter et leurs voix souffrantes et belles montèrent entre les restanques. Leurs chants tournoyèrent et s'effacèrent dans le vent et le froid, cependant les oliveuses se donnaient du courage et entamaient des couplets sans fin. Elles verraient bientôt au bout de la vallée blanche monter les hommes avec pics, scies, masses et cordes et ce seraient des embrassades, des œillades, des promesses de cadeaux.

Magali aurait voulu participer à cette fête spontanée. Pendant quelques instants, elle souhaita se confier à Adrienne. Mais comment expliquer à la jeune fille son désespoir, ses envies de meurtre et ses pratiques envoûtantes ? Plus ses compagnes chantaient, et plus elle s'enfonçait dans les contrées putrides que lui avait fait découvrir Marthe. Plus elle se languissait de perforer sa poupée et de la bercer au-dessus des flammes d'un feu d'enfer attisé par les lavandières de la nuit, plus le temps passait, plus elle oubliait Justin.

Mû par une force surhumaine, Amédée Giraud se souleva sur ses bras et écouta attentivement la sonnerie, pareille à la sirène d'un bateau à vapeur. Son regard devint terrible. Tous les hommes valides convergeaient déjà vers les glacières alors qu'il demeurait là, impotent et inutile. Des filets de bave dégouttaient sur sa barbe et les nerfs tressaillaient sur ses joues maigres. Épuisé, il se laissa retomber sur sa chaise ; ses jambes mortes restaient ouvertes comme un grand compas et il dut les replier à deux mains pour remonter la couverture qui avait glissé sur ses pieds.

Justin le surprit en train de peiner sur son genou et il se précipita pour l'aider, mais Amédée le rabroua et s'empara de sa canne.

— Laisse-moi, mécréant !

— Père, je...

— Tu n'as rien à faire ici ! T'entends pas ? Ils t'appellent pour ta saloperie de glace.

Son père se fit menaçant en levant la canne au-dessus de sa tête. Cela lui fit mal. Justin aimait cet homme, il aimait ses parents, il aurait voulu réaliser pour eux des miracles.

— Fiche le camp de chez moi ! gronda Amédée.

Las et vaincu, Justin quitta la maison sans un regard en arrière. L'herbe givrée crissait sous ses semelles, le mistral lui rougissait le visage et il marcha courbé contre les rafales, jusqu'à ce que ses compagnons du hameau de l'Héritière se joignent à lui. Alors il connut à nouveau l'élan qui devait le porter vers les glacières où les attendait Joseph Viguière.

Il se mit à rêver à son avenir, à la tour en construction, à l'argent qu'il allait gagner, économiser. A tout ce qu'il allait devoir entreprendre et bâtir s'il voulait être digne de l'amour de Camille.

Une grande année. En ce début décembre, la première récolte s'avérait bonne. Ils étaient cinquante à contempler les vastes bassins gelés. Le ciel se reflétait sur la surface lisse de la glace dure, compacte, qu'ils allaient devoir découper soigneusement en blocs de quatre cents livres. On avait préparé les carrioles et les wagonnets pour le transport. Les mulets et les chevaux de trait, immobiles et serrés, attendaient que claquent les fouets. Pour l'heure ils mâchonnaient du foin et se soulageaient sur le large chemin. On les tenait assez loin des bassins pour ne pas souiller la glace, et un grand diable de Mazaugues au nez cassé allait et venait devant eux en leur parlant en provençal.

Viguière était en habits d'ouvrier, mais il ne les avait pas revêtus pour se déguiser; il comptait bien suer et souffrir au côté de ses hommes le premier jour. Il eut un regard amical pour Justin qui avait des allures de titan, avec sa masse à l'épaule et son long burin dans la main gauche, puis son regard devint gourmand quand il caressa des yeux l'eau de marbre. Sortant un couteau de sa poche, il mit un pied, puis l'autre, dans le bassin et se hasarda sur le plan glissant avant de s'agenouiller.

Tous les hommes retinrent leur souffle quand ils le virent tracer un signe de croix sur la glace.

« Seigneur, se dit Viguière, qu'elle est dure ! » Il l'entama à peine avec sa lame ; elle résistait ; c'était un signe de qualité. Le mistral avait fait du bon travail. Il fouilla ses souvenirs : il ne se rappela pas une aussi bonne glace ; celle-ci tiendrait facilement jusqu'à l'été et se vendrait à prix d'or sur les marchés.

Pendant quelques secondes, alors que ses équipes trépignaient sur place et se languissaient de tailler cette richesse, il s'emplit les yeux de ce parterre, lumineux et dépoli, digne des palais de Frigg et Freyja, déesses du Nord chères au cœur de la reine Christine de Suède par qui tout avait commencé.

Puis il se redressa et lança simplement :
– A vous !

Un même cri sortant de toutes les poitrines couvrait le mugissement du vent. Les hommes dégringolèrent des talus. Un instant plus tard le fer claqua sur la glace. Il y avait ceux qui traçaient des lignes au cordeau, ceux qui sillonnaient la surface avec des outils dentés afin d'amorcer la cassure, ceux qui fendaient d'un seul coup la masse épaisse de soixante centimètres, ceux qui se servaient de leviers pour extraire les blocs.

Justin frappait juste. Autour de lui, attaquée de toutes parts, la glace fulgurait, pareille à de la poussière de diamant, et recouvrait les hommes d'un arc-en-ciel de lumière. Ses compagnons s'étiraient sur les fronts ininterrompus des bassins, il entendait leurs cris, leurs souffles rauques, ainsi que les appels et les interjections de Viguière et de son chef de coupe, le demi-frère du cafetier Olive, René Maillard, un bonhomme bâti comme un lutteur de foire.

– Par ici les leviers !

— Bougre d'âne! tu tailles de travers!
— Des cordes! Le traîneau!

Entre les jambes de Justin, la glace craqua et se fendit sur trois mètres en une crevasse parfaite. Aussitôt il se déplaça de soixante centimètres sur le côté et recommença son travail. En moins de trois minutes son bloc fut prêt à être extrait, et une escouade armée de leviers et de cordes s'empressa de le sortir de la matrice. Il y eut six ou sept *han!* arrachés à des bouches tordues par l'effort, puis le bloc émergea, glissa sur le berceau de bois et fut amené sur une carriole couverte de paille.

Il en arriva de toutes parts. Bientôt les véhicules furent pleins. Les chevaux piaffaient d'impatience, les mulets agitaient leurs têtes de haut en bas et suivaient d'un œil rond l'homme qui tenait le fouet.

Ce dernier fit un signe à Viguière qui ordonna aussitôt :

— A la glacière de Pivaut!

Le quart des hommes quitta la coupe. Tout avait été prévu, répété, amélioré au fil des ans. Ce furent les plus forts qui rejoignirent le convoi. Justin était parmi eux. Ils cheminèrent quelques centaines de mètres, les regards dardés sur les blocs prisonniers de leurs gangues de paille, et écoutèrent les essieux gémir, redoutant les pierres du chemin qu'ils avaient damé mais que les intempéries déformaient régulièrement.

La glacière de Pivaut fut en vue. Non loin d'elle, la route givrée filait, tel un serpent de verre, le long de la Sainte-Baume. Justin pensa à la future tour voulue par le maître glacier. Il entendit les tailleurs de pierre italiens engagés par Gravat. Dans un an, elle s'élèverait, plus belle et plus puissante que les tours du château de Tarascon. Si Dieu le voulait, il serait le premier des Giraud à inscrire son nom dans la longue histoire des glaciers.

Le convoi grimpa le long du chemin en colimaçon qui permettait d'accéder au sommet de la glacière; c'était par la tête qu'on remplissait les tours. Non loin de Pivaut, il y avait un bassin à glace, il avait été creusé pour constituer une réserve en cas de pénurie d'eau, mais Viguière ne l'exploitait pas encore.

– Justin, René, à la poulie! ordonna-t-il. Allez vous autres en bas, ajouta-t-il en désignant un quatuor de Signois, avant de s'adresser au reste de la troupe : On prend les barres sans jouer aux couillons, on les emmaillote de toiles, et on les glisse délicatement entre les sangles du berceau. Pensez que vous tenez entre les mains des nouveau-nés. Le premier qui me fout un bloc par terre le paiera avec sa prime. Compris?

Les derniers mots, ils les comprenaient. La prime, c'était l'assurance d'acheter chaque année un lopin de terre dans la vallée, de payer le docteur, des vêtements et du fourrage, de permettre à leurs enfants d'étudier, d'éponger les dettes de jeu, de dépenser sans compter dans les bordels. Chacun pensait aux avantages que lui donnait ce rude métier et se jurait tout bas de ne pas faillir.

Justin et René, qui devaient rester en haut pendant toutes les opérations, descendirent leurs quatre compagnons au fond de la glacière. Ils parurent minuscules avec leurs lampes à huile au milieu des fagots et des ballots de paille. Bon sang, il ne fallait pas avoir le vertige lorsqu'on travaillait au palan. Justin imagina sa chute dans le puits et son poing se crispa sur la corde de la poulie.

– Quelque chose te tracasse? demanda René.
– Tout va bien.
– Attention devant!

La voix de Viguière les ramena à leur tâche. Ils

firent pivoter le palan et maintinrent les sangles de cuir écartées, pour que les hommes puissent déposer l'énorme bloc de glace.

Viguière était en tête. Toutes les veines de son cou saillaient, il était écarlate ; il n'avait pas l'entraînement des paysans qu'il employait, mais il tenait à peiner à leur côté les premiers jours. Pour donner l'exemple. Pour qu'on l'aime et le respecte. Pour ne pas ressembler à un Roumisse lointain et méprisant. Aujourd'hui, son concurrent devait se promener à cheval, une cravache à la main, et surveiller ses hommes comme on surveille les esclaves en Afrique.

Le bloc fut déposé, les sangles se tendirent, le palan oscilla. Justin et René sentirent le poids du fardeau dans leurs bras malgré l'ingénieux système des poulies qui les soulageaient d'un trop grand effort.

– Doucement, les gars, doucement.

Viguière contemplait la barre de glace qui rejoignait le fond. En bas elle fut saisie par les quatre compères et déposée sur un lit de paille. On allait gaver la tour de glaçons. Par centaines. Une couche de glace, des claies, une couche de paille, quelques brassées de branchettes, une couche de glace et ainsi de suite jusqu'à la gueule où se tenaient Justin et René.

Viguière anticipait, comptait, avançait le moment où il faudrait fermer toutes les ouvertures des glacières et attendre l'été, alors on recommencerait en sens inverse à chaque crépuscule, vidant les ventres de pierre de leur trésor et remplissant les chariots pour la livraison. Une seconde barre, puis une troisième atterrirent entre les lanternes qui repoussaient les ombres gigantesques des hommes ployés sous le fardeau. Et on continua pendant des heures jusqu'à épuisement.

Justin ne sentait plus le froid, n'entendait plus le

mistral et les grognements de ses équipiers. Il avait les muscles noués, des crampes aux épaules, les mains brûlées malgré les gants de chiffons qui les couvraient. René, le chef de coupe, n'était pas mieux, l'effort et la fatigue le rendaient blême. Il balbutiait sans cesse des jurons en voyant arriver de nouvelles barres, mais il menaçait de frapper ses compagnons chaque fois que la cadence ralentissait. Quand Viguière siffla, il eut un soupir de forge et se laissa glisser avec Justin sur le sol. Cependant comme on devait remonter les hommes qui étaient en bas, Viguière s'empressa de les rabrouer d'une voix tonitruante et ils durent se remettre au palan.

— On aurait dû vous laisser dans le trou! pesta René quand le dernier bougre apparut à l'air libre.

L'homme, lui-même fourbu, lui jeta un regard incendiaire, avant de marcher d'un pas mécanique vers l'intendance arrivée quelques minutes plus tôt. Intendance était un bien grand mot, il s'agissait d'une carriole bâchée, tirée par une carne. Une vieille demoiselle, à la rigueur toute militaire, la conduisait. Pour un peu, ils l'auraient embrassée, la Bernadette, si elle avait eu trente ans de moins et une tête moins sévère.

— La plus belle! lança un homme en écartant les bras.

La demoiselle ouvrit sur lui des yeux ronds de chouette et du dédain se peignit sur son long visage sillonné de rides. Puis elle dit d'une grosse voix bourrue de charretier :

— *Peto de pouer*[1]! Tiens-toi à dix pas de moi! Tu seras servi le dernier.

Des rires éclatèrent. On tira le gaffeur hors de la vue de la demoiselle, puis on attendit qu'elle descende du

---

1. Crotte de cochon!

banc, qu'elle attache sa bête et soulève la bâche de la carriole.

Ils se penchèrent pour apercevoir les bouteilles, les miches, les torchons étendus sur les paniers, et la salive leur vint à la bouche. Bernadette prenait son temps. Ils avaient la fringale. Avec des gestes précis et une grande économie de paroles, la vieille demoiselle les chargea un à un de vin, de pain, de fromage, de lard et d'oignon, ajoutant même de la pâte de coing maison dont elle était assez fière, depuis que le curé Nicolas la recommandait aux enfants du catéchisme. La gnole, cinq litres dans un bidon de fer, elle la confia à maître Viguière. Elle ne voulait pas prendre la responsabilité de la donner à l'un de ces rufians qui ne se rendaient jamais à la messe. Surtout à René dont l'acné rosacée en disait long sur son amour pour l'alcool.

— Faites attention à ça! dit-elle d'un air farouche en les toisant un à un, avant d'abandonner le bidon à Viguière.

— Ne t'en fais pas, Bernadette, je veillerai à leur santé, dit Joseph.

Elle en doutait mais elle haussa les épaules. Après tout ce n'était pas elle qui allait se faire éclater le foie et griller dans les flammes de l'enfer. Elle partit ravitailler les équipes du bassin sous les regards goguenards des coquins qui cherchaient à s'abriter du mistral et à profiter d'un brin de soleil.

Le bassin vide, au-dessus de la tour, se prêtait assez bien à un déjeuner paisible. Tous s'y retrouvèrent à demi allongés, encore sous l'emprise de leur travail de forçats, des crampes plein les jambes, des douleurs dans tout le corps.

Justin et René trinquèrent à la bouteille et s'envoyèrent une bonne lampée de vin dans le gosier.

Aussitôt le monde leur parut moins dur, le vent sembla faiblir, le soleil gagna en intensité.

– Ça c'est du bon! dit René en faisant claquer sa langue.

Il s'envoya une seconde giclée avant de trancher l'une des deux grosses miches que lui avait remises Bernadette. Sa haute taille et son corps de bœuf réclamaient une énorme quantité de nourriture. Goinfre par nature, il indisposait ceux qui le voyaient manger. Alors que Justin mâchait lentement son pain et son lard, René bâfrait. Avec ses doigts boudinés, il appliquait oignon, mie et fromage dans sa bouche grande ouverte et enfonçait le tout avant de l'avaler. En deux coups de mâchoire, tout était réglé. Les miches de trois livres disparurent dans cette face de glouton, il but deux bouteilles pour aider à la digestion et rota avant de s'emparer du bidon de gnole.

C'était du soixante degrés et ça vous transformait un homme en moins de deux. Quand il fit descendre ce feu dans sa large poitrine, René en demeura tout ébahi. Les barrières tombèrent; il y avait des choses à dire, des choses qui le tracassaient.

Il s'en prit d'abord à un absent, le boulanger Dédé Mallausse qui laissait – dit-il – trotter les cafards dans la farine et les rats sur les gâteaux. Puis il maugréa contre le maire Mouttet qui fricotait à toutes les sauces politiques, bernant les Signois avec des frappes amicales, des autorisations administratives et des gueuletons aux frais de la municipalité. Le curé, le fromager, la modiste, les épicières Trotobas et Castellan, l'horloger Arnaud, le paveur Roquebrune, les minotiers Cadière et Désiré, le docteur Charpin, le limonadier Bazan, tout le monde en prit pour son compte. Ses auditeurs hochaient de la tête parce qu'il y avait du vrai dans ce qu'il racontait et qu'ils n'osaient pas le contrarier.

— C'est comme ce feu à la borie d'Agnis! Qui l'a provoqué, hein! Je vous le demande?

D'un bond, il se retrouva sur le rebord du bassin, et ses yeux globuleux explorèrent l'impassible visage de Justin.

— Peut-être que t'as une idée, toi? ajouta-t-il.

Les hommes se tassèrent. L'affaire allait se corser. Et Viguière qui n'était plus là! Le maître était parti voir ceux d'en haut; il en avait bien pour une demi-heure avant de réapparaître.

— Je ne vois pas de quoi tu veux parler, répondit Justin en grignotant une pâte de coing.

L'alcool monta en une nuée lourde au front de René qui ne savait comment exhaler son venin. Ce Justin le prenait pour un *gigéou*[1]. Cette borie était le petit lupanard de Giraud, voilà ce qui se disait tout bas au village.

— On ne me la fait pas à moi, monsieur! dit-il en se laissant tomber devant Justin.

Il se mit à promener un doigt accusateur devant son nez et continua à jeter ses vérités.

— Tu en as bousculé des filles sur ton tas de foin... Je le sais... Et peut-être qu'elles avaient pas toutes des calicots à cinq sous et des bas de laine troués comme ta sorcière.

— Que veux-tu insinuer, Maillard?

— Insinuer... Qu'est-ce que c'est que ce mot encore? Ne cherche pas à m'embrouiller. Je « sinue » qu'on t'a pas vu qu'avec ta Magali.

Justin sentait monter la colère; il y avait des choses qui ne devaient pas être dites. Son aventure avec Camille était sacrée et le René s'apprêtait à donner vie à une rumeur qui circulait sous les contreforts de la Sainte-Baume. On l'avait sûrement vu avec la fille de

---

1. Un demeuré.

Roumisse depuis que la borie avait brûlé. Camille le rejoignait maintenant dans une grotte près de Château-Vieux. Des charbonniers et des plâtriers travaillaient dans le coin. L'un d'eux avait dû voir les amants et parler.

– Et peut-être que ta borie, c'est le père Roumisse et ses chiens de garde marseillais qui y ont mis le feu.

En une poussée violente, Justin renversa René.

– Tu vas la fermer, dis! Tu vas la fermer, ta grande gueule!

Justin cogna du poing, se releva et envoya son pied dans le ventre de son compagnon qui n'arrivait pas à reprendre ses esprits.

– Je vais le crever... Je vais le crever, bafouillait René en agitant devant lui ses bras comme des massues.

S'il avait pu le saisir, il l'aurait broyé comme une noix, mais Justin était insaisissable et même quand René put se remettre debout et faire face, il reçut encore des coups sans pouvoir en donner.

Justin ne parvenait plus à se dominer. Il frappait ce sac de viande avec la sensation de frapper les salopards qui l'avaient amoché trois mois plus tôt. Cette correction lui faisait d'autant plus de bien que Camille n'était pas venue à leur dernier rendez-vous. Soudain il se sentit saisi et traîné. On le coucha de force au milieu du bassin et il reçut de l'eau au visage.

– Que cela ne se reproduise plus!

La voix de Viguière. Le glacier le contemplait d'un regard sévère.

– Vos affaires de cœur et le reste, on s'en fiche, continua Viguière. Vous êtes ici pour la glace et rien d'autre, compris?

Les trois hommes qui maintenaient Justin au sol le relâchèrent. Ce fut alors que Viguière lui dit tout bas :

— Fais attention à toi, petit. Si tu veux un conseil, à ta place je ne tournerais plus autour des jupons de la fille Roumisse. Il y va de ta vie. Et n'oublie pas ce que je t'ai dit il y a quelque temps : tu es à l'épreuve. Alors ne me déçois pas.

Justin jeta un mauvais regard sur son patron. Qu'avaient-ils donc, tous, à se mêler de sa vie privée ? N'était-il pas libre d'aimer qui il voulait ? De viser haut ? De sortir de sa condition de paysan ? Il leur montrerait à ces butors qui il était. Un Giraud valait bien un Roumisse et un Viguière réunis.

15

Dans le trou sombre d'une alcôve, les trois femmes tenaient leur conciliabule du matin. On ne voyait que leurs visages éclairés par une lampe pigeon. Agathe épluchait des pommes de terre, un œil sur Marthe qui comptait les sous de la communauté. La vieille goulue faisait des tas. Les un, deux, cinq et dix centimes n'avaient pas sa faveur; du bronze, pensez donc! Elle les poussait vers un coin de la table à toute vitesse, comme on pousse les lentilles en les triant. Par contre, elle empilait délicatement les semeuses en argent, les louis, les napoléons, les charles et les génies en or, ricanant intérieurement quand ses doigts crochus caressaient les tranches dorées où était gravé : « Dieu protège la France. »

« Et il nous enrichit », pensait-elle. Il y avait aussi les billets qu'elle tassait dans une boîte en fer, mais ils éveillaient moins d'intérêt que les espèces sonnantes et trébuchantes.

– Trois mille francs, dit-elle tout haut. Retenez bien, mes filles, j'en suis à trois mille.

Agathe hocha la tête tandis que Victorine se figeait un instant, imprimant ce chiffre au fond de son crâne, puis elle se remit à battre les cartes du tarot de Marseille en observant sa fille affairée à l'âtre de la grand-salle.

Elle commença à tirer les lames et elle dévoila l'Empereur, ce gardien autoritaire attaché à la matière, puis le Jugement qui annonçait une résurrection, vinrent ensuite la Maison Dieu, le Diable et le Pendu. Tout cela n'annonçait rien de bon, mais elle n'en tint pas compte. Il s'agissait d'un simple exercice d'interprétation et de concentration qui n'impliquait personne et surtout pas Magali. Elle ne tirait jamais pour sa fille. Par peur. Par superstition.

Magali souffla sur les brandons et les flammes montèrent d'un coup, lui rappelant le feu qui la brûlait intérieurement. Elle en avait appris des choses sur son Justin! Sur la blonde. Une Roumisse. Une demoiselle riche. Rien que d'y penser, elle en avait le fiel à la bouche et du désespoir plein le cœur. Le combat lui paraissait perdu d'avance. Elle avait détruit la borie en vain. A présent elle le savait : ils se rencontraient dans une grotte près de Château-Vieux, tous les jeudis ou presque. Ça jasait au village et on se moquait d'elle tout bas; on disait qu'elle finirait comme sa mère avec un gros ballon sur le ventre et sans bague au doigt.

On était jeudi, ce jour maudit. Sa haine se réveilla; elle ne sentit plus que cette tempête, ce déchaînement meurtrier. Elle appuya de toutes ses forces contre sa poitrine pour ne pas crier. Les autres ne devaient pas savoir à quel point elle souffrait. Alors, elle se trouva confrontée avec la solution sordide. Impossible de faire autrement. Elle fut irrésistiblement attirée par le mauvais ange aux ailes repliées qui veillait à quelques pas d'elle. Les yeux du Belzébuth semblaient la suivre en permanence. Il avait toujours l'air de sourire à ses dépens. Elle n'évita pas son regard. Au contraire, elle y plongea ses yeux pour y puiser la force nécessaire afin d'accomplir le rituel quotidien. Il y avait des jours et des nuits qu'elle luttait contre les liens qui l'enchaînaient à cet esprit déchu, mais ces liens étaient ceux de sa propre volonté, inflexible et destructrice.

D'une main tremblante elle s'empara de la poupée de paille et de cire, et de l'autre d'un clou préparé par Marthe avec d'autres objets pointus. La figurine aux cheveux jaunâtres avait été mutilée en plusieurs endroits, mais des parties avaient été épargnées. Magali répugnait encore à frapper le visage. Cependant on était jeudi et une voix sans pitié la poussait à aller plus loin. Aussi, ce fut d'un coup rapide et précis qu'elle perça un œil avec le clou. Les trois femmes qui l'observaient eurent un sourire. La petite obéissait bien à la loi mystérieuse d'une filiation qui ferait d'elle une magicienne redoutée.

Marthe échangea un regard complice avec Victorine. Et ce regard en disait long. Elle avait eu raison sur toute la ligne. On ne parlait plus de Justin; Magali avait fait sa soumission; le curé ne les ennuyait plus; l'argent rentrait à flots et il y en avait encore à gagner avec la fille Roumisse... en s'y prenant bien. Elle envoya en l'air une belle pièce en or de cent francs qui brilla comme un petit soleil, sous les yeux rêveurs de Victorine, avant de disparaître à nouveau dans sa main fripée.

La poupée était en place. Il n'y avait plus rien à faire si ce n'était attendre que le mal agisse, mais on était jeudi! Jeudi! Une idée la traversa. Si elle allait la piquer pour de vrai, cette catin en dentelles! Elle observa les trois Parques à la dérobée. Agathe épluchait, Marthe comptait, sa mère mélangeait, coupait et tirait. Aucune ne s'intéressait à elle; elle inclina son front devant le diable en stuc et s'en alla flâner du côté de la cuisine. Là, elle s'empara d'un coutelas et le glissa sous son corsage, puis elle prit un panier et revint dans la grand-salle où était pendu son manteau de berger.

— Où vas-tu ? demanda Victorine.

— Je vais chercher du cade pour nos huiles et je ramènerai du pain et des œufs.

Victorine acquiesça. Marthe lui donna quelques sous et Agathe rangea son bonnet de laine. Magali était devenue une bonne fille, et elles soupirèrent de contentement en la voyant partir.

Une fois au-dehors, Magali perdit son air de bonne fille; elle tâta la lame sous son corsage et resserra la ceinture de cuir autour de son manteau de peau. La morsure glacée du mistral lui coupa la respiration; l'air était saturé du hurlement ininterrompu de ce vent qui vous rendait fou.

La Provence n'était pas ce doux paradis qu'imaginaient les étrangers. Personne ne pouvait tenir tête à ce grand seigneur du ciel qui mangeait les nuages, figeait les bêtes dans leurs tanières et les humains dans leurs bicoques. Seuls les glaciers le louaient quand il se levait après la pluie. Encore fallait-il qu'il souffle une semaine, voire deux. Au-delà de ce temps, les négociants du froid commençaient à pester, espérant le redoux, de nouvelles pluies pour les sources, et on organisait des processions pour équilibrer le cycle vent-pluie-vent afin de récolter un maximum de glace. Les hommes ne parviendraient jamais à dominer la nature; c'était ce que pensait la jeune fille en s'aventurant sur le marécage gelé de Signes la Noire.

— Souffle! souffle, mon beau! dit-elle.

Et le vent souffla plus fort. Elle crut qu'il l'entendait. Cet allié allait porter un rude coup aux maîtres des glacières, à Roumisse. Peut-être allait-il les ruiner ? Dans sa naïveté, elle ignorait tout de la puissance de ces magnats qui gagnaient bien plus d'argent aux colonies qu'en pays provençal.

Elle parvint sur la départementale qui filait, droite, vers les maisons étagées de Signes, sous la lumière crue du soleil. Là-bas les rafales s'engouffraient avec plus de force dans les rues étroites. Elle vit le facteur se démener sur son vélo; il se battait contre le vent, la face rougie, le dos rond et les reins bossués par la lourde sacoche de cuir. Comme elle n'aimait pas ce Tartarin à la langue bien pendue, elle le regarda d'un air méprisant. Mort, le village. Mortes, les boutiques. Morts, les ateliers. Seuls les boulangers et le nougatier s'étaient risqués à enlever les panneaux de bois coloriés qui masquaient les vitrines. Signes perdait ses tuiles et ses gouttières sous le fouet du mistral.

Magali pénétra dans la ruelle des Juifs, délaissant sur sa droite le déroutant édifice de la mairie, réplique d'une auberge alsacienne de trois étages. Avec ses poutres apparentes, sa blancheur et ses vitraux, il dérangeait un peu, mais on l'aimait bien, ce morceau de France qui avait échappé à ces cochons d'Allemands après la débâcle de 70. Le drapeau tricolore y flottait en permanence, rappelant aux hommes la revanche à prendre et l'honneur perdu à Sedan et à Metz. La marche sur Berlin, ce n'était pas l'affaire de Magali. Elle avait sa propre guerre à mener. Elle esquissa du doigt un signe compliqué en direction de la salle du conseil municipal qui occupait tout le rez-de-chaussée de la bâtisse. C'était un sort de discorde que lui avait appris à jeter Marthe.

Cela lui fit du bien. Elle remonta alors la rue des Juifs où s'accrochaient encore deux familles nombreuses que la violence et la misère avaient poussées de la Pologne à la Sainte-Baume. Combien de temps pourraient-ils résister là ? Une trentaine des leurs s'étaient déjà embarqués pour l'Afrique du Nord, avec l'espoir de ne plus entendre parler de Dreyfus et de ne plus voir leurs enfants couverts de crachats au retour de l'école.

Elle ne put s'empêcher de se comparer à eux et de frémir à l'idée qu'ils étaient le dernier rempart entre les femmes de Signes la Noire et la bêtise populaire. Elle passa sans un regard pour les masures où s'entassaient les créatures en noir dans de minuscules pièces sombres. Au-delà, le village s'étirait en une corne entre deux collines. Près des dernières maisons étroites, coulait le Raby.

Elle savait où aller. Au-dessus des gorges de Lavène. Au-delà du vallon de la Caou. Sur le versant sud du Cros de l'Espigne.

Elle devait arriver avant les amants. Dans sa rage de parvenir la première à la grotte, elle perdit son bonnet de laine, se déchira le genou, et s'abîma les mains en écartant les ronces. Elle parvint enfin sur le lieu des grottes. L'entrée sombre d'une caverne s'ouvrait à une portée de fronde.

Oubliant la fatigue, elle se mit à courir.

Il n'y avait rien dans la première, pas même une paillasse. Elle se précipita vers la seconde, puis vers la troisième ; il y avait bien longtemps que les hommes ne salissaient plus ces vastes boyaux à demi effondrés. La quatrième grotte était masquée par des buissons. Dès l'instant où elle en franchit le seuil, elle sut que c'était ici qu'ils se rencontraient ; il y avait des signes qui ne trompaient pas ; des odeurs de feu, des miasmes de leurs présences, des rochers qui lui semblaient résonner encore de leurs cris d'amour.

Ses doigts malhabiles détachèrent sa ceinture de cuir, écartèrent les pans de son manteau, soulevèrent son corsage et se saisirent du couteau. Puis, elle alla se placer derrière le tas de bois.

Elle n'attendit pas longtemps. Des pas résonnèrent, puis une clarté se fit ; on venait d'allumer une torche et on se rapprochait de sa cachette. Elle n'osait pas se relever. Elle était déterminée à frapper au dernier moment quand la fille se montrerait. N'y tenant cependant plus, elle jeta un bref coup d'œil et vit Justin. Un Justin anxieux qui tournait sur lui-même et promenait sa torche dans la nuit de la caverne.

– Camille ! appela-t-il soudain, ayant l'intuition d'une présence.

Il sondait les profondeurs, se disant qu'elle était enfin venue, qu'elle se cachait par amusement et qu'elle allait se précipiter dans ses bras.

– Camille ! Montre-toi !

Ce « Camille », ce prénom qui tombait sur elle comme une hache, était insupportable à Magali qui surgit d'un bond, son couteau à la main, prête à frapper n'importe quoi.

Justin se figea. Que faisait-elle ici ? Un début de panique se peignit sur son visage. Son regard inquiet n'arrêtait pas d'aller et venir entre elle et la lumière blafarde du couloir qui menait à l'entrée.

– Tu as peur qu'elle arrive ? lança-t-elle.

Que faisait-elle ici ? se demanda-t-il encore. Il n'essayait pas de comprendre pourquoi elle brandissait un couteau. Il se sentait coupable, vil, après tout ce temps passé à l'éviter, à lui mentir. Il aurait pu lui dire – et cela paraissait simple – « C'est fini entre nous » et la chasser, mais il n'en avait pas la force.

Magali s'avança vers lui lentement. Il demeura sur

place, accrochant au hasard des pensées folles et des souvenirs. Le couteau lui parut soudain plus tangible et il accepta l'idée de payer. Il reconnaissait ce droit à Magali.

— Vas-y!

Vas-y? Que voulait-il dire? Magali tressaillit. Elle comprit qu'il attendait qu'elle abatte l'arme sur sa poitrine.

Comment pouvait-il croire à une chose pareille? Elle laissa tomber le couteau qui lui brûlait les doigts et le contempla en faisant non de la tête. « Mon pauvre ami... mon pauvre Justin... Ne comprends-tu pas que je t'aime à en mourir, que te perdre serait me condamner, que je suis ici pour te sauver, pour nous sauver, pour en finir avec ta Camille? » Elle pensait ces mots mais ils ne franchissaient pas ses lèvres.

Pendant un moment, elle ne vit que les deux lacs noirs des yeux de son amant et elle essaya de s'y perdre, de les faire siens, de retrouver le chemin d'un feu qui les faisait se jeter l'un sur l'autre il n'y avait pas si longtemps encore.

Que lui arrivait-il? Justin ne savait plus où il en était. Une fois de plus, il jeta son regard vers l'entrée, mais il ne croyait plus à la venue de Camille.

— Elle ne viendra pas! dit avec certitude Magali qui lisait à livre ouvert dans les pensées de Justin et se servait des dons retrouvés.

Peu à peu, elle étendait son emprise sur le monde visible et les univers invisibles. Elle sentait bien qu'elle n'avait pas perdu son Justin, qu'il lui suffisait de détourner le désir qu'il avait pour l'autre, cette donzelle de boudoir, cette novice du plaisir volé et bâclé.

Elle le connaissait, son Justin. Elle le dominait. Il lui suffisait simplement de mettre à nu sa poitrine et de poser une main à plat là où cognait son cœur.

Justin n'essaya pas de la retenir quand elle s'attaqua aux boutons de sa vareuse, puis à ceux de sa chemise. La main brûlante de la jeune fille toucha sa peau et il sentit battre leurs cœurs à l'unisson. Ce fut une sensation qui lui rappela leurs étreintes éperdues dans la garrigue.

Les yeux mi-clos, il vit le visage de Magali tout près du sien. Il vit l'attente dans les yeux immenses, la bouche qui s'entrouvrait pour un baiser, le désir qui illuminait ce beau visage.

Ce n'était pas celui de Camille et cela lui était égal. « Tu es à moi! à moi! » semblaient dire les chocs précipités du cœur de sa maîtresse. Puis cette main sur sa poitrine le poussa doucement, tandis que les jambes nerveuses se collaient aux siennes à travers les plis de la lourde robe.

Il ne sut pas à quel moment il bascula sur la couche et comment elle le déshabilla, mais quand ils furent nus face à face, il ne résista pas à l'attrait du corps sauvage de la jeune Signoise, Camille n'existait plus.

Le ressac n'en finissait pas de le rejeter sur la rive des regrets; Justin s'en voulait et lui en voulait; il avait si vite cédé. Était-il donc fait d'un argile aussi grossier, pour tomber si bêtement dans les pièges du désir? Il resta plusieurs minutes à se torturer l'esprit.

Il voulait lui faire comprendre que c'était fini. Que l'amour s'en était allé. Qu'ils devaient rester bons amis. Frère et sœur. Qu'ils n'étaient pas faits l'un pour l'autre. Cependant tout sonnait faux dans sa tête, et Magali, enveloppée dans une couverture brune, face au feu qui illuminait son beau visage de princesse barbare, ne lui était pas aussi indifférente qu'il voulait le croire.

Elle attendait, le buvant du regard, avec quelque

chose d'égaré dans l'expression, elle attendait qu'il lui dise la vérité, elle attendait qu'il la délivre de son pacte avec le Diable, elle attendait un peu de tendresse, sentant monter peu à peu en elle toutes les terreurs et les humiliations.

Elle ne voulait pas devenir comme sa mère; elle désirait ressembler aux autres femmes, avoir des enfants et les voir pousser, rire, courir dans un champ d'oliviers et d'amandiers.

Il suffisait d'un sourire de Justin, d'une main dans ses cheveux, d'un regard sans détour pour réaliser ce beau rêve. Elle était prête à voler Marthe. Elle savait où la vieille planquait son or. Ce serait un emprunt, sept ou huit mille francs prélevés sur le fabuleux magot du clan, assez pour quitter Signes et acheter une petite bastide au Castelet, ou ailleurs en Provence. Son homme à la charrue, elle au potager, leurs enfants à la balançoire; il y aurait des lapins, des poules, un bon cheval de trait et peut-être même une vache.

– Je dois partir, dit-il soudain.

Magali revint sur terre, dépossédée de son rêve. Elle n'était qu'une fille de Signes la Noire, une souillon qu'on culbute les soirs de fête, l'enfant du péché. Voilà ce qu'elle était aux yeux de Justin! Alors qu'elle touchait le fond du désespoir et que l'angoisse montait à son visage avec les larmes, sa fierté revint. Elle réussit à contenir son émotion, et à crier :

– Ta Camille! Ta Camille!

Justin eut un brusque sursaut. Elle lui fit peur. Il se souvint de quoi elle était faite et où elle avait été élevée. Elle crachait sur Camille avec une violence inouïe et sa voix se répercutait dans la caverne.

– Tais-toi!

– Que je me taise! Mais il faudrait que tu me tues

pour cela! Prends le couteau! Prends-le et tranche-moi le cou!

Rejetant la couverture, elle tendit sa gorge et comme il ne se décidait pas à prendre l'arme qu'elle avait jetée près de la couche, elle avoua ses premières intentions :

– Moi je n'aurais pas hésité à saigner ta *bello mignotto* [1] si elle était venue te rejoindre! Tu ne la reverras jamais, ta Camille!

Que voulait-elle insinuer? Justin s'inquiéta. On lui avait tant parlé des pouvoirs des lavandières. Elles commandaient aux maladies, à la sécheresse, aux tempêtes. Il se rappela toutes les morts inexpliquées, tous ces paysans et ces bourgeois que le docteur Charpin n'avait pu sauver, ces corps poignardés dans leurs rêves et dans leurs aspirations. Ce ne pouvait être que l'œuvre des femmes de Signes la Noire.

Magali ne se possédait plus, pareille à sa mère, à ses tantes, la face déformée par la jalousie. Jamais il ne l'avait vue ainsi, laide et terrifiante.

– Tu ne feras pas de mal à Camille! gronda-t-il.

– Ce n'est pas moi qui fais le mal, ici, c'est toi. Si tu avais quelque malice, tu ne te serais pas amouraché d'une fille de millionnaire; elle te fera courir et tu t'échineras à ressembler à un monsieur, alors que tu n'es qu'un paysan! Et quand tu te seras crevé comme un âne bâté à jouer les don Juan de la ville, au risque de mille morts et de mille humiliations, elle te rejettera. Je ne veux pas qu'il t'arrive quelque chose par la faute d'une catin de Marseille!

La gifle arriva sur elle si vite qu'elle n'eut pas le temps de crier. Elle avait été donnée avec tant de violence que sa vision se brouilla.

Elle n'osait plus bouger. Il l'avait frappée. Elle sen-

---

1. Ta belle mignonne.

tait la brûlure sur sa joue et une douleur oppressante lui coupait la respiration. Mais elle ne pleurait pas. Cette gifle, elle la rendrait au centuple et, quand il s'éclipsa comme un voleur, elle se hâta de se vêtir afin de se venger. Dans la vallée, il y avait une poupée qui attendait sa part de fer et de malheur. Magali se dit qu'il était temps de lui crever l'autre œil et de lui ouvrir la gorge.

16

Toute une semaine, il s'était rompu les reins à porter les blocs de glace des bassins aux chariots et des chariots aux glacières. Justin se tuait au travail. Les hommes sentaient bien qu'il n'avait plus toute sa raison. Ils l'évitaient. Viguière se désespérait de voir son meilleur élément transformé en bête de somme. Plusieurs fois, il lui demanda de réduire sa cadence, mais Justin passa outre. La fatigue, il la faisait disparaître avec le vin qu'il buvait plus que de mesure.

Et la fatigue filait. Pas les remords et les doutes. Quand sonnait la pause, il se couchait par terre, les bras derrière la tête, immobile comme un cadavre aux yeux fixes. Ce qui le tourmentait lui ouvrait des plaies vives à l'âme; il se voyait lever la main sur Magali; il se voyait l'abandonnant comme une chienne. Ce geste le faisait souffrir à en mourir, il n'aurait jamais de consolation, il avait perdu à jamais son honneur.

– C'est le dernier! Pousse!

Justin poussa. Le bloc de glace glissa lentement sur son lit de paille. Malgré les gants de cuir, ses mains étaient bleues de froid, il ne sentait plus ses muscles cisaillés par la fatigue. Il ne résistait même pas au mistral qui le secouait à chaque rafale. La nature pouvait briser et absorber ce qui restait de lui, maintenant qu'il avait perdu Magali et que Camille ne venait plus.

Le fouet claqua et le chariot grinçant partit vers l'une des hautes tours, le laissant à ses pensées fiévreuses, les bras ballants et les cheveux au vent.

– Y finira jamais! maugréa l'un de ses compagnons en contemplant l'ouest d'où soufflait le mistral depuis plus de deux semaines.

– Tu en veux?

Justin sentit le coup de coude dans ses côtes, puis il vit la grande outre que lui présentait l'homme. Oui, il en voulait! Et comment! Il se serait noyé dans la vinasse. Il s'empara du récipient de cuir avec une sorte de frénésie et vissa ses lèvres au goulot de cuivre qui donnait un goût bizarre au vin âpre et lourd. Ce n'était pas un nectar. Il valait ce que valaient les vignes américaines et les hommes qui les exploitaient; il descendait rudement dans l'estomac, puis montait à la tête, la broyant et la plombant.

Il buvait ou plutôt il se tirait de longues salves de rouge dans la panse, voulant s'effacer et s'étonnant que son corps pût encore être là, debout devant ses camarades inquiets et admiratifs.

– Ça suffit!

Quelqu'un essayait de lui retirer l'outre. Il ouvrit plus grand la bouche. Une cascade de vin déborda de ses lèvres, l'étouffa et, les larmes aux yeux, il toussa.

– Je ne veux pas te voir sous dix pans de terre! Tu entends, espèce d'ail! Tu veux te faire trousser par les vers!... A ton âge. Pauvre de moi! Bonne mère! Quel couillon j'ai là! Et dire que je croyais qu'il avait un bel avenir devant lui.

Justin se sentait secoué, malmené. Il ne semblait pas reconnaître son patron. Le vin lui embrumait l'esprit.

– Vous pouvez rentrer chez vous! ordonna Viguière en montrant d'un geste large la direction des vallées. Les hommes, que la scène amusait, obéirent. La journée était finie. De toute façon, il n'y avait presque plus de glace dans les bassins. Ce soir, ils prieraient avec leurs femmes pour que cesse le mistral et revienne la pluie.

Tout en tenant fermement Justin par un bras, Viguière les regarda partir. Pour ce qu'il avait à dire à ce grand imbécile de Signois, il n'avait pas besoin de témoins.

– Bonne mère de bonne mère!

Cela le désolait, le révoltait de voir de la si bonne chair se gâter. Il n'ignorait rien des problèmes de son jeune protégé. La Magali Aguisson, la Camille Roumisse. Il y avait deux filles avec lesquelles il ne fallait pas se lier dans le pays et Justin, Casanova des oliveraies, rejeton de la Cour d'Amour[1] de Signes, l'avait fait, s'empêtrant dans de sales histoires de clans.

– Nom de Dieu de nom de Dieu! Te voilà propre, pitchoun! Boudiou! Je vais devoir t'éclaircir la caboche.

Il le prit par le col et le fit descendre dans un bassin où il restait une portion de glace. Viguière balançait sa tête de droite à gauche et de gauche à droite, navré de servir de père à ce dadais de vingt-huit ans. Il eut une pensée coléreuse pour Amédée Giraud, ce rustre paralysé sur sa chaise, au cœur plus sec que l'amadou des briquets; ce méchant homme plein de morgue, qui n'avait pas su arrêter les Prussiens à Sedan, et qui ne saurait jamais aimer son fils et sa femme.

– Tu poses ton cul ici et tu ne bouges plus! intima-

---

1. Célèbre dans toute l'Europe médiévale du XIIe au XVe siècle.

t-il à Justin en le forçant à s'asseoir sur le sol parsemé de grains de glace qui brillaient comme des diamants.

Puis il prit une masse et commença à piler son bien.

C'était un sacrilège d'abîmer de la si belle marchandise. Il fracassa un morceau de glace et le réduisit en une poussière fine.

— Je vais te dessoûler, moi!

A pleine poignée, il lui barbouilla le visage, les cheveux et la nuque. Justin voulut se redresser, mais le pied de son patron le plaqua au sol. Ça le brûlait, lui fouettait le sang, lui refroidissait l'esprit. Viguière lui administrait ce remède, qui lui rappelait Charles le dégrisant à la fontaine du village.

— Tu me vois à présent?

— Maître Viguière, je...

Il n'acheva pas sa phrase. Une nouvelle poignée de glace lui fut appliquée sur le front tandis que son patron pestait:

— Oh, le sale *pouerc*! le vilain bougre! Il a encore l'œil luisant! Tiens, prends ça, *ivrougne*! Sac à vin! Soûlot! Ce sont les femmes qui font de toi le roi des pochards? Et tu crois pouvoir les garder avec ton haleine fétide, ta peau imbibée, ton cerveau ramolli, et je parle pas de l'instrument qui pend lamentablement entre tes jambes!

Justin commençait à réagir. Ces vérités le vexaient, mais pour rien au monde il n'aurait levé la main sur son patron. Il avait déjà frappé Magali et cela lui empoisonnait l'âme.

— Petit, écoute-moi. Je n'ai pas l'habitude de me mêler de ce qui ne me regarde pas, mais je t'aime bien, tu pourrais être mon fils... Ah, c'est pas facile à dire, ces choses-là. Il y a tous ces bruits qui courent d'un bout à l'autre des collines. D'abord ta liaison avec la fille

Aguisson, c'est pas que je croie au Diable, non, mais je crois aux pouvoirs de ces garces, on ne s'amuse pas avec elles et tu as fait une grosse peine à Magali. Ce serait bien d'envoyer quelques barres de nougat à la vieille Marthe qui est gourmande et travaille un peu pour nous en ce moment afin d'apaiser le mistral.
  Quoi!? Viguière en était aussi? Client de la sorcière! Justin n'en revenait pas. Son maître qui possédait une automobile, se servait du télégraphe et de l'électricité, pariait sur l'efficacité des bateaux à vapeur et sur l'avenir des machines volantes de Clément Ader et des frères Wright, il faisait appel aux services de cette obscure chouette! Mais ce qui le sidérait, c'était cette volonté de jouer les entremetteurs, et de le regarder sévèrement comme un père regarde son garçon pas très fûté.
  – Monsieur Viguière, ça n'est pas vos affaires! s'exclama-t-il.
  – Peut-être et peut-être pas! On est tous solidaires autour de la Sainte-Baume. Le moindre de nos actes a une influence sur cette terre et sur les hommes qui s'y sont enracinés. Mais toi! toi et tous les Giraud, vous avez le don de semer le désordre, de provoquer des tempêtes, et voilà plus de cent ans que cela dure! Montagnards pendant la Révolution! Bonapartistes acharnés en 1851! De belles idées, mais la tête toujours fourrée sous les jupons! Les scandales de ta famille, on les connaît. Et toi avec la fille de Camille Roumisse! Sais-tu qu'il m'a demandé réparation à la Bourse de Marseille?
  Justin l'apprenait; il encaissait mal cette averse de mots et la façon dont Viguière tenait pour responsables les Giraud. Il se raidissait, refusait la morale. Le maître glacier vidait ce qu'il avait sur le cœur.

— Tu veux que nos collines soient en feu! Tu te sens capable de tenir tête à un Roumisse! Et en plus tu as la prétention de lui enlever sa fille! Mais regarde-toi, mon pauvre petit. A ses yeux, tu es moins qu'un crachat, une punaise. Pourquoi crois-tu qu'elle ne vient plus à Font Mauresque?

— Elle aura eu des empêchements, elle reviendra, elle me l'a juré!

— Oui, elle a juré à son père qu'elle ne te verrait plus, ça oui, âne bâté.

— C'est impossible!

— Bon! on brise là cette conversation et tu prends ça.

Viguière fouilla dans l'une des poches de son épaisse vareuse et en retira dix pièces de vingt francs or. Il les fit sonner dans sa main avant de les glisser dans celle de Justin qu'il referma lui-même.

— C'est pour les barres de nougat, tu pourras y ajouter un châle pour Victorine et une robe en velours broché pour ta Magali.

— Je ne veux pas de votre argent!

— Tu l'as bien gagné ces derniers temps. Et tu devrais en profiter; je ne serai plus autant généreux à l'avenir... Ouais.

Une contraction légère passa sur le visage de Viguière. Il avait l'œil vague et inquiet d'un homme tracassé par un problème. C'était peut-être à cause de ce mistral qui asséchait la Provence. Les glacières étaient à moitié remplies et les sources donnaient à peine de quoi épancher la soif des grives et des merles. Justin y vit une feinte; il connaissait bien son patron, qui se montrait tour à tour exigeant, amical, convaincu, désespéré. Il appartenait à cette lignée de commerçants marseillais qui perpétuaient l'art de la tragi-comédie de leurs ancêtres grecs.

– Reprenez votre argent! dit-il.
– Attention, petit, ne m'offense pas! Ce n'est pas mon or que je t'offre, c'est mon amitié et mon soutien. C'est un vieux célibataire qui te parle et qui aurait bien aimé avoir un fils comme toi. Comprends-tu?

Non, il ne comprenait pas pourquoi il ne pouvait pas mener sa vie à sa guise, pourquoi il y avait toujours un Charles, un Viguière, cent commères, l'oncle, ses cousines, se mêlant de ses affaires alors que sa mère se retranchait dans le silence et que son père ne se souciait pas de son avenir.

– Je sais ce que j'ai à faire, dit-il à Viguière qui n'avait pas cessé de l'étudier avec ses yeux clairs et bons.
– Alors, fais-le bien.

Justin enfouit l'argent dans la poche de son pantalon et se redressa avec difficulté. Un tremblement le prit; le vin achevait son œuvre, délogeait les forces de ses jambes, sapait sa résistance au froid. Comme Viguière le regardait toujours, il eut un sursaut de fierté, offrit son front au vent et bomba le torse.

– A demain!
– On finira sans toi, répondit Viguière. Nous nous reverrons à la prochaine pluie. Travaille tes terres et tes relations. N'oublie pas : les nougats et le reste.
– Je n'oublie pas, maître. Que Dieu vous garde!
– Et qu'Il guide tes pas.

Pour les guider, Il allait les guider. C'était drôle. Ils n'invoquaient pas le même Dieu. Son Dieu à lui était guerrier et frondeur. Il éprouva un sentiment de délivrance.

Magali avait appris à connaître la peur et la honte. Elle les vivait comme un cauchemar qui ne se dissipait pas quand elle se réveillait. Cela avait grandi en elle pendant des jours, pendant des semaines. Avec l'impression qu'elle n'était pas faite pour ressembler à sa mère. Elle échouerait avec sa poupée et cette certitude augmentait en elle à mesure qu'on approchait de Noël. L'enfant de Marie allait naître dans toute sa pureté pour sauver le monde, et elle s'enfonçait dans la noirceur. Elle ne pouvait plus se livrer au rituel des aiguilles, elle sursautait lorsque sa mère lui adressait la parole ; il y avait des nuits pendant lesquelles elle ne dormait plus et grelottait en murmurant des pardons et en appelant Justin.

Elle avait rôdé certains jours autour de l'église Saint-Pierre et de la chapelle Saint-Jean avec des envies de se jeter aux pieds des saints et d'écouter Charles qui, de sa voix pleine, chantante, émouvait et soulageait bien des âmes dans ce village. Elle aurait voulu se perdre dans les hauts visages pâles des statues, parler aux saints protecteurs. Elle aurait prié pour que, du paisible regard de la Vierge, tombe un rayon de lumière sur son cœur obscurci. Mais elle ne franchissait pas le seuil des maisons de Dieu, elle restait clouée sur les parvis, les yeux rivés sur les portes massives qui défendaient les nefs car elle n'était pas baptisée.

Dans ses errements, elle s'efforçait d'éviter les Signois qu'elle croisait, mais elle ne pouvait pas s'empêcher de les voir. Elle avait l'habitude d'observer les gens et d'être épiée par eux. Elle était prise de l'envie de les insulter, de leur crier de ne pas la regarder avec soupçon, de la laisser tranquille avec son chagrin et ses fautes. Elle n'arrivait pas à chasser l'impression qu'ils la dévisageaient fixement parce qu'ils n'ignoraient rien de ses pactes avec le Malin.

En pensant à ces souffrances, elle eut un profond

soupir qui fit tressaillir sa mère et intrigua ses tantes. Il fallait donner le change aux trois gardiennes qui ne lui avaient jamais autant prodigué de soins et de conseils. Elle leur sourit et dit :
– Ah, ce mistral, il ne cessera donc pas!

Si ce n'était qu'une question de vent, ce n'était pas grave. Les trois femmes soupirèrent à leur tour, unissant leurs pensées contre ce roi mugissant qui les énervait et nuisait à leur commerce car les gens se déplaçaient moins quand soufflait la tempête glaciale.

– La pleine lune est dans deux nuits, expliqua Marthe. J'ai fait ce qu'il fallait pour contenter les riches glaciers ; ce bougre de vent s'en ira mourir sur les bords du Rhône.

Agathe et Victorine hochèrent la tête. La vieille se trompait rarement.

Mais Marthe avait d'autres préoccupations. La petite, en qui elle mettait tous ses espoirs avait un comportement étrange depuis quelque temps. Elle était la seule à s'en être aperçue. Magali était tourmentée. Marthe n'ignorait rien des affres qui rongeaient un cœur de jeune fille au seuil de son initiation ; elle-même, soixante ans plus tôt, avait douté de ses pouvoirs et de sa mission sur ce monde de crasse et d'injustice. La petite était bien plus forte que Victorine et Agathe, ce n'était pas le moment de la perdre!

La vieille tordue avait déjà tout un plan en préparation ; avec des ruses de fouine et la permission de Victorine, elle avait marqué la chambre de Magali, placé des pierres bleues de Cornouaille sous son lit de sangles, tracé les signes invisibles de l'obéissance sur les murs, prononcé les mots qui feraient de la jeune fille son héritière, sa garante dans ce monde, quand le grand bouc viendrait frapper au couvercle de son cercueil.

Elle avait étudié le thème astral de Magali et la période propice de l'initiation approchait. L'enseignement serait long et difficile, mais Marthe ne doutait pas de sa réussite. Elle ferait de la petite la sorcière la plus redoutée de Provence. Encore fallait-il qu'un Charles ne la lui gâte pas avant terme.

Depuis quelques minutes, la vieille finaude travaillait avec moins d'ardeur, les haricots ne passaient plus aussi vite entre ses mains crochues. Elle avait de brefs regards de braise en direction de Magali et son visage desséché ne cachait rien de sa perplexité grandissante. Telle une comédienne, elle s'apprêtait à dire son texte. Cela faisait trois jours qu'elle attendait une occasion qui la mettrait en position de force. Raclant sa gorge, elle lança soudain :

— On t'a vue rôder autour de l'église et de la chapelle ces derniers temps.

Magali sentit son cœur faire un bond. Des haricots lui échappèrent des mains. Que dire ? Qu'elle traçait des cercles ? Qu'elle enfermait les lieux bénits dans des lacets ? Elle soutint cependant le regard dévorant de Marthe. Elle désirait se battre, faire front. Pendant un court instant, elle eut l'impression que c'en était fini des contraintes, des invocations diaboliques, des sacrilèges, et elle pensa à balancer son poing comme un homme sur le nez de la chouette, hélas, elle subissait l'influence insidieuse de ce regard étroit et profond qui reflétait un esprit tout bruissant de fantômes, qui la paralysait et la livrait aux trois Parques et à leurs noirs sortilèges.

— Qu'est-ce que tu cherchais là-bas ? demanda Agathe.

— Tu n'es pas encore de taille à affronter Jésus ! lança Victorine.

— Elle n'en veut pas au crucifié, dit tout bas Marthe. Hein, petite, dis-leur que tu ne cherches pas misère à l'homme en croix.

A présent Magali subissait. Marthe, qui devinait tout, parla à sa place, parla de tentation, de trahison, parla de filles perdues qui entraient au couvent, du poison des Évangiles et de la religion qui pourrissait le monde.

— Il n'y a pas place pour toi sous l'autel du Christ! gronda Marthe. Tu es des nôtres! Il n'y a pas de place pour l'amour dans ton cœur! Tu n'as pas su y faire entrer Justin, comment parviendrais-tu à l'ouvrir pour le fils de Dieu? Il n'y a de la place pour rien de ce qui vient d'en haut!

Magali était sur le point de fondre en larmes. L'espoir s'envolait. Elle était des leurs, et c'était une évidence terrible. Elle se trouvait emportée par la force grandissante de cette voix basse et rauque. Avec une férocité sans pareille, Marthe traquait son âme et Magali crut entendre retentir le hallali des cors de chasse. La voix de la vieille s'enflait, créait autour d'elle un désert sinistre, mortel, calciné, que traversaient les chevauchées d'équipages noirs et hurlants. Chaque mot devenait un cri d'orgueil possessif, une signature inhumaine dans son esprit, et elle se mit à crier :

— Non! Je ne veux pas être des vôtres!

Dans un désordre de gestes saccadés, elle renversa sa chaise, la bassine de fer, sa mère qui tentait de la retenir, puis elle s'enfuit, poursuivie par la voix de Marthe qui s'éteignit en un ricanement.

— Magali! Magali! appela Victorine.

— Laisse-la! intervint Marthe. Elle est à moi, je la tiens. Elle va vider toutes les larmes de son corps, puis elle nous reviendra en demandant pardon. Alors, tu verras comment elle s'acharnera sur sa poupée. On sera fières de notre petite.

Une illumination baignait le vieux visage de Marthe ; elle semblait transfigurée.

— On sera fières de notre Magali, ajouta-t-elle avec tant de conviction que Victorine s'en sentit soulagée.

Sa fille allait perpétuer les traditions de Signes la Noire et la haine qu'elles avaient de l'ordre voulu par Dieu.

— Venez, mes sœurs, dit alors Marthe en entraînant les deux femmes vers la grande salle des invocations. Allons former l'hymen infernal pour notre novice, l'Esprit n'enfante jamais le Mal sans fervente prière.

Et elles se glissèrent comme des ombres furtives dans le rayonnement du Belzébuth qui attendait l'âme de la petite.

17

Justin savait ce qu'il avait à faire. Il allait leur prouver à tous, aux Signois, à Viguière, que sa destinée n'était pas de rester paysan. Ils étaient jaloux de lui. Voilà la raison qui les poussait à faire obstacle à son bonheur. Il aurait dû comprendre plus tôt qu'ils étaient la cause de ses ennuis et des ennuis de Camille, tant il était vrai que leurs mauvaises langues savaient faire fleurir des commérages. Nul doute qu'on avait colporté des bruits jusqu'aux oreilles de Roumisse et que ce dernier maintenait sa fille enfermée à Marseille. Il allait leur faire voir de quoi était capable un Giraud.

Dès l'aube, après avoir embrassé sa mère, étonnée de le voir si bravache dans son costume en velours du dimanche, et salué son père silencieux qui usait déjà son regard sur la Sainte-Baume, il s'était engagé sur le chemin du Clos de l'Héritière avec l'intention de se rendre au château de Font Mauresque. Là-bas, il trouverait bien quelqu'un pour le renseigner sur l'endroit où était Camille. Elle ne lui avait jamais décrit sa maison de Marseille et il ne savait même pas dans quel quartier les Roumisse vivaient.

Le mistral était tombé d'un coup, faisant s'effondrer les nuages dans leur course vers l'est. A présent, ils s'étalaient en gros blocs d'or cuivré à la dérive, au-dessus des collines incendiées par le soleil levant. Cette aube nouvelle montait en son honneur, il le sentait. La Provence semée de thym et de lavande, ces espaces déchiquetés, verdâtres et violâtres, où les arbres perchés faisaient comme des couronnes noires, était sienne. Il pensa à ceux qui avaient foulé cette poussière d'or pour aller prier à la grotte de Marie-Madeleine, les chevaliers, les troubadours et même les rois.

Des siècles le séparaient d'eux, mais il était des leurs, digne des cours d'amour dont il connaissait le code [1]. Les trente et un articles, il les avait autrefois appris par cœur dans le livre d'André le Chapelain, alors que d'autres se targuaient de savoir la Constitution sur le bout des ongles. Les imbéciles! Il se mit à réciter le second : « Qui ne sait celer ne sait aimer », puis le onzième : « Il ne convient pas d'aimer celle qu'on aurait honte de désirer en mariage », et d'autres qui lui chauffaient la poitrine : « Le mérite seul rend digne d'amour », « L'amour ne peut rien refuser à l'amour », « L'amant ne peut se rassasier de la jouissance de ce qu'il aime. »

Il y avait bien longtemps que les Signois ne savaient plus conjuguer le verbe aimer, sauf en parlant de la chasse, du vin et de l'absinthe. Cependant il y eut comme une fausse note dans ses pensées : Magali. Magali savait peut-être, elle, aimer jusqu'à en mourir.

Par un effet de lumière et la présence d'un nuage, la nature en fête perdit toutes ses couleurs et, en arrivant au Clos de l'Héritière, Justin ne fut plus qu'un paysan endimanché qui salissait ses chaussures de ville sur le chemin mal empierré. Des chiens aboyèrent à son passage ; des rideaux s'écartèrent, une porte grinça et un

---

[1]. Code d'amour du XIIe siècle.

vieillard apparut. Justin le reconnut aussitôt, c'était l'homme qui, quelques mois plus tôt, lui avait conseillé de quitter le chemin.
- Tè, il est encore vivant, celui-là! fit le vieillard en le montrant de sa canne aux chiens qui grondaient.
- Eh oui, grand-père.
- Et où tu vas, si beau?
- A Marseille.
- Ce n'est pas la bonne route, répondit le vieux paysan en devenant pensif. Je crois que tu cherches des coups de griffes, ajouta-t-il, et tout ça pour le cœur d'une demoiselle, mais tu as raison, fiston, *qui noun hazardo noun pren pey.*

«Qui rien ne risque rien ne prend.» Voilà un bon vieillard qui donnait de bons conseils. C'était exactement ce que Justin voulait entendre au moment où il s'apprêtait à descendre vers le château.
- Que la Madeleine te garde, grand-père!
- Que saint Michel t'accompagne! répondit l'ancêtre du Clos en agitant sa canne.

Saint Michel n'était pas de trop, il aurait pu y joindre tous les archanges et deux ou trois légions du ciel. Justin n'en espérait pas tant. Il avait ses poings, son couteau et assez de témérité pour vaincre Roumisse. Alors qu'il se donnait du courage et que le ciel changeant répandait ses ombres et ses lumières sur les flancs de la Sainte-Baume, le château apparut dans un rayon de soleil qui le sculptait grain par grain.

Justin se figea et revit les images récentes où quatre jeunes filles et un chien noir se déplaçaient au milieu d'un jardin fleuri. Puis il eut un pauvre sourire et reprit sa marche. Trois des trente fenêtres de la vaste demeure étaient ouvertes; elles se détachaient comme des gouffres noirs au premier étage de la façade claire, à droite du porche, face à la ligne sombre des cyprès qui, tels des cierges de deuil, montaient une garde lugubre.

Pas âme qui vive. Pour la première fois de sa vie, Justin s'engagea sur le gravier peigné de l'allée, entre deux haies de buis parfaitement taillées. De part et d'autre des ailes de l'édifice, s'étendaient des terres à oliviers, toutes sillonnées à la charrue, sans une mauvaise herbe. C'était un coin de paradis qui aurait pu inspirer un peintre, mais aucun rire, aucune robe blanche, aucune chevelure d'or, ne venait égayer le bel et morne paysage.

Soudain, l'aboiement se fit entendre. Et comme dans ses souvenirs, le molosse apparut à l'angle d'une aile. Comme autrefois, la bête noire fila d'un trait sur l'intrus qui s'avançait crânement vers l'entrée de la demeure.

Justin n'avait plus peur du gros chien. Il le connaissait à présent.

— Néron! s'exclama-t-il alors que l'animal bondissait joyeusement devant lui.

Il s'accroupit et ouvrit ses bras pour recevoir une marque d'affection brutale. L'homme rappelait au chien sa maîtresse. Après quelques coups de langue sur les mains et sur le visage, Néron se mit à trotter à ses côtés.

Justin grimpa jusqu'au perron. Face à la lourde porte de chêne aux ferrures dorées, il reprit sa respiration. Qui restait à demeure quand les maîtres n'étaient pas là? Il convint que son plan était hâtif, mais il était trop tard pour reculer. Il tourna la poignée de bronze et repoussa le battant sur un large et haut espace. Le flot de lumière qui le précédait inonda le parterre.

— On ne bouge plus!

Justin tressaillit. Quand ses yeux s'habituèrent à la pénombre qui régnait au fond du hall solennel, il reconnut Marius Caronet. L'intendant et contremaître de la propriété de Font Mauresque le tenait en joue avec un fusil de chasse à double canon.
– Qu'est-ce que tu es venu voler ?
Justin ne répondit pas. Ses yeux couraient de l'une à l'autre des trois portes qui donnaient sur la pièce ; il n'y avait pas d'issue, pas un endroit où se jeter. Un pétrin d'apparat ciré et lustré trônait sous un tableau représentant une scène biblique, mais il était trop loin pour lui servir d'abri. Son regard se posa à nouveau sur le petit gros, presque ridicule derrière son long fusil. Il était engoncé dans un costume de chasse trop serré, et une chaîne en or de montre de gousset brillait sur sa panse rebondie. Les bottes de cuir auraient dû confirmer son prestige. Seuls les chefs portaient des bottes. Mais elles paraissaient disproportionnées et mal assorties sur ces jambes courtes. L'apparition prêtait à rire mais des intentions mauvaises suintaient par les trous luisants des yeux. La bouche de Caronet s'ouvrit comme un four.
– Fripouille ! J'ai du plomb à sanglier là-dedans ! Et la loi pour moi ! On me donnera une médaille pour ta dépouille et peut-être même que j'aurai en prime une terre à vignes. Roumisse me devra bien ça... oui, oui, tu vaux ton pesant d'or... Viens par ici... Avance ! Nom de Dieu !
Caronet voulait l'attirer à l'intérieur de la maison ; Justin pouvait presque suivre son plan tant il montrait de l'empressement à lui tendre un piège grossier. Il cherchait à l'abattre près du pétrin comme un voleur surpris en flagrant délit ; c'était ce qu'il expliquerait aux gendarmes avec de grands regrets, de profonds sou-

pirs, jurant sur la tête de sa mère et sur tous les saints qu'il n'avait pas voulu le raidir.

— Tu vas venir par ici, saloperie!

Caronet s'énervait. Ses doigts blanchissaient sur les détentes. Mais Justin ne bougeait pas.

— Tu l'auras voulu, dit l'intendant botté.

Ce fut alors qu'une boule noire jaillit à travers le hall. Justin sentit le souffle de Néron, vit luire les muscles puissants, entendit les pattes de la bête frapper la poitrine de Caronet. Une détonation partit. Du plâtre tomba tout près de Justin. A son tour, il bondit en avant. Le chien était sur l'intendant et lui mordait cruellement le bras. Caronet criait, se débattait, perdit son fusil.

— Ça suffit, Néron! intima Justin en s'emparant de l'arme.

Le chien délaissa à regret ce gros tas graisseux qui couinait.

— A nous deux, maintenant, gronda Justin en soulevant le petit homme pour le plaquer le dos à la tapisserie.

— Pitié! glapit l'intendant en abritant son visage derrière le bras blessé d'où le sang gouttait.

— Alors, Caronet, qu'est-ce que je vais faire de toi? dit Justin en promenant le canon froid du fusil sur la face rondelette et suante du bonhomme.

— Pitié!

— Tu n'as que ce mot à la bouche, mon pauvre Marius, et on voit bien que tu n'as pas l'habitude de le prononcer; il sonne si mal sur ta langue de serpent que j'ai bien envie de tirer cette deuxième cartouche dans ta caboche.

— J'ai de l'or... Beaucoup d'or... et des titres.

— Je me fiche de tes biens. Dis-moi plutôt où vivent

les Roumisse, quelles sont leurs habitudes, après je verrai ce que je ferai de toi.

Caronet avait tout dit, tout déballé, allant même jusqu'à trahir son maître en donnant le nom et l'adresse de sa maîtresse du moment. A cette heure, il devait s'acharner à sortir de la remise où Justin l'avait enfermé sous la garde de Néron.

La diligence d'Aubagne était bondée. Justin avait pu s'y glisser en rachetant, au triple de son prix, la place d'un santonnier qui s'en allait vendre ses figurines d'argile sur la Canebière. A présent, elle filait entre les maisons ocre et jaunes des faubourgs vers le cœur de la grande ville. A ses côtés deux femmes composaient et recomposaient le repas de Noël, et invariablement elles se disputaient sur le choix des dattes pour les treize desserts; l'une tenait à les acheter place des Carmes, l'autre exigeait qu'on les prenne rue Saint-Martin. Elles parlaient si fort, elles s'excitaient si bien qu'avant même d'atteindre le village de Saint-Marcel, tous les voyageurs échangèrent des bonnes adresses de charcutiers et de pâtissiers. Pendant le reste du parcours il ne fut plus question que du repas pantagruélique de Noël qui précéderait la messe de minuit.

Justin restait à l'écart de ce brouhaha. Noël lui semblait si loin. Plus il approchait de Marseille, plus une peur sourde le tenaillait. A travers la vitre, il voyait la ville grandir. Elle était le poumon de la Provence, la halle de l'Afrique, et il n'imaginait pas qu'il puisse exister de cité plus puissante, plus riche sur terre.

Roumisse était l'un de ceux qui participaient à ce triomphe à coups de millions. Là-bas, entre la citadelle Saint-Nicolas et le fort Saint-Jean, ses bateaux partaient à la conquête du café et de la canne à sucre ou revenaient, les membrures fatiguées, avec des cales pleines d'épices et de riz. C'était cet homme brassant toute l'écume des océans qu'il allait devoir affronter. Il eut un regard pathétique pour la dame blanche de la Garde qui étendait ses bras dans la lumière crue et il lui demanda tout bas de l'aide.

Notre-Dame disparut d'un coup au moment où l'équipage plongea entre la Capelette et Saint-Barnabé.

On abandonna la diligence à la porte d'Aubagne et on prit l'omnibus. Le lent et pesant véhicule s'enfonça en grinçant dans ce Marseille tumultueux où des vagues d'hommes battaient le pavé, déferlaient le long des rues de la Palud, de Rome, de Noailles, de l'Échelle, des Pucelles, du Pavé-d'Amour, suivant les pentes naturelles qui menaient invariablement au port, lieu de toutes les convoitises, de tous les plaisirs, de tous les marchandages.

A un moment, tout près de l'opéra, l'omnibus fut pris dans l'un de ces embouteillages monstres qui rendaient fous les Marseillais, surtout depuis l'apparition des automobiles pétaradantes.

L'omnibus finit par s'engluer définitivement dans la mer grossissante des véhicules et Justin le quitta, poussé, emporté par une bande de religieuses pressées.

Était-ce la proximité de Noël, les richesses étalées dans les boutiques, ce mistral qui avait tant soufflé qui les rendaient fadas ? Ou bien était-ce lui qui n'appartenait plus à leur monde ?

Il ne reconnaissait plus la ville où il livrait la glace chaque été. Elle l'écrasait de toute sa lumière et de tous ses bruits. Le sens même de sa présence ici lui échappait, à présent qu'il était redevenu un paysan ballotté de trottoir en trottoir à travers ce vaste temple de l'argent où se côtoyaient tant de gens divers dont les regards disaient ce qu'ils en attendaient de miraculeux. Avec les colonies, le progrès, le dynamisme de ses habitants, Marseille allait devenir la Nouvelle Alexandrie, le New York de la vieille Europe. C'était cette prescience, cette certitude qui rendaient les Marseillais si sûrs d'eux, si différents d'un Justin endimanché venu d'un village perdu de l'arrière-pays.

On ne se privait pas de le bousculer. Il se retrouva au-delà de la foule grondante de la Canebière, et pendant quelques instants il crut qu'il allait renoncer à son entreprise, tant ce monde auquel appartenait Camille l'effrayait. Puis comme le hasard voulut qu'un flot le rejette dans les vieux quartiers, il se calma. Entre les hautes maisons des rues étroites des Icardins et du Clavier, il se sentit presque à Signes. Les odeurs étaient les mêmes. Des daubes mijotaient là, il en devinait le fumet, des senteurs d'ail et d'oignon imprégnaient les murs séculaires, une fraîcheur de lessive se mêlait à l'indéfinissable relent de salpêtre et de charbon qui montait des caves.

Justin reprit courage; il y avait là des hommes et des femmes qui lui ressemblaient. Il croisa un rétameur qui portait des bassines et des seaux sur ses épaules en criant : « Ho! On rétame et on soude les casseroles! Voici le rétameur! » avant de le répéter encore plus fort en provençal : « *Oh! estama! brasa! casseirolo, vaqui l'estameire!* » Puis ce fut un rémouleur qui arriva vers lui en traînant sa grande meule. Tout le petit peuple de Marseille vivait à travers ses vanniers, ses matelassières, ses blanchisseuses portant haut leurs corbeilles débordant de linge blanc.

Ici on lui souriait en le saluant. Il se sentit tout ragaillardi, étonné d'avoir erré pendant deux longues heures sans but. Que diable! il la connaissait, cette ville, depuis qu'il y venait avec son chariot à glace. Et peut-être mieux que la plupart des gens d'ici, jaloux de leurs coutumes, et répugnant à franchir les frontières de leur quartier.

Il se souvint de l'argent qu'il avait sur lui. Toutes ses économies. Cinq mille trois cents francs en billets et en pièces, les uns pliés dans un portefeuille acheté à un colporteur, les autres roulées dans du papier journal. Avec ce pactole, rien ne pouvait lui résister. Il avait tout prévu. Une fois Camille arrachée à son tyran de père, ils s'en iraient tous deux dans le haut Var. Là-bas, il y avait des fermes à vendre pour une bouchée de pain.

Il se vit maître d'une terre grasse, de vergers, d'oliveraies, d'un troupeau de moutons, de tout un empire pour sa princesse Camille. Quand il reviendrait à Marseille, le vieux Roumisse lui offrirait d'associer son nom au sien. Dans cette fièvre soudaine née de son imagination, il pensait déjà à son premier bateau amarré au port. Quelle revanche ce serait! Lui le paysan de Signes devenu l'un des seigneurs du négoce et de l'industrie!

Il se repéra et retrouva le chemin des beaux quartiers. Il n'était pas très loin du Grand Cours où s'alignaient les riches demeures et les hôtels particuliers. A la vue de l'avenue sillonnée de véhicules rutilants et bordée d'arbres majestueux, il eut une impression de triomphe, l'affirmation tangible de sa puissance. De l'endroit où il se tenait la perspective était magnifique. Le fossé formé par l'ancienne rue Royale, le Grand Cours et la rue de Rome, partageait la ville en deux et on apercevait à ses extrémités les portes d'Aix et de Rome brouillées par les vapeurs de la circulation. Pendant quelques secondes il hésita, puis il se jeta hardiment dans ce flux aux odeurs âcres.

Ses appréhensions l'avaient abandonné. Il appartenait à ce monde maintenant et il pouvait contempler sans angoisse les immeubles du Grand Cours, qui se dressaient dans leur sérénité comme des témoins éloquents de la splendeur de la ville. Il n'y avait là aucun effort pervers de nouveauté à tout prix, nulle orgie d'arrivisme effréné, mais une succession d'édifices qui marquaient l'histoire de Marseille, l'histoire des grandes familles et des fortunes jusqu'à l'apothéose du Second Empire.

Justin envia leurs propriétaires. Aujourd'hui, l'argent des colonies affluait à gros bouillons derrière ces façades ornées de cariatides. Il n'avait pas la notion des prix; mais il évaluait vaguement qu'un seul de ces hôtels valait une vingtaine de maisons de Signes. Avec ses cinq mille trois cents francs, il n'aurait pas pu acheter l'une des portes monumentales de bois précieux sur lesquelles resplendissaient des poignées de bronze doré. Mais sa confiance était intacte; elle le demeura jusqu'au moment où il découvrit l'endroit où habitaient les Roumisse.

C'était un temple de cinq étages en pierres taillées; il s'élevait comme un solide rempart, entre la rue animée et le ciel serein. Une clôture de deux mètres de haut, en fait une herse de solides barreaux surmontés de pointes en forme de lys, le séparait du trottoir. Justin comprit alors combien il serait difficile d'y pénétrer. Les hautes fenêtres étaient inaccessibles. Le ciel s'y reflétait et empêchait de distinguer l'intérieur des pièces. A peine apercevait-on les rideaux de soie qui brillaient comme des bannières.

Il s'immobilisa, bouche bée, sourd aux rumeurs de la

rue. Il percevait ce luxe qui éveillait en lui une soif de possession. Il s'imagina au bras de Camille sous les plafonds lambrissés, fumant le cigare, au milieu d'une cour de notables dont les regards admiratifs confirmeraient son titre de « chevalier d'industrie ». Le bonheur, la gloire, la fortune étaient à sa portée. Il se passa un long moment avant que le bruit ne revînt, abrupt, le ramenant à la réalité. Ce fut un hennissement de cheval qui le fit sursauter.

La bête à la robe baie secouait son harnais et roulait des yeux fous vers les automobiles qui lâchaient bruyamment leurs gaz.

Le cocher pestait contre son cheval, contre le progrès, contre l'homme en blanc qui s'affairait à l'arrière du fourgon.

– Bonne mère! Jules, remue-toi! On a encore deux livraisons!

Le Jules, en tenue de pâtissier, portait à bout de bras, avec d'infinies précautions, un carton de belles dimensions, enluminé de guirlandes bleutées et d'oiseaux exotiques. De son pas de ballerine, il se dirigea vers l'entrée de l'hôtel des Roumisse où l'attendait un serviteur en livrée. Intrigué, Justin s'avança et coula un œil en direction de la gigantesque porte ouverte. A l'intérieur, il paraissait régner un grand désordre. On entendait une voix de crécelle qui hurlait des ordres. Bouquets de fleurs, bouteilles, paniers s'entassaient au pied d'un majestueux escalier de marbre, pris d'assaut par une flopée de valets et de servantes. En haut des marches, une femme sèche, parée comme une reine, s'agitait. C'était elle qui, d'une voix stridente, laissait tomber des avertissements et des menaces sur les têtes en pointant son doigt.

– Pas facile, la Roumisse, dit le cocher à Justin.

– C'est Mme Roumisse ? demanda Justin.
– Ça l'est, mon pauvre ! et je plains les couillons qui travaillent chez elle. Tous des chiens, ces Roumisse ! Tu as entendu parler des vampires... Tu sais, ces oiseaux d'Afrique qui sucent le sang des vaches. Eux, c'est pareil, ils saignent leur monde et ils s'enrichissent sur le dos des ouvriers. Les riches, mon ami, ça te pose pas de question et ça te demande pas ton avis ; ils te prennent tes sous, ta sueur, tes forces, et après, tu n'as plus qu'à pleurer à Notre-Dame.
– Je ne suis pas votre ami ! répondit Justin que ce discours agaçait.

Il pensait à Camille. La jeune fille était différente, elle n'appartenait pas au clan des Roumisse, elle ne portait pas en elle les tares de son père et elle ne ressemblait en rien à cette femme qui s'excitait au sommet de son piédestal de marbre.

– T'es leur ami peut-être ? Peuchère ! tu crois peut-être qu'ils vont t'inviter à leur bal de ce soir ? Té ! Tu devrais t'acheter un chapeau haut de forme, alors là ils te laisseraient entrer...

Le cocher partit d'un rire épais. Et il s'esclaffa de plus belle en détaillant mieux son interlocuteur. Un paysan. Un ramasseur de sarments. Un bouseux. Encore un qui échouait à la ville avec l'espoir de s'enrichir.

– Tu finiras mendiant, bougre d'ail !

Justin sentit poindre la colère mais il se contint. Ce n'était pas le moment de se faire remarquer. Un autre fourgon arrivait, suivi d'une Peugeot. Il n'eut que le temps de se détourner. De l'auto descendit Roumisse vêtu d'un manteau épais à collet de fourrure, une canne à pommeau d'ébène entre ses mains gantées de cuir noir. D'une inspection rapide et froide, il jaugea le

pâtissier Jules qui sortait de l'hôtel, puis il fit signe au conducteur de l'automobile.
— Surveille-moi ces gens! On ne sait jamais avec cette canaille.
Après cet ordre, il retira sa casquette de cuir, pénétra dans le hall et inclina sa tête grise devant sa femme.
Justin avait fait le tour du véhicule de livraison sous l'œil goguenard du cocher. Ce dernier riait encore et, avant de faire claquer son fouet aux oreilles du cheval, il ne put s'empêcher de lancer :
— Hé, le Ravi! N'oublie pas le chapeau! Avec une bande de soie, ça fait plus chic!
Le fourgon s'ébranla. Justin traversa le Cours et se posta derrière le tronc d'un platane. Comment entrer dans la place? Peut-être existait-il une autre issue? Il longea la contre-allée, coupa à nouveau le double courant de cette rivière qui ne coulait que par à-coups et d'où fusaient les tintements grêles des cloches, les klaxons et les jurons. Il emprunta la rue du Tapis-Vert, tourna à gauche, repéra la lourde façade arrière du temple des Roumisse. De ce côté, elle était toute grise, trouée par deux portes condamnées. Dépité, il marcha au hasard, enfila des rues, puis prit instinctivement à gauche. Quelques minutes plus tard, il était à nouveau devant la maison Roumisse à l'abri du platane, l'esprit confus, le courage entamé et l'imagination tarie.
Le chauffeur de la Peugeot montait la garde, étudiait les livreurs qui se succédaient. Insensible au froid, il avait les mains croisées sur son ventre. Son visage aux muscles rigides semblait habitué aux extrêmes contraintes et son regard sombre était vif et cruel.
Pas moyen de passer sous le nez de ce cerbère. Alors Justin attendit. Tôt ou tard, la providence serait avec lui.

18

Justin souffrait. Les heures s'étaient écoulées, plus longues entre midi et trois, courtes à l'approche du crépuscule, comme si le temps obéissait à l'activité de la ville rythmée par les cloches des églises et les sirènes des fabriques.

Derrière le tronc dont il connaissait à présent les dessins de l'écorce, il en avait vu passer des voitures! Toute une ferraille bourdonnante menée par des chauffeurs adroits qui excellaient à dresser un mur vivant entre lui et l'hôtel. Peu à peu, le gaz et l'électricité avaient jeté des feux çà et là, puis le Grand Cours s'était enflammé d'un coup avec ses réverbères, ses enseignes et les fenêtres éclairées des luxueux appartements.

Justin regardait fixement la bâtisse des Roumisse de l'autre côté de la rue, illuminée comme un autel. Il s'était usé les yeux à scruter cette façade et l'entrée, espérant apercevoir Camille, mais la jeune fille ne s'était pas montrée. Deux ou trois fois, il avait entrevu Mme Roumisse allant et venant au rez-de-chaussée entre les domestiques et des tables où étincelait de la vaisselle d'argent.

Soudain, dans l'embrasement des fenêtres, une,

deux, puis trois pièces montées passèrent, emportées par des mitrons, et il y eut un moment de silence parmi les badauds qui longeaient la scène. Au sommet de ces tours meringuées sur lesquelles s'enroulaient des guirlandes de roses et de lierre au beurre, le trentième anniversaire de la fondation de la Compagnie méditerranéenne des transports maritimes Roumisse : XXX ANS C.M.T.M.R., se détachait en lettres romaines au-dessus des créneaux en pâte d'amande, entourant l'écusson de la ville de Marseille.

Un cri d'admiration retentit, et les spectateurs improvisés salivèrent d'envie et de faim. Ce n'était pas des nantis qui se pressaient le long des barreaux. Justin s'en aperçut en regardant ses voisins qui le poussaient peu à peu vers le porche.

— Il faut attendre la fin de la fête, lui dit une femme sans âge au visage maigre et plat, troué par une bouche où il manquait la moitié des dents.

Elle l'étudia de ses yeux fébriles, et vit qu'il ne comprenait pas pourquoi il fallait attendre dans le froid. Elle ajouta :

— Après il y aura distribution.

— De l'argent ?

— Mais d'où tu sors, toi ? Tu crois que ces gens-là vont mettre leur main au portefeuille pour nous ! Tu m'as l'air un peu couillon et pas de la ville. Je te parle de la distribution des restes, toute cette nourriture. Une partie pour l'hospice, une autre pour l'orphelinat et le reliquat pour les traîne-misère du Panier.

Justin en fut tout retourné. Ces choses-là n'existaient pas à Signes où chacun venait en aide aux plus démunis quand il y en avait. Il ne se souvenait pas d'avoir connu de famille qui était dans le besoin. A cet instant, Marseille lui apparut moins attrayante. L'image de la ville rayonnante de son avenir se lézarda.

Puis il se rendit compte que la femme qui lui avait parlé tenait à peine sur ses jambes et qu'elle grelottait dans ses oripeaux. Il avait acheté un pain un peu avant midi, mais l'appétit n'était pas venu. Alors, détachant le petit sac de toile qu'il portait à l'épaule, il l'ouvrit et se saisit du pain.

– Tenez, c'est pour vous.

Pendant quelques secondes, tout l'or qui coulait des fenêtres de l'hôtel parut se concentrer dans les yeux de la femme. Elle balbutia des mots qu'il ne comprit pas, puis elle s'empara de ce présent inespéré qu'elle s'en alla dévorer plus loin, à l'abri des regards. On poussa encore Justin. Il ne la vit plus. L'attention de la foule se concentrait à présent sur les équipages qui déversaient un flot d'invités. Des noms circulèrent tout bas. On vit le préfet, le maire, deux évêques, des généraux, des banquiers et des grandes dames dont on devinait parfois, sous les fourrures, les robes de prix.

Ils étaient accueillis par un majordome qui leur désignait l'intérieur illuminé de sa main gantée de blanc. Et ils disparaissaient les uns après les autres comme happés par le flamboiement des lustres.

Soudain il l'aperçut. Elle descendait les marches du majestueux escalier, précédée par sa sœur et une grande fille rousse.

– Camille, dit-il dans un souffle.

Elle était pareille au printemps. Sa robe d'un vert tendre parsemée de brillants semblait humide de rosée. Sous le diadème de diamants qui ornait le haut de son front pâle, elle promenait son regard gris et froid sur les notables qui envahissaient le hall.

Justin aurait voulu l'appeler. Mais le silence provoqué par cette apparition était un charme trop grand pour être rompu. Il éprouva même un singulier plaisir, mêlé de honte, à rester ainsi ignoré d'elle.

On entendit quelques accords de violon. Dans la vaste salle de bal, un orchestre se mettait en place. Camille disparut. Justin alla de l'une à l'autre des fenêtres, se hissant à la force des poignets sur les barreaux de la clôture avec l'espoir de la suivre du regard, mais la buée sur les vitres rendait toute observation impossible. Il vit une vague forme traverser le champ de lumière, puis des fantômes qui tournaient au son d'une valse.

– Par ici, par ici, je vous en prie.

Cette invitation, comme prononcée dans un conte de fées, le ramena vers le porche : les derniers invités se hâtaient vers la porte, une simple porte qui allait se refermer sur l'avenir.

En lui, une mécanique s'enclencha, l'amenant presque malgré lui jusqu'à l'entrée qu'il franchit en même temps qu'un jeune lieutenant de l'armée de terre.

– Monsieur!

Justin n'entendit pas l'appel du majordome. La main gantée de blanc s'abattit sur son épaule.

– Monsieur! Où allez-vous de ce pas?

Devant le regard de Justin qui se retourna d'un bloc, le serviteur recula. Il y avait tant de volonté dans ces prunelles, tant de détermination farouche qu'il perdit tous ses moyens, cherchant du secours auprès des deux demoiselles qui tenaient le vestiaire.

– Faites quelque chose, vous! dit-il aux pauvres filles qui jetaient des yeux effarés sur ce paysan en costume froissé.

– Tenez, mes belles! leur dit Justin.

Crânement, il tendait son petit sac de toile au-dessus de la table qui faisait office de comptoir. Et l'une des deux s'en saisit avec un rire nerveux.

– Dis donc, bonhomme! Où te crois-tu?

C'était le jeune lieutenant qui venait de l'apostropher. Justin lui lança le même regard qu'il avait lancé sur le majordome et l'officier parut ébranlé à son tour par ce qu'il lisait sur le visage de l'intrus.

– Mon cher, répondit Justin, sachez que je suis un ami intime de Mlle Roumisse et que je vais de ce pas lui offrir mon bras pour la prochaine danse.

Décontenancé, le lieutenant se retrancha dans une attitude militaire, le buste droit, les talons joints, prêt à faire ses excuses. Sur sa face de poupon à fine moustache, un air navré se peignit.

Justin le regarda de haut en bas, l'enviant d'être aussi beau dans ce costume ajusté à boutons dorés qui lui donnait fière allure, puis, fort de l'expérience de ses lectures et de ses observations des bourgeois de Signes, il tendit la main.

– Justin Giraud de Signes.

Le lieutenant regretta d'autant plus son intervention qu'il crut Justin noble. Le « de Signes » fit sur lui le meilleur des effets. Il ne doutait plus que cet homme, un noble désargenté de la campagne, soit l'invité des Roumisse. D'un geste ferme, il serra la main tendue.

– Lieutenant Jérôme Fagerolle.

Justin sentit une douce chaleur l'envahir. Ça marchait. Il pouvait être l'égal de ces gens. Depuis toujours, il savait qu'il en avait l'étoffe, que les Giraud étaient faits pour régner et que seule la malchance les maintenait dans les ruisseaux des collines. Son arrière-grand-père aurait pu devenir député, son grand-père propriétaire des moulins à huile, son père officier et son oncle le coiffeur maire de Signes. A présent, la Grande Roue allait tourner en leur faveur, en sa faveur. Comme le jeune lieutenant le précédait, il calqua sa démarche, ce pas assuré qui ferait de lui un homme du monde.

Mais toute sa détermination disparut soudain. Il eut un choc qui l'arrêta net. Entre le hall et la salle de bal, sur les murs du large couloir qui les séparait, il y avait deux énormes miroirs soutenus par des nymphes dorées, et il se vit, reproduit à l'infini dans son accoutrement du dimanche. Ce costume, il l'avait acheté il y avait six ans pour le mariage du cousin Rupert.

Un affreux rat des champs, voilà ce qu'il était. Sa gorge se serra. Le sang monta à son visage. Une sueur soudaine mouilla son cou. Ses mains un peu fortes, durcies par la terre, aux ongles cassés, lui apparurent comme des objets de honte, des louches cabossées qu'il fallait cacher.

« Reprends-toi! Reprends-toi! »

La voix qui lui faisait faire des miracles le fustigeait. Là-bas où l'avenir irradiait de mille feux, les violons jouaient le *Sang viennois* de Johann Strauss, et plus de trente couples tourbillonnaient sur le marbre.

« Tu veux retourner à Signes danser la farandole? C'est ça que tu veux? »

A présent la farandole avec ses figures symboliques, l'imitation des oiseaux migrateurs, le passage sous l'arc, tout ce rituel qui glorifiait le retour du printemps lui apparaissait vulgaire et lointain.

« C'est maintenant ou jamais! »

Ce fut maintenant. Ses grosses louches, il les croisa derrière son dos, puis il se risqua sous les immenses lustres. Où était Camille? Des vagues de dentelles, des soies chatoyantes, des velours cramoisis, toutes sortes de tissus délicats habillaient les femmes, tandis que les hommes, en uniformes ou en tenues de gala, arboraient médailles et rosettes. Il ne vit pas immédiatement la fleur vert tendre que faisait Camille au milieu de ses admirateurs. Autour de lui, les coupes de champagne tintaient, les belles tournoyaient dans le frou-frou précieux de leurs robes. Des femmes par dizaines, aux chignons ornés de plumes rares et de diamants, mais pas de Camille. Il s'enhardissait, se disant qu'il allait la trouver indifférente à cette fête, parce que son cœur était toujours à la Sainte-Baume. Il l'imagina dans un coin, sous les feuilles des plantes grasses où se réfugiaient les personnes âgées, triste et pensant à eux dans la grotte. Quel bonheur ce serait quand elle le verrait ici! Dans son enthousiasme, il ne s'apercevait pas que les conversations cessaient, que le vide se faisait sur son passage, qu'on l'examinait en reculant. Quand les couples s'arrêtèrent de danser et que la musique mourut, il prit conscience de l'intérêt mêlé de répugnance qu'il suscitait. Cela ne l'ébranla pas. A présent, il s'était engagé trop loin dans son aveuglement.

Le cercle s'élargissait. Il se retrouva au centre de la salle, puis il la découvrit enfin.

– Camille!

La jeune fille avait autour d'elle toute une escouade de jeunes officiers parmi lesquels il reconnut le lieutenant Jérôme Fagerolle. Elle devint blême en voyant ce paysan grossier. Lui ne remarquait rien; il s'avançait vers elle en murmurant tout bas « Camille » et ses grandes mains s'ouvraient pour la recevoir. Elle allait se jeter dans ses bras, il n'en doutait pas.

– Mais c'est le *boumian*!

La voix claqua dans le silence, et l'on vit une fille en jaune, maigrelette, l'œil mauvais, jaillir des rangs. La sœur de Camille vint vers lui et le fusilla du regard en criant :

– Mère, faites quelque chose! Il salit notre nom!

Justin se souciait peu de la cadette et des nuages sombres qui commençaient à s'accumuler sur sa tête. Il parvint près de Camille tétanisée par la colère et la honte.

— Camille!

En lui touchant la main, il sentit qu'une fièvre la brûlait. Elle s'écarta, il la pressa. Elle battit à nouveau en retraite et il la poursuivit, s'épuisant à répéter son nom. Elle écarquillait les yeux, croyant à une sorte d'hallucination, puis elle implora du secours :

— Débarrassez-moi de lui!

Obstinément, Justin se collait à elle, n'entendant rien. Camille était devenue une autre femme, et il ne comprenait pas pourquoi elle le fuyait ni ce qu'elle disait.

Un capitaine le tira en arrière. Toute la meute galonnée était là; cavaliers, marins, artilleurs se disputaient le droit de rosser le coquin pour obtenir les faveurs de la très belle et très riche Camille.

Justin se servit de son poing à trois reprises, cognant les mignons qui montaient en première ligne, puis il se rua sur le capitaine, le prit à la gorge. Tous deux s'empoignèrent tandis que les femmes criaient et s'évanouissaient. Le ballet sauvage s'acheva au moment où, de toute sa puissance de glacier, Justin se défit de son adversaire, le souleva et l'envoya sur une table. Le fracas fut formidable. Le bois se brisa, entraînant verres, porcelaines, argenterie et toutes les entrées du buffet.

Alors Justin fit face à d'éventuels candidats à la bagarre, mais il n'y eut personne pour le défier. Les bouillants officiers faisaient rempart entre Camille et lui.

— Elle est à moi! Vous entendez, vous autres! hurla-t-il. Elle est à moi! Dis-leur que tu es à moi! Dis-leur que nous allons nous marier!

Il contemplait Camille à présent et son regard n'était plus chargé de colère mais de supplication et d'amour.

– Dis-leur! demanda-t-il encore.

Mais déjà, il n'y croyait plus. Tout s'écroula quand il comprit dans quel dédain elle le tenait. Sans un mot, elle se détourna et s'en alla sous les murmures.

Justin aurait voulu disparaître sous terre, tant sa honte était grande. Ses poings se desserrèrent, et ses mains de paysan tombèrent gauchement le long de son corps. Il sentait comme une brûlure tous ces regards dardés sur lui, ce mépris absolu, ce dégoût sans limite, cette haine qui se débridait peu à peu. Quelqu'un vint vers lui et il reconnut Mme Roumisse. Elle était réellement petite. De la même taille que la sœur de Camille, avec les mêmes larges narines et la même bouche sèche, malgré le rouge délicat passé sur les lèvres. Ses sourcils formaient deux triangles épais et noirs sous lesquels perçait un regard énergique et terrible qui rappela à Justin celui des sorcières.

Elle se planta devant lui, prit une inspiration profonde et lui assena une gifle magistrale.

– Mécréant!

Elle aurait voulu le tuer. Tout ce qui comptait à Marseille allait jaser à présent. Quel affront! Quel scandale! Il fallait qu'elle se soulage et elle leva sa main pour frapper encore.

– Cela suffit, ma chère!

Mme Roumisse s'immobilisa. Son mari venait d'apparaître en tête d'un cortège de notables. Camille était avec eux. C'était elle qui avait alerté son père et ses pairs dans la bibliothèque du premier étage où ils se réunissaient pour fumer le cigare, siroter du cognac et parler Bourse.

– Noël est là et nous devons nous montrer magnanimes. Cet homme a un peu bu et nous allons le reconduire.

— Et votre fille! Vous y pensez! s'écria Mme Roumisse, pour la plus grande joie des bourgeois qui voulaient connaître le fin mot de cette histoire.

Croustillante à coup sûr. Déjà les noceurs présents ne regardaient plus Camille comme une vierge.

— Il ne l'importunera plus, je vous le promets, répondit le maître sans se départir de sa tranquille assurance.

Justin ne réagissait plus. Le sang cognait dans son crâne, faussant ses perceptions. De Camille, il ne reconnaissait rien. S'il avait pu fixer son attention, il aurait pu voir à quel point la fille et le père se ressemblaient en ces instants, combien leurs traits fiers laissaient transparaître une cruelle envie de meurtre. Camille désirait casser son jouet à présent. Elle regrettait cette passade, ce faux pas, et elle l'avait dit tout haut à son père, pleurant, se jetant dans ses bras plus de trois semaines auparavant, alors qu'une vilaine fièvre la clouait au lit et qu'elle y voyait la conséquence de sa faute. Justin fut pris par les bras et amené dans le hall. Quand le majordome ouvrit la porte extérieure, on le jeta sur le pavé. Il s'affala devant les badauds estomaqués, se releva en repoussant ceux qui se penchaient sur lui et s'en alla, les épaules voûtées, poursuivi par des quolibets. Un homme lui emboîta le pas et leurs deux ombres dans la nuit quittèrent le Grand Cours pour s'enfoncer dans la rue de la Coutellerie.

Ce fut une course sans but à travers le vieux Marseille. Justin marchait lentement, le regard bas, suivant les murs de guingois, n'évitant pas les saletés qui s'accumulaient dans les recoins. Parfois la grande masse d'une église se dressait sous le ciel noir et il refusait de la voir tant il en voulait à Dieu de l'avoir fait ainsi, misérable, propre à rien, condamné à ramper dans ce monde. Il marcha jusqu'à la Tourette et le bruit de la mer fut comme un appel. Disparaître. Pendant quelques minutes, il écouta les vagues se briser et imagina son corps emporté sous les rouleaux d'écume, puis cette idée s'effaça aussi vite qu'elle lui était venue.

Parfois, il sombrait dans un anéantissement total, à d'autres instants, quand la honte revenait, la colère le rendait à la vie.

Il quitta le bord de mer et, dans son dos, l'ombre fit de même. Sans chercher à diriger ses pas, il arriva dans le quartier réservé, là où dans un encaissement de rues tortueuses et d'escaliers échouaient tous les aventuriers du plaisir.

Justin n'échappa pas aux assauts des filles.

– Tu me paies un coup?

Le jeune homme, qui, jusqu'à présent, était resté imperméable à toutes les voix suaves qui lui soufflaient des promesses, sortit de sa morne indifférence. La fille qui venait de l'aborder sans grande conviction était une caricature de Camille. Sous ses cheveux jaunes en broussaille, elle tendait un visage d'une pâleur extrême et un beau regard clair et vide. Toute sa vie se concentrait dans le bas de sa face étroite où luisait le rouge d'une bouche goulue sur laquelle elle passait sa langue.

– Pourquoi pas, répondit-il.

Un vrai sourire illumina cette madone du trottoir, et pendant un bref instant il eut l'impression de retrouver Camille.

– Alors je t'emmène! dit-elle en lui offrant son bras.

Au point où il en était, il serait allé n'importe où. Il se saisit de ce bras qui l'entraîna dans le dédale du Panier jusqu'au centre d'un enfer où des couples aux regards brillants de vice s'agitaient au son endiablé d'un orchestre.

– C'est mon endroit préféré, dit-elle.
Il ne s'était rendu compte de rien, ni par où ils étaient entrés, ni comment ils étaient parvenus ici. L'endroit préféré de la fille aux cheveux jaunes tenait à la fois du bastringue et du bordel.
– Par là! Par là! Il y a une table vide.
Elle le fit asseoir avant d'appeler un garçon du nom d'Émile. Elle commanda de l'absinthe pour deux, car, dit-elle, il n'y avait que ça qui la rendait joyeuse.
– Dis... tu as de l'argent au moins?
– J'ai ce qu'il faut, répondit-il en esquissant un triste sourire.
– Ah, c'est bien! Je m'appelle Jeanne, mais je préfère Jeannou; et toi?
– Justin.
– Comme c'est drôle, nos prénoms commencent par la même lettre.
Il l'écoutait sans véritablement l'entendre; il la contemplait sans véritablement la voir. Pourtant au fond de lui, il sentait qu'ici était sa vraie place, au côté de cette femme, dans ce lieu de perdition.
Au-dehors, l'ombre attendit un peu et, ne le voyant pas ressortir, repartit d'un pas pressé. On savait où le cueillir à présent. Ce n'était qu'une question d'heures, le temps que la petite pute le plume et le vide.

L'absinthe agissait. Ils étaient en route pour un voyage tumultueux et fantasque. Jeannou préparait le sucre, tenait la cuillère, laissait couler l'alcool vert en retenant son souffle. Justin contemplait cette prêtresse de la nuit, avec ses bijoux de pacotille aux oreilles et aux bras, sa gorge menue d'où montait un parfum lourd, sa bouche carnassière par laquelle elle recrachait la fumée d'un cigare.

– Bois !

Elle lui tendit le verre rempli de potion laiteuse. Ils croisèrent leurs bras en se regardant dans les yeux et ils burent. Pour la dix ou douzième fois, l'alcool vert grimpa en jets de flamme dans leur tête. La fille aux cheveux jaunes s'était embellie. Tout était beau, magique. Justin glissait dans le rêve artificiel. Autour d'eux, la salle au plafond bas semblait une mer agitée. La marée des jupons battait sur les bords de la piste de danse. Au-dessous des musiciens en manches de chemise, les femmes peinturlurées à moitié dénudées tourbillonnaient aux bras de leurs cavaliers. La fête de l'hôtel du Grand Cours lui parut bien falote et mesquine à côté de ce débordement joyeux. Le plancher vibrait, les chairs s'offraient, les mains s'égaraient, les bouches se dévoraient.

Jeannou lui baisotait le bout des doigts ; elle avait passé une jambe entre les siennes et exerçait de douces pressions sur son ventre.

– Si tu veux, on va ailleurs, lui chuchota-t-elle.

Étrangement, cette proposition le dégrisa ; elle le ramena sur le mauvais chemin dans lequel il s'était engagé depuis qu'il avait échoué à Marseille avec ses illusions. L'alcool vert dilué dans son sang ne suffit pas à contenir la honte qui revint. Il aurait donné plusieurs années de sa vie pour revenir en arrière et changer le cours du destin afin de courir encore dans les garrigues avec Magali.

– Tu es sûr que tu as encore des sous ? lui demanda-t-elle un peu inquiète.

Où allait-elle débusquer un client à cette heure avancée de la nuit ?

– Tiens ! lui dit-il simplement en déposant son portefeuille et les rouleaux de pièces devant elle.

Il se moquait; il la tentait; c'était un drôle qui allait lui demander de faire des choses terribles. Pourtant il n'avait pas l'air d'un pourri. Les désaxés, ceux qui vous déchiraient les seins et vous fouettaient, elle les repérait du premier coup d'œil. Celui-là était fêlé. Sûrement. Elle hésita, puis déroula le papier journal de l'un des cinq cylindres qu'il avait poussés vers elle. De l'or. Des vingt francs. Son cœur battit très vite. Elle ne savait plus compter, mais il y avait là de quoi payer cinq ans de loyer et la nourrice du gosse. C'était un miracle. C'était Noël. Elle en tremblait et elle cachait ce trésor sous ses mains de peur qu'on ne le lui ravisse.

— C'est... c'est trop, balbutia-t-elle.

Elle attendait les conditions du marché, mais elle ne découvrait aucune trace de vice dans le regard tendre et triste de ce compagnon.

— J'habite rue de la Tasse-d'Argent, ajouta-t-elle.

— Eh bien, cours-y vite, lui répondit-il, et cache cet argent, il servira plus à toi qu'à moi.

Sur ces mots, il se leva, la laissant pantoise, un peu confuse, apitoyée maintenant qu'elle comprenait combien il souffrait, et elle aurait voulu le garder pour elle toute une nuit et le consoler.

Mais il disparut.

— Le voilà !

— Ouais, je le reconnais, répondit l'homme en casquette en se dressant sur ses pieds pour mieux observer Justin qui sortait.

— On est d'accord, la moitié de l'argent maintenant et l'autre moitié après? dit celui qui l'accompagnait.

L'homme en casquette tourna son visage chafouin vers ce diable d'escogriffe qui était venu le déranger dans sa tanière, alors qu'il jouait aux cartes et gagnait gros. Il le connaissait bien, le chauffeur de Roumisse, brute à tout faire, commissionnaire des basses besognes, intermédiaire entre le Panier et le Grand Cours, et il ne l'aimait pas. Pendant quelques secondes, il eut la tentation de lâcher : « Tu n'as qu'à y aller toi-même, le crever. » Mais le bon argent était là, en coupures neuves, et cette saloperie de chauffeur le tentait davantage en le froissant.

– Ouais, donne.

Le chauffeur à la barbe noire lui glissa les billets et s'en alla d'une démarche d'ours, sa grande cape volant au-dessus des pavés. L'homme à la casquette se dit qu'un jour il lui ferait la peau par plaisir, mais d'abord il fallait s'occuper de l'autre.

– Bordille ! où il est passé ? s'exclama-t-il.

Il huma l'air comme une bête cherchant une piste, puis s'élança sur la pente de la rue. Au premier escalier, il le repéra, descendant vers le port, évitant les putes. A son tour, il passa entre les filles défraîchies, le rebut de la profession, des vieilles édentées et des syphilitiques tordues. Toute cette viande avariée soignée au mercure et à l'arsenic lui donna froid dans le dos. L'envie de meurtre le reprit et il les ajouta à la longue liste des crimes salutaires qu'il se réservait pour plus tard. En mauvais ange, il souriait à toutes, mais elles n'essayaient même pas de l'aborder. Elles ne connaissaient que trop ce boiteux. Le bancal du Foie-de-Bœuf, qu'on l'appelait. Bancal, parce qu'il avait la jambe raccourcie, Foie-de-Bœuf du nom de la rue où il vivait avec la canaille. Il en avait suriné plus d'un sur commande sans jamais se faire pincer par les gendarmes et il y eut quelques filles qui l'envoyèrent tout bas au Diable en se signant.

Justin sentit à nouveau la mer. Il traversa la place

Neuve déserte, longea les bassins où clapotaient des pointus. Sur sa droite, la masse sombre de l'hôtel de ville se dressait tel un temple païen abandonné. Il était seul, tout seul et l'eau noire proche l'attirait irrésistiblement.

Il s'approcha de la darse. Cliquetant et tanguant, les pointus s'alignaient le long du quai. Il suffisait de couper l'amarre du plus petit, de sauter à bord et de ramer vers le large. Bah, il saurait bien se débrouiller. Dans sa tête tout s'enchaînait. L'embarquement, le sillage de la barquasse entre la citadelle Saint-Nicolas et le fort Saint-Jean, les coups de rames, les trois îles de la rade laissées derrière lui, l'ancre qu'il attacherait à son corps et sa descente vers le fond.

Alors qu'il rêvait à sa disparition, un bruit se fit entendre. D'instinct il fit volte-face et vit un homme plonger derrière des barils de goudron.

« Un voleur », se dit-il. Il trouvait cela comique. Il n'avait plus rien sur lui. Pas un sou. Le drôle derrière les barils perdait son temps. La montre! Il portait encore sa montre de pacotille achetée à un camelot de Toulon. Il l'arracha de son gilet et la fit glisser en direction du type dans son abri.

– Tiens, c'est tout ce que j'ai! dit-il.

L'homme se déplaça en jurant, s'éloignant vers la mairie. Ce fut alors que Justin remarqua qu'il marchait bizarrement. Il avait déjà vu quelqu'un se déhancher de la sorte. Le clap et le clop sonnaient sur les dalles du quai. L'automate mal réglé fut avalé par l'ombre, laissant une sale impression à Justin. Où avait-il vu ce bonhomme?

Il haussa les épaules et reporta son attention sur les pointus. Cette diversion l'avait ramené à la raison; il y avait d'autres moyens pour disparaître. Au loin les clippers et les vapeurs aux formes élancées l'attendaient. Il avait tant lu de récits de voyages que son imagination s'enflamma d'un coup. C'était dit, il serait marin. On recrutait tous les jours dans la marchande. Demain, dès l'aube, il signerait. Et en avant sur les océans. Il doublerait le cap Horn, Bonne-Espérance. Il verrait le Siam, Alger la Blanche, San Francisco, les bouches du Gange et Bornéo! Et Sumatra! Une nouvelle vie!

Dans sa détresse, il était prêt à tout: devenir mineur dans le Nord, bûcheron au Canada, soldat dans la Légion, n'importe quoi pour échapper à Marseille et à la Provence.

Cette idée d'aventurier des mers, il s'y accrocha pendant de longues minutes en se rapprochant du quai au Bois où quelques grands navires dressaient leurs mâts et leurs cheminées, mais soudain le clap et le clop se firent à nouveau entendre dans son dos. Cette fois, il prit conscience du danger quand il le vit sous le halo d'un réverbère. C'était le bancal de la Sainte-Baume. Ce salop de boiteux payé par Roumisse. Des trois malfrats qui l'avaient massacré, c'était cette petite ordure qui frappait le plus fort aux endroits fragiles.

La haine revint, et le désir de vengeance emporta tout, les voyages et le reste. Il tourna sur lui-même. A sa gauche, un entrepôt. A sa droite, un échafaudage gigantesque recouvrant un bateau sur cales. Derrière lui, les baraques fermées des compagnies maritimes, des montagnes de bois et de charbon. Sans hésiter, il opta pour le bateau en réparation. Il se hissa à travers l'échafaudage et sauta sur le pont où s'ouvraient des trous béants. Il s'accroupit, chercha à tâtons une arme de fortune et finit par trouver un morceau de fer graisseux, long d'une trentaine de centimètres et d'un poids d'au moins dix livres, puis il attendit. L'autre ne faisait plus de bruit. Il risqua un œil par-dessus le bastingage et essaya de percevoir le clap-clop mais il n'entendit que le choc des câbles dans les vergues et les balancines, le grincement des chaînes dans les écubiers.

— Ils me paieront ça! marmonnait-il en empoignant violemment sa ferraille, et revivant sa honte au bal, devant une Camille méprisante.

Un tintement le fit tressaillir. L'autre était quelque part devant lui, frôlant le sol de sa jambe folle; il se rapprochait, se trahissant par d'imperceptibles signaux, le froissement de ses vêtements contre les cordages, une respiration saccadée de fumeur.

A l'instant où il le sentit tout près, Justin se redressa au-dessus du tas d'étoupe derrière lequel il se dissimulait et fouetta l'air avec son fer. Il y eut un bruit de métal.

Le boiteux étouffa un juron. Le paysan venait de le désarmer par surprise, faisant sauter le long couteau hors de sa main. Sans attendre la deuxième attaque, il fonça la tête en avant et percuta Justin au ventre.

Sous le choc, le Signois perdit son arme.

— Ordure! Je vais te crever! hurla le Marseillais en cherchant sa gorge.

Justin sentit les doigts se refermer sur son cou. Les ongles s'enfoncèrent dans ses chairs. On aurait dit une tenaille de forgeron. Une force surhumaine semblait habiter cet affreux petit homme qui puait le tabac gris et l'anisette.

Justin tenta de dessouder ces doigts qui lui arrachaient la peau. Le boiteux riposta d'un terrible coup de tête sur son nez. La douleur terrassa Justin. Il n'y avait pas de parade possible contre ce teigneux formé à tous les coups bas. A Signes, on se battait comme des cochons, et on s'assommait du poing sur le crâne. Pas à Marseille.

L'air commençait à lui manquer. Justin rampa sur le dos, portant le bancal qui le chevauchait. Il serra les poings, les envoya dans cette gueule démente qui ricanait et bavait sans lâcher prise ; alors il essaya de rouler sur lui-même et dans le mouvement l'une de ses mains tomba sur le couteau.

Il n'avait plus le choix et ce fut avec rage qu'il embrocha son adversaire en pensant à Roumisse. La lame pénétra sous les côtes du Marseillais qui fit un bond en arrière, libérant enfin la gorge de Justin.

Les rôles s'inversèrent. Le Signois renversa le boiteux sur le pont en plaquant une main sur sa bouche pour étouffer les cris. Le Marseillais se débattait sauvagement ; à force de contorsions, il faillit se libérer. Justin tenait le couteau enfoncé jusqu'à la garde et comme l'autre ne semblait pas faiblir, il lui imprima un mouvement tournant avant de scier. Ce qui rendit les soubresauts du boiteux encore plus difficiles à maîtriser. Des cris passaient entre ses doigts gluants de salive et de sang. Justin resserra son bâillon sur le bas de ce visage qui n'avait plus rien d'humain. Ce monstre s'accrochait à la vie ; il semblait tirer son énergie des quinze centimètres d'acier plantés dans ses entrailles.

Il allait le jeter au fond de la cale par une ouverture béante en espérant qu'il se brise le cou quand le Marseillais s'arqua avant de se raidir sur le pont.

Nauséeux, épuisé, Justin le relâcha et s'en écarta avec une sorte d'ahurissement. C'était fait. Et il n'en ressentait aucun soulagement. Au contraire. En moins d'un an, deux hommes avaient péri par sa faute. Soudain, un frémissement agita le cadavre et l'une des mains remonta vers le manche du couteau.

Alors, Justin, horrifié par cet ultime frisson de vie, poussa le mort vers le trou avec ses pieds. Il n'attendit pas que le corps s'écrase sur les machines du vapeur; déjà il sautait sur l'échafaudage, puis sur le quai, avant de s'élancer à travers la ville endormie.

19

La Salomone s'égayait. Les femmes avaient pris possession de la Bastide Blanche, reléguant les hommes avec Amédée Giraud, dans la pièce qu'il occupait depuis vingt-huit ans. Le vin de noix qu'elles avaient bu leur faisait les joues roses, la bouche humide, les yeux luisants. Et c'était bien la seule fois dans l'année qu'Henriette se libérait. La mère de Justin aimait ces Noël, où elle se retrouvait en première ligne, responsable des repas et des prières, commandante en chef d'une petite escouade en jupons.

Elles étaient onze sous sa responsabilité : la vieille tante Thérèse pliée sous l'âtre, le nez dans le chaudron où mijotait la morue en *raito* dans sa sauce rousse parsemée d'olives noires ; ses sœurs Émilienne et Madeleine dont les doigts ruisselaient d'huile au-dessus des longs plats où nageaient les filets d'anchois ; ses quatre cousines couvertes des plumes des perdreaux et des grives qu'elles arrachaient en piaillant ; ses deux nièces Anicette et Adrienne occupées à tout et à rien, jouant parfois avec les deux plus jeunes du clan, deux petites de six et huit ans fascinées par la crèche et les treize desserts.

Ah ! ces treize desserts, on les dévorait déjà des yeux ;

mais Henriette veillait, prête à taper sur les doigts audacieux qui survolaient les assiettes frangées de papier d'argent.

— Attention! gronda-t-elle en voyant l'une des deux gamines rôder près de la crédence chargée des friandises.

La petite fit la moue et crut bon de lancer :

— Qu'est-ce que ça fait si on en mange un peu, puisqu'il y en a plus de treize.

— Ça fait qu'on mécontente Jésus en cédant à la gourmandise avant minuit! répliqua Henriette.

Le regard dont elle accompagna la petite qui reculait était celui d'une femme résolue au triomphe des traditions et au respect de la religion.

C'était vrai qu'il y en avait plus de treize et en quantité telle que plus d'un des convives allait en attraper une indigestion. Un péché en vérité. Déjà qu'on n'allait pas à la messe de minuit parce que Signes était à plus de trois lieues de la Salomone. Elle les contempla avec un brin d'inquiétude, toutes ces sucreries, tendrement, amoureusement préparées. Il y avait les raisins conservés au grenier, les figues sèches, le melon d'hiver, les amandes, les noix, les jolies boîtes de prunes de Brignoles, les poires juteuses, les pommes pourprées, le fromage blanc dans sa coupe en moustiers, les galettes au lait parfumées au fenouil, la pompe à huile briochée parsemée de cumin et fleurant bon l'anis, le ratafia de cerises, la confiture de coing, les cédrats confits, les dattes en branche, la Carthagène flamboyant tel un énorme rubis dans sa carafe, et les rois nougats, au centre de la crédence, dressant leurs pyramides blanches et noires, rappelant à tous que Noël était aussi la fête du soleil, du renouveau de la terre, de la Provence du vent et des abeilles.

Henriette se reprit. On prierait ce qu'il faudrait avant de se gaver. Et elle, plus que les autres. Car elle avait des pardons à demander à Dieu, pour Amédée qui glissait depuis trop longtemps dans les noirceurs de l'âme et pour Justin qui lui donnait bien des soucis ces derniers temps.

Les noirceurs, Amédée les broyait avant de s'y enfoncer plus que d'habitude. Noël passait sur lui avec tous ses symboles. Pendant toute la journée on l'avait trimbalé d'une pièce à l'autre, lavé, habillé, et son frère le coiffeur était venu lui tailler la barbe et les cheveux. Puis, on l'avait placé près du poêle qui rougissait, l'abandonnant à ses sinistres pensées.

Les autres faisaient le cercle autour de la table, écoutant Antoine leur parler politique. Il dominait son monde, se dressant sur ses coudes dans de brusques détentes quand leur attention tombait, et il les gorgeait de fierté en leur donnant du : « nous les Giraud et les Rupert », « notre nom respecté », « notre puissante famille ».

Des foutaises, se disait Amédée quand la voix de son frère lui parvenait. A quoi bon refaire le monde ? Évoquer l'avenir du village ? Gagner les élections ? Distribuer de nouvelles cartes ? Tout cela il l'entendait à chaque fête, à Pâques, à la Saint-Jean, à la Noël, et il éprouvait une profonde amertume en voyant tout ce monde s'animer, plein de vie.

Si au moins il pouvait retrouver l'usage de ses jambes. Nom de Dieu !

Avec rage, contractant les muscles de ses bras au point de se faire péter les veines, il fit faire un quart de tour à sa chaise.

– Hé ! vous avez vu le vétéran ? lança le plus vieux

mâle de la famille qui, lui, malgré ses soixante et dix ans, marchait encore sans canne.

— Bravo ! Vous verrez, bientôt il remettra ça à Sedan, dit le coiffeur. Et cette fois ce sera pour de bon. A Berlin, l'Amédée, il nous les boutera hors de France, ces cochons d'Allemands.

La raillerie d'Antoine les fit rire et lui fit mal. Mais à présent, de sa nouvelle position, Amédée pouvait voir la Sainte-Baume derrière laquelle le soleil sombrait et cela suffisait à son bonheur. Il faisait naufrage avec le jour ; il était là-bas au sommet du Saint-Pilon dans cet embrasement de fin du monde et il voyait monter la nuit de toutes parts.

Amédée serrait les poings. Être là-bas, debout comme au temps de sa jeunesse, hors des misérables ténèbres où grouillaient ses démons pareils aux uhlans sur les terres éventrées de l'Alsace.

Il aperçut soudain Justin revenant de la remise avec la grosse bûche de Noël à l'épaule et une bourrasque l'entraîna loin de ses pensées. Son fils, il avait fini par le voir à force de le sentir malheureux, et lui qui ne s'était jamais inquiété de rien aurait voulu lui parler, lui apporter un soutien quelconque.

Justin déposa délicatement la bûche sur la table. C'était du bon chêne, soixante livres de bois sec ; elle durerait trois jours comme le voulait la tradition. Ce rituel de la bûche de Noël, le *Cacho-fio*, ils étaient l'une des dernières familles à le maintenir. Cette bûche, tous la caressaient du regard, tant elle était porteuse de bienfaits. Après les Rois, on se partagerait ses braises, ces merveilleux charbons ardents qui rendraient la famille prospère et les protégeraient des incendies et du tonnerre.

— Tu l'as bien choisie, dit Antoine en s'adressant à Justin.

Ils approuvèrent tous de la tête, pensant déjà au souhait que l'un d'entre eux prononcerait quand elle commencerait à flamber : « Que la bûche se réjouisse ! Demain c'est le jour du Pain. Que le bien entre ici ! Que les femmes enfantent, les chèvres chevrottent, que les brebis agnèlent, qu'il y ait beaucoup de blé et de farine, et du vin une pleine cuve ! »

– Qu'en penses-tu, Amédée ?

Ce dernier approuva silencieusement du chef. La bûche, il ne la voyait même pas. Il n'avait d'yeux que pour son fils. Justin, en cinq jours, avait maigri et pâli. Son regard noir enfoncé sous les cernes et ses joues creusées, bleuies par une barbe naissante, lui donnaient un air inquiétant.

Justin se sentit observé et il rencontra les yeux de son père qui le fixaient sans retenue, avec la curiosité d'un animal qui retrouve son petit. Jamais son père n'avait montré ses sentiments. Jamais il n'avait eu la sensation d'être aimé par cet homme dont le cœur s'était brisé sur le champ de bataille. Mais en cet instant même, il se passait quelque chose entre eux et pour la première fois de sa vie Justin vit son père sourire.

– Elle nous portera bonheur, ta bûche, dit Amédée.

Justin en fut bouleversé. Depuis son retour de Marseille, il s'était enfoncé dans un trou sans fond, dont il ne croyait jamais sortir. Des amis, il n'en avait plus. Il n'osait se rendre chez Charles les mains couvertes de sang, il s'était juré de ne plus mettre les pieds dans un café, de ne plus jeter un regard sur les Signoises, de ne plus chanter, de ne plus siffler, de ne plus danser la *Moresque aux lumières* pour écarter les mauvais esprits, de ne plus sauter au-dessus du feu de la Saint-Jean. Il en était, lui, de la confrérie des mauvais esprits qui hantent la Provence. Il en était jusqu'à ce que son père lui sourie. Il s'avança dans le silence vers le vieil homme cloué sur sa chaise, sous les regards des siens qui comprenaient qu'il se passait une chose inouïe, en ce soir de Noël propice aux miracles. Justin le prit dans ses bras, ne se souvenant pas de l'avoir serré ainsi une seule fois, même enfant. Il sut alors combien son père avait besoin de lui, combien il était fragile sous sa carapace de héros.

– Père, elle nous portera chance, je te le promets.

A cet instant l'oncle Antoine eut la larme à l'œil, imaginant la joie d'Henriette, la joie des femmes, et lui, le révolutionnaire, lui pour qui on faisait rôtir les perdreaux et les grives parce qu'il ne voulait pas manger maigre, se dit qu'il prierait avec les autres devant la crèche.

Dans la demeure sombre isolée près des sources du Gapeau, on redoutait cette nuit pleine de prières et d'espoir. Aussi s'était-on barricadé. Toute la journée, Marthe, Agathe et Victorine avaient tracé des signes interdits à l'intérieur des volets, sur les pas des portes et les conduits de cheminée, élevant des défenses invisibles de la cave au grenier, par peur du Messie et de ses anges. La petite avait refusé de les aider et Marthe en était fâchée. Après tout, Magali appartenait au clan et elle devait être solidaire des autres quand la tempête approchait.

Et elle approchait vite, cette gueuse. Il était déjà huit heures du soir. La vieille tordue, emmitouflée jusqu'aux oreilles dans un châle fané, trottait d'un recoin à l'autre, inspectait les murs, haranguait ses complices.

– Faites des cercles autour des provisions! Victorine, tu disposeras les pointes de cuivre à l'est et à l'ouest. Agathe, allume les cierges noirs!

Elle se tut enfin, projetant sa pensée dans toutes les directions pour sonder les défenses de la vaste maison. Tout avait été fait dans les règles ; à présent elle pouvait se livrer à la nécromancie des ténèbres, à l'évocation par le sang, aux imprécations et aux sacrilèges. C'était une nuit dangereuse, mais riche en enseignements pour qui savait utiliser les forces en opposition.

Elle possédait la science. Elle avait une confiance absolue en son pouvoir. Cette assurance lui arracha un frisson voluptueux qu'elle chassa d'un haussement d'épaules. Cependant son regard se voila, puis devint dur. Il y avait une faille qui ébranlait sa belle confiance. Elle leva les yeux vers le plafond et lança :

– Magali ! On t'attend !

Cet appel soudain fit sursauter Victorine et Agathe. A leur tour, elles contemplèrent le plafond. Juste au-dessus se trouvait la chambre de Magali.

Toutes les trois écoutaient. Le plancher ne grinça pas. La petite devait être encore dans son lit. Elles s'étonnèrent de cette résistance alors que la chambre était pleine de leurs envoûtements. Magali aurait dû être dans la grand-salle depuis longtemps, obéissante, subjuguée, buvant les paroles de Marthe, adorant le mauvais ange qui allait les protéger. C'en était assez de ses caprices ! Cela faisait plus de dix jours qu'elle jouait à la rebelle, les méprisant quand elle daignait apparaître. Elle ne touchait plus la poupée, au grand désespoir de Victorine, qui craignait le retour de ses anciennes passions, cet amour dévastateur contre lequel aucun envoûtement n'opérait.

– J'y vais ! gronda Marthe.

La vieille chouette rassembla ses jupons et ses chiffons et les releva devant elle en abordant l'escalier qui menait à l'étage. Victorine regarda monter son aînée avec appréhension. Elle ressemblait à un oiseau de nuit difforme. Les haillons noirs battaient sur ses jarrets comme une longue queue mitée. Sa poitrine haletait d'effort et de colère, répandant un souffle sifflant qu'elle maîtrisa en arrivant face à la porte de la chambre.

— Sors d'ici!

Elle tourna dans tous les sens le bouton de porcelaine et donna un coup d'épaule dans le battant. La petite garce s'était enfermée.

— Magali, je t'ordonne d'ouvrir cette porte!

Il n'y eut aucun mouvement perceptible dans la pièce, même lorsque Marthe colla son oreille sur le bois. Rien. A croire que la fille s'était envolée.

— Comme tu voudras! Nous réglerons ça plus tard! Et ne viens pas te plaindre si tu es malade cette nuit! Quand le morveux naîtra, nous ne serons pas là pour te défendre.

De dépit, Marthe cracha sur cette porte qui la séparait de sa chère petite en qui elle mettait tous ses espoirs. Pendant quelques instants, elle regarda couler son crachat verdâtre, en jetant silencieusement mille anathèmes sur le grand responsable de cette défection, sur Jésus — ce morveux. Puis, donnant un violent coup de poing sur le battant, elle s'en alla rejoindre les deux autres prêtresses.

Magali mordait les draps. Depuis plusieurs minutes, elle étouffait ses sanglots, la tête enfouie sous les couvertures. C'était Noël et on venait la chercher pour faire le mal; c'était Noël partout, la fête de l'amour, et on voulait qu'elle prie à la gloire de Satan; c'était Noël et elle n'était pas avec Justin sur la montagne.

Marthe, sa mère, Agathe la harcelaient sans répit;

Magali les souhaitait maudites à jamais. Horrifiée de s'imaginer pareille à ses aînées, elle rejetait d'instinct cette ressemblance. Elle repoussa les couvertures et les draps, en proie à un désespoir sans limite. Pourquoi se sentait-elle aussi faible ? Elle avait toujours dominé les événements. Quel mal la terrassait sur ce lit ? Quel charme la maintenait dans cette maison ? Quelle force l'empêchait de traverser les marécages de Signes la Noire ? Elle aurait couru vers la Salomone et se serait battue pour reprendre son Justin. Et s'il la giflait encore, elle reviendrait. Ils s'appartenaient l'un à l'autre.

Elle quitta le lit et tourna comme une bête en cage, refusant de voir son reflet que lui renvoyait le miroir. Pourquoi manquait-elle de courage ? A tous ces « pourquoi », il y avait bien une réponse et elle ne pensait pas que sa faiblesse était due – comme les trois lavandières espéraient lui faire croire – à la fête de Jésus.

La jeune fille posa son front brûlant sur la vitre froide de la fenêtre. Au-dehors, les grands arbres dépouillés de Signes la Noire s'élevaient vers le ciel étoilé, et une fine brume glissait sur les eaux stagnantes et pestilentielles qui cernaient le jardin.

Elle était prisonnière et ce n'était pas un hasard. Elle blêmissait peu à peu, acceptant le pire.

– Elles n'ont pas fait ça, balbutia-t-elle en embrassant d'un seul regard horrifié sa chambre.

Puis elle se mit à chercher et elle trouva. Les vertèbres de chèvre cachées dans son linge, les minuscules pierres bleues sous le lit, collées sur le cadre de bois, les morceaux de parchemin barbouillés de sceaux infernaux, les plumes d'un coq noir, les cordes à neuf nœuds, toute la panoplie des envoûtements était dissimulée dans la pièce et son lit se trouvait au centre d'un rayonnement néfaste.

Sa colère grimpa. Au fur et à mesure qu'elle rassemblait ces ordures cachées par les trois femmes, elle reprenait des forces. Elle brisait les lignes et les cercles invisibles, libérant en elle des cavales folles, des désirs de vengeance et de liberté.

Désormais, plus rien ni plus personne ne l'asservirait. Elle enveloppa le fatras des sorts dans un mouchoir, débloqua la porte et marcha au combat.

– Je vous conjure, Magot, Astarot, Asmodée, Ariton, Bélial, par tout le sang versé au nom de Satan, que, sans délai et promptement, vous soyez ici tous prêts à m'obéir et à protéger cette maison.

La voix de Marthe résonnait dans la grand-salle où dansaient les ombres projetées par le feu grondant de la cheminée. Une moitié d'arbre brûlait en lançant des clartés fauves sur les visages des trois femmes en adoration devant l'idole sculptée. Mais des trois figures animées par le feu, celle de Marthe était de loin la plus terrifiante. C'était l'enfer qui vivait sur cette face ridée, ravinée, usée par la méchanceté. Sa bouche se tordait en de puissantes conjurations, des fulgurations traversaient les plaies fendues qu'étaient les yeux, et les cheveux d'une blancheur jaunâtre flagellaient parfois le tout, quand un anathème craché avec violence emportait cette tête hideuse vers le Belzébuth au sourire immuable et cruel.

Elle s'interrompit, le bras tendu, l'index pointé sur le ciel, un mot inachevé entre les chicots. Magali s'avançait vers elle, l'air terrible, le mouchoir noué en baluchon entre ses doigts.

– Magali! s'exclama Victorine sur un ton de fausse joie.

La fille n'eut pas un regard pour la mère. Marthe,

seule, était l'objet de son attention. Marthe, l'ennemie. Marthe, le chancre. Entre elles, un duel s'engagea, silencieux. Leurs esprits se heurtaient, celui aigu et pur de Magali cherchant à pénétrer le vaste monde chaotique de Marthe.
– Ma petite, dit la vieille.
– Je ne suis pas ta petite!
Magali se sentit submergée. Elle avait des palpitations et des crampes nerveuses raidissaient ses membres. Elle se perdait, hypnotisée par ce regard de braise et d'encre fixé sur elle. Marthe était trop forte.
La vieille eut un sourire. La petite était à sa merci. Elle en avait la preuve, une larme roulait sur la joue de la pauvrette qu'elle allait devoir remettre au pas.
Marthe s'avança et ouvrit les bras. Magali pâlit. L'idée d'être touchée par cette femme la plongea en transes. Le dégoût ranima sa volonté et elle bondit en arrière, se rapprochant de l'âtre où crépitaient les hautes flammes.
– C'est toi! C'est vous qui avez mis ça dans ma chambre!
Elle ouvrit le mouchoir et elles virent leurs gris-gris emmêlés. Une stupeur se peignit sur leurs visages. Victorine parut désespérée : elle allait demander le pardon quand Magali se tourna vers le feu et tendit le paquet.
– Non! crièrent-elles en même temps.
Elles avaient mis un peu de leur âme dans ces amulettes et les brûler, c'était les brûler elles-mêmes.
– Tu n'as pas le droit! lâcha Marthe en joignant les mains en signe de supplication.
Peut-être s'était-elle impliquée plus que les deux autres dans ces fétiches car elle n'osait plus faire un pas. Elle craignait le retour des forces contenues dans ce mouchoir.

— Après ce que vous m'avez fait, j'ai tous les droits! répliqua Magali.

Et elle jeta le paquet dans le brasier.

Les trois femmes reculèrent, hagardes, les yeux perdus. Magali revint vers Marthe qui semblait avoir vieilli de dix ans.

— Je ne t'appartiens plus!

— Tu es à moi, à moi, à moi, répondit Marthe de toute sa volonté.

Elle avait la voix éteinte. Dans ses yeux brillait la terreur d'une bête traquée à mort, dangereuse encore.

— Tu me paieras ça au centuple, ajouta-t-elle en se tournant vers l'idole en qui elle savait trouver des forces.

Magali qui suivit son regard éclata de rire.

— Il ne peut plus rien pour toi!

Prise d'une rage soudaine, la jeune fille renversa les cierges noirs sur l'autel de fortune dressé devant la statue, puis elle s'en prit à tous les talismans et pentacles accumulés là, les balayant de ses mains avant de piétiner les poupées de cire.

Cette crèche du Diable, elle l'exécrait. Elle éprouvait un plaisir immense à détruire ces figurines grossières. Elle aurait dû le faire depuis longtemps. Elle se figea soudain, reconnaissant sa poupée couchée parmi les cadavres vêtus de chiffons et couverts d'épingles. Elle s'agenouilla, la prit entre ses mains et se releva, bouleversée. La cause de ses tourments, c'était cette chose vaguement féminine, une inconnue qu'elle avait haïe. Une haine qui avait tué l'amour. Comme elle regrettait à présent.

— Ma petite, dit à nouveau Marthe qui sentait la faiblesse envahir la jeune fille.

Comme sous l'effet d'un coup de fouet, Magali

contempla la vieille qui revenait à la charge, toute mielleuse et compatissante. Ce fut comme si un orage éclatait. D'un geste brusque, elle s'empara d'un clou rouillé sur l'autel et le planta dans le cœur de la figurine.

– C'est toi que j'aurais dû faire à la semblance de cette poupée! Toi qui as empoisonné ma vie! Toi qui as rendu ma mère esclave de ce lieu! Tu es une abomination, Marthe, et c'est toi que je frappe à présent! Toi! Toi! Toi!

Elle s'acharna sur la poitrine de cire et de paille, la déchiquetant.

A chaque coup, une douleur traversait Marthe qui tremblait, suffoquait, oscillait sur ses jambes tordues sous la poussée d'un vent invisible. Soudain, la vieille plaqua ses mains sur son sein, émit un cri rauque et tomba en avant, écrasant les poupées qui lui avaient rapporté tant d'argent.

C'en était fini de la chouette qui terrifiait Signes; elle était morte, libérant Magali qui n'éprouvait aucun remords.

La jeune fille s'en alla comme minuit sonnait. Plus jamais elle ne reviendrait à Signes la Noire. C'était Noël et elle savait où ses pas la conduiraient, tout là-haut, dans la montagne où brillaient les lumières de la Bastide Blanche.

Plus personne ne parlait, on s'était tout dit, tout promis et on écoutait la bûche de Noël gémir. L'oncle Antoine fumait la pipe, le clan des femmes semblait pris d'une torpeur, les petites dormaient devant l'âtre, Anicette et Adrienne rêvassaient face à la table dévastée sur laquelle traînaient les restes des treize desserts. La table, si belle et si grande avec ses cinq rallonges, recouverte de trois nappes rappelant Noël, la Circoncision et l'Épiphanie, et éclairée de trois chandelles en souvenir de la Sainte-Trinité, était toute tachée de vin, de miettes et de sauce. A l'une de ses extrémités, un homme, la tête cachée entre ses bras, ronflait. Comme Henriette passait près de lui, débarrassant les couverts, il se redressa et ânonna d'une voix pâteuse :

— Tout bien arrive ! Dieu nous fasse la grâce de voir l'an qui vient ! Si nous ne sommes pas plus, que nous ne soyons pas moins !

— Cuve ton vin ! dit Henriette en repoussant la tête grise entre les bras.

L'homme s'affaissa à nouveau et reprit ses ronflements. Elle était heureuse, Henriette. Le plus beau réveillon de sa vie. Justin et Amédée s'étaient parlé, avaient ri et prié ensemble. Un rapprochement entre le père et le fils au bout de toutes ces années. Ça ne pouvait être qu'un rêve. Elle ne cessait de les regarder du coin de l'œil comme si elle s'attendait à leur séparation, au mot de trop qui renverrait l'un et l'autre à leurs noires pensées ; mais même après toutes ces heures passées côte à côte, ils ne se quittaient pas, le fils couvant des yeux le père, et le père se laissant aller à des confidences remontant à sa jeunesse.

En ce temps-là, il était le meilleur danseur et les femmes chuchotaient son nom quand il apparaissait vêtu d'un pantalon blanc, d'une chemise blanche et d'un gilet de velours. Les cavalières se le disputaient ; il connaissait à la perfection les quarante et une formes de pas. Pirouettes, mouchetés, bourrées, saut du chat, polkas piquées, sissonnes.

Il se remémora un écart en l'air sur la place du Marché à Signes et le murmure d'admiration qui avait accompagné ce saut prodigieux.

— Foutues jambes! s'écria-t-il.
— Je te prêterai les miennes, dit Justin en lui empoignant la main.
Comme Amédée ne comprenait pas ce qu'il voulait dire, Justin ajouta :
— Mes jambes sont solides, je te porterai sur le dos chaque fois que tu le désireras.
— Fils... fils...
Amédée garda la main de ce fils généreux dans la sienne. L'émotion l'étranglait, il ne savait plus quoi dire; Henriette s'en alla dans la cuisine, cacher son bonheur et ses larmes.
— Je voudrais tant voir se lever le soleil du haut de ma montagne, parvint à avouer Amédée en tournant son regard vers la fenêtre aux volets clos.
Sa montagne, sa Sainte-Baume qu'il devinait, colossale, sous les étoiles.
Justin, à son tour, se perdit sur ces hauteurs où tant de fois il avait joué sa vie, où les roches gardaient le témoignage de ses amours disparues. Des M et des J étaient gravés au cœur des pierres dressées en sentinelles sur les cols, partout où Magali l'avait accompagné.
— Il est encore temps, murmura-t-il à son père.
— Que veux-tu dire?
— De grimper là-haut pour voir se lever le soleil.
— De nuit, c'est impossible!
— Je t'attacherai sur mon dos.
— C'est de la folie.
Amédée se récriait pour la forme. Cette chimère, il la désirait plus que tout. Aussi, lorsque son fils se leva pour chercher des sangles, il se tut. L'oncle Antoine lui fit un clin d'œil; Henriette se désespérait mais acceptait l'épreuve, soutenue par les autres femmes.

— Ils réussiront, dit Antoine.

L'excitation les gagnait; le réveillon repartit. On réveilla le ronfleur, on mit de l'eau à bouillir pour les infusions et l'assistance réclama du marc. Puis ce fut le départ des deux hommes, l'un accroché aux épaules de l'autre.

Le père ne pesait pas lourd. Pourtant au bout d'une heure de marche sur les raidillons, Justin eut l'impression de porter l'équivalent de deux barres de glace. Les reins douloureux, le souffle court, le corps ballotté par ce poids mort, il tendait sa volonté, les yeux fixés sur le massif qui semblait s'éloigner au fur et à mesure que ses pieds piochaient le chemin.

— Repose-toi, fils, dit une première fois Amédée.

— Non, père, le soleil n'attend pas.

Il continua, écrasé par la charge. Une heure passa encore et ils arrivèrent au pied du pas de l'Aï où plus d'un téméraire s'était brisé les os.

— Repose-toi, mon fils! demanda encore Amédée.

Cette fois, Justin ne répondit pas. Il serrait les dents. Il attaqua le rocher haut de cent mètres qui, d'une seule coulée, tombait presque verticalement.

Amédée redressa la tête et contempla la ligne pâle de la crête qui coupait les constellations, puis il entoura le cou de son fils avec ses bras, se fondant sur son dos et fermant les yeux.

Justin poussait sur ses jarrets, cherchait des appuis, s'agrippait, soufflait. Son cœur cognait et le sang martelait ses tempes. A un moment, il ne vit plus la roche, ni ses mains. L'effort était trop grand.

— Père! Père! haleta-t-il.

— Tiens bon!

Amédée, qui faisait corps avec son fils, avait tout

senti. Le cœur en folie, l'épuisement, l'abattement, le renoncement. Justin s'était donné à fond et à présent il allait lâcher prise, l'entraînant dans sa chute vers les rocs des éboulis. Ils n'en réchapperaient pas.

— Tiens bon! répéta-t-il en jetant ses mains sur la paroi.

Ses doigts coururent sur des aspérités, trouvèrent une fente, s'y incrustèrent. Ses jambes étaient mortes, mais pas ses bras. Il les avait fait travailler pendant vingt-huit ans, sur des béquilles, sur les accoudoirs, les rebords, et ils étaient noueux et durs comme des branches d'olivier. Sa vie, il s'en foutait, mais il y avait Justin; son fils portait ses espérances; il était l'avenir, le sang, le nom. Et lui qui croyait avoir donné tout son courage et ses forces à la patrie sous les murs de Sedan, il les hissa tous les deux le long des derniers mètres.

Ils s'abattirent, haletant sous les étoiles. C'était gagné. Devant eux s'étendait, plat et pelé, le dos du massif étiré d'est en ouest sur plusieurs kilomètres jusqu'au pic formidable de Bertagne.

— Au Saint-Pilon! Mon fils, remets-nous debout, le soleil n'attend pas.

Justin, fouetté par cette voix qu'il ne reconnaissait pas, se releva et l'emporta, triomphant, vers le Signal des Béguines, le Bau du Régage, le Joug de l'Aigle, le Bau des Oiseaux. Malgré la nuit et les années, Amédée les nomma tous, ces sommets chéris; ses vingt ans et ses courses sur la Sainte-Baume, c'était hier. Il communiquait son enthousiasme à Justin qui ne sentait plus la fatigue.

Quand ils arrivèrent au col du Saint-Pilon par lequel les pèlerins de la côte se rendaient à la grotte de Marie-Madeleine, une lueur blême tachait l'orient.

— Pose-moi près de cet arbuste, demanda Amédée.

Justin se défit des sangles qui lui meurtrissaient les épaules et cala son père face à l'est.

Amédée retenait son souffle ; il allait l'avoir, son lever de soleil le jour de Noël, sa fête du renouveau de la nature, la naissance de l'astre invaincu au cœur de cette Provence aimée. Il le verrait grimper au-dessus de Signes, conquérir le ciel, repousser les ombres ; il le verrait dans toute sa gloire du haut de la Sainte-Baume comme jamais un homme ne l'avait vu, tant il avait désiré ce moment.

La lueur rosissait, étendait son arc entre deux montagnes lointaines, puis ce fut l'embrasement d'un bout à l'autre de l'horizon. Le soleil émergea, tel le bouclier d'un dieu au cœur d'une forge de géant. C'est alors que Justin se mit à courir vers lui, fou de bonheur, car là, au centre de ce feu, venait d'apparaître une silhouette qu'il avait aussitôt reconnue.

Il courait et Magali courait vers lui.

C'était Noël et la vie recommençait.

Deuxième Partie

LE SECRET DE MAGALI

1

L'homme était grand, mince et ne paraissait pas les cinquante ans qu'il venait de fêter à Marseille. Sa figure osseuse, sans barbe, s'avançait très en avant du torse. De cette proue tout en angles, il semblait fendre le vent.

Il s'appelait Camille Roumisse et régnait sur plusieurs millions d'hectares de terre et quelques dizaines de milliers d'hommes, du Tonkin à la Guyane. Rien ne pouvait lui résister, même ce vent qui, venant de l'ouest, n'allait pas tarder à tourner au mistral. Ce vent, il l'avait chéri pendant des décennies et son père avant lui; il l'avait loué, béni, adoré quand il gonflait les voiles de ses navires marchands, quand il poussait les ailes de ses moulins, quand il glaçait l'eau de la Sainte-Baume. Mais ce temps-là était révolu. Camille Roumisse se fichait pas mal du mistral, de la tramontane et de tous les vents du globe. A présent le progrès et l'argent lui permettaient de se passer de la nature. Il rêvait d'un monde où régneraient la vapeur, l'électricité, le moteur à explosion, qu'il plierait à ses exigences.

– C'est donc à nous! lança-t-il.

Ce nous ne s'adressait pas aux hommes en noir qui

l'accompagnaient, mais aux Roumisse absents, à ses deux filles Camille et Amélie, à son épouse Mireille, à ses frères et sœurs, à la dynastie provençale de ses semblables qui dévoraient des millions à chaque aube.

Les hommes qui se tenaient près des fiacres n'hésitèrent plus à salir leurs chaussures vernies dans la boue du chemin charretier, filant droit entre deux rangées de cyprès centenaires jusqu'à une honorable bâtisse de trois étages. Ils se pressèrent même, une main sur leur chapeau, se bousculant pour parvenir à la droite du maître impassible.

Camille Roumisse rêvait toujours. Ce paysage, il le transformait, il le pétrissait d'acier et de brique, de cheminées et de rails. Il voyait des ouvriers, des machines, des ateliers, des marchandises, des poutrelles et, au-dessus de cette ruche suant huile et rouille, les beaux panaches noirs des fumées d'usine montant dans le ciel pur.

– Tout est à vous, monsieur.

Le notaire Merleux avait répondu le premier. Il en éprouvait du contentement. Sa face de poulet aux yeux en perpétuel mouvement se tourna vers les autres : Caneaux l'avocat, Hulin le fondé de pouvoir, Dartigues le directeur de la compagnie maritime, Bertrand le secrétaire et Marius Caronet l'intendant. Tous ajoutèrent quelques mots entre leurs dents et s'extasièrent sur cette acquisition de cent hectares au nord-ouest de Toulon, dont on distinguait les faubourgs à moins de cinq cents mètres.

C'était une belle propriété à l'abandon, hypothéquée, ruinée par le dernier rejeton d'une famille noble, joueur et noceur. Vendue aux enchères dix fois au-dessous de sa valeur, elle appartenait désormais et à jamais au clan des Roumisse.

— C'est de la bonne terre, ajouta le notaire Merleux qui évaluait le tout d'un œil expert en alignant mentalement des chiffres.

— Ah ! oui, c'est de bon rapport, renchérit l'avocat Caneaux en hochant la tête et en lissant sa moustache fine.

Ils n'avaient jamais vu des cyprès comme ceux-là, puissants et majestueux, d'un vert profond, qui masquaient des centaines d'autres arbres. Des amandiers chargés de fruits, des abricotiers, des cerisiers, des pêchers et des régiments d'oliviers centenaires aux feuilles argentées peuplaient le terrain en restanque. C'était comme une mer mouvante d'un vert bleuté que le vent agitait, à l'horizon de laquelle la nouvelle église toute blanche du village du Pont du Las enfonçait l'étrave circulaire de son chœur. Un parfum fantastique, subtil, leur chatouillait les narines ; il venait de ces terres livrées à la sauvagerie des thyms, des romarins, des fenouils, des genêts qui étendaient peu à peu leur conquête après avoir quitté les contreforts du mont Faron.

L'intendant Caronet pouvait enfin placer ses propos. Il étendit les bras et lança :

— Avec une bonne équipe de Signes, on récupère le rendement en deux saisons, j'en fais mon affaire !

— Non, Marius, répondit Roumisse. On rase tout !

La consternation se peignit sur tous les visages, Marius balbutia des « Maître » sans comprendre, Hulin en perdit son monocle. Le secrétaire Bertrand se protégea derrière sa sacoche de cuir, le fier directeur Dartigues jeta des coups d'œil inquiets sur ses pairs ; il n'avait qu'une peur, que l'un d'eux contredise son patron. Mais pas un n'ouvrit la bouche, même si cela leur faisait mal au cœur de voir ces terres mises à nu, ces arbres magnifiques livrés à la cognée et à la scie, cette grande demeure percée par les pics et les pioches. Qu'avait donc en tête le maître ? Nul ne savait. Il ne dévoilait jamais ses plans. Il menait chaque affaire comme on mène une bataille, attaquant violemment sur tous les fronts, en Bourse, dans les préfectures, les mairies, plaçant ses mercenaires dans toutes les commissions, asservissant les élus par des pots-de-vin et quand les millions ne suffisaient pas, il se servait d'hommes de main recrutés dans les bouges du vieux port de Marseille.

On lui attribuait quelques incendies d'entrepôt, mais rien n'avait été prouvé. Juges et policiers dînaient dans ses salons du Grand Cours et il savait les combler de faveurs.

Il promena son regard dur sur les six hommes interloqués avant de contempler successivement les montagnes qui entouraient la rade de Toulon. Ces sots sans imagination ne savaient pas à quel point il y avait de l'argent à gagner ici. Tout y était moins cher qu'à Marseille et la marine de guerre avec son arsenal en pleine expansion offrait des possibilités inouïes aux industriels ambitieux.

— Je rase tout ! tout ! répéta-t-il en balayant de la main son bien.

Il se figea. Quelque chose n'allait pas dans le paysage. A son tour, Merleux tendit sa face de poule. Puis Caneaux et Hulin cherchèrent à voir ce qui troublait leur maître. Ils virent une femme, deux restanques plus bas, promenant son gros ventre sous les grêles amandiers.

— Que fiche-t-elle chez moi ? s'enquit Roumisse.

Personne ne répondit mais tous pensaient qu'elle était entrée par l'un des trous du mur de la clôture qui

s'écroulait par pans entiers. Elle paraissait jeune et ses cheveux volaient au vent.
– Une voleuse, dit Marius.
– Oui, une sale voleuse, ajouta Hulin.
Comme pour les conforter, la jeune femme fit ployer les branches d'un arbre et cueillit quelques amandes qu'elle fourra dans un sac de toile qu'elle portait à l'épaule.
– La gueuse! s'exclama Hulin qui cherchait à se faire remarquer par son patron.
– Qu'on la chasse! intima Roumisse.
On se regarda, interdits. On ne contraignait pas une femme enceinte, c'était contraire au peu d'honneur qu'il leur restait. Constatant qu'aucun de ses courtisans ne bronchait, Roumisse désigna celui qui lui semblait le plus motivé.
– Monsieur Hulin, allez donc dire à cette pauvresse que nous ne tolérons pas sa présence.
Le fondé de pouvoir qui avait tendance à se tenir un peu voûté s'affaissa d'une bonne dizaine de centimètres, vieillissant soudain. Il avait quarante-six ans, il en parut soixante. Ce n'était pas dans ses habitudes d'adresser la parole à la canaille; de plus, chasser méchamment une femme enceinte pouvait porter malheur. Il ne s'en sentait pas capable.
– C'est que... entama-t-il d'une voix hésitante.
– Vous n'êtes pas satisfait de votre emploi, mon cher Hulin? demanda sèchement Roumisse.
Hulin se mit à rougir. Il pensa aux quatre mille francs par mois et à tous les avantages du métier, au train de vie, à son six-pièces rue des Capucines, à sa maison de campagne à Roquevaire, à sa passion pour les chevaux et aux femmes goulues qui partageaient ses nuits de célibataire. Tout bien pesé, il pouvait galamment reconduire cette paysanne sur la route.

– J'y vais, monsieur !
– Faites, mon bon Hulin.

Tout rentrait dans l'ordre. Les hommes soupirèrent d'aise. Hulin traversa la large restanque, sauta le muret de pierres sèches qui maintenait la terre. Le pommeau d'argent de sa canne brillait tel un sceptre. Ce fut du bout de cet instrument d'apparat qu'il toucha l'intruse. Une discussion s'engagea. Mains sur les hanches, la femme ne paraissait pas commode. Au bout d'une minute ou deux, Hulin se retourna et écarta les bras avant de les laisser retomber le long de son corps. C'était un geste d'échec. Puis il revint, essoufflé, faire son compte rendu.

– J'ai tout essayé ! Elle refuse de partir. Elle dit que dans son état, elle a le droit de ramasser tout ce qu'elle veut.

– Quoi ?

Ce « quoi » craché par Roumisse avait tout du rugissement. Il resta frémissant, hors de lui, ne sachant sur quoi faire tomber sa colère. Il éprouva soudain un désir brutal de traîner cette chienne par les cheveux, de la bourrer de coups de pied dans le ventre jusqu'à ce qu'elle perde son lardon. Il haïssait les paysans qui vivaient – disait-il – comme des bêtes en se fiant à l'imbécile loi des saisons. Il les haïssait d'autant plus que le seul homme qui lui avait tenu tête était un Signois des terres de la Salomone, un minable qui vivait entre son potager et les glaces de la Sainte-Baume. Le visage de son ennemi s'imposa à lui. Justin Giraud. Ce salopard avait abusé de sa chère et tendre Camille, sa fille adorée.

La haine le brûla ; il en éprouva des douleurs à l'estomac. Penser à cet homme le rendait fou. Il fallait que quelqu'un paye. Immédiatement. Il reporta son regard sur la femme qui continuait à prendre des amandes, puis il alla chercher le fouet du cocher.

Les six hommes retinrent leur souffle. Ce fut Merleux le plus courageux. Le notaire suivit son maître et le rattrapa au pied de la restanque.

– Monsieur, je vous en prie. Ne frappez pas cette femme !

– Mêlez-vous de vos affaires, Merleux !

Roumisse repartit d'un pas rapide, le notaire le dépassa et lui barra le chemin.

– Elle est dans son droit !

Quel droit ? Le droit écrit par qui ?

Roumisse ne reconnaissait que le sien. Il empoigna le notaire par le col.

– Écartez-vous !

– Ne vous mettez pas à dos les gens d'ici. Cette *gusasso*[1] agit selon la coutume de Toulon. J'ai étudié la question !

– Je vous écoute une minute, Merleux. Pas plus !

Le notaire se rengorgea et débita d'un trait ce que sa prodigieuse mémoire avait retenu. Il n'était pas le meilleur notaire de Provence pour rien, il le prouva :

– Bien qu'elle n'en connaisse sûrement pas l'origine, cette... *gusasso* applique l'un des règlements de l'administration communale toulonnaise consigné dans le *Livre rouge* écrit de 1402 à 1415. Au chapitre des femmes grosses, nous trouvons : « Il est d'usage et coutume que les femmes grosses peuvent, à cause de leur état, aller manger des amandons, des pêches ou autres fruits, dans les propriétés d'autrui sans payer ban, ni dégât, mais si elles en emportent une quantité outre raison, elles doivent payer le dommage et le ban. »

1. Gueuse.

Roumisse éclata d'un grand rire. Ce poulet de Merleux le chicanait avec un texte du Moyen Age. On était sous la IIIe République, dans une France en pleine croissance économique, financière et scientifique, les us et coutumes devaient être balayés.

— Qui nous dit qu'elle n'emporte pas une quantité de fruits outre raison ? dit d'une voix railleuse le magnat de Marseille.

Les épaules de Merleux s'affaissèrent. Rien n'arrêterait Roumisse. Il suivit son patron jusque sous l'arbre où se tenait la femme. Cette dernière ne broncha pas. Ses bras bronzés haut levés, elle détachait les amandes des branches, puis les enfouissait dans son sac de toile.

— Alors, ma belle, on se sert sans compter ?

La femme ne répondit pas. Le coup de gueule avec Hulin avait suffi à épancher sa colère. Elle se fichait pas mal de ces messieurs de la ville dont les pâles figures et les beaux costumes détonnaient sous la verdure du verger et le bleu du ciel.

Le fouet siffla et s'enroula sur ses bras. D'un coup sec, Roumisse tira sur le manche et arracha la femme de sa position. C'était un coup de maître. Un coup qui n'était pas destiné à faire mal mais à impressionner. Aussitôt la femme se mit à trembler ; sa large face lunaire aux lèvres épaisses exprima la peur. Elle était tout ce que Roumisse détestait ; l'ascendant de l'animalité sur l'humain, une parfaite paysanne du Midi.

— Merleux !
— Oui, monsieur.
— Votre portefeuille !

Le notaire donna son portefeuille sans comprendre. Il vit le terrible Roumisse choisir deux billets de cent francs et les froisser devant le regard humide et désemparé de la femme.

– Mon cher Merleux... Observez-la bien. Il est bien évident que l'idée de punition pour les incapables de son espèce est une absurdité. Du moment qu'ils souffrent de leur malchance et de leur pauvreté, ils attendent toujours des compensations.

Roumisse approcha les billets du visage apeuré.

– Tout s'achète, mon bon Merleux. Tiens, prends ceci, c'est pour toi et l'enfant. En échange, tu abandonnes mes amandes sur place.

Ce ne furent pas les paroles de Roumisse qui dégoûtèrent Merleux, ce fut l'empressement avec lequel la femme se saisit des billets, vida son sac de toile et plia les genoux pour baiser la main du Marseillais.

– Vous verrez, mon cher Merleux, elle fera de moi une légende et le jour où nous commencerons les travaux, tous les paysans du coin viendront m'offrir leurs bras.

Roumisse se rengorgea. Cependant, il n'était pas entièrement satisfait. Sa vengeance restait inassouvie. Il n'y avait qu'une seule façon de l'étancher : tuer Justin Giraud.

2

Justin était parti livrer la glace à Toulon. Après toutes ces histoires à Marseille avec Roumisse, le bon Viguière, son patron, lui avait confié le secteur varois. Le Signois commandait une équipe de dix conducteurs. Quand les grands chariots quittaient à minuit les tours à glace, le souffle de leur grondement troublait le sommeil des villages alentour.

— Ils partent, disait Henriette Giraud, la mère de Justin.

Alors Magali posait le linge à raccommoder sur ses genoux et joignait son regard à celui d'Amédée. Posté devant la fenêtre, le père de Justin imaginait le convoi, les barres de glace luisant à la clarté des astres, les hommes calés sur les bancs, les quatre chevaux de chaque équipage, le bruit des fouets au-dessus des échines. Tout son corps frémissait; il agrippait ses pauvres jambes inertes et pensait à son fils. Il était fier de Justin, fier de Magali, cette fille courageuse qui était entrée dans leur vie un an plus tôt, le jour de Noël. Depuis, elle vivait ici et égayait la maison de ses chants. En avril, on avait parlé mariage : « Le plus tôt sera le mieux ! s'était écrié Amédée. Le mois prochain, on commande la pièce montée à Fouque ! »

LE SECRET DE MAGALI

C'était comme s'il venait de prononcer des paroles impies. Henriette et toutes les femmes de la Salomone présentes ce jour-là se signèrent, puis Adrienne, la cousine de Justin, dit tout haut ce que chacun pensait tout bas : « *Mai coumenço pèr une crous, e quau se ié marido n'en tirasso dos* [1]. »

Ces mots, toutes les Provençales les connaissaient par cœur dès leur plus jeune âge. On ne plaisantait pas avec le mois des âmes. Seule Magali, élevée par les sorcières de Signes la Noire, en connaissait vaguement l'origine. Une nuit, la vieille Marthe lui avait confié que cela remontait au temps où Maïa, la déesse des Enfers et de l'Abondance, alliée à Mercure, le conducteur des âmes, régnait sur le monde. Elle lui répéta ce qu'elle avait appris de la bouche des anciennes, de ce mois néfaste, des tourments éternels encourus, de la mort qui frappait les mariés au cours de cette période de continence pendant laquelle les forces de la nature s'accumulent en vue de la fécondation. Magali n'avait rien oublié de ces étranges préceptes, mais ils ne la tourmentaient pas outre mesure.

Ce mariage, elle y pensait sans cesse. Surtout quand les chariots s'ébranlaient, emportant son Justin vers la ville. Elle se serait sentie plus forte avec l'anneau au doigt. Beaucoup plus forte. Pendant un instant, elle s'imagina en robe blanche, couverte de riz, souriant sur le parvis de l'église, les oreilles pleines du son des cloches et des applaudissements de la foule. Puis elle entendit à nouveau les échos du ferraillement des fardiers, là-bas, sous l'Adrech des Fontêtes. Le charroi allait franchir le gué du Latay avant de descendre vers la plaine de Chibron. Après, ce serait le silence.

Le cœur de Magali se serra. La nuit, la route, le

---

1. « Mai commence par une croix, et qui se marie en fait deux. »

monde étaient dangereux. Elle craignait le pire ; tant de forces occultes s'étaient dressées contre leur amour autrefois. Il n'y avait qu'un seul moyen de contrer le mauvais sort. Par la purification et le mariage. Elle regarda Henriette droit dans les yeux et s'apprêtait à lui dévoiler le secret de ses tourments, mais la mère de Justin bâilla.

– Il se fait tard, arrêtons de nous tuer les yeux.

Magali ravala ses mots. Elle n'arriverait jamais à leur dire qu'elle n'était pas baptisée, qu'elle ne pourrait jamais s'agenouiller face au Christ et échanger les anneaux avec Justin. Païenne, voilà ce qu'elle était ; une moins que rien, de la boue faite femme avec une âme toute noire. Même Justin ignorait qu'elle était en état de péché mortel. Alors qu'elle rangeait ses instruments de couture, la colère monta en elle. Elle en voulait à sa mère, à ses tantes de Signes la Noire de l'avoir soustraite au troupeau de Dieu. Elle maudissait ce père qu'elle ne connaissait pas. Où était-il, celui-là ? A Signes ? A Aubagne ? A Cuges ? A Belgentier ? Quand avait-il engrossé sa mère ? Un soir de bal ? A la fenaison sous une meule ? Au retour de l'estivage des bêtes ? Quand elle observait les hommes du village, du moins ceux en âge d'être son père, c'était comme si elle recevait des coups. Elle avait la certitude que ce devait être un noceur cruel, fourbe, coléreux, tyrannique et menteur, le genre de bonhomme perpétuellement en tournée dans les cafés. Ce salopard aurait dû la reconnaître et exiger qu'on la baptise ; elle n'en serait pas là à se morfondre et à se culpabiliser.

– Bonne nuit, petite !
– Bonne nuit !

Elle embrassa Amédée sur le front. Avec compassion. Le pauvre homme ne quittait jamais sa chaise,

même pour dormir. Henriette vint le couvrir d'une couverture légère ; il se laissa faire, ayant des regards tendres pour cette épouse qu'il n'avait pas su aimer des années durant.
— A demain, mon ami.
— A tout à l'heure, Rinette.
Chaque veillée se terminait ainsi. Amédée soufflait le surnom de sa femme et Henriette soufflait sur la flamme de la lampe à huile. Dans sa chambre, Magali étouffa ses sanglots. C'en était assez de vivre comme une mécréante. Sa décision fut prise. Demain elle se rendrait à l'église.

L'aube chassa la litanie des doutes. Quand Henriette servit le bouillon et trancha le pain, les oiseaux chantaient à tue-tête, fêtant la venue du soleil sur la Salomone. Magali avait le cœur léger à la pensée de ce qu'elle allait faire à Signes. Par la porte grande ouverte sur le levant, elle contempla ce ciel qui roulait des flots d'or dans l'échancrure de la vallée. Le soleil encore invisible montait avec un élan superbe, irrésistible, embrassant l'horizon découpé des garrigues. En quelques minutes, il n'y eut plus un trou de ténèbres sur la terre qu'elle aimait.
— Tu viens !
La voix d'Henriette la tira de ses rêveries. Dans la salle commune, tout était déjà propre, rangé. La brave femme travaillait bien avant les premiers feux de l'aube. Elle s'occupait d'abord d'Amédée qu'elle rasait, changeait, s'inquiétant de son état, de ses insomnies, bavardant sur l'avenir des petits. Puis elle se préparait selon un rituel très strict, sans se préoccuper de son corps usé lorsqu'elle se lavait à l'eau froide du puits. A cinquante et un ans, ne connaissant

plus l'amour charnel depuis la guerre de 70, elle espérait simplement que la carcasse tiendrait bon. Par chance, la vieille glace accrochée au mur de la chambre perdait par endroits son tain, et dans les rares moments de regrets, Henriette attribuait tous les défauts et les rides de sa peau au mauvais étamage. Elle n'avait jamais aimé son visage un peu plat, mangé par de grands yeux doux et tristes, semblables à ceux des saints en plâtre qu'on vendait les jours de foire. Sa seule fierté, c'était ses cheveux, dont la masse dénouée tombait jusqu'au creux des reins. Il y avait bien quelques fils d'argent par-ci, par-là, mais sa chevelure n'avait rien perdu de l'éclat de la jeunesse. Tous les matins, avec grâce, elle la séparait en deux vagues qu'elle enroulait autour du peigne pour former le chignon, puis d'un geste précis, elle fixait la coiffe en dentelle avec deux épingles avant de nouer la cravate de percale sur cette savante coiffure.

Magali refusait ce protocole malgré les insistances d'Henriette ; elle préférait laisser sa chevelure libre jouer avec les vents. Les jours de forte chaleur, elle consentait seulement à porter le large chapeau de paille cylindrique et plat que les Niçois et les Toulonnais appelaient *capelino*.

Magali suivit Henriette dans le jardin. Comme elles avaient pris du retard au potager, elles se mirent à l'ouvrage avec ardeur, ramassant à pleines brassées les mauvaises herbes, arrosant les carrés de laitues, les pieds de tomates, vives, joyeuses, infatigables. La terre de la Salomone était bénite. Tout y poussait : carottes, courges, courgettes, melons, artichauts, pommes de terre ; il y avait un grand champ de blé et un autre d'avoine, « un pour les hommes et un pour les bêtes », disaient les habitants des lieux. Cette terre nourrissait

trois familles, cinq chevaux et des dizaines de poulets, mais elle aurait pu en nourrir cinq fois plus.
– C'est jour de marché aujourd'hui, rappela Henriette à Magali.
– Je sais.
– Les laitues sont bonnes à vendre.
– Trois sous pièce, répondit la jeune femme en se servant d'un canif pour en couper une vingtaine.

Le soleil pointa soudain son museau rouge au-dessus de l'Hubac du Luminaire et un sang nouveau coula sur les rochers des *baous*. Henriette se redressa pour se signer. Elle se tourna vers Magali qui contemplait le lever avec une sorte de soulagement. A cette heure-là, Justin avait terminé sa livraison de glace, le convoi s'en revenait à Signes en toute quiétude.

– Il faut y aller, dit Henriette.

Elles y allèrent ; l'une avec son balluchon d'ouvrière de la verrerie, l'autre portant ses vingt laitues dans un couffin sanglé à l'épaule. Le chemin était long jusqu'à Signes, mais elles ne prirent que de brefs instants de repos, des haltes de sourires, sans paroles, pour ne point troubler leur profonde communion avec la nature qui s'éveillait. Puis, aux croisées des sentiers, apparurent les paysans du Clos de l'Héritière, de Taillanne, de la Croix, de la ferme d'Agnis, de la Taoule. Tous se rendaient gaiement au marché. Des filles chantaient la *Romance de Clothilde* en poussant des carrioles de fleurs ; un vieux trottait derrière sa mule chargée de sacs de haricots verts.

– Ce sont les premiers ! s'écriait-il à chaque nouvelle rencontre. Crus, on les mangerait ! Té, vois un peu !

Il tendait un haricot sous l'œil envieux de son interlocuteur avant de le croquer avec les dernières dents qui lui restaient.

Jamais saison n'avait été aussi avancée et généreuse ; les sources coulaient à flots, le soleil chauffait la terre depuis le début mars et le mistral avait cessé ses offensives en février, soufflant de temps à autre quelques heures pour laver le ciel.

Henriette et Magali répondirent à peine aux salutations de ces voisins de campagne dont elles se méfiaient. L'installation de Magali à la Salomone avait fait jaser. On la considérait d'un mauvais œil. Pour ces rustauds, elle restait la fille de la sorcière ; à ce titre, elle n'aurait pas dû quitter Signes la Noire. Une traînée dont on ne connaissait même pas le père – un bandit, à coup sûr, qui devait loger au bagne de Toulon – n'avait rien à faire sur les flancs de la Sainte-Baume. Cependant ils craignaient trop les poings de Justin et le clan des Giraud pour le lui dire ouvertement.

– Hé ! la Giraud, tu en as des *banetos* comme ceux-là ?

Le vieux qu'elles venaient de rattraper vantait toujours ses haricots. Elles contemplèrent le légume qu'il montrait dans le creux de sa main calleuse et déformée. C'était du beau primeur, du supérieur à un franc la livre, à cuire avec le gigot de mouton et à présenter dans un plat en porcelaine de Limoges. Les riches allaient se jeter sur cette récolte exceptionnelle. A côté de ce don du ciel, leurs salades semblaient bonnes à donner aux lapins. Elles envièrent secrètement ce *meinagiè*[1] bénit.

– C'est bien ! laissa tomber simplement Henriette.

Cette indifférence vexa le vieux. Il se rembrunit, fourra le haricot dans le sac et dit :

– Ceux-là, au moins, ils n'ont pas le mauvais œil !

1. Agriculteur.

LE SECRET DE MAGALI

Sur le coup, Magali s'arrêta. Ces mots lui étaient destinés. Elle se tourna vers le paysan et le regarda droit dans les yeux. Il y avait une façon d'acculer quelqu'un sans élever la voix, la vieille Marthe le lui avait autrefois appris.

Le bonhomme se sentit percé. Ses défenses tombèrent. Il grommela des jurons, chercha un secours auprès d'un couple de la Croix juché sur une charrette, mais la femme tapa dur sur le genou de son époux, lui enjoignant de houspiller le gros cheval de trait qui les tirait.

– Eh ben! la *cagado* est pour moi! lança-t-il tout haut.

La jeune sorcière le tenait encore, dardant ses prunelles noires qu'il ne parvenait pas à éviter. Sans l'intervention d'Henriette, il se serait enfui dans les collines en priant la sainte Madeleine de conjurer le sort que la saligaude lui jetait.

– Fais ton chemin, dit la mère de Justin à Magali en lui caressant tendrement la joue.

Magali ne démordit pas.

– Je veux des excuses!

Le vieux se reprit après avoir cherché une provision de certitudes dans le doux regard d'Henriette.

– Je les fais! Je les fais et je prends à témoin la Madeleine qui veille sur nous. Tu sais, Rinette, j'ai pas pensé à mal, c'est ma langue qui a parlé, pas moi! Dis, on va pas se harpailler à nos âges? La petite, je ne lui veux pas de mal, je le jure!

– Ne jure pas, mécréant, ou ta langue va finir par se détacher, répondit Henriette. L'incident est clos. On accepte tes excuses. Allez, toi, rends-toi au marché avant que tes salades s'amollissent.

Ce fut le mot de la fin. Magali embrassa Henriette

et pressa le pas sur le chemin rocailleux, laissant le vieux et son mulet tandis que la mère de Justin coupait à travers la colline pour se rendre à la verrerie où elle travaillait depuis vingt-huit ans.

Ce fut d'abord un bourdonnement lointain de ruche, puis cette rumeur couvrit le chant de la rivière, s'enfla, se brisa comme les vagues sur les rochers, noyant les grincements des roues à aube des moulins de la Servi. Le cœur serré, Magali pénétra dans le village par la rue de l'Hôpital. Elle avait toujours l'impression fugace de commettre une faute en se glissant dans les rues tortueuses de Signes. Elle se sentait si différente des gens d'ici, engoncés dans leurs principes et leur morale. Ils étaient fiers de leurs certitudes, sûrs de leur devenir, riches de traditions vieilles de deux mille ans. Les Romains, les Goths, les Francs, les Maures, les Autrichiens n'avaient pu les chasser de ces terres qu'ils tenaient de leurs ancêtres ligures. On faisait partie du clan signois lorsqu'on épousait ses coutumes sans condition. Fille libre, elle ne l'avait jamais accepté. Elle le payait.
Pendant les premiers mètres, elle jeta des coups d'œil sur les jalousies, croyant deviner des formes derrière les fentes de bois, mais le sourire des sœurs de l'hôpital puisant de l'eau à une fontaine chassa ses ridicules appréhensions. Qui se souciait d'une Magali Aguisson ? C'était jour de marché, jour de fête, jour de soleil et la gazette du pays, faite de rires et d'éclats de voix, se tenait au cœur du village. Il n'y avait plus personne derrière les jalousies. Elle rendit un sourire aux sœurs en cornette avant de plonger dans la foule ardente qui, de la rue Bourgade à la place des Chaudronniers, passait en revue les étals des marchands.

Par cortège, par famille, à cheval, à dos d'âne, en calèche, en berline, en charrette, en guimbarde, à vélo, à pied, sur cannes, avec paniers, couffins, sacs, douires, jarres, *gargouletos*, cruchons, chiens, poules, canards, lapins et marmaille, ils étaient tous là, mêlant leurs haleines et leurs regards dans cette grande arche de Noé qui, tous les jeudis, les rassemblait avec les étrangers venus de Toulon et de Marseille.

Magali joua des coudes, s'enfonça dans la rue aux Juifs, passa devant la mairie où se pavanaient le maire et son état-major. Elle sentit peser sur elle le regard vicieux du premier magistrat. Celui-là espérait toujours l'avoir dans son lit, mais elle aurait préféré mourir plutôt que de coucher avec ce porc. Le gros Ferdinand salissait tout ce qu'il touchait. Elle eut un mouvement d'épaules comme pour chasser cette pesanteur poisseuse qu'il venait de lui coller au corps.

La place du Marché grouillait de monde. Elle eut de la chance en trouvant un coin pour étaler ses laitues, au milieu d'un entassement de légumes, de fruits, d'ustensiles, de coupons, de chaussures et de mille autres trésors qui passaient entre les mains des villageoises dont les doigts experts savaient déceler les moindres défauts.

Magali se laissa griser par le va-et-vient continu, les conversations animées, les coups de gueule. Des senteurs d'herbes et de fromages lui montaient à la tête et elle vendait machinalement ses laitues dont on ne discutait pas le prix. Face à elle, dans le Café de France, c'était la cohue. Elle distinguait les ombres égrillardes des paysans collés au comptoir. Quelquefois un homme en sortait, étreignant farouchement son verre de vin, et ses yeux suivaient les femmes avec l'espoir secret de découvrir un petit morceau de chair dans l'envol des jupes ou l'entrebâillement des corsages.

Elle n'échappait pas à cette chasse; elle devinait tous les désirs refoulés, ces envies de se rouler dans l'herbe, ces chevauchements imaginés et elle finissait par se sentir toute drôle.
– Combien ta salade? Hé, petite, tu rêves?
Elle vit soudain Mme Fouque penchée sur elle. La femme du nougatier Baptistin Fouque était l'une de ses meilleures clientes et l'une des rares habitantes du village à la défendre. Il leur était arrivé de faire front toutes les deux quand les insultes pleuvaient sur Magali. Un jour, elles en étaient même venues aux mains avec d'autres lavandières à la rivière. Depuis, elles étaient complices et solidaires. On jalousait la Fouque pour sa réussite; son nougatier de mari, excellent pâtissier de surcroît, amassait de l'or en vendant ses sucreries dans tout le département; sa renommée s'étendait même jusqu'à Marseille.
– Trois sous!
– Je te les prends toutes.
Magali sourit. C'était un jour de chance. Les salades s'envolèrent aussitôt entre ses doigts de bronze pour disparaître dans le couffin de la riche Signoise. Puis les nouvelles pièces de cinq et dix centimes gravées par Dupuis brillèrent un instant dans sa main. Elle en économiserait une qui, ajoutée à celles gagnées par Justin, irait grossir le magot de la Salomone. Un sou plus un sou plus un sou... avec tous ces vingtièmes de franc accumulés, elle eut la vision d'un avenir radieux, de terres agrandies, d'une parcelle d'oliviers, de mille vignes plantées en coteaux. Les cris du marché s'estompèrent, elle ne distinguait plus les gens. Les corsets écarlates, les lingeries bouillonnantes, l'or des fruits, l'éclat des bijoux, les mouvements de cette foule lunatique et bigarrée ne franchissaient plus son regard fixe de rêveuse.

Ce sentiment de félicité dura quelques minutes.

Elle continuait son voyage vers le bonheur lorsque sa pupille tomba sur les habits noirs d'une femme qui l'observait. Elle cligna des yeux, frappée, non d'une sensation visuelle, mais d'une impression de toucher. Elle ne se sentit pas regardée, mais atteinte au visage. Il lui sembla soudain qu'elle n'avait plus d'avenir, que l'or économisé se dissolvait dans de l'eau régale, qu'un grand feu ravageait les terres qu'elle espérait labourer un jour. Elle éleva gauchement la main, écartant les doigts dans l'espace comme si elle cherchait un appui.

Ce regard noir, le regard de sa mère, l'empêchait de bouger. C'était la première fois qu'elle la rencontrait depuis le jour fatidique où la vieille Marthe était morte de méchanceté. Victorine Aguisson avait vécu terrée à Signes la Noire, mûrissant sa vengeance tout un hiver et un printemps, laissant sa consœur Agathe Danjean subvenir aux besoins de la maison. Tant de choses avaient été dites au coin des feux et aux lavoirs. Dédé Mallausse, le boulanger, qui chassait la grive, les avait vues enterrer Marthe près de l'Abîme des Morts à l'aube d'un matin glacial et brumeux. Il venait de casser la croûte quand elles émergèrent soudain d'une nappe de brouillard, venant de Siou Blanc. Son estomac se noua, sa peau se hérissa, il s'accrocha à son fusil mais aurait préféré tenir une croix.

Victorine portait le deuil. Noués en une seule natte, ses cheveux d'encre luisaient sur son corsage noir. Une bourriche pleine d'herbes médicinales s'enfonçait dans les larges plis de sa robe de ténèbres. On s'approchait furtivement d'elle pour lui parler à voix basse, à demi-mot, glissant des billets dans sa bourriche, des commandes et des francs enveloppés dans du papier journal. A chaque rencontre, sa bouche exprimait un silencieux dédain sous les plans des joues maigres et creuses que rehaussait l'éclat froid et pur des yeux dans lesquels il n'y avait pas trace de pitié.

Les hommes se disaient que ce visage était le plus beau jamais contemplé à vingt lieues à la ronde mais aucun d'eux n'avait le courage de la complimenter. Rassemblés devant le Café de France, une poignée de bravaches fouettés par les premiers verres d'absinthe la dévoraient à distance, soupesant le corsage, spéculant sur la longue ligne de ses jambes élancées sous la robe sans jupon. Sous le feu de ces regards troubles, Victorine sentit monter en elle une convulsion de colère. Elle abandonna un instant Magali pour se consacrer à la brochette des mâles enfiévrés.

Les lâches n'acceptèrent pas le combat singulier, ils se détournèrent, le visage congestionné, raidissant leurs bras au bout desquels clapotait l'alcool verdâtre dans de grands verres. C'était un cri de rage silencieux qui jaillissait de son cerveau. Victorine aurait voulu les dépecer vivants et jeter leurs entrailles aux corbeaux. Des mois, des années de colère rentrée explosèrent en cet instant. Il lui sembla qu'elle venait de trouver un but dans la vie, la haine violente, subite que lui inspiraient les hommes, un homme surtout, un magnifique salopard qui lui avait fait cette coureuse là-bas. Elle marcha soudain vers sa fille.

Magali s'était attendue à cet affrontement. Se redressant, elle fit face à sa mère et vit passer sur ses lèvres l'ombre d'un sourire plus insultant que n'importe quelle parole. Elle imagina la force dissimulant la honte secrète, l'insolence se targuant de ses péchés. Devant la maîtresse de Signes la Noire, on s'écartait. Triomphante, Victorine franchissait la place du Marché, rejetant la foule en deux vagues silencieuses qui retournaient croupir dans l'ignorance et ses superstitions.

– *Es touto furiouso!* lança un vieillard qu'elle cloua d'un regard tel un insecte sur un morceau de carton.

Oui, elle était furieuse de voir que la bâtarde lui tenait tête. Légèrement plus petite de taille, Magali avait redressé le menton, crispant les mâchoires, durcissant chacun de ses traits. Elle connaissait trop sa mère. On ne devait pas lui offrir de prises. Pendant toutes ces années passées à Signes la Noire, elle avait vu une multitude de gens subir la volonté des trois lavandières de la nuit. Elle n'avait nulle envie de devenir sa chose.

Victorine ne fut plus qu'à deux pas de sa fille. Elle se figea, une main sur la hanche, l'autre serrée sur les anses de la bourriche à s'en faire blanchir les articulations. Une pendeloque de bronze en forme d'étoile à cinq branches jetait à son cou des lueurs étranges. Puis elle éclata d'un rire puissant, inextinguible, mauvais. Ce ricanement épouvanta les Signois. Quelques enfants se mirent à trembler comme si l'enfer allait souffler ses flammes sur le village.

Magali eut beau tendre les muscles, s'enfoncer les ongles dans la chair, elle ne réussit pas à empêcher la peur de venir. Elle chercha du secours autour d'elle, parmi l'entassement des paysans et des notables, parmi les femmes jeunes et vieilles qui savaient conjurer les mauvais sorts. L'aide ne vint pas. On refluait en désordre dans la foule passive avec balluchons, paniers, banastes, houes, haches, douires, *gargouletos* et cruchons, poussant les volailles, les ânes et les moutons moins craintifs que la populace.

– Tu vas te taire! cria enfin Magali.

— Mais petite, c'est de joie que je ris, il y a de la joie en moi quand je te vois comme tu es en ce moment... Tu n'as pas fini de souffrir ! Oh oui ! Je vais m'y employer maintenant que je sais !

Il y eut dans la voix de Victorine, pour prononcer ces derniers mots, une qualité, un poids qui fit que Magali se dit : « Elle a deviné quelque chose, elle a senti l'avenir, mon Dieu, protégez-moi ! »

Victorine parut satisfaite de ce qu'elle avait vu. Elle tourna les talons et s'enfonça entre deux rangs de badauds qui s'égaillèrent pour la laisser passer. Alors Magali prit sa décision. Elle ne connaissait qu'un seul moyen pour contrer les noirs desseins de sa mère. Un moyen auquel elle songeait encore quelques heures plus tôt. A son tour, elle traversa la place et s'en alla d'un pas décidé vers la rue Saint-Jean.

3

Le soleil montant écrasait de ses feux les collines, la garrigue était déjà pleine du chant des cigales et des stridulations des insectes. Sur la route, le convoi grimpait péniblement la côte du Camps. Les glaciers revenaient épuisés de Toulon. Il suffisait de les voir passer, avachis sur leurs bancs de bois, secoués par les cahots, tenant à peine les rênes, l'œil brûlé par ces bouts d'horizon blancs et poudreux qui montaient à l'assaut de ce ciel d'argent fondu, déserté par les oiseaux.

En tête du convoi, Justin suivait d'un regard indifférent le lent balancement des croupes de ses chevaux. Un sourire lui vint. Il avait les poches pleines de pièces. De grosses pièces. Les vingt francs-or, les « Génies » et les « Marianne », il les avait mis à part, dans une petite bourse en cuir nouée par un cordon à l'intérieur de son pantalon. Bon sang! Qu'est-ce que ça rapportait, la glace! C'était plus cher que tout, que la soie, le champagne et le miel. Bien qu'employé, il gagnait le double de l'instituteur. Il salua d'un grand cri joyeux la Sainte-Baume, source de toutes ses espérances.

– Hé! t'es devenu fada? C'est le soleil qui te tape sur la tête? lui lança le conducteur du second chariot.

— Je l'aime ! J'aime ma montagne !

L'autre haussa les épaules. Ce Justin n'était pas normal. Mais on ne le disait pas tout haut. Il le devait un peu au sang des Giraud, cette famille d'originaux qui dérangeait les Signois depuis le Moyen Age, et beaucoup à Magali, la diablesse qui lui consumait l'âme.

Justin se fichait bien des on-dit. La montagne grossissait, s'élargissait comme une promesse certaine qui se dressait dans l'avenir, posée sur les forêts. Son escapade avec la Marseillaise en dentelles était oubliée ; il n'avait pas le pied fait pour les souliers vernis. Tout son être tendait vers l'humus de la terre, les griffes des ronces, l'odeur des thyms et le musc des bêtes sauvages. Toute sa vie était là-haut où mouraient les oliviers, s'élevaient les rochers, où courait l'eau de l'automne. L'or se cachait au sein de ces transparences que le mistral transformait en cristal.

Dans sa poche, les pièces tintèrent. Il allait en gagner d'autres car il ne remontait pas à vide. Son fardier gémissait sous trois tonnes de tuiles et de tenons en acier commandés par le maître maçon Gravat. On ne revenait jamais à vide de la ville. Les chevaux soufflèrent. On arrivait sur la commune. La départementale longeait une zone livrée à une végétation rabougrie avant de redescendre vers le croisement de Toulon-La Ciotat-Marseille. Ce fut à cet endroit que le froid se noua à sa gorge.

— Oh là ! les *cavaou* ! cria-t-il à ses chevaux en tirant sur les rênes.

Au loin, venant du sud-ouest, un roulement se fit entendre. Le monde des cigales devint silencieux. Justin se dressa sur son banc et tenta d'apercevoir ce qui arrivait de Marseille. Dans le ciel, le soleil indiquait dix heures. Ce ne pouvait être les colporteurs en route pour Signes où le marché battait son plein ; ce n'était certainement pas la troupe cantonnée sur la côte ; les sabres et les éperons n'avaient plus sonné par ici depuis 1848. Ni les concurrents glaciers revenant des Bouches-du-Rhône, il aurait reconnu le bruit caractéristique des énormes roues sur les caillasses.

– Les rentiers ! lui cria le second cocher.

Il vit soudain apparaître le premier véhicule dans le virage. C'était plus que des rentiers. Toute la jeunesse dorée de Marseille et la finance provençale déboulèrent dans une joyeuse cacophonie. Dans une douzaine de cabs et de landaus hérissés d'ombrelles, des femmes et des hommes habillés à la dernière mode se laissaient bercer par le mouvement des ressorts. Ils semblèrent s'éveiller en découvrant les quatre fardiers avec leurs hommes couverts de poussière. Çà et là, des bouts de soie, de ruban et de satin jetèrent des lueurs, des bijoux brillèrent, des sourires éclatants apparurent sur les visages lisses et blancs des femmes accoudées aux coupés, tandis que les hommes se figeaient dans des attitudes théâtrales et hautaines sans quitter des yeux les poitrines savamment drapées de leurs compagnes.

– Bonjour ! s'écria une demoiselle pétillante qui flamboyait dans une robe légère couleur braise.

Justin lui répondit d'un signe de tête, gardant ses distances, ayant reconnu des familiers de Roumisse. Puis il pâlit. Elle lui apparut, renversée à demi dans une calèche ivoire, entourée de quatre jeunes filles qui emplissaient l'habitacle d'une neige de dentelles et de coulures d'or.

Camille eut un bref mouvement des yeux. Sa bouche s'arrondit sur un oh ! de surprise. Elle laissa tomber son ombrelle et un rayon illumina sa blondeur belle et froide de déesse nordique.

Entre eux, un fil invisible et électrique se tendit, réveillant des souvenirs et des interdits, leurs corps dans la moiteur de la borie, leurs reins soudés, leurs lèvres mouillées, leurs mains toujours à la découverte de plaisirs nouveaux.

Par quel sacrilège Justin était-il ainsi lié au banc de son chariot ? incapable de fuir devant le regard gris qui perçait son cœur de cruelles échardes. Ses compagnons attendaient qu'il donne un coup de fouet à ses bêtes, mais il demeurait figé, glacé, impuissant, regardant passer le rutilant cortège et s'éloigner la nuque blonde de la femme qui avait bouleversé sa vie. Des berlines suivaient. Chargées de serviteurs et de bagages, elles arrachaient des étincelles aux pierres sans cesse broyées par les jantes de fer.

– Justin ! Hé ! mon ami ! *Qué fas ?* Tu rêves... C'est pas pour toi, ce monde-là. Allez zou ! Direction le café, on a tous le gosier à sec.

Justin fit claquer son fouet au-dessus des échines, jugeant qu'il se trouvait assez éloigné de la calèche pour être hors d'atteinte de toute tentation. Dans ses poches, les pièces se remirent à tinter et l'avenir lui parut à nouveau radieux. Il ne distinguait pas les noirs amoncellements de la tempête.

Magali sortit du village par la rue Bourgade. Dans son dos, le bruissement du marché coulait comme une eau de source entre les vieilles façades ocre et jaunes. Elle regarda derrière elle pour se rassurer. Sa mère ne l'avait pas suivie. Elle fit encore des détours par les potagers, se cacha un instant dans le cimetière, puis remonta vers l'église en empruntant le lit du Raby.

Sous le couvert des roseaux, elle se sentait forte, mais sa détermination s'émoussa au moment où elle dut quitter la protection de la rivière.

Devant elle se dressait l'église Saint-Pierre, avec son épaisse porte de chêne surmontée d'une archivolte en dents de dragon. Pour l'heure, cette bouche de l'an 1000 était fermée et un lézard gris chauffait ses écailles entre les deux clefs sculptées sur le claveau central. Jamais elle n'avait franchi le seuil de ce temple. Cet interdit, on le lui avait ancré dans le crâne alors qu'elle était en âge de marcher. Marthe tenta même de la faire cracher sur le parvis un jour de grande colère, mais Magali refusa net et courut se cacher dans les jonchaies du Raby. Il lui sembla qu'elle n'avait pas bougé depuis ce moment-là, enracinée depuis des années dans le terreau du ruisseau, attendant qu'un signe venu de cette Maison change le sens de sa vie.

Ses yeux glissèrent sur l'édifice, montèrent jusqu'aux quatre cloches du campanile, puis revinrent sur la porte close.

Que risquait-elle ? D'être foudroyée ? Précipitée en enfer avec Marthe ? D'être transpercée par la lance d'un archange ? Une rougeur lui monta aux joues. Qui se souciait d'elle en si haut lieu ? On allait envoyer un archange pour la punir ! Pensez-donc ! Et pourquoi pas Dieu en personne tant qu'elle y était ! La prise de conscience de son insignifiance la poussa à sortir du lit de la rivière et à se diriger vers l'église. A son approche, le lézard se détendit tel un ressort, disparut dans l'une des cicatrices de la façade.

Magali eut de l'appréhension en posant une main sur le vantail qui s'ouvrit sans un bruit. Dans la fraîcheur de la nef, elle cligna des yeux, emplissant ses prunelles d'un monde sombre et doux. C'était donc ici qu'ils se réunissaient tous les dimanches. L'allée étroite menait à l'étrave du vaisseau renversé où le Jésus souffrait sur sa croix; une flamme brillait sur l'autel recouvert d'une nappe brodée par les habitantes du village. Elle s'était attendue à voir des statues baignant dans la lumière. Pas à cette pénombre. Des brumes légères flottaient devant les chapelles où se consumaient des cierges à un sou, rendant immatériels les saints habillés de vieil or et de plâtre. Ce voile léger et bleuté envahissait tout, faisait de cette vaste nef un lieu étrange où on glissait comme une ombre en entendant battre son propre cœur.

Magali s'émouvait. La vasque où avait été baptisée sainte Delphine était à quelques pas d'elle. Plus loin, sur la droite, on apercevait un tableau sur lequel la Vierge délivrait les âmes expiatrices. Elle s'avança lentement en longeant les pilastres noircis soutenant les voûtes. Elle eut un saisissement. Elle n'était pas seule. Deux femmes priaient avec ferveur dans une chapelle; des chapelets oscillaient entre leurs mains jointes toutes mouillées de larmes. Elle reconnut la veuve Trotobas qui, dans un mouvement brusque, rampa à genoux jusqu'aux marches de l'autel et y resta, baisant le marbre, marmonnant des regrets, des désirs, des vœux, osant à peine lever les yeux vers l'image parée d'une couronne.

Magali, gênée et fascinée à la fois par l'attitude presque démente de cette Signoise qu'elle avait toujours vue digne, sentit venir la peur. Il y avait trop de ressemblance avec ce qu'elle avait connu à Signes la Noire. Elle recula et faillit pousser un cri.

– Ne sois pas effrayée.

Le père Charles venait de surgir d'une travée. Il

fixait sur elle ses grands yeux doux de myope. Elle voulut s'enfuir, mais il la retint par le bras.
— Il ne peut rien t'arriver ici... Tu le sais.
Non, elle n'en savait rien. Elle était dans le ventre d'un monde incompréhensible, plein d'une odeur d'encens qui lui tournait la tête et des regards extatiques des idoles.
— Il y a longtemps que je t'attends, continua le prêtre de la même voix pénétrante et chaleureuse.
Charles retenait son souffle. Cette petite, là, il se devait de la sauver. C'était lui le gérant des âmes. Cela faisait partie des obligations du curé qui administrait la paroisse depuis des temps immémoriaux. Magali jeta un œil vers les deux femmes; la veuve Trotobas avait repris sa place. La mélancolie de leurs chuchotements s'épandait sous les voûtes et remplissait les ténèbres du narthex.
— Il faut savoir économiser ses prières, dit Charles sur un ton de reproche. Si tu le veux, je t'apprendrai à prier.
— Qui vous dit que je le veux?
Il était sûr qu'elle le désirait. Elle avait tant amassé de lumière dans son regard porteur de tous les espoirs. Elle avait soif de Dieu, soif d'une autre vérité.
— Et puis, ce n'est pas ça que je veux... pas ça!
— *Qu'eou vougue* alors?
Magali regarda encore autour d'elle comme un animal aux abois avant de lancer :
— Je ne peux pas vous le demander ici.
— Eh ben, sortons.
Ils quittèrent Saint-Pierre par la sacristie qui donnait sur un jardin potager, mais Magali n'était pas encore décidée à parler. L'église, trop proche, pesait sur elle de toute sa masse. Elle partit d'un pas rapide

et Charles la suivit, empêtré dans sa soutane, ne sachant que faire du missel écorné dont il ne se séparait presque jamais.
– Par là! Par là!
Magali se jucha sur le muret de pierres sèches qui bordait le jardinet et sauta de l'autre côté.
– Hé, ma fille, c'est le champ de Martine Rousset, derrière.
– On s'en fiche.
Il enjamba à son tour l'obstacle, montrant ses jambes grêles, blanches et tordues à la jeune fille qui étouffa un rire. L'angoisse était passée, Magali était dans son élément. Sous sa poussée, les blés blonds de Martine pliaient et elle les tassait tandis que des dizaines de minuscules sauterelles lui chatouillaient les mollets et les bras. Dans son dos, Charles faisait de son mieux, se disant qu'il y avait plus de grâce à marcher sur ce sol déformé que sur le marbre des cathédrales. Il serait allé pieds nus sur les braises pour gagner l'âme de cette fille qu'il chérissait. Il le devait à Justin, son ami.
Ils arrivèrent devant un autre mur à moitié effondré. Des tombes, un agrégat de coffres enfoncés dans le sol, serrés autour de quelques édicules rognés par le temps, aux croix branlantes et dédorées, marquaient l'orée nord du cimetière.
– C'est la première fois que j'y entre par là. *Boudiou!* quelle aventure!
Il ne put éviter de monter sur une tombe et fut surpris de ne pas reconnaître l'endroit. Magali l'avait entraîné dans la partie la plus ancienne du cimetière. Çà et là, des vases cassés. Partout des pierres fendues, des fresques ternies, des anges rognés, des vierges décapitées. La désolation.

LE SECRET DE MAGALI

Magali semblait familière des lieux. Elle y venait autrefois avec sa mère, Marthe et Agathe. Les trois femmes la laissaient jouer dans ce labyrinthe de sépultures alors qu'elles procédaient à des rituels bizarres dans certains caveaux.

– Ici, ce sera bien, dit-elle. Jamais personne ne vient. C'est la partie que le conseil municipal veut faire raser.

Elle s'assit sans pudeur sur l'entablement d'une large pierre couverte de moisissures et d'un écusson aux armes méconnaissables. Charles s'essuya le front, il n'avait pas l'aplomb de la sauvageonne. Il demeura debout, tentant de lire les fragments d'épitaphe que la pluie n'avait pas encore effacés, mais il ne put déchiffrer qu'une date : 1422. « Première année du règne de Charles VII », pensa-t-il bêtement.

Magali avait retrouvé son air grave. Elle songeait au saut qu'elle allait accomplir, ne sentant pas les morsures du soleil qui dévorait le ciel, la terre et les ossements que les tombes délabrées vomissaient après les orages.

– Je t'écoute.

Charles était prêt à entendre une confession. Elles en venaient toutes là lorsqu'elles avaient un poids sur la conscience. Les jeunes, les vieilles, les bigleuses, les pulpeuses, les tordues, les madones, toutes. Au premier coup d'œil, il savait de quoi elles allaient parler. Cela tournait inévitablement au sexe, à la jalousie, à l'argent, à la peur de la mort. Une routine. Chose étrange, ces confessions répétitives et lassantes ne faisaient qu'aiguiser sa vocation. Il ramenait l'ordre dans ces têtes écervelées et ces cœurs fragiles, prodiguant les consolations en bon pasteur.

Cette fois, il ne pouvait se fier à son intuition. Il

était trompé par l'apparence de Magali... et troublé. Elle avait la hanche brusque et ondée, la chair lisse et ferme, le visage ancien et sensuel d'une grande prêtresse des nuits païennes de Carthage.

– Je veux être baptisée ! lui dit-elle brusquement.

Charles écarquilla les yeux. Sa bouche s'ouvrit pour une réplique, mais il n'en échappa qu'un gargouillement. Baptisée ? Elle ne l'était pas ? En voilà une mince affaire.

– Il faut que cela se fasse vite ! continua Magali.

– Tu es une vraie païenne ?

– Hé, oui, mon père. Comment, vous ne le saviez pas ? Vous êtes depuis quinze ans à Signes et vous ignoriez que la fille du Diable n'appartenait pas à votre troupeau. Que vous racontent-elles donc toutes ces agasses qui viennent tous les jours dans votre confessionnal ? J'ai pas de père ! J'ai pas de Dieu ! J'ai mon Justin et je voudrais bien qu'il me passe l'anneau.

Magali s'énervait. Elle le trouvait empoté ce curé dont on louait l'intelligence et l'énergie. Dire que Justin ne jurait que par cet homme ! Il était bien comme les autres : coincé par ses préjugés. Elle allait bondir hors du cimetière quand Charles lança :

– Demain ! Je te baptise demain.

Elle se retourna, le toisa. Il semblait transformé, heureux. Alors elle ajouta :

– Pas dans l'église !

– Mais...

– Au Raby. Près du moulin de la cascade. Comme aux premiers âges. A dix heures. J'aurai un parrain et une marraine.

Sur ces mots, elle le planta là. Charles demeura seul, longtemps, perdu, puis il se mit à prier pour tous ces morts que plus personne ne venait honorer, les prenant à témoin, offrant ses mains jointes au soleil qui purifiait tout.

Pour la sixième fois, il se dépêcha d'avaler le liquide, très soulagé d'en avoir presque fini avec cette obsession qui l'embarrassait. Justin contempla le fond de son verre. Il eut conscience de se faire du mal, mais en un sens cela ne lui paraissait pas important. Il fit un signe imperceptible de la main à Olive derrière son comptoir. Le cafetier comprit aussitôt et versa ce vin de Cassis qu'on réservait habituellement aux clients aisés du dimanche. Perplexe, le gros patron du Café de France observa le glacier, s'attendant à une confidence, mais Justin se contenta de caresser du regard le sang noir de la vigne qui moussait un peu en coulant.

Il n'avait pu se résoudre à grimper à la Salomone après sa livraison chez Gravat. Le maître maçon lui avait payé le coup chez Bouffier aux Acacias. Et de coup en coup, des Acacias à l'Avenir, puis de l'Avenir au Jet-d'eau, il s'était retrouvé accoudé au zinc du France, éclusant l'alcool en silence. De grands miroirs habillés de moulures donnaient un air distingué au bouge d'Olive. Selon les angles, on se voyait à l'infini dans le crépuscule permanent de la salle enfumée. Les rideaux devant les deux fenêtres ouvertes flottaient, laissant tomber une lumière jaune sur les tables assaillies par les joueurs de cartes dont les braillements semblaient rebondir sur les miroirs avant de ricocher sur les façades des hautes maisons de la place. Les marchands étaient repartis, laissant un monceau d'épluchures que les pigeons et les mouches se disputaient avant l'arrivée des cantonniers sanglés dans leur bleu de travail.

Les litres circulaient. Les mordus de l'absinthe

rêvaient. Un homme, le tailleur Imbert à la redingote démodée, sortit en titubant et alla vomir son emplâtre au pied d'un platane. La routine des après-midi d'été. Olive haussa les épaules. Il éleva la voix pour calmer les quatre fromagers Bonifay, Canolle, Hermitte et Bazan qui se livraient une guerre sans merci à coups d'atouts et de gros mots. Dans un coin, le baron Guilibert de la Bastide-Basse lisait le journal. Dans un autre, les minotiers Désiré et Cadières faisaient les comptes de la journée, tandis que Garnier l'éleveur d'abeilles buvait son cinquième café arrosé de gnole. Faisant le tour du comptoir, soufflant comme si l'effort était prodigieux, Olive jeta de la sciure sur les tommettes. La routine, encore. Une seule chose agaçait le cafetier. La présence de Justin Giraud. Ça lui gâchait la journée de se creuser la cervelle sur le cas du glacier. Ce dernier n'était pas un fidèle de l'après-midi. On le connaissait sobre hors des fêtes du village. Qu'avait-il donc à noyer, l'arrogant paysan de la Salomone ?

Olive redressa sa face cramoisie qu'il essuya d'une main pleine de sciure.

– T'as des soucis, *pitchoun* ?

Il y avait de la ouate dans la voix polie et paternelle du gros bonhomme mais Justin ne s'y trompa pas. Le glacier tourna vers lui un regard aigu où s'allumaient des flammes et le jaugea. Il y vit ce que tout le monde découvrait dans les plis de ce visage graisseux et que les gens d'ici appellent le *garihas*, la saleté causée par l'eau stagnante. Il ne fallait pas livrer de secrets à cet homme.

– Occupe-toi de tes affaires !

– Mais je m'en occupe, mon bon ! Je m'en occupe ! répliqua Olive piqué par le mépris de Justin. Même

LE SECRET DE MAGALI

que si je mets de la sciure en ce moment, c'est pour éviter que les porcs de ton espèce rendent leurs tripes sur mon sol. T'es pas beau à voir, tu sais! Y manquerait plus que tu t'étales chez moi.

Olive s'emportait. Cela lui faisait du bien de cracher sa bile sur quelqu'un, surtout sur un Giraud. Il se foutait de perdre un client occasionnel. Le baron releva la tête. L'éleveur d'abeilles posa sa tasse. Les minotiers suspendirent leurs comptes. Hermitte n'abattit pas son as de cœur sur le feutre. Aux autres tables, on se tut. Chacun mesura le danger. Olive jouait au matamore, mais il n'avait rien d'un « tueur de Maures »; les seules batailles qu'il livrait, c'était au fond de sa cave contre les rats nichant entre les futailles. Son ton baissa quand il vit l'étrange lueur qui passa dans les pupilles de Justin.

– C'est pour ton bien que je le dis!

Il était trop tard. Justin le prit au col.

– Tu vas te taire, cafard!

– J'ai rien dit! Sortez-moi de là vous autres!

Les autres, accablés par la chaleur, souriaient vaguement. En leur for intérieur, ils encourageaient Justin. Ils n'aimaient guère ce voleur d'Olive qui trafiquait ses vins. Sa popularité en baisse, le cafetier voulut résister, plaquant sa bedaine contre le ventre du glacier, le sang lui monta à la tête. Ses galoches glissèrent dans la sciure, traçant deux sillons sur les tommettes pendant que Justin le repoussait. Les deux hommes se retrouvèrent dehors. Ils précédaient la bande des joueurs de cartes d'où partirent les premiers cris : « A l'eau! A l'eau! maître Olive! » « Vas-y, Justin! Décrasse cette couenne! »

Quelques volets s'ouvrirent. Des femmes en corsage blanc se joignirent à la joyeuse confusion. Cela leur faisait du bien de voir le cafetier malmené. Par la faute des tenanciers de débits de boissons, beaucoup d'hommes perdaient leur emploi et beaucoup d'autres échouaient à l'asile. Elles jubilèrent quand Justin souleva le gros paquet de lard et le lança dans la fontaine des Sorcières. On entendit Olive suffoquer, couiner, demander pardon, insulter ses clients quand le glacier partit sous les applaudissements des Signois.

La chaleur était atroce. Il n'avait pas plu depuis le 14 juillet et un mois avait passé. Parfois, des nuées d'orage entassaient des piles noires au-dessus des montagnes et un vent fou sentant le soufre se ruait dans les ravines, mais il ne pleuvait pas, ou il pleuvait ailleurs, au grand désespoir des paysans. Les fontaines ne libéraient plus la moindre goutte, les bassins étaient à sec, de la pestilence montait des citernes. Seuls les puits profonds donnaient de l'eau.

Magali ramena le seau à la surface. Ses bras lui faisaient mal. C'était la dixième fois qu'elle répétait l'opération. Les bêtes avaient soif. Surtout les vaches dans l'étable. Après chaque coup de reins, elle posait le récipient sur la margelle et laissait courir son regard sur le chemin. Une réverbération blessante émanait de cette bande caillouteuse qu'elle avait empruntée quelques heures plus tôt. Elle était inquiète : Justin n'apparaissait pas. Elle s'usait les yeux à force de scruter l'horizon. Elle aurait dû entendre le chariot, mais l'espace, d'un bout à l'autre de la Provence, appartenait au chant des cigales. Ce zézaiement des millions de fois répété finirait par la rendre folle. Et s'il lui était arrivé un accident ? La route est si dangereuse. La glace si difficile à transporter. Sans compter tous les concurrents prêts à tout pour s'octroyer le monopole du froid.

Une journée pourtant bien remplie. Charles avait donné son accord. L'oncle Giraud, Antoine le coiffeur, se faisait une joie d'être le parrain. Adrienne Rupert, la cousine de Justin, n'avait pas caché son émoi en acceptant de devenir la marraine. Magali s'empara du seau, rivant une dernière fois son regard sur ce chemin traînant sa blancheur du nord au sud. La petite était inquiète. Amédée aussi. Calé dans sa chaise, à l'affût derrière les carreaux, condamné à suivre le destin circulaire du soleil, il contemplait la terre qui se dépouillait de toutes ses ombres. Ses intuitions, aiguisées par des années d'immobilité, s'enfonçaient plus loin que les prémonitions d'Henriette. Sa femme suivait immuablement le cours des événements rythmé par les deux fêtes de la Saint-Jean d'hiver et de la Saint-Jean d'été. A la Saint-Éloi, elle revêtait ses plus beaux atours pour danser *Les Jardinières*; entre la Saint-Bernard et la Saint-Augustin, elle participait à la mise à mort du coq sur l'aire du blé. Elle allait ainsi de saint en saint qui bornaient la voie sûre de sa vie et de toutes les vies de la Sainte-Baume. Sans distinguer avec netteté quel serait l'avenir de la Provence, Amédée pensait que ce monde allait disparaître dans le fracas du siècle nouveau.

« Où est-il, ce bougre ? » se demanda-t-il tout haut en associant son fils à ce XXe siècle tant redouté. Selon lui, Justin était comme un tigre à l'affût à l'orée d'une forêt. Mordu par l'ambition, il allait vouloir bientôt jouer un rôle. Loin d'ici. Cette certitude lui fit mal. Pendant de longs instants, il vit la Salomone abandonnée, les champs livrés aux ronces, sa propre tombe oubliée au fond du verger. Puis il revint à son observation, attiré par la réapparition de Magali près du puits. La jeune fille laissa tomber le seau au fond du trou et le remonta à toute vitesse. Elle s'aspergea le visage et les bras d'eau avant de lisser sa longue chevelure.

« Il arrive », se dit Amédée en bourrant sa pipe. Tout allait rentrer dans l'ordre. Ces deux-là lui feraient de beaux enfants, et peut-être que la Salomone allait être sauvée. Il cligna des yeux en prenant le soleil à témoin. Avait-on besoin d'électricité et de moteurs à explosion dans ce coin de paradis ? Le siècle d'acier et le progrès ne les atteindraient jamais. Jamais !

Comme elle se trouvait dans la moiteur de l'étable bourdonnante de mouches et qu'elle entendait le bruit de ses pas écrasant la paille, elle perçut l'écho du roulement de la voiture. Magali se précipita au puits, se débarbouilla et attendit, le cœur battant.

Le fardier se matérialisa au milieu du chemin avec une rapidité mystérieuse, faisant taire les cigales. Les roues grinçaient, broyaient les pierres, les sabots martelaient, ébourraient la terre sèche. Ce tonnerre, comme une tempête dans un conte de fées, transforma le paysage. Justin encourageait ses bêtes. Le fouet claquait. Une poussière d'or se soulevait, le nimbant, lui donnant une dimension surhumaine.

Il la vit et se sentit à la fois troublé et ragaillardi. Il ne voulait plus penser à sa rencontre avec Camille, mais naturellement, ce n'était pas aussi facile. Soudain, il remarqua les ombres des arbres fruitiers et put à peine en croire ses yeux. Il était plus de trois heures. Il avait cinq heures de retard. Magali devait se ronger les sangs. Il s'en voulut. La catin de Marseille avait absorbé son imagination et son argent dans les cafés pendant plus de cinq heures. Il avait tout oublié, son bonheur, Magali, la Salomone, la montagne sacrée. Il rejeta le visage de Camille et sauta du haut de son banc.

LE SECRET DE MAGALI

Magali courait vers lui. Il s'élança, la cueillit dans son élan pour la faire tourner jusqu'à ce qu'ils perdent tous deux l'équilibre. Ils tombèrent, s'embrassèrent, se cherchèrent.

– Viens !

Elle l'attira, lui montra le chemin du bois. L'angoisse était partie. Un brusque désir l'avait remplacée. Elle oublia le baptême. L'amour comptait plus, l'amour avec ses plaisirs, ses assouvissements, ses feux, ses élancements de la chair. Elle se fichait de son retard, elle voyait bien qu'il avait un peu bu. Elle délaça son chemisier de grosse toile dans la course. Et quand elle se pencha pour éviter les branches basses d'un noisetier sauvage, Justin vit ses seins, la sueur qui perlait entre les mamelons, les pointes gonflées.

Elle s'abattit sous un chêne tapissé de feuilles mortes, releva sa jupe d'un mouvement brusque comme s'il y avait urgence qu'il la prenne là. L'attirant à elle, ses mains rampèrent un moment le long de son dos, ses doigts passèrent sous la ceinture, cherchant la peau sous la chemise.

Justin sentit les ongles sur ses reins, la pression sur son ventre. Il eut l'impression d'être noyé dans l'ombre chaude de la forêt, lourde de senteurs puissantes. Toutes ces odeurs, celle musquée du panicaut, celle mentholée du calament, les effluves de la santoline et des scabieuses, les fragrances du fragon et du genévrier de Phénicie leur montaient à la tête, exacerbaient leurs sens. Il ploya brusquement son corps, s'enfonçant en elle d'un coup, se pliant aux mains amoureuses qui imprimèrent la cadence. Alors elle se mit à haleter, à le baiser sur la bouche, à le mordre, à l'étouffer sur sa poitrine jusqu'à ce qu'il crie.

4

Les grillons chantaient quand Justin partit pour les glacières. Magali ne put se rendormir. Elle n'aimait pas rester seule dans le lit fripé, meurtri, ouvert avec ses draps traînant sur le sol. Elle n'aimait pas que son homme s'aventure en plein milieu de la nuit dans les garrigues où rôdaient les braconniers et les gens de Roumisse. Justin se tuait au travail ; il le fallait bien pourtant... Heureusement, elle n'avait pas peur, se répétait-elle sans trop réfléchir à son affirmation. Le pire ne pouvait pas leur arriver, à eux, qui vivaient à l'ombre de la Sainte-Baume, sous la protection bienveillante de Marie-Madeleine.

Lorsque les oiseaux se mirent à piailler dans la forêt et que la terre s'éveilla, Magali chassa ses langueurs, se laissant pénétrer par les murmures de la terre. Elle entendit Henriette aller et venir dans la salle commune.

Magali la surprit penchée sur le visage d'Amédée, le rasoir au manche nacré dans une main, une serviette mouillée dans l'autre. Le père de Justin eut un sourire pour la jeune femme avant de livrer son menton à la lame.

Ces deux-là s'étaient retrouvés, même s'ils se parlaient peu. Depuis Noël, ce n'était plus le silence du ressentiment, mais au contraire, le sentiment d'une intimité trop parfaite pour être exprimée par des mots. Ils passaient la veillée ensemble, ne disaient rien, écoutant les autres, contents simplement d'être en présence l'un de l'autre. Parfois, se regardant brusquement, ils échangeaient un petit signe qui ressemblait à une caresse.

– Tu t'es levée tôt, constata Henriette.

– L'oncle Antoine m'a promis des tomates, je vais le retrouver au Raby avec Adrienne ce matin... Il arrose.

– Ah bon! dit Henriette en songeant aux belles tomates qui poussaient en bas, le long de la rivière, de beaux fruits rouges gorgés d'eau et de soleil comme elle aurait voulu en avoir ici, mais à la Salomone, les tomates mûrissaient en septembre.

Magali avait préparé son mensonge. Cependant son cœur battait fort. Elle pensait à l'eau du Raby qui allait couler sur sa tête, la purifiant d'un coup, la lavant de tous les péchés de Signes la Noire et la délivrant à jamais de sa hantise de l'enfer. Elle se servit une assiette de soupe. Le bruit de sa cuillère se mêla à celui du rasoir; elle se força à avaler, écœurée soudainement par l'odeur du savon, de l'huile d'olive, de l'ail, des carottes bouillies et des herbes aromatiques.

Que se passait-il? La nausée l'envahissait. Elle repoussa l'assiette, sortit de la pièce sans éveiller les soupçons du couple. Elle respira l'air frais des collines, mouilla ses mains à la rosée des herbes avant de les porter sur ses joues. Cela lui fit du bien.

– Je suis prête!

La voix d'Adrienne. Magali se retourna. La cousine de Justin devait la guetter; elle était sagement assise sur le perron de la maison voisine, sa large jupe rouge retroussée sur ses mollets bruns, un panier vide sur les genoux, ses cheveux lisses et noirs retombant de part et d'autre de son fin visage de poupée provençale.

— Moi aussi! Attends-moi, je vais chercher un couffin.

Elles allèrent jusqu'à Château-Vieux, une grande ruine qu'elles craignaient malgré la présence de la chapelle de Notre-Dame l'Éloignée. Cette ancienne place forte, encore agrandie par le majestueux piton sur lequel elle était juchée, gardait la mémoire des terribles chevaliers de l'an 1000. Des légendes couraient sur ces revenants qui avaient pour noms Guigo, Raficoth, Thébert, Fouque le borgne, Arlulfe le boiteux, Bertrand l'éventreur...

Les deux amies échangèrent un regard quand la brise fit trembler bizarrement les chênes qui mangeaient tours et donjon depuis des siècles, puis elles éclatèrent de rire en se voyant si humbles et si piteuses sur le gai chemin qui plongeait vers la vallée.

Déjà le soleil chauffait, la belle matinée d'août riait sur les champs en contrebas. Des pies et des rouges-gorges voletaient entre les oliviers, piquaient vers la rivière dont on ne distinguait pas le lit. Au loin, un chien aboya, la cloche de Saint-Pierre égrena un vague bourdonnement, des paysans courbés fouillaient la terre avec leurs bêchards. Elles aperçurent la haute stature d'Antoine.

Le coiffeur récoltait ses pommes de terre. Il attaquait à grands coups les mottes dures et sèches couvertes de fanes mortes avant de les retourner. Alors apparaissaient les tubercules blonds et lisses qu'il ramassait par grappes et jetait dans une caisse derrière lui.

Magali et Adrienne coupèrent à travers les restanques. Il vit ces deux fleurs bleues et rouges descendre vers lui. A chaque bond, les corolles de leurs jupes se soulevaient, découvrant des jambes fines et nerveuses. Pendant quelques secondes, il se sentit ému par cette chair à peine entrevue, puis son mal aux reins lui rappela qu'il n'était plus fait pour les désirs violents. Il soupira, se baissa pour ramasser une énorme pomme de terre.

– Hé, *pitchounes*! c'est pas du beau ça!

Il la fit tourner autour de ses doigts avec un petit gloussement de fierté, mais les filles ne s'extasièrent pas comme il l'espérait. Alors il la balança dans la caisse avec un soupir de dépit. Cette génération ne savait plus apprécier les trésors de la terre. Lui se souvenait des histoires de son grand-père, d'un temps où les pommes de terre ne se cultivaient pas, d'un temps de famine. On se bourrait l'estomac comme on pouvait, avec des raves, du raiponce, du panais et des campanules. Bon Dieu! qu'elles étaient belles, ces deux garces! Elles venaient de s'asseoir sur le tas de bois qu'il destinait à sa cheminée et elles le contemplaient de leurs grands yeux noirs et malicieux.

Se redressant à nouveau en grimaçant, il marcha, les mains sur les hanches, en direction de la rivière. Sa chemise blanche et une gourde pendaient à une branche. Il s'empara de la seconde, laissa couler le vin au fond de sa gorge. Ça lui fit du bien, il en oublia ses reins cassés. Par chance, il possédait le salon de coiffure; il n'aurait pas voulu gagner sa vie en s'escagassant le corps de l'aube au crépuscule comme la plupart des Signois. Une deuxième lampée de vin lui fit monter le sang aux joues.

– Soyez raisonnable, mon oncle, lui dit Adrienne.

La brunette avait entraîné Magali sur le bord du Raby. Des truites filèrent. Elles regardèrent ces traits noirs disparaître sous les racines immergées.

– Vous en voulez ? proposa Antoine en tendant sa gourde.

– Ah ! non ! s'écria Adrienne.

Et comme pour affirmer sa volonté de ne pas toucher au vin, elle s'accroupit, puisa de l'eau à la rivière pour s'humecter les lèvres.

– *L'aigo fai véni poulido !* lança-t-elle en riant à son oncle.

– L'eau fait peut-être devenir jolie, mais je la préfère dans l'absinthe !

Il rit à son tour, puis tenta d'attraper une truite pour la plus grande joie d'Adrienne qui s'esclaffait à chacune de ses tentatives. Magali resta en retrait ; le cœur n'y était plus. Une crainte, chaque minute, s'accroissait à l'approche du baptême. A un moment, elle s'affaissa dans l'herbe, se demandant ce qu'elle faisait là avec ces deux nigauds insouciants, imaginant un prétexte pour remettre à plus tard la bénédiction. Elle sentait vaguement circuler autour d'elle quelque chose de funeste et d'incompréhensible mais elle n'osait faire appel à ses dons pour en deviner l'origine.

A nouveau, elle entendit l'aboiement du chien. C'était un aboiement grave. Il n'appartenait pas à un chien de berger. Son imagination travaillant, elle se figura une bête mauvaise descendant des Espessoles.

– Eh ben ! En voilà des coquins de parrain et de marraine !

Antoine et Adrienne qui pataugeaient dans le courant cessèrent de taquiner les truites. Magali alla à la rencontre de Charles. Le curé allait droit à travers les rangées de haricots, de courgettes et de salades, enjambant les lignes vertes sans se soucier de casser quelques tiges. Cette présence sombre paraissait incongrue dans ce jardin de lumière.

— Je me demande si tu as fait le bon choix ! cria Charles en contemplant l'oncle et la cousine qui sortaient du ruisseau, les vêtements trempés.

Il aurait préféré qu'on l'attende dans le recueillement, en habits propres. Après tout, il ne leur demandait pas d'être à genoux et de prier, mais de faire preuve de respect. Il soupira. C'était ainsi qu'on se dévoyait, qu'on faisait des enfants trop tôt, des hommes soûls, des femmes malheureuses et toutes sortes de mécréants qui demandaient pardon à Pâques et à Noël dans son église. Pendant un moment, son regard de myope se perdit dans l'eau vive du Raby et il pensa à saint Jean-Baptiste et à Jésus, au Jourdain sous le ciel de feu de Judée, puis il se tourna, rasséréné, vers Magali et dit ce qu'il avait appris dans l'Évangile selon saint Matthieu : « C'est ainsi qu'il nous convient d'accomplir toute justice. »

Elle était descendue dans le lit de la rivière avec Charles. Alors vint le mystère, la transformation de l'âme et de l'esprit. Il n'y eut plus rien au monde que la voix du prêtre, l'eau froide qui coulait sur elle, cette eau qui apaisait tout et donnait un sens à la vie.

Sérieux à présent, Antoine et Adrienne se tenaient sur la rive, écoutant Charles qui parlait d'espérance, d'amour, du monde. Les collines fauves et blanches alentour, les oliviers, les pins, les chênes, la garrigue, les oiseaux paresseux dans le ciel, le soleil implacable, le sillon d'ombre de la rivière, tout cela avait un centre et c'était Magali à genoux dans le Raby.

L'animal poussait les buissons du poitrail, reniflait les souches, tendait le mufle, étonné par tous les parfums subtils venant lui chatouiller la truffe. Dans sa progression, il fit s'envoler des pigeons et sortir un lièvre des fourrés. Il aurait voulu le poursuivre, mais la présence de son maître à cheval à cinq ou six pas derrière lui interdisait toute escapade. Il craignait son maître. Homme cruel dont il gardait en mémoire les coups de cravache. Il se mit à aboyer quand un paysan de la Bourrillone se montra au perron de sa ferme.

– Laisse! intima l'homme à cheval.

Le paysan brandissait une fourche. L'homme à cheval tourna bride; il était sur les terres des Espinasse, puissante et noble famille de Signes. Il coupa à travers bois, voulant mettre le plus de distance possible entre lui et la propriété des comtes provençaux. Il aurait voulu tout posséder, les trois rivières de la commune, la Sainte-Baume, le monde. Tout! Il pouvait déjà se targuer d'avoir quelques dizaines de milliers d'hectares ici et aux alentours d'Aix. L'attitude du paysan l'avait énervé. Il ne sentait même plus les branches basses des pins lui fouetter le visage. Il donnait de l'étrier dans les flancs de sa monture peinant sur le terrain accidenté; et il gardait un œil sur le chien qui flairait une nouvelle piste.

Il traversa un chemin, sauta une restanque, écrasa des massifs de genêts, tira violemment sur les rênes. Il y avait des gens dans le Raby. Une fille, un prêtre dans le courant et un couple sur la rive qu'il ne connaissait pas. Il est vrai qu'il ne se rendait jamais à Signes, préférant honorer l'église de Cuges dont le village s'étirait le long de la route de Marseille.

Ce coin lui était inconnu. Les montagnes couronnées de rochers se dressaient, hautes et majestueuses.

LE SECRET DE MAGALI

Une cascade tombait des hauteurs de Château-Vieux, jetant un voile de brume sur un moulin blotti au pied de la falaise. Sous le ciel limpide, la petite vallée était tellement riche de cultures et d'arbres fruitiers, tramée comme une étoffe écossaise, qu'il en fut ébloui. Le paradis existait; il en avait l'image sous les yeux. Et au creux de cet Éden, la plus belle des créatures recevait la bénédiction d'un prêtre.

Sur le moment, ils ne s'aperçurent pas de la présence de l'étranger. Inspiré, Charles s'était lancé dans des interprétations de l'Évangile, insistant sur « la promesse de l'eau vive » et « l'onction de Béthanie ». Soudain, un grognement lui coupa la parole. Adrienne prit peur. Antoine se saisit du bêchard.

Un chien noir, énorme, musculeux, venait d'apparaître sur l'autre rive. Il pointa son mufle en direction de Magali et de Charles, montrant les crocs.

– Du calme, Néron!

L'homme à cheval sortit de l'ombre. Son regard croisa celui de Charles et d'Antoine en qui il vit de sérieux adversaires, puis il revint sur la jeune fille au corsage blanc et mouillé. Le coton humide laissait deviner la forme de la poitrine, les cercles bruns des aréoles que l'eau fraîche avait durcies.

La fille aux yeux noirs l'observait. Elle semblait sur la défensive. Elle sentait peser sur elle le regard de l'étranger, quelque chose de fort et d'impudique qui lui fit croiser les bras sur ses seins.

L'homme à cheval se fichait d'être la cible de tant de mépris. Devant cette nymphe, il se trouvait pris d'un désir de jeune homme, d'une soif de chair ferme, d'une passion immédiate et violente.

– A qui avons-nous l'honneur, monsieur? demanda Charles en faisant rempart de son corps devant Magali.

— Monsieur Roumisse, de Font-Mauresque, pour vous servir.

En eux descendit un froid. Magali recula comme sous l'effet d'un choc. Le père de Camille, sa rivale. Tout le passé, si proche, afflua. La trahison de Justin, la guerre des glaciers, le sanglot du rire cassé de la vieille Marthe. Ce passé lui déchirait le cœur. Cet homme maudit venait d'ouvrir une brèche dans son bonheur. Une lourde phosphorescence habitait le regard clair de Roumisse, une lumière qui n'éclairait pas, ne réchauffait pas, mais la dévorait tout entière. Le maître des glaces, qui avait été l'un des artisans de la gloire des bastides de la Sainte-Baume, était là pour détruire, anéantir, les effacer tous de ce pays de rêve.

— Vous êtes sur les terres d'Antoine Giraud! lança-t-elle.

— La petite dit vrai! enchaîna Antoine. Vous êtes dans mon jardin et je vous prie d'en sortir. Nous n'avons nul besoin de vous ici. Retournez voir là-haut s'il reste de la glace dans vos tours. Si elles sont vides, partez à Marseille avec votre *chin mascara*[1].

Giraud! C'était à cause d'un des bâtards de cette famille que ses nuits s'emplissaient de mauvais rêves. Roumisse en avait passé des heures à arpenter sa chambre et son cabinet depuis que ce salopard de Justin avait déshonoré sa fille. Cette liaison « contre nature » l'avait surpris comme la foudre, brisant en un clin d'œil cet orgueil sur lequel il avait si soigneusement veillé, qu'on lui avait légué et qu'il avait décidé de léguer à Camille.

Il ne put maîtriser le tremblement de sa main, cravacha violemment son cheval. Le hennissement de douleur de l'animal fit mal à entendre.

---

1. Chien noirci.

— On se reverra! cria-t-il en dardant son regard sur celui de Magali. Ils le regardèrent partir, puis disparaître suivi du molosse derrière le rideau des arbres. Puis ils entendirent encore hennir le cheval!
— Ça ne devrait pas exister, des êtres pareils! lâcha Antoine.
— Le mal appelle le mal, et du mal il ne sortira jamais que du mal, jusqu'à ce que les temps soient révolus. Je prierai pour cet homme, dit Charles. Rentrez chez vous à présent et gardez le secret.
Victorine avait tout vu, tout entendu. Cachée dans un repli du terrain avoisinant celui d'Antoine, elle avait assisté à cette ridicule cérémonie, puis l'autre sur son cheval était venu, reluquant Magali. Le Roumisse, elle le haïssait, peut-être plus que les Signois. En le reconnaissant, elle avait craché trois fois vers lui. Du coup, le baptême de sa fille était passé au second plan. Le mal. Elle le portait en elle, il était comme un puits d'ombre dévastatrice. Il venait de loin, du temps où elle avait l'âge de Magali. Et elle allait le faire partager à tous. A tous!

5

Tout au fond de la tour, il y avait peu de lumière. Sa lampe à pétrole jetait un halo sur un fouillis de claies en osier, de branchettes, de paille écrasée. Justin en ressentit du dépit. La campagne était terminée. Par endroits, la glace apparaissait encore en plaques, mais on ne pouvait même pas en tirer six sous.
– C'est fini! cria-t-il.
Il entendit résonner sa voix dans le ventre de la glacière, puis celle de Joseph Viguière, son patron :
– On nettoie! Je t'envoie des bras!
Tout en haut, à une vingtaine de mètres, il entrevoyait à peine Viguière penché au-dessus de l'ouverture. Le bonhomme à la vareuse large semblait flotter dans l'échancrure lumineuse de la tour. Il aperçut d'autres ombres à côté de son patron, puis ces ombres quittèrent la porte du ciel pour se laisser glisser le long des cordes suspendues aux poulies. Deux compagnons de Méounes et un solide gaillard du Castelet le rejoignirent. Il leur donna des ordres, récupéra les grandes banastes envoyées de la surface et le nettoyage commença.
Au bout de quelques heures, les hommes réduits à un rôle de bêtes dociles et laborieuses cessèrent de

parler. Les lampes à pétrole se croisaient, dansaient au milieu des débris, couraient le long de la courbe en pierres taillées. Les banastes se remplissaient, remontaient à la lumière et on entendait couiner les poulies, souffler, grogner, jurer. L'air était devenu irrespirable. Justin eut conscience d'avoir mal partout, mais il s'en accommodait. Les glaciers s'habituaient à la souffrance. On tenait par moins vingt ou par plus trente degrés et quand on renonçait, il ne vous restait plus qu'à devenir garde-champêtre, taffetassier, tondeur de chiens ou joueur de boules. Malgré la douleur des muscles, l'humidité, le fatras boueux et glacé dans lequel il s'enfonçait, il souriait, poussant sa pelle carrée devant lui, chargeant son panier sans ralentir un seul instant. Il poursuivait toujours le même rêve doré, se disant que chaque coup de pelle valait un centième de sou et qu'au bout du compte, il y aurait le pactole distribué par Viguière. La saison avait été fructueuse et il avait économisé de quoi acheter un lopin de terre. Son idée, un secret, était d'acquérir une parcelle près de Signes, dans la vaste plaine qui s'étendait de la chapelle Saint-Clair à la bastide de Beaupré, et d'y planter de la vigne américaine. Le vin, tout le monde en buvait. A Toulon, les ouvriers de l'arsenal achetaient leurs cinq litres par jour; il y avait les savonniers, les dockers, les marins, les maçons de Marseille qu'il fallait aussi abreuver. L'avenir était là, dans ces fleuves de vin qui jailliraient du Languedoc, de Provence et d'Algérie. Il pensait à tous les articles spécialisés sur la question qu'il avait lus dans les journaux quand un éclat de voix tombé du ciel attira son attention.

– Non!
– Une seconde.

— Il n'en est pas question, mademoiselle ! Vous n'êtes pas à votre place... Je vous interdis.
— Justin !
Justin se figea.
— Justin, c'est moi, Camille !
Il y eut comme un arrachement brusque. Il n'était plus au fond de la glacière, mais au creux de leur grotte d'amour, au sein de ce salon marseillais où il avait perdu son honneur. Camille était au ciel et lui en enfer. Il la découvrit. Sa silhouette se découpait dans la lumière de l'embrasure, fragile, dangereusement courbée au-dessus du vide. Il prit peur.
— Recule !
— Rejoins-moi ! je t'attends.
Sur cette invitation, elle lui lança quelque chose qui tourbillonna le long de la paroi avant de se poser à ses pieds. Sa lanterne alluma de courtes flammes de cristal sur les morceaux de glace épars et éclaira le mouchoir brodé aux initiales de sa maîtresse. Alors il cria :
— J'arrive.
Il n'avait nul besoin de l'aide de la poulie. Il se saisissait de la corde pour entreprendre l'ascension de la tour lorsque Viguière hurla à ses compagnons de le retenir en bas.
Les Méounais et le gaillard du Castelet se précipitèrent sur lui, mais sa force était décuplée. Du pied, il repoussa les deux premiers et assomma du poing le géant. D'un seul coup, comme on cogne un bœuf sur le front.
La remontée fut rapide. A peine rétabli au sommet de la glacière, Viguière le cueillit au collet et l'envoya bouler contre une charrette.
— Tu n'iras pas avec elle !
— Qui va m'en empêcher ! Vous ?

— Mon garçon, tu vas te mettre dans le *mistrado* !
Le mistrado, c'était un vent d'orage de mistral, un tourbillon terrible qui cassait arbres et hommes. Justin, dubitatif, regarda Viguière, puis le ciel serein au-dessus des montagnes aux rondeurs scintillantes. Sur le chemin, un cab attendait. Camille tenait les rênes d'un couple d'alezans. Elle était seule. Pas le moindre souffle de vent n'agitait ses longs cheveux blonds. Le reflet de tout cet or répandu sur ses épaules illuminait son visage.
— Le mistrado est déjà passé, répondit Justin en pensant aux saisons précédentes. Ce qu'il avait enduré ne pouvait se reproduire, ne se reproduirait jamais !
— Pense à Magali...
— C'est mon affaire !
Justin planta son patron qui murmura à plusieurs reprises : « Le pitchoun se perd, Seigneur venez-lui en aide. »
D'un bond, il fut dans le cab, s'empara des rênes et du fouet et commanda aux chevaux de trotter.
Pas un regard pour Camille. La jeune fille attendait, l'observant de biais, mollement alanguie sur le siège de cuir capitonné, jouant avec une broche de prix piquée dans le corsage ouvert et frangé d'une dentelle de Bruxelles. Elle paraissait calme, mais sa respiration courte trahissait son émotion et son désir. Elle tirait bien de son père. Comme lui, elle avait des appétits féroces, des envies brutales, des besoins irrépressibles, et c'était Justin qui avait réveillé ces instincts.
Ah ! Elle s'était reproché ce caprice au lendemain du scandale qui avait alimenté toutes les conversations des salons. Son nom affublé de gourgandine, de dépravée, de goulue, de fille perdue, avait couru tout l'hiver de bouche en bouche, des hôtels particuliers du

Grand Cours et de la Canebière aux appartements bourgeois des rues de Rome et Saint-Ferréol. Partout, on avait dû se résigner – non sans une certaine jouissance – à déprécier le nom des Roumisse. Des portes s'étaient fermées. Pas pour longtemps, elle le savait. Les millions de son père venaient à bout de toutes les serrures et des honnêtetés. D'autres s'étaient ouvertes. Une multitude d'hommes de tous âges lui faisaient la cour à présent. Sa beauté froide, sa renommée exagérée par l'imagination méditerranéenne et son indépendance enflammaient les esprits. On lui avait raconté comment, dans une maison close du Panier, le fils du préfet, à force de s'enivrer de musique, de vin et de filles jusqu'à tituber, avait évoqué son nom en la mêlant à son orgie; une bagarre avec un rival s'était ensuivie et l'affaire s'était terminée au poste de police. Bizarrement, elle n'en éprouvait aucune honte. Au contraire, elle en tirait une sorte de fierté, cela l'excitait de se sentir convoitée par tous les coureurs et les noceurs de Marseille.

Elle avait eu une grande explication avec son père. Elle l'avait laissé hurler, tempêter, taper du poing jusqu'à ce qu'elle lui réponde avec force : « Je suis ton double, tu n'y peux rien. » Cette vérité avait mis un terme définitif à leur différend; il lui avait fiché la paix, se disant qu'un jour ou l'autre il la marierait richement, à l'abbaye royale de Saint-Victor, avec un homme de son choix. Et puis, qu'aurait-il pu lui reprocher? Elle n'avait pas pris d'amant, malgré ses envies. Elle aurait pu. Dix fois avec dix hommes différents. Mais il y avait Justin, le souvenir de sa force, de ses baisers. Elle n'avait pu se résoudre à chercher du plaisir dans les bras d'un autre.

Justin menait le cab sans ménagement. Les deux

roues du véhicule bondissaient sur le chemin déformé, touchaient parfois les buissons qu'elles effeuillaient d'un coup de rayons. Les chevaux étaient passés du trot au galop sous la menace du fouet que l'homme faisait claquer à leurs oreilles. Ils atteignirent la route de Mazaugues à Gemenos, dépassèrent les rochers du Gros Clapier, la forêt des Quatre Chênes et la bastide de Saint-Cassien avant de s'engager dans le vallon du Pommier. Camille n'était jamais venue en ces lieux.

Des gradins de terre rougeâtre plantés d'ifs, soutenus par des dents rocheuses, que couronnaient des bois sombres de chênes, se resserraient pour former un goulet étroit sous le ciel surchauffé. A un moment, le cab ne put s'enfoncer davantage. Le chemin devenait sentier. Toujours silencieux, il lui tendit la main, l'aida à descendre, l'entraînant dans le sillon tortueux et ombragé du vallon où stagnaient les odeurs chaudes des plantes sauvages. Il marchait vite, elle trébucha sur les fragments de pierre et se coupa un peu la main. En bottines, sa large robe s'accrochant aux ronces, elle n'était pas équipée pour courir sur les âpres collines. Elle se demanda ce qu'elle faisait ici, au milieu de l'indifférence de cette nature hostile, alors qu'à Marseille, sur la Canebière, elle sentait monter vers elle, de tous les points du trottoir, l'attention et l'admiration, devenant à chacune de ses apparitions la reine de tous les élégants. Elle eut un instant de découragement et de dégoût.

– Où m'emmènes-tu ?
– Pas très loin.

Ce fut alors qu'il aperçut le sang sur sa main. Quelques gouttes rubis avaient perlé sous le pouce, le long du mont de Vénus, dont une entaille entamait la délicate peau de satin. Sans hésiter, il posa ses lèvres sur la meurtrissure et aspira le sang.

— Ça ne s'infectera pas, lui dit-il.

Elle haleta, plaqua son torse mince contre la gorge dure et l'embrassa, goûtant sur sa langue son propre sang salé.

— Je t'attends depuis trop longtemps, souffla-t-elle en essayant de prolonger ce baiser.

Mais il la repoussa délicatement. Comme elle semblait lourde de fatigue et vain espoir, il la souleva et l'emporta dans ses bras. Camille, soulagée, s'accrocha au cou de son amant. Il ne lui échapperait plus désormais, elle en ferait sa chose. A jamais. Même mariée, elle le garderait.

Justin grimpa jusqu'à un sommet où se trouvait un oratoire très ancien. Pourquoi était-il venu là ? C'était un lieu de prodiges et de sortilèges, de miracles et d'épreuves. Autrefois, ceux de la Roques, de Signes, de Mazaugues, de Nans et des alentours s'y rendaient pour y puiser des forces. C'était un lieu fantastique. Camille en fut émerveillée. Devant elle, s'étendait à l'infini la Sainte-Baume, d'un seul tenant, haute vague rocheuse de plus de mille mètres qui semblait vouloir s'abattre et briser les minuscules maisons des Béguines, de Nazareth et de la Faisanderie qui pointaient leurs toits de tuile ocre au-dessus des bois du plan. Au septentrion de la chaîne et au-delà de la plaine, une coupure verte dans laquelle naissait le ruisseau de l'Huveaune précédait les riches bastides de Nans nichées sur les adrets.

— Mon Dieu, que c'est beau ! s'exclama-t-elle.

A ses pieds, la forêt dense et inextricable étendait son emprise de verdure dans toutes les directions. Elle en fut troublée. Profondément. Une seule fois, cette forêt avait été violée par César qui fit abattre des arbres avant d'entreprendre le siège de Marseille en

49 avant J.-C. On racontait encore aux veillées comment il s'attaqua à un chêne avec une hache devant ses légionnaires terrorisés.

Camille, frissonnante, chercha à repérer la grotte de Marie-Madeleine dans la falaise, mais ses yeux revenaient sans cesse sur les rameaux entrelacés pleins d'ombres glacées, impénétrables au soleil. Elle se rapprocha de Justin. Il paraissait hypnotisé par la proximité des épais sous-bois où on disait que les autels des anciens dieux ligures se dressaient encore. Gamin, crevant de peur mais mû par des fanfaronnades et des paris, il avait cherché les sanctuaires sinistres et les vieux chênes purifiés par le sang humain, ne s'enfonçant jamais au-delà de vingt pas dans la forêt. Une fois encore, il se demanda ce qu'il faisait ici. On ne les dérangerait sûrement pas, mais on ne pouvait s'aimer sous ce ciel-là.

Pourtant Camille était contre lui, tremblante, caressante, oubliant la forêt sacrée des Ligures. Tout le vernis bourgeois craquait. Le sang des Roumisse parlait, chassant les préjugés.

– Tu te souviens... souffla-t-elle en fermant à demi les paupières pour lui mordiller le visage.

Il ne se souvenait que trop. Une chaleur se répandit dans sa poitrine. Il lutta pour ne pas se mépriser, pour Magali. Il lutta pour ne pas devenir l'esclave de cette femme.

– Tu n'aurais pas dû revenir, dit-il en se détachant d'elle.

Surprise, elle le regarda attentivement. Lui-même la regardait bien en face avec beaucoup de sérieux. Elle aurait voulu trouver sur son visage un reflet de son expression d'antan, ne fût-ce que l'ombre d'une envie; un sourire même aurait été une allusion tacite, un lien entre eux. Mais rien. Il la contemplait comme une étrangère sans intérêt, se conduisant comme un monsieur qui venait d'être présenté à une jeune femme et qui se soumettait aux règles de la bonne société. Elle comprit qu'il voulait se venger, la forcer à s'humilier devant lui pour effacer l'affront passé.

Elle resta, pendant un instant, parfaitement immobile. Deux éclats de métal parurent entre ses cils. Elle lui sourit d'un air énigmatique. Portant les mains à ses épaules, elle fit glisser le tissu de neige sur sa chair laiteuse, calmement, soigneusement, le long de son buste, de ses hanches, libérant ses seins. Elle repoussa doucement son jupon, puis son caleçon de fines dentelles. Elle fut debout, nue. Elle sentait que l'attente était, pour lui aussi, presque insupportable.

Justin serrait les poings à se faire mal. Il suivait les lignes pures de ce corps offert, avec l'impression d'être sous le joug. Il retenait son souffle, dans la crainte qu'un bruit infime n'éveille toute la forêt devant lui.

– Viens !

L'appel rauque de Camille l'emplit d'une excitation où se mêlaient la répulsion et la honte. Pendant un instant, ses jambes voulurent le porter jusqu'à elle, mais il se détourna soudain, refusant la tentation, pensant à Magali qui l'attendait à la Bastide Blanche.

– Justin !

Camille cria. Il partait. Elle ne comprenait pas. Il ne pouvait lui résister, il n'était rien, rien qu'un petit paysan qu'elle voulait s'offrir en toute impunité, loin des cancans de Marseille. Elle le rattrapa, s'accrocha à lui, mortifiée à l'idée qu'il la plante là comme une morue. Il se débarrassa d'elle d'un coup d'épaule. Elle tomba à terre, s'écorchant la poitrine et les cuisses. Alors son visage fascié de rougeurs et de rides exprima de la

haine. En elle se propagea la folie destructrice des Roumisse. Elle l'abhorra, l'exécra, le voua à toutes sortes de malheurs avant de hurler :
— Tu me paieras ça ! Retourne auprès de ta garce qui sent l'ail ! Vas-y ! Ordure ! Mon père aura ta peau ! Tu m'entends ! Toi et ta putain, vous n'en avez plus pour longtemps !

Il l'entendit crier longtemps, puis la brise et le chuchotement des feuilles chassèrent cette voix de sorcière. Quand il se retrouva sur les chemins familiers des glacières, il resta un moment immobile, pris d'un léger vertige, comme à l'instant indécis, au sortir d'un cauchemar, où l'on n'a pas encore démêlé les sensations de la nuit des réalités de l'éveil. A présent tout était fini. Il lui fut tout à coup incompréhensible d'avoir été l'amant de cette femme. En se couchant, la nuit précédente, il avait été préoccupé d'elle au point de ne pouvoir penser à rien d'autre. Et pourtant, elle venait de disparaître de son esprit aussi facilement qu'une étoile filante. Il était libre ; il travaillerait, il réussirait pour Magali, il s'élèverait avec elle dans le monde, aussi haut que la Sainte-Baume baignant de lumière. Il contempla la montagne. Oui, là-haut était son destin.

A la Salomone, le temps pressait. Tous s'étaient réunis pour la moisson. Cela faisait des heures que les lignes d'hommes et de femmes avançaient dans le grand champ. On avait installé Amédée sous le prunier. De ce poste d'observation, le vieil homme pouvait voir les faucheurs coucher les blés hauts, les ramasseuses se saisir de cet or pour en faire des javelles. De temps à autre, Amédée tournait le cou pour guetter le ciel. Le vent soufflait du sud-est mais il ne semblait pas y avoir de danger immédiat. La pluie était pour plus tard. Il se prit à rêver d'une bonne rincée entre les vendanges et la cueillette des olives, d'une pluie idéale pour la terre et pour la glace. A une vingtaine de pas de lui, Antoine balançait le buste de droite à gauche, ouvrant la bouche à chaque coup de faux. Le fer qu'il aiguisait souvent tranchait la touselle avec un chuintement qui faisait du bien à entendre. Toute cette bonne herbe allait nourrir les hommes et les bêtes; c'était la deuxième récolte, la Salomone allait regorger de grain et de foin. Tous pensaient au pain doré, chaud, et aux mille petites choses de la vie quotidienne qui les rendaient heureux.

Derrière Antoine, Magali ne ressentait aucune fatigue malgré sa position courbée. Tous les deux mètres, elle ramenait contre son ventre des brassées de blé qu'elle liait d'un geste rapide et précis. Elle avait la tête pleine du bourdonnement des insectes que les faucards dérangeaient et du pépiement des cousines Adrienne et Anicette, de la grande Colette des Ferrages, de la tante Madeleine et des paysannes de Taillanne et de la Taoule. Elles se réjouissaient de l'approche de l'hiver et s'échangeaient des recettes. Il était question de plats cuits dans la braise des grignons, des tourtes, des beignets à l'huile, des fougasses aux olives, du cochon grillé, de la fricassée de foie, du boudin à la sauge, de caillettes, de grives aux lardons, de sanglier en daube et de dizaines de tartes bourrées de pignons, d'amandes et de confitures. La grande Colette faisait l'admiration des autres femmes qui parfois se relevaient, étonnées par son savoir et la façon dont elle décrivait ses recettes. A s'en mettre l'eau à la bouche.

— Hé! les fainiasses! reprenez le travail! cria

Antoine en jetant quelques coups d'œil complices à la demi-douzaine de braves qui coupaient à ses côtés. Les femmes rirent et reprirent leurs bavardages. Les hommes cernèrent le dernier carré de blé. Ils aimaient sentir leur sueur imprégner leurs chemises. Elle imbibait la peau, mouillait leurs cheveux, coulait le long du manche des faux. Ils goûtaient son sel dans leurs bouches et la souplesse qu'elle semblait conférer à leurs muscles.

– Justin est là ! cria tante Madeleine.

Il y eut quelques secondes de flottement. On ne l'attendait pas si tôt, mais ils comprirent quand il lança : « Plus de glace ! » Il s'empara gaiement d'une faux après avoir jeté un baiser à Magali. Son remords s'était envolé. Son cœur se confondit avec le ciel net et pur, durci par le gros soleil de midi. Devant lui, le champ ondoyait. D'un mouvement de balancier, il fit reculer les blés par centaines, jouissant du bruit que faisait sa demi-lune de fer sur les tiges. Puis il avança mécaniquement avec les autres. De temps en temps, il levait la tête, voyant se rétrécir le labeur.

Amédée était au comble du bonheur ; tous ceux qu'il aimait moissonnaient. A ce tableau reposant, il manquait Henriette, mais il la savait à la bastide, préparant un énorme farci de tomates et de courgettes pour la communauté. Soudain, il vit Antoine brandir sa faux. Les deux lignes humaines se figèrent. Le coiffeur distribua des ordres. Deux hommes continuèrent à faucher jusqu'à la première restanque avant d'en longer le mur, coupant les ultimes gerbes. L'instant crucial approchait. Les rangs se resserrèrent.

– A toi ! ordonna Antoine à Magali.

Magali s'avança. L'émotion la gagnait. Elle était la dernière arrivée à la Salomone et, d'un commun accord, ils étaient convenus que ce serait elle qui coucherait la dernière gerbe. Elle entra dans le cercle, portée par tous les regards et les espoirs. Aussi loin que remontaient les souvenirs des anciens, ce rituel existait. L'esprit du blé se cachait là, au milieu des épis que la brise agitait.

— Tue l'esprit! lui dit Antoine en lui remettant sa faux. Demain nous sacrifierons le coq pour l'apaiser.

Les femmes se mirent à prier. Il y avait dans cette touffe de touselle quelque chose qui menaçait l'ordre du monde, quelque chose qui renaissait au printemps et tirait ses forces des profondeurs de la terre. Pendant quelques secondes, ils furent attentifs au moindre froissement de feuilles dans le bois proche, au vol des oiseaux, à la brume de chaleur au sommet de la Sainte-Baume, puis ils retinrent leur souffle.

Que l'outil était lourd entre ses mains! Magali pivota lentement, poussant sa hanche droite vers l'arrière. Son cœur battait vite. Elle fixa son regard sur la base de la gerbe et, de toute son énergie, y fit pénétrer la lame de la faux. Les blés tombèrent. Le sang lui monta à la tête. La terre se mit à tanguer, elle entendit crier Adrienne quand ses jambes se dérobèrent.

6

– Le docteur arrive !

Les filles l'avaient guetté tout l'après-midi. Son cabriolet laqué à la capote baissée venait d'apparaître au bout du chemin. Il arrivait de loin, le docteur Charpin. Lyonnais de naissance, il s'était établi en 1890 dans une propriété proche de la Chartreuse de Montrieux-le-Vieux, entre Signes et Méounes. Ses deux passions : son métier et la pêche à la truite, l'avaient conduit près de ces deux villages très peuplés et du Gapeau poissonneux.

Les filles respectueuses lui firent une haie, admirant sa voiture et son cheval d'Arabie. La grande Colette fut la première à se précipiter vers lui afin de le soulager de sa sacoche. Il y avait des années qu'elle rêvait de ce célibataire calme au pas lent, aux gestes mesurés et à l'accent tout drôle qui semblait sortir de ses narines.

– Merci, mademoiselle ! lui dit-il en souriant. Bonjour, tu vas bien, Adrienne ? Et toi, Anicette, qu'en est-il de ces boutons sur tes joues ?

Rougissantes, elles lui firent une révérence, essayant de se soustraire à son regard inquisiteur.

– La malade est à l'intérieur ! répondit Adrienne.

— Voyons cela.

Il dut encore serrer des mains, saluer les femmes, avant de pénétrer dans la chambre aux volets clos. La chaleur était suffocante. Le lit, assiégé par Madeleine, Henriette, Antoine, Amédée, Justin et deux ou trois autres personnes aux visages inquiets, n'était même pas visible.

— Mais vous allez me l'asphyxier! Allez, tout le monde dehors! Laissez-moi seul avec elle.

— Elle s'est évanouie dans le champ, expliqua Antoine.

— Elle me racontera tout ça elle-même.

— Docteur, votre sacoche.

La voix roucoulante de Colette fit rire Magali sur son lit. La grande jeune femme des Ferrages tendait sa poitrine, battait des cils, frôlant le docteur. Charpin ne masqua pas le plaisir qu'il ressentait auprès d'elle, la remerciant d'une caresse au menton.

— Vous savez, docteur... j'ai des confitures pour vous, ajouta-t-elle avant de s'éclipser.

Il le savait; depuis trois ans elle le gavait de conserves et de friandises et il lui portait des truites. Un instant, il demeura rêveur; il était si seul dans sa maison du Gapeau tenue par une vieille domestique. Si seul. Il se sentait coupable de n'avoir pas fait des avances, mais elle ne paraissait pas s'en formaliser. Finalement, il se dit qu'il lui ferait la cour au bal de la Saint-Jean, repoussant de neuf mois un engagement qui allait bouleverser le train-train quotidien de sa vie. Cette décision arrêtée dans son esprit, il s'approcha de Magali. Elle ne riait plus. Elle n'avait jamais été entre les mains d'un docteur. Ses tantes et sa mère la soignaient avec des potions; elle en avait bu durant toute sa jeunesse, des liqueurs de boue, des bouillons puants préparés dans le chaudron bosselé de Marthe. Les racines de bugrane, de pissenlit, de chiendent et de valériane, les écorces de quinquina, les semences de cognassier, les fanes de mélilot et les fleurs de bourrache se mêlaient dans des liquides poisseux et tièdes qui lui soulevaient le cœur. Comme en ce moment. Était-ce la peur du docteur qui venait de jeter son chapeau de feutre noir sur le lit et l'observait avec perplexité ? Elle devint pâle.

Charpin passa ses doigts fins dans ses cheveux filasse comme s'il voulait puiser des idées dans le savoir accumulé depuis Hippocrate et Galien jusqu'aux dernières trouvailles des savants qui œuvraient dans les instituts. Dans sa cervelle d'érudit tout était décrit, répertorié : de la gastrite à l'angine de poitrine en passant par la goutte, les fièvres de Malte, la néphrite, l'urémie et l'aspergillose. Il connaissait tous les symptômes qui précédaient les mille blessures de la peau, des muscles, des nerfs et des os. Mais la plupart du temps, son savoir ne servait à rien. Ici on attrapait froid, on se cassait les membres, on crevait dans une crise de delirium et on vous demandait de soigner les vaches et les chevaux.

Face à Magali, il n'avait pas à se mesurer au mystère d'une maladie rare, ni à se poser des problèmes théoriques, postuler de nouveaux symptômes et avancer des diagnostics hasardeux. Au premier coup d'œil, à la première observation des organes, il sut que la jeune femme allait bien.

Sous la treille de la façade, ils s'étaient tous rassemblés. Silencieux, dans l'attente du diagnostic, ils contemplaient les gerbes montées en cônes, le champ proprement coupé sur lequel s'assombrissaient les

reflets de cuivre du soleil couchant. Quel beau travail !
Ils en étaient fiers. Deux récoltes. De quoi tenir
l'année et plus encore. Ils vendraient le surplus de
grain aux meuniers de Signes. Dans son coin, Justin
était anxieux ; il coulait de longs regards vers l'intérieur de la bastide, interrogeant la pénombre du couloir dans laquelle se dessinait vaguement la silhouette
élancée de la grande Colette. Elle, attendait son bellâtre de docteur. Comme l'attente se prolongeait, des
langues se délièrent et on se mit à plaindre les morts,
tout un cortège de défunts que la maladie avait
emportés. Un vieil oncle sut même décrire les hor-
reurs du choléra et de la peste dont la troisième pan-
démie avait ravagé la Chine cinq ans auparavant.

Tout avait été expliqué dans les journaux. Ce fut un
feuilleton à épisodes jusqu'à la découverte l'an passé
de la transmission de la maladie à l'homme par la
puce du rat [1].

Là, le ton et l'effroi montèrent. Le vieux, qui n'y
connaissait pas grand-chose mais possédait une
mémoire prodigieuse, voulut impressionner son audi-
toire.

– Ces bestioles envoyées par le Diable, je ne voudrais pas les rencontrer... Peuchère de moi ! Elles ont
des noms à faire dresser les cheveux sur la tête. Des
monstres ! Le *Rattus norvegicus*, le *Rattus rattus* et la
Xenpsylla cheopis... Ah ! j'en oublie une autre, la *Pulex
irritans*. Ces saloperies-là vous empoisonnent le sang
en moins de deux.

– Le *Rattus rattus*, balbutia Henriette, ignorant qu'il
s'agissait du rat noir. Mon Dieu !

Elle imagina, et elle ne fut pas la seule, un rat
énorme, aussi gros qu'un chien de chasse ou un mar-

---

1. Découverte due au docteur Simond en 1898.

cassin, avec une gueule aux crocs acérés pleine d'une bave verdâtre où pullulaient ces fameux microbes qui épouvantaient les bonnes gens.

— Et si elle avait été mordue par une musaraigne? avança Anicette.

— Mon Dieu! répéta Henriette.

Magali mordue. Qu'avaient-ils fait pour être punis de la sorte? Pourtant on n'avait rien vu, si ce n'était les sauterelles, les mouches et quelques frelons. Brusquement, Anicette, affolée, ramassa un caillou et le lança en direction d'une gerbe.

— Va-t'en! Va-t'en! Bête du diable!

— Ça suffit! cria Justin en se saisissant des poignets de la jeune fille. Il n'y a rien dans le blé. Vous êtes tous devenus fous?

Il promena son regard inquiet sur chacun. Lui-même avait été ébranlé par ces sottises. Il allait engueuler le vieux, responsable de cette peur collective lorsque le docteur apparut sur le pas de la porte avec la grande Colette.

— Qu'est-ce qu'elle a? demanda Justin en lâchant Anicette.

— C'est grave? questionna Henriette.

— Hé! Hé!

Il y avait de la malice dans ce « hé! hé! ». Charpin posa une main amicale sur l'épaule du fils Giraud et lui avoua ce qui le rendait joyeux :

— Dans huit mois tu seras papa.

— Papa... Elle...

— Oui, grand nigaud, elle est enceinte.

Il y eut un cri gigantesque, un hourra, une franche rigolade qui fit s'envoler les pigeons du toit et on fêta Magali quand elle se montra. Elle resta quelques minutes à tenir les doigts de Justin et à recevoir les baisers des femmes. Elle poursuivait la pensée douce de voir trotter son enfant à l'ombre de la treille, dans les vagues des blés, autour des oliviers. Ce fut un moment où son cœur se dilata, mais elle se souvint de l'étrange regard de sa mère et de tout ce qu'il contenait de mauvais. Sa destinée n'était peut-être pas aussi sereine qu'elle le désirait. Elle chercha la protection de Justin, s'enlaçant à lui, englobant d'un œil triste le vaste panorama qu'abandonnait le soleil. Quelque part, une araignée silencieuse tissait sa toile.

Camille passa de sa chambre à celle de sa sœur. Amélie Roumisse se mirait dans la glace de la coiffeuse. C'était une contemplation sans complaisance. Aucun angle ne la satisfaisait; elle avait beau battre des cils, tendre ses lèvres en cul-de-poule, creuser ou gonfler ses joues, essayer le profil gauche et le droit, c'était toujours le même visage qui apparaissait, teigneux, chafouin, ingrat, réplique grossière de celui de sa mère.
— Que veux-tu? lança-t-elle à l'intruse.
Les deux sœurs ne s'aimaient guère. Trop de différences les séparaient, mais c'était l'aspect physique qui, dès l'adolescence, les avait faites ennemies.
La petite était jalouse de l'aînée. L'aînée méprisait cette naine jaunissante qui tramait des complots à longueur de journée, dressant la mère contre le père, espionnant les domestiques, colportant les pires insanités sur les uns et les autres.
Une semaine s'était écoulée depuis sa séparation avec Justin. Sept jours et sept nuits à ronger son frein, Camille était à bout. Il lui fallait des victimes, se venger, cracher son venin sur la Terre entière.
— Je venais me faire consoler, répondit-elle en feignant d'être malheureuse.

– Te consoler, toi ! Avec ton cœur de pierre ! Quelle plaisanterie ! Ma sœur versant des larmes d'acide, il faudra que je note ça dans mon cahier.

– Ça me console de te voir aussi laide ! répliqua Camille.

C'en était trop. Amélie se leva brusquement, renversant les crèmes et les onguents dont elle s'emplâtrait tous les matins et se rua sur l'impertinente.

– Je ne suis pas gracieuse, c'est vrai, mais j'ai l'honneur pour moi ! Sale pute ! C'est ton paysan qui t'a rendue comme ça. Dis-moi la vérité, ma vieille ! Le bouseux t'a laissée tomber.

La gifle de Camille lui détourna le visage. La violence du coup fut telle que les larmes montèrent à ses yeux, mais Amélie se contint. Elle ne voulait pas pleurer devant sa sœur. D'une voix blanche, elle arracha les mots du fond de sa gorge.

– Tu me paieras ça, je dirai tout à père !

– Tu n'en auras nul besoin, répondit Camille en sortant de la chambre.

Sa décision était prise. Le gros mensonge avait mûri en elle. Elle allait raconter son histoire. Elle courut le long du couloir, dévala l'escalier monumental du château et commença à forcer ses yeux à rougir, à défaire son chignon. Des motivations de peine, elle en trouva. Elle pensa à l'affront subi dans la colline, à sa virginité perdue, aux illusions étouffées par ce goujat de Signois, aux indélicatesses offensantes. Mais ce qui la rendait folle de rage, c'était de le savoir avec une autre, une moins que rien, une de ces filles qui se laissaient prendre comme des bêtes sur des tas de foin. Elle s'était renseignée sur sa rivale et elle ne comprenait pas pourquoi Justin la préférait à elle.

– L'ordure !

Cette fois – et il était temps, elle allait pénétrer dans le bureau de son père –, des larmes jaillirent. Elle cligna des paupières pour les faire couler, puis repoussa violemment le battant.
— Oh! papa! Papa! Si tu savais!
Dans le bureau, à travers les fenêtres duquel l'œil rouge du soleil, embrasant les collines du levant, montait jusqu'à mi-hauteur des carreaux, Roumisse, assis à sa table de travail, corrigeait les derniers chiffres d'un rapport lorsque sa fille le fit sursauter. Il demeura saisi, le crayon à la main. Elle ne l'avait pas habitué à de pareilles irruptions et encore moins à des « papa! » arrachés au cœur.
— Que se passe-t-il?
Sa question fut rude, il ne connaissait pas le ton de l'affection. Son aptitude au commandement et son orgueil démesuré avaient fait de lui un être immunisé contre les malheurs d'autrui. Sa grande aspiration au pouvoir et à l'argent le détournait de l'âme humaine. Il méprisait les hommes en quête d'idéal et d'amour. Il disait appartenir à la race héroïque des conquérants, à la famille des capitaines d'industrie, au clan des financiers...
— Papa.
Elle vint contre lui, mouilla son col amidonné avec ses larmes. Il ne savait que faire. Il lui tapota gentiment la joue comme il le faisait quand un jeune coursier de la Bourse apportait de bonnes nouvelles et qu'il lui glissait une pièce de cinq francs.
— Il a recommencé, dit Camille entre deux sanglots.
— Qui a recommencé? Que veux-tu dire?
— Le Giraud m'a prise de force. Oh! papa, si tu savais comme je me sens sale. J'ai honte. Vois ce qu'il m'a fait.

Elle se détacha de lui, fit deux pas en arrière et, tout en détournant la tête par fausse pudeur, releva sa robe et son jupon. Les écorchures de sa chute formaient des croûtes noirâtres sur les genoux et les jambes ; une pierre aiguë avait même tracé une estafilade de dix bons centimètres entre la cheville et le mollet. Le coton et l'étoffe retombèrent. Camille se mit à le fixer d'un regard brillant.

Une incoercible haine le transperça quand il prit conscience de ce qu'elle avait subi. Pendant quelques secondes, son sang se retira. Il ressembla à un cadavre blême, osseux, refroidi sur sa chaise. Le soleil qui pénétrait à larges flots dans la pièce éclairait les dorures de la commode aixoise, du lustre à bobèches, des boiseries rocaille, des trumeaux sculptés, mais il ne réchauffa pas cette face crispée par le mal.

– Père ?

Ce père venait de loin. Camille flottait devant lui, insaisissable comme une nuée. Elle l'appela encore. Quand il revint, il se reconnut immédiatement dans la froideur des yeux gris de sa fille. Alors il cassa d'un coup sec le crayon entre ses doigts et se leva pour la prendre contre lui.

– Nous nous vengerons. Il paiera... Ils paieront tous. Nous enfoncerons tous ces paysans dans la boue froide de leurs terres. Nous brûlerons leurs maisons...

Il allait ajouter, nous violerons leurs femmes, quand l'image de Magali s'imposa ; les ombres courbes des fesses et des seins, la sensualité des traits brièvement aperçus au Raby.

– Je veux le voir mourir ! souffla Camille.

– Je trouverai un moyen. Fais-moi confiance.

Pour ça, elle lui faisait une entière confiance. Cela lui était facile de recruter des malfrats à Marseille et à

Toulon. Il suffisait d'ouvrir le robinet de son coffre. Au nom du libéralisme économique, il venait d'éliminer par la force quelques colons dans l'ouest algérien qui s'opposaient à son expansionnisme. Il savait attiser les jalousies, corrompre les âmes, pousser les gens au crime avec des vingt et des cent francs-or. C'était une question de prix.

Roumisse s'écarta de sa fille. Sa lucidité revenait. La courbure orgueilleuse de ses lèvres se modifia pour un sourire malsain. Il percevait toujours le grondement de son sang, mais c'était un flux qui le transcendait.

— Il est temps que je t'associe à mes projets, dit-il en se dirigeant vers sa table de travail.

Intriguée, Camille le suivit d'un regard aigu comme une longue et fine aiguille décrivant une lente courbe, perçant le corps de son père, prête à lui perforer le cœur s'il ne répondait pas à ses espérances.

Il s'assit. Devant lui, les grains de poussière, au-dessus des dossiers à dos cramoisi, dansaient dans la lumière. Roumisse en ouvrit un, prit une feuille épaisse qu'il se mit à déplier avec précaution.

— Viens ici, dit-il sans se départir de ce sourire qu'elle lui connaissait dans ces moments où il s'apprêtait à triompher.

Elle contourna la table, vint près de son père, s'appuyant d'une main complice sur son épaule. La feuille bleutée et un peu transparente la déconcerta. C'était un plan dans le cartouche duquel était inscrit le nom de Roumisse, celui de la ville de Toulon et un numéro.

— Bientôt mes glaciers travailleront là! lança-t-il avec force en lisant le plan.

Elle ne comprenait pas. Et sa vengeance, leur vengeance, qu'en était-il ? Quel rapport y avait-il entre cette pelure pleine de lignes tracées à l'encre de Chine et le but qu'ils s'étaient fixé ? Elle voulait la tête de Justin, son cadavre dans un ravin. Rien d'autre.

– On va ruiner les Signois et tous les habitants de la Sainte-Baume. C'est la fin des glacières que tu vois dessinée là. Dans moins de deux ans, les tours deviendront des refuges à chauves-souris.

Cette perspective séduisait Camille, mais elle n'y trouvait pas son compte. Les rendre misérables, c'était une bonne chose ; les tuer, c'était mieux. Elle pensa à un grand feu allumé par un jour de mistral, un feu ravageant les collines, fonçant à la vitesse d'un cheval au galop sur la Salomone. Elle chercha à se rassurer. Son père n'allait sûrement pas s'en tenir à ce projet dont elle ne devinait pas la nature. Elle se pencha un peu, feignant un intérêt.

Au centre d'un quadrillage léger, le plan d'un édifice qu'on supposait être d'acier, de verre et de brique s'allongeait du nord au sud, tout en lignes droites, en angles nets, en arêtes coupées au couteau.

– Ce sera ma nouvelle fabrique ! s'exclama Roumisse.

– Une fabrique ?

– Une usine à glace industrielle. De la glace, toute l'année. Par milliers de tonnes. La glace entrant dans tous les foyers à quelques sous la livre. Mon usine sera opérationnelle dans dix mois. Je vais casser les prix !

Il s'enflammait. Il n'entra pas dans les détails de fabrication. Camille n'aurait rien compris au procédé révolutionnaire du refroidissement par gaz. L'argent avait été débloqué. Une armée de terrassiers s'était attaquée à l'antique propriété agricole qui s'étendait au nord-ouest de Toulon. Des cabanes provisoires abritaient déjà les charpentiers et les riveurs. Avant la fête des morts, l'ossature de fer se dresserait au-dessus des églises des bourgs. Il imagina les morceaux de ciel délimités par les entrecroisements des poutrelles d'acier, les colonnes supportant les verrières, les nœuds des rivets et l'enchevêtrement des câbles électriques, les machines monstrueuses vomissant des kilomètres de barres gelées et les ouvriers au milieu des vapeurs glacées. Ce serait sa cathédrale. Il se vit en grand prêtre sur la mer argentée des barres, à la tête d'une noria de camions partant à l'assaut des quartiers populaires du vieux port, déversant des blocs de cristal à Besagne, sur le cours Lafayette et dans la rue d'Alger. Le xxe siècle l'appelait. Il le défiait. Il bâtirait l'avenir sur la souffrance du monde, porté par cette force occulte que nul ne pouvait défier. Il ricana. L'avenir condamnait les villages. Bergers, maraîchers, éleveurs, apiculteurs par milliers iraient rejoindre les chaînes aux cadences infernales. Et ce n'était pas la chétive CGT qui l'arrêterait. Ni les socialistes anarchisants de Briand ou les alémanistes de Guérard. Ceux-là et toute la clique des syndiqués n'entreraient jamais dans ses usines.

— J'en construirai d'autres à Marseille et à Aix, dit-il enfin.

Cette conclusion frustra Camille. Elle ne l'apaisait pas. Au contraire. La lancinante douleur morale reprit ses droits, la forçant à exiger réparation.

— Et le Giraud ! Tu vas le laisser courir la garrigue ?

Roumisse prit les mains de sa fille entre les siennes et les serra très fort.

— J'ai mon idée. Laisse-moi le temps. Le jour viendra où les Signois promèneront son cercueil dans les rues de leur village.

Il y avait tant de conviction et de haine dans le regard de son père que Camille en fut effrayée et comblée. Ce jour-là, si Dieu le voulait, elle serait de la fête.

Tout avait été dit. Roumisse replia le plan. Ce fut comme s'il revenait en arrière, dans ce siècle pesant et révolu. Le nom de Giraud avait réveillé ses tourments. La fille brune dans la rivière était apparentée à ce clan dirigé par le coiffeur. Il devait mettre tout en œuvre pour la retrouver. Il sonna un serviteur et renvoya sa fille.

– Allez me chercher Marius.

Quelques minutes plus tard, l'intendant Marius Caronet, tout vêtu de velours brun et suant sa mauvaise graisse, se présenta au maître.

– Je suis à vos ordres, monsieur.
– Ils seront brefs. Voilà ce que tu vas faire...

7

La paille avait été brisée et retournée. Cette opération réjouissait le cœur de Magali et d'Amédée qui, côte à côte, avaient observé le ballet des fléaux et des fourches. Pendant des heures, le grain blond se détacha, la paille s'envola dans la brise. Les femmes battaient, les hommes enfourchaient, les unes se courbaient davantage sur l'aire, les autres se cassaient les reins à force de vouloir monter à l'assaut du ciel avec leurs tridents, tandis que des enfants du Clos de l'Héritière, cloués là par une songerie profonde, attendaient la conclusion de cette journée. Parfois on entendait les commandements d'Antoine ou ses jurons quand le vent tournait et renvoyait la paille sur les grains. Magali aurait voulu en être, mais depuis la visite du docteur, on lui interdisait les tâches difficiles. Elle était même privée de vannage; ce dernier se faisait à l'extrémité de l'*iero*, comme on disait ici. En effet, l'aire en terre battue était grande et on pouvait y mener plusieurs tâches en même temps. Le vannage, c'était l'affaire d'une équipe réduite dirigée par Justin. Il manœuvrait une *ventadouiro*, fourche de bois plus petite que la fourche à paille, nettoyant le blé. Son déguisement impressionnait les petits. Pour éviter d'être aveuglé, il s'était encapuchonné la tête dans un sac de toile brune, percé de deux trous pour les yeux. Il avait l'air d'un grand diable de pénitent sous une pluie de brins dorés.

Son homme masqué, Magali l'aurait reconnu entre mille. Il besognait torse nu. Chaque muscle qui roulait des omoplates aux reins, elle l'avait caressé, embrassé. Elle en connaissait les moindres lignes, tous les reliefs, les duvets. Sa peau, échauffée par la tâche, luisait un peu, il transpirait. Il rayonnait dans l'unité de sa jeunesse et de sa force et elle eut des pensées coupables, sentant monter le désir. Elle reporta son attention sur les vanneuses agenouillées non loin de Justin. Les deux cousines et la grande Colette s'en donnaient à cœur joie, criblant le grain dans les vans en peaux de porc. Les gestes amples de leurs bras soulevaient leurs poitrines ; de la paille parsemait leurs cheveux dénoués ; leurs pieds nus dépassaient des jupons, raclaient la terre battue à chacun de leurs mouvements. On aurait dit des païennes se livrant à un culte. Elles chantaient. A son tour, Magali répéta tout bas les paroles de la chanson des *Cordelles*, sur laquelle on dansait, le printemps venu :

Es grando eis alentour	*Elle est grande aux alentours*
Nosto renoumado	*Notre renommée*
De jouine e bèu troubadour	*De jeunes et beaux troubadours*
N'an douna l'aubado.	*Nous ont donné l'aubade.*
D'en Signa à Vidauban	*De Signes à Vidauban,*
Cadurc a sei ruban	*Chacune a ses rubans,*
Mai nostei courdello	*Mais nos cordes*
Soun toujour pu belo.	*Sont toujours plus belles.*

Des cordes, il leur en fallait. Depuis longtemps la grande Colette en tressait une pour Charpin; elle l'attraperait, son docteur, coûte que coûte, elle l'avait demandé à saint Jean et à la Vierge dont elle fleurissait les statues une fois par semaine. Anicette avait déjà passé la sienne au cou du facteur, mais ce dernier, passionné de courses à vélo, tardait à se laisser mener à l'autel par le licol. Celle d'Adrienne serait longue, la brunette s'était juré de se marier avec un homme de la ville, un homme qui lui ferait découvrir des horizons nouveaux et quitter ces terres ingrates où les femmes vieillissaient vite. Quant à Magali... Elle posa les mains sur son ventre. Là était le lien le plus solide. Un cordon de chair l'unissait au fruit de ses amours. Justin ne fauterait plus à présent. La veille, ils avaient fixé la date des noces à la Sainte-Pélagie, le deuxième samedi d'octobre. C'était proche. Mais comment faire autrement? Henriette et Madeleine l'exigeaient. Elle ne devait pas franchir le seuil de l'église avec un gros ventre, ce n'était pas par peur du sacrilège, mais des pipelettes.

Le soleil fila vers le ponant; la paille s'éparpilla au septentrion; le grain s'entassa sous l'auvent du grenier en pierres sèches. Ivres de fatigue, tous se rassemblèrent au centre de l'aire. Ce moment était attendu par les enfants. Un frisson passa sur leurs frimousses lorsque Antoine demanda à Henriette d'apporter le coq.

La mère de Justin se rendit au poulailler, batailla un moment avant de mettre la main sur le volatile. L'annonce de la grossesse de Magali avait retardé le sacrifice. Noir, gras, agressif, le coq était une victime idéale. Comme jadis, bien avant que la première pierre de la première église provençale soit posée, on allait le manger solennellement pour apaiser l'esprit du grain dépossédé de ses fruits et favoriser la récolte future.

– Jette-le! cria Antoine.

On avait distribué des fléaux à tout le monde, sauf aux enfants. Magali était tendue, Amédée eut un mouvement brusque des épaules comme s'il voulait se lever et marcher. Le blessé de la guerre de 70 aurait versé son sang pour celui du coq. Il lui en coûtait chaque année d'être cloué sur sa chaise et de ne pas pouvoir entrer dans la folle sarabande avec un bâton.

Henriette prenait son temps. Elle ne voulait pas être au milieu de la bastonnade. On s'impatientait. Un homme fit tourner son fléau au-dessus de sa tête, tel un fantassin du Moyen Age, et lui jeta des regards furibonds. Plus on tardait, plus l'esprit du blé risquait de se manifester. Enfin, Henriette lâcha l'animal. Aussitôt les fléaux s'abattirent, remontèrent. Pendant un instant l'aire trembla. Il y eut une exclamation lorsque d'un battement d'ailes le gallinacé s'éleva dans le ciel.

– Il s'échappe!

La catastrophe était sur eux. Le coq allait, d'un bond prodigieux, franchir le cercle humain. Il fut cueilli en plein vol par les moulinets de l'homme furieux et retomba.

Ce fut la fin. Ils lui cassèrent les ailes et les pattes jusqu'à ce que la grande Colette lui assène le coup mortel. C'était un rite barbare mais il les soulageait. Rien n'était simple sous le ciel de Provence, tout se révélait sujet à mystères et à traditions. Amédée acquiesça silencieusement lorsqu'on lui apporta la dépouille du volatile.

– Il s'est bien défendu, dit Antoine.

La résistance de l'animal était de bon augure.

Magali contempla la boule de plumes noires d'où s'écoulait un peu de sang. Bien qu'habituée à d'autres sacrifices dans la maison de Signes la Noire, elle n'en demeura pas moins troublée. Elle vit des choses dans ce sang que les autres étaient incapables d'interpréter.

Elle se sentit mal, et prétexta une envie pressante pour s'éloigner de la Salomone. La marche lui fit du bien. Il y avait des oiseaux le long du chemin et une petite voix intérieure la rassurait : « Tu es bien bête, ma fille, de te conduire ainsi ! Tu ne vas pas te mettre à geindre comme une *plourello*[1] parce que le vent tourne au nord, les corbeaux volent par trois, les nuages moutonnent et le coq pisse un sang fluide. Rien ne peut t'atteindre à présent ! Ta force, c'est la vie dans ton ventre. Dans moins de deux mois, tu te marieras. Allez, va, bourrique ! Va manger le coq ! »

Ce monologue la rendit gaillarde. Devant elle, la Salomone entourée de toutes ses terres émergeait d'un écrin de verdure. Elle méritait bien son surnom de bastide blanche. Sous la crête rouge des tuiles, elle semblait taillée dans du marbre. Magali souriait. A cette distance, ils étaient si petits, ceux qu'elle aimait, qu'elle aurait pu les faire tenir sur l'extrémité d'un doigt. Colette, seule, était reconnaissable avec sa jupe rouge cerise, pareille à un feu follet dansant sur l'aire.

Elle allait revenir lorsqu'un bruit de branches cassées se fit entendre. A cet instant, avec la grâce d'un cochon dans les broussailles, la respiration haletante, Marius Caronet apparut. L'intendant de Roumisse, débordant de graisse dans ses vêtements ajustés, la face bouffie traversée par une ridicule moustache calamistrée semblable à un guidon de bicyclette, l'odeur

---

1. Pleureuse.

écœurante d'un parfum bon marché et de la sueur, absorba tout le charme de l'endroit.
Il la salua mais elle ne répondit pas. Elle restait sur ses gardes. Elle connaissait le bonhomme pour l'avoir vu au village. Il machinait de mauvais coups avec les braconniers qu'il était censé traquer sur le domaine de son patron. On disait aussi qu'il avait de drôles de manies, tournant autour des veuves moches et vieilles. Plus les femmes étaient flétries et sales et plus il les courtisait, emportant quelquefois mais rarement l'un de ces morceaux avariés dans une tanière retirée qu'il possédait sur le chemin de Riboux. On racontait qu'il se passait là-bas des choses horribles.

– C'est toi, la fille Aguisson?

Magali se sentit agressée. Le Caronet prenait des airs de gendarme. Bon Dieu! Qu'elle détestait ce type! Elle resta de glace, les yeux si durs qu'elle lui fit un peu peur. Un tout petit peu, car il avait son fusil chargé à l'épaule et il savait s'en servir. Ce n'était pas une fille de sorcière qui le ferait reculer.

A cette pensée, il se souvint de sa visite de la veille à Signes la Noire. Au bout d'une semaine de recherche, son enquête l'avait conduit dans ce trou marécageux où vivait, lui avait-on confié à voix basse, la mère de la garce qu'il cherchait. Victorine Aguisson et Agathe Danjean y tenaient un commerce diabolique et florissant. Quand il heurta l'huis du poing, la porte s'ouvrit instantanément. Victorine se tenait devant lui, elle était la réplique en plus âgée de cette Magali qu'il venait de retrouver, mais il y avait au fond de son regard noir quelque chose de mort qui l'effraya. Elle lui demanda de la suivre. Que pouvait-il faire d'autre? Il avait une mission à remplir et il craignait davantage Roumisse que les deux lavandières de la nuit. Une fois introduit dans la place meublée de ravans [1] et décorée d'objets à faire pâlir le bon Dieu, il fit part de la raison de sa visite. Prononcer le nom de Magali équivalait à jurer tout haut dans une église. Les deux mégères l'insultèrent, lui promirent l'enfer, les pires maladies, puis Victorine tapa du poing et hurla : « Je voudrais la voir morte ! » Malgré toutes ces menaces, Caronet continua, expliquant qu'il n'agissait pas pour son compte mais pour celui de son maître Roumisse. Dans cette échappée de mots, il avait mis deux pièces de vingt francs-or sur la table. Était-ce l'argent ou le nom de Roumisse, l'attitude de Victorine changea. Elle fit taire Agathe et avança les coudes sur la table.

— Et qu'est-ce qu'il veut, ton maître ? lui demanda-t-elle d'une voix étrange et rauque.

Elle le fit frémir, il la préférait triviale et grossière. La menace devint palpable. Il ne pouvait supporter ce regard mort auquel il était impossible de résister. Il évita d'y plonger. Tout en prenant Agathe à témoin, il répondit :

— Il éprouve... comment dirai-je ?... de l'intérêt pour votre fille.

— C'était à prévoir, répondit-elle d'une voix sourde. C'était à prévoir... Un chien maudit pour une maudite chienne...

Elle tremblait de rage contenue. Roumisse réveillait le passé, réapparaissait. Avec lui, le malheur n'était jamais loin.

— Ne te mets pas dans tous tes états, intervint Agathe, tu vas m'attraper une bêtise au cœur. Hé ! vous, monsieur, tirez votre révérence !

— Je vais bien... Je vais bien, dit Victorine. Qu'est-ce que ça peut me faire après tout que ce galeux de Rou-

---

1. Choses usées dont plus personne ne veut.

misse en pince pour ma fille. Magali est une « estrangère », une pauvresse qui a choisi de vivre là-haut avec les bêtes. Elle crèvera dans la misère avec son Justin. Les Giraud me l'ont enlevée, monsieur. Si vous voulez la trouver, rendez-vous à la Salomone sur l'ancienne route des rois qui mène à la Sainte-Baume. Trouvez-la et vous ferez l'infortune de votre maître.

Sur ces mots, elle cracha et il s'en alla sans demander son reste. A présent, il était persuadé qu'elle était bien la fille de la diablesse de la plaine.

– C'est donc bien toi, susurra-t-il en tirant sur sa moustache.

– Que me voulez-vous ?

– Moi, rien ! C'est un autre qui te veut du bien, beaucoup de bien.

– Si c'est ton maître, tu pourras lui dire que j'ai huit pouces d'acier pour sa bedaine s'il m'approche.

Brusquement, elle sortit le couteau dont elle ne se séparait jamais. C'était une bonne lame affûtée à la pierre et au cuir, courbe, bleutée, au manche de corne, sur lequel on lisait la *sivequo*, du nom d'une bise froide et glaciale qui soufflait au mois de février.

– Hé ! ne le prends pas comme ça ! Je te parle de bien et tu me montres le mal. Tu es comme ta mère !

– Allez-vous-en ! cria-t-elle.

Le gros Caronet, méfiant, partit en reculant. Les broussailles se refermèrent sur son passage. Il en savait assez sur la belle sauvageonne, cela lui vaudrait une bonne récompense. Son maître allait devoir en faire, des gâteries, pour séduire cette fillasse des bois !

Marius se dit qu'après tout le riche Marseillais avait les moyens de ses amusements, pourtant il demeurait perplexe. La partie n'était pas encore gagnée. Parvenu sur la crête, d'instinct, il se retourna. Elle n'avait pas bougé, pire, elle l'observait. Malgré la distance, il sentit peser sur lui le regard terrible. Alors, il préféra s'échapper lâchement, quittant le droit chemin pour un détour par les houssaies.

Le soleil baissait à l'horizon, élargissant son disque dans un dernier flamboiement. Pendant un instant, Magali crut que les flammes avaient avalé l'intendant ventripotent et sournois, mais la réalité était différente. En ce moment même, le Caronet filait retrouver Roumisse, à l'abri des murs épais du château de Font-Mauresque. Pourquoi elle? Elle en eut les larmes aux yeux, puis se ressaisissant, elle pensa à Justin. Devait-elle l'avertir, au risque de provoquer une guerre à quelques semaines de son mariage? Les Giraud n'hésiteraient pas à se rendre au château avec leurs fusils. De vieilles haines opposaient les familles de la Sainte-Baume. Depuis l'Ancien Régime, on se battait pour la possession de la terre, le commerce de la glace, les droits de passage, une borne mal alignée, un regard mal interprété. Elle ne voulait pas être la cause du règlement de trois siècles de contentieux. Qu'il vienne donc, le Roumisse, et elle en ferait son affaire à coups de couteau. Elle pointa la lame qu'elle tenait toujours à la main et la fit jouer avec les rayons déclinants. L'acier se teinta d'une couleur de sang.

Dix jours s'écoulèrent, cinq de grand beau temps et cinq d'une pluie fine charriée par le vent d'est. Au matin du onzième, sous un ciel de traîne, la brume l'emporta.

Le château mauresque ressemblait à une ruche, tant il était rempli de monde et d'agitation. Les classes distinctes s'y mêlaient sans se confondre. Les domestiques en uniforme veillaient sous les lambris, les grands bourgeois et les notables en habit de chasse discutaillaient autour d'une longue table où fumaient des cafetières d'argent, tandis que Caronet et ses campagnards, les paletots boutonnés et les casquettes à la main, prenaient leur mal en patience. Ces derniers étaient réfugiés dans un coin, tout près de la porte donnant sur le hall majestueux. Il y eut une agitation. Du salon voisin, arrivèrent les épouses des invités. Elles balançaient sur leurs bottines et leurs escarpins des robes de prix.

Pour les hommes de Caronet, c'était chaque fois le même émerveillement. Ces créatures de luxe représentaient tout ce qu'ils n'auraient jamais : la puissance, l'argent, la renommée, la culture. Mme Mireille Roumisse brillait de mille feux. Tout un assortiment de bijoux, coulant du chignon à la poitrine et du cou aux doigts, faisait d'elle une étoile tombée du ciel. Elle lorgna de son œil de chat la petite troupe de Caronet avant d'aborder gaiement les compagnons de son époux.

– Sont-ils prêts, nos chasseurs? lança-t-elle à la ronde.

Ils l'étaient. Apparemment. Le préfet portait déjà sa cartouchière. Merleux le notaire, Dartigues le directeur de la compagnie, Caneaux l'avocat, Perrin le banquier, le député Burleau, un procureur, deux généraux et quelques autres personnalités des arts et de la presse attendaient cette traditionnelle partie de chasse depuis des jours. On leur avait promis de beaux gibiers, des lièvres et des sangliers. On ne les trompait jamais. Les photos prises les années précédentes avaient fait des jaloux à Marseille.

– Depuis le temps qu'on nous parle de beaux trophées! ajouta Mme Roumisse.

— Il y en aura, n'est-ce pas, monsieur Caronet?

Le maître des lieux, vêtu de daim et de cuir, fit son apparition avec Camille en robe simple, sans fard, la masse blonde de ses cheveux recouvrant son épaule droite. L'œil félin de Mme Roumisse se fit plus sombre. Ces deux-là ne se quittaient plus depuis quelque temps; son époux s'était mis en tête d'initier l'aînée de ses filles aux affaires, et elle en éprouvait de la jalousie.

Caronet bomba le torse. La question du maître le rendait important. Il s'avança d'un pas et lâcha d'un trait sa tirade.

— Ces messieurs ne seront pas déçus. Nous n'aurons que l'embarras du choix. Des meutes de sangliers ont été repérées par mes hommes dans la gorge du Pèlerin, sur les hauteurs de la Garnière et au fond des bois de Bagatelle. Il n'appartient qu'à ces messieurs de ramener des hures.

Ces messieurs devinrent graves. On allait lancer la chasse. Des dizaines de rabatteurs attendaient le signal de la corne. Alors qu'ils saluaient leurs femmes comme s'ils partaient reconquérir l'Alsace-Lorraine, Roumisse s'approcha de son intendant et lui demanda discrètement s'il n'avait pas repéré d'autres traces.

— Je connais les habitudes de la perdrix.
— A-t-elle quitté son nid?
— Elle a ses coins. C'est la saison des champignons.
— Où?
— Bagatelle et vallon des Combes.
— C'est bien, Marius, je ferai de toi un homme riche.

Au-dehors, les chiens aboyaient. Comme on avait décidé de se rendre à cheval sur les lieux de la battue, les montures excitées tiraient sur les longes. On avait lustré les robes des alezans, les mors, les étriers et les gourmettes brillaient; les garçons d'écurie maintenaient avec peine les bêtes racées dont Roumisse était si fier.

Le maître se rengorgea. Le château bourré à craquer de trésors artistiques, le parc, les jardins, les maisons agricoles perdues dans les nuages, les milliers d'acres de rocaille, les hommes et les femmes, ses invités même, lui appartenaient corps et âme. L'asservissement lui paraissait naturel. La conquête était l'essence de sa vie. Il se dirigea vers un cheval hongre tisonné, au garrot large, vigoureux et hargneux. Il l'aimait pour son courage. L'animal ne reculait jamais, avalait les obstacles. Quand il fut en selle, il sentit battre le cœur généreux de sa monture et il eut l'impression d'être le prolongement de cette masse de muscles qu'il dominait. Alors, électrisé par cette puissance nouvelle, il cria : « A la chasse ! »

Magali s'accorda quelques instants de repos. Elle posa son panier, caressant du regard le gros cèpe qu'elle avait cueilli à l'entrée du vallon. En cette deuxième quinzaine de septembre, la pluie et le soleil avaient travaillé pour les femmes. La cueillette leur était dévolue. Elles adoraient s'enfoncer dans les bois, flairer l'humus de la terre spongieuse. Chacune avait son coin qu'elle gardait jalousement. Ces repaires secrets où poussaient les bolets élégants, les collybies ridées, les tricholomes d'un gris soyeux, les pieds-bleus aussi beaux que des améthystes, les vesses perlées ou d'un blanc éclatant et les oronges à la chair épaisse et parfumée, elles y retournaient chaque année, faisant preuve de ruses indiennes afin d'égarer les curieux.

Magali, dernière venue à la Salomone, était à la recherche d'un territoire. Là-bas, au fond de la plaine où elle avait vécu dix-sept ans, elle aurait déjà rempli son panier de champignons, mais cela lui était égal d'en trouver peu. Elle était enfin seule, loin de toutes ces femmes qui la dorlotaient et de la surveillance discrète d'Amédée. Ces échappées solitaires la réconciliaient avec la nature. Elle se sentait protégée.

Au loin, du Jouc de l'Aigle à Siou Blanc, des coups de feu retentirent. La folie de la chasse avait repris. Nobles, paysans, bourgeois, artisans, jeunes, vieux postés à l'affût criblaient de chevrotines ou de petits plombs tout ce qui volait, courait ou rampait. Justin en était. Parti avec Antoine, il arpentait en ce moment même le plateau d'Agnis avec l'espoir de débusquer lièvres et perdreaux. Elle soupira. Elle n'aimait pas la chasse qui troublait l'ordre des choses, elle préférait les pièges aux fusils. Et puis, il y avait les risques d'accident, les vengeances. A la fin de la saison, on comptait les morts et les blessés.

Cette pensée perturba sa quiétude. Elle eut un goût de cendre dans la bouche. Décidément, elle détestait la chasse ! Comme des chiens aboyaient à moins de cinq cents pas de l'endroit où elle se reposait, elle décida d'aller plus avant dans le vallon.

La chasse était lancée. Les rabatteurs usant d'ustensiles de cuisine, de cornets et de bâtons avançaient en une longue ligne de plusieurs centaines de mètres. Aux points de passage, au-dessus des étranglements, dans le fond des ravins, derrière les bories, les invités pointaient leurs gros calibres, s'attendant à voir surgir d'un instant à l'autre les meutes de sangliers. Le préfet ouvrit le feu une première fois pour la forme. On l'imita, usant un bon nombre de cartouches à travers la brume. Ce fut grisant ! Le notaire cria même « mort aux Boches ! » en descendant la branche basse d'un chêne-kermès.

– C'est fichu, bougonna Caronet. Les bêtes vont nous échapper.

– Peu importe les sangliers, répondit Roumisse.

Le maître des glaces regarda au loin, flattant l'encolure du hongre qui piaffait d'impatience.

– Tout doux, mon beau, la chasse, la vraie, elle est pour nous.

Un général armé d'un fusil anglais lui fit un signe. Il lui répondit d'un mouvement de tête. A présent, ils étaient seuls. Le rescapé du désastre de Sedan venait d'être englouti par les cades aux branches serrées.

Caronet tenait le chien, un braque, le meilleur limier à vingt lieues à la ronde. S'assurant à son tour qu'il n'y avait plus personne, il ouvrit la gibecière qu'il portait à l'épaule et en retira un morceau d'étoffe. Il le renifla. Ça sentait la lavande. Puis il le mit sous la truffe du chien.

– Tu es sûr que ce châle appartient à la fille ?

– Par saint Étienne, mon patron, je vous jure qu'il est d'elle. J'ai risqué gros pour ce chiffon !

Il montra la pièce de bure rehaussée de fleurs rouges et jaunes. Ce n'était pas un châle, mais tout au plus un fichu pour l'hiver qui devait protéger la belle chevelure que Roumisse rêvait de caresser. Le braque jappa et tira sur sa laisse.

– Eh ben ! Il en a du nez, le bougre ! Il est déjà sur la trace ! Allez zou, montre-nous le chemin.

Le chien entraîna Caronet dont la bedaine se mit à ballotter.

– C'est pas bon, c'est pas bon, se murmura-t-il en voyant la direction qu'il prenait.

Le visage inquiet, l'intendant prit ses repères. Ils allaient vers l'est, au sud de Bagatelle, en pleines terres communales du village de Signes. Cette traque ne lui disait rien qui vaille. Pas même les francs-or que lui donnait le maître. Il jeta un coup d'œil sur ce dernier. Roumisse, sur son cheval, avait le regard vague, perdu dans les brumes où se dissimulait sa proie. Caronet frissonna, houspilla le braque, il y avait de la folie dans ce regard-là.

Magali souleva les feuilles. Une bouffée de joie monta à sa gorge. Des pieds-bleus. Trente au moins. Les reflets violets de leurs chapeaux la fascinèrent un instant. Elle s'empara de son couteau pour les couper à la base lorsque le chien aboya. Elle se retourna. L'animal était à dix pas d'elle.
— Vous !
Maintenant le chien, Caronet la contemplait sans complaisance.
— Je t'avais averti ! reprit-elle en pointant le couteau.
— Quel tempérament !
Magali se figea. Roumisse, tel un fantôme, traversa la brume sur son coursier. Elle éprouva soudain de la peur en se mesurant à ce regard. Elle aurait pu filer, il y avait une ligne de rochers non loin d'ici, mais son sang se glaça, ses muscles refusèrent d'obéir.
— Elle est à vous, dit l'intendant avec l'intention de s'éclipser.
— Reste ici, j'aurai peut-être besoin de toi.
Caronet sentit à son tour descendre le froid en lui. Il lui fut impossible d'enfreindre l'ordre.
— Alors, ma belle, comme on se retrouve.
Roumisse fit avancer le hongre. Du haut de son

cheval, il la dominait. Il la voyait telle qu'elle était, impassible et farouche, avec son cou très mince et ses seins un peu lourds cachés sous une capeline de berger, ses hanches que soulignait la jupe d'un noir lustré, usée par les lavages et les repassages. Elle lui rappela vaguement une autre femme enfouie dans sa mémoire, mais c'était si loin qu'il n'arriva pas à lui mettre un nom. Il descendit de selle. L'heure n'était pas aux souvenirs mais aux plaisirs. Le couteau qu'elle brandissait ne l'impressionnait guère.

— N'approchez pas!

Pourquoi ne pouvait-elle pas lui trouer la panse? Il était à sa merci. La lame tremblait au bout de son poing. Était-ce si difficile de tuer un homme?

— Tu vas être gentille, n'est-ce pas? lui dit-il en se saisissant brusquement de la main armée.

Ce contact la fit réagir. Elle résista. Elle était forte, mais il l'était encore plus.

— Allons, souffla-t-il pendant cette lutte, sois raisonnable. Tu as beaucoup à gagner. Pourquoi ne pas profiter des opportunités? Est-il possible que les paysans aient tes faveurs? La poussière, la boue et les herbes foulées à la Salomone ont-elles pour toi tant d'attrait?

Il parvint à la désarmer et jeta l'arme au loin. Alors, elle le gifla, puis le griffa.

— Tu l'auras voulu, putain! cria-t-il en lui prenant les bras pour la renverser sur la mousse.

Toujours silencieuse, elle se débattit. Roumisse ne parvenait pas à ses fins. Il avait réussi à remonter la jupe, à trousser les jupons, à mordre un sein à travers le corsage, mais la bouche et le ventre lui échappaient. La garce se défendait avec rage, le couvrant de griffures et de bleus. Son désir décuplait à chacune des ruades de sa victime. Sa nature était violente, et c'était par la violence qu'il assurait son emprise sur le monde. A un moment, il sut qu'il n'arriverait à rien. Il hurla à son intendant de l'aider.

— Tiens-lui les bras !

Le gros Caronet maugréa, mais obtempéra, pesant de tout son poids sur les bras de Magali.

Roumisse triomphait. Il ouvrait, forçait les cuisses nerveuses. Cela lui rappela sa jeunesse dévoyée à Marseille lorsqu'il soudoyait les jolies pauvresses du Panier. Quand il s'enfonça en elle, d'un coup de reins brutal, et qu'elle cria, il se souvint de l'autre femme violée à la Saint-Jean, dix-huit ans plus tôt, et il sut pourquoi il désirait tant Magali.

8

Sur le plateau d'Agnis, la garrigue s'éveilla. Il y eut des battements d'ailes, une galopade de rongeurs et de lapins à travers les taillis. Une salve terrible venait d'être tirée du côté de la Lauzière. Vingt à trente fusils déchargeant tous ensemble. Une pareille mitraille augurait d'un beau tableau de chasse.

– Une battue, en conclut Antoine.

Justin se tourna vers l'ouest, se demandant qui menait tant d'hommes en terre signoise. Apparemment, ce devait être le comte Villeneuve Esclapon ou Jean d'Espinassy de Venel et de la Jaconière. Ces hommes chevaleresques respectaient les règles de la chasse. Cette pensée le rassura car la troupe semblait assez près de la Salomone. Les collines demeuraient invisibles. Sol et ciel se confondaient dans la ouate humide qui s'épaississait de minute en minute. Il songea aux femmes. Ces têtes de mule étaient aux champignons. « Vous partez à la chasse, nous allons à la cueillette », avaient-elles répondu en chœur lorsqu'il avait évoqué les dangers d'une pareille journée.

Alors qu'il reprenait sa marche derrière son oncle le coiffeur, d'autres coups partirent des quatre coins de la commune.

— Ça, c'est le fusil du maire... Je crois même reconnaître la pétoire de notre Olive du Café de France. Peuchère de nous! Ils vont nous tuer tout le gibier. Qu'attendez-vous, chiens de cirque, pour lever un faisan? Regarde-moi ces deux-là! Ils sont tout juste bons à poursuivre les chats dans le village.

Les deux compagnons au poil blanc et soyeux, Fanfan et Foufou, bâtards de luxe, avaient beaucoup de panache. Hauts sur pattes, l'œil vif, la queue pareille à un plumet de sultan turc, ces deux frères gambadaient joyeusement autour des deux hommes. Ils avaient du flair pour le sucre, la soupe grasse à la couenne et les os de bœuf mais ils ignoraient les animaux des forêts. Antoine les emmenait par plaisir, les engueulant quand il revenait bredouille de la chasse.

Fanfan et Foufou suivirent les hommes qui se dirigeaient au hasard. Ils parvinrent au Jas du Marquis. Lieu étrange où le sol s'était effondré sur une ancienne grotte. La cuvette bordée d'épineux était pleine de cette brume qui collait aux pierres et aux racines. Mû par un pressentiment, Justin lança encore un regard appuyé en direction de l'ouest. La présence des femmes dans les sous-bois l'obsédait. Saloperie de champignons! La cueillette, c'était bon pour les pauvres qui n'avaient rien à se mettre sous la dent.

— Justin! appela tout bas Antoine.
— Qu'y a-t-il, *ouncle?*
— Tu n'as rien entendu?
— Ma foi...
— Tu vaux pas plus que mes chiens. *Y a oune besti* là-dedans et ce n'est pas un rouge-gorge.

Justin observa Fanfan et Foufou, assis sur leur arrière-train. La langue pendante, ils offraient le plus beau des sourires canins aux deux hommes.

– Va par là ! lui intima Antoine en lui montrant la gauche.

Justin arma son fusil et s'avança doucement le long du bord de l'excavation naturelle. Il n'y avait rien dans le fouillis inextricable de la dépression. Rien à voir tant l'air était opaque. Il dévala la pente sur quelques mètres. Des pierres roulèrent. Le silence. Les chiens n'aboyaient pas. Justin pensait toujours à ces satanés champignons. Quelque chose ne tournait pas rond, il en était sûr. Il allait remonter auprès des chiens lorsque, dans un déchirement de brume, il le vit.

Un sanglier. Un vieux mâle énorme. Il ne bougeait pas. Son groin armé de deux défenses longues d'une main laissait échapper un grognement inquiétant.

Justin le lorgna sans plaisir. Trois cents livres de nerfs et de muscles, une boule de poils poissés de boue et de sang.

Un vieux mâle blessé.

– Nom de Dieu de nom de Dieu ! siffla Justin en sentant son estomac se creuser et sa gorge se dessécher. Il venait de se rappeler que son fusil était chargé de cartouches à petits plombs.

Lentement, il laissa glisser ses doigts le long de la cartouchière. Les chevrotines, il les portait sur la hanche droite. Il en extirpa deux de leurs étuis de cuir sans trembler. A présent, le plus dur était d'ouvrir le fusil.

L'animal ne lui en laissa pas le temps. Il chargea. Ce fut à cet instant qu'il entendit nettement Magali. C'était un cri de désespoir venu des limbes de son esprit. L'appel fut si fort qu'il en eut mal au crâne. Affolé, il tira au jugé ses deux misérables cartouches à perdreaux. Le solitaire le heurta de toute sa masse.

Justin tomba et roula jusqu'au fond du Jas, échappant quelques secondes à la vengeance du sanglier. Ce court laps de temps lui permit de dégainer son couteau. L'animal fonçait à nouveau sur lui avec l'intention de le déchiqueter. Il l'attendit à genoux et le reçut en pleine poitrine. Alors, s'accrochant à cette hure fétide, il lui larda le ventre. Une fois, deux fois, dix fois, taillant dans les tripes avec la force du désespoir. Soudain, la bête s'affaissa et il s'écroula près d'elle, perdant son sang à l'aine.

— Hé! Hé! *Pitchoun!* Hé!... Vierge Marie! il t'a arrangé. Dis-moi quelque chose, au moins!

Antoine avait entendu le coup double lâché par son neveu, puis la lutte sourde au sein des brosses d'églantiers et de houx. Maintenant, face à ce désastre, il ne savait que faire. Les chiens l'exaspéraient par leurs couinements. Justin ne parlait pas. Il repoussa la lourde bête en jurant.

— Ne jure pas, tonton...

— Ah! Il a encore sa langue... *Capoun! Testo-d'ai! Sarveou rou!* [1] On n'a pas idée de se battre au couteau avec des monstres pareils!

— On aura du civet pour le repas de mariage, lâcha Justin avant de s'évanouir.

Quand on ramena Justin à la Salomone, Magali resta debout comme une statue, pétrifiée par l'angoisse. Puis un cri de douleur sortit de ses lèvres. Après un coup de sang qui la fit chanceler, les mains sur la poitrine, elle pleura éperdument avec des spasmes. Elle pleura son amour, sa honte, son désespoir. Il y avait cette salissure entre ses cuisses, il y avait son homme blessé. Elle en voulut à ce monde de vio-

---

1. Vaurien! Têtard! Tête fêlée!

lence et de misère, et à Dieu surtout, qui l'avait acceptée dans son troupeau par le baptême.

Après la visite du docteur Charpin, tout s'arrangea. Justin avait une blessure superficielle à l'aine, quatre côtes cassées et le corps bleu par ses roulades sur les caillasses. La perte de conscience, puis le délire et la fièvre qui suivirent étaient dus au relâchement après l'affrontement mortel, à la peur formidable qui avait bloqué ses fonctions vitales pendant une poignée de secondes.

Magali tut son secret. De fait, la situation la sauvait de la tourmente. L'amour prit le pas sur la haine. Momentanément. Elle sentit qu'elle y avait gagné, pour le meilleur ou pour le pire, une vision plus claire de sa condition. Elle était femme, valeur négligeable, objet de désir dans un univers fait pour les hommes. Puis la rebelle s'éveilla. Quand elle était au côté de Justin dans l'obscurité de la chambre, elle lui saisissait brusquement la main, la broyait dans ses doigts fins, luttant contre des bouffées de haine. Lui s'éveillait et demandait ce qui n'allait pas. Elle lui répondait que ce n'était rien, que le bébé bougeait peut-être. Alors il se glissait sous les draps, posait son oreille sur la légère rondeur de cette chair chaude et palpitante. Évidemment, il ne pouvait rien sentir à ce moment de la grossesse, mais il s'inventait des perceptions avant de se rendormir, bercé par le souffle profond de la femme qu'il aimait.

Ce fut pendant ces longues nuits qu'elle forgea des plans. Elle imagina des embuscades lors des tournées de Caronet, du poison versé dans les futailles de Roumisse. Elle mûrissait sa vengeance. Elle prendrait son temps. Il fallait qu'on crût à des accidents. Le matin, elle se levait, la tête pleine de projets horribles, puis elle se rendait au puits. De l'eau, elle en usait beaucoup. Elle se lavait dans le baquet à linge. La brosse de crin entre ses mains devenait un objet de torture; elle se frottait jusqu'au sang, entre les cuisses surtout, comme si elle voulait effacer le viol. Mais ni le crin, ni l'eau, ni le savon de Marseille ne pouvaient le lui faire oublier.

Heureusement, on approchait du mariage. Henriette lança les invitations. Antoine fit une provision de vin et d'eau-de-vie. Justin, remis de son aventure, s'improvisa menuisier, assemblant des tréteaux et clouant des planches car on prévoyait de déjeuner en plein air. Il fallait trois longues tables pour accueillir le clan et les amis.

Accompagnée des cousines et de la grande Colette, Magali se rendit presque tous les jours à Signes. La confection de la robe ne fut pas une mince affaire. Chez Mlles Étienne et Bonasse, les modistes, les cousines se disputèrent sur le choix d'un fichu en palatine brodé. Pendant les essayages, elles en vinrent aux mains. On dut les séparer et les renvoyer méditer à la Bastide Blanche. Magali se laissa prendre au tournis de ces préparatifs. Ce mariage avait du bon. Les Signois la regardaient d'un autre œil à présent. Elle était saluée par les matrones du village. En quelques jours, elle perdit les surnoms qui faisaient d'elle « une catin » ou une « fille perdue ». Pourtant, perdue, elle l'était. Dans les moments de solitude, elle se revoyait forcée par Roumisse. Elle aurait pu se libérer lors de la confesse, mais sa honte fut plus forte que les espoirs promis par Charles.

Le grand moment arriva.

Lorsque Justin et Magali échangèrent les alliances, le silence se fit. Tous les regards s'attendrirent à l'instant de la bénédiction. Henriette et les cousines essuyèrent leurs larmes ; Amédée oublia ses jambes mortes. Puis les époux se dirigèrent vers la Vierge toute tachetée d'une lumière douce tombant des vitraux. Depuis que Magali était entrée dans l'église, son cœur cognait dans sa poitrine. La Mère de Jésus savait combien elle souffrait. La jeune mariée la contempla éperdument avant de déposer son bouquet entre les cierges. « Donnez-moi la force », pensa-t-elle. C'était une pensée sacrilège. Cette force, elle la demandait pour accomplir sa vengeance. Elle recula, soudain rougissante, se tourna vers Justin et réalisa, à la vue de son regard d'adoration, l'intensité de son amour.

Justin vivait le plus beau jour de sa vie. Il avait le cœur léger, l'âme sereine. Il avait tout raconté à Charles. La page était tournée. Magali portait son enfant et il savait que dans son infinie miséricorde Dieu lui avait pardonné les fautes passées.

Lorsque les chants retentirent dans l'église Saint-Pierre, ce fut un homme nouveau qui s'avança au bras de la mariée. Il croisa le regard de son père, celui de Viguière. Il lut l'admiration et la confiance que les deux hommes lui témoignaient, il sut qu'un avenir radieux l'attendait au-delà de la porte grande ouverte sur le parvis.

Devant l'église, il y avait foule. Au village, on ne ratait jamais un mariage. C'était une bonne occasion de jaser et d'en savoir un peu plus sur la fortune des familles Giraud et Rupert. Lorsque les mariés apparurent avec leurs nombreux parents, les langues se délièrent. En quelques coups d'œil, les pipelettes soupesèrent les bijoux d'Henriette et de ses sœurs, les toilettes des demoiselles, nommèrent les invités de marque. On s'étonna de la présence du docteur Charpin, du baron Guilibert, du comte Jean d'Espinassy de Venel et du notaire Laurent. Les mauvais esprits avancèrent que la fête à la Salomone était un prétexte à réunion politique. Puis les conversations moururent quand la délégation des célibataires s'avança vers Justin.

Le facteur Panétaux menait la troupe forte d'une trentaine d'hommes.

Il arrêta d'un geste solennel le marié et lui demanda :

– Tu as la pelote ?

Justin sourit à son ami et lui tendit une bourse. La pelote était une somme d'argent symbolique qui permettait aux époux d'éviter le charivari pendant la nuit de noces. Le facteur compta les sous. Il y avait de quoi offrir deux tournées d'absinthe aux célibataires. Cela lui parut suffisant.

– C'est bon, dit-il, cette nuit on vous laissera tranquilles. Autre chose. Pourra-t-on compter sur toi à la fête de la Saint-Éloi ?

– Oui, répondit Justin.

Panétaux serra la main du marié et embrassa la mariée. Magali eut un sourire contraint. Les événements la portaient. Elle avait hâte que tout cela se termine. La foule s'écarta, le cortège se forma, mais il buta aussitôt sur une nouvelle apparition.

Ce que Justin redoutait arrivait. Victorine et Agathe venaient de surgir entre les roseaux du Raby. Magali eut un choc en voyant sa mère. Cependant, elle tint bon, calmant Justin qui s'apprêtait à les chasser du chemin.

— Laisse-moi lui parler, lui dit-elle.

Elle s'approcha de sa mère sans faillir, soutenant son regard.

— Maman, faisons la paix.

Victorine se raidit. La paix ? Jamais. Sa fille s'était donnée à Charles, à Jésus. Elle n'appartenait plus au monde de Signes la Noire. Elle était partie comme une voleuse pour rejoindre ce joli cœur de Giraud. Toisant Justin, elle cracha dans sa direction.

Il y eut des murmures. Cependant, personne n'osa bouger. Justin était blême. Antoine le retenait par le bras.

— Ne comprends-tu pas que j'aspire à une vie normale ? dit Magali qui espérait encore faire changer sa mère d'avis. Ça peut te paraître bête, maman... mais je veux être une bonne épouse et une bonne mère. J'aime Justin.

— Aimer ! Toi ! Tu comprendras vite de quoi sont faits les hommes. Ton Justin, pauvresse, il ne vaut pas mieux que les autres. Il t'a déjà abandonnée une fois, il t'abandonnera encore.

Magali encaissa le coup. Tout le passé remonta brutalement. Sa mère jetait son fiel. Rien ne semblait la toucher, ni la proximité de l'église, ni l'animosité du clan Giraud. Elle ne semblait même pas avoir conscience du cercle de villageois. Les Signois étaient venus par curiosité. A présent, ils se délectaient du scandale. Elle en vomissait des saletés, la mère Victorine ! Ça sortait de sa bouche avec des mots crus. Sa fille était au bord des larmes.

En effet, Magali retenait un gros sanglot. Elle se fit violence et répliqua :

— Tu dis tout ça parce que tu n'as jamais su garder un homme !

Sur le coup, Victorine suffoqua de rage. Elle ne pouvait se laisser impunément insulter par cette gueuse. Elle hésita cependant à lui donner une gifle car une idée germait dans son esprit. Elle prit soudain conscience de tous ces gens qui ouvraient leurs oreilles.

— J'ai un secret à te confier.

Magali contempla sa mère avec appréhension. Qu'avait-elle donc à dire pour adopter un ton aussi grave ? La femme en noir lui tendait la main, l'invitant à descendre dans le lit du Raby, sous la protection des roseaux.

Magali eut un regard pour Justin avant de suivre sa mère. Le silence sur la place de l'Église était tel qu'on entendait roucouler les pigeons. Le clan des Giraud restait figé en tête de cortège. L'événement les dépassait tous. Même le père Charles en habit de cérémonie, la croix sur la poitrine, demeurait interdit. Ils suivirent des yeux la mariée et sa mère. Les deux femmes s'enfoncèrent de quelques mètres dans la jonchaie.

— Tu dois connaître la vérité sur ta naissance, murmura Victorine.

Magali se sentit vaciller sur ses jambes. On n'en avait jamais parlé.

Il y a longtemps, elle avait interrogé Marthe sur ce mystère, mais la vieille mégère s'était tue, lui lançant un regard noir qui la pria de ne plus poser cette question. A présent, elle allait savoir. Elle devinait que ce secret allait lui faire mal, que sa mère cherchait avant tout à la meurtrir.

Victorine tardait à parler. Ce n'était pas aussi facile qu'elle le croyait, de lâcher ce nom. Ce drame, elle l'avait enfoui au plus profond d'elle-même. Elle se racla la gorge, évita le regard de sa fille.

— C'était au bal de la Saint-Jean... l'année de la démission de Mac-Mahon [1]. La mairie avait fait percer des futailles. On buvait le vin par litre. Et les têtes tournaient d'autant plus qu'on dansait la volte et le branle. Tu sais, moi aussi j'aurais pu me marier en ce temps-là. Gravat le maçon me faisait la cour.

Victorine cherchait ses mots. Il y avait de l'émotion dans sa voix. Elle raconta la fête, les tensions sur la place du Marché, les bagarres qui éclataient entre communards et bonapartistes.

— Moi, je savais pas que l'Autre me voulait. On me l'avait dit mais je refusais de le croire. Un homme comme lui, riche et en vue, ne pouvait pas désirer une fille des champs. Je le regardais même pas. En ce temps-là, il venait au village avec ses amis et des gourgandines de la ville. Si j'avais su... Ce soir-là... A la fin du bal, il m'a suivie sur le chemin du Gapeau. J'avais tellement bu que je voyais même pas les pierres. A chaque pas, je butais. Il m'est tombé dessus tout près de la source. Je ne pouvais pas lui résister. Il m'a fait tout ce qu'il voulait, le couteau sur la gorge... C'est comme ça que tu as été conçue... par une bête au creux d'un chemin.

— Maman, dis-moi son nom!

Magali était bouleversée. Cette histoire lui rappelait la sienne. Elle eut un élan pour sa mère qui s'effondrait en larmes.

— Son nom, maman! Ma petite maman...
— Roumisse.

Le sang de Magali se glaça. Elle n'avait sûrement pas bien entendu. Pourtant Victorine répétait ce nom maudit entre ses dents. Son père était l'homme qu'elle haïssait le plus au monde. Elle laissa échapper un

[1]. En 1879.

gémissement tellement profond que sa mère oublia son propre malheur.

— Tu le connais ? s'étonna Victorine en la voyant si bouleversée. Où l'as-tu vu puisqu'il ne vient plus à Signes ? Réponds-moi ! Tu me caches quelque chose. Que t'a-t-il fait ? Tu ne veux pas me le dire... Je le saurai quand même. Magali !

Magali s'était détournée. Henriette Giraud venait d'apparaître entre les roseaux. Elle la prit dans ses bras et lui caressa la joue. Puis elle apostropha Victorine.

— Vous ne vivez donc que pour le mal. Est-ce que vous aimez votre fille ? Lui faire ça le jour de son mariage ! Disparaissez ! Retournez à Signes la Noire et restez-y à jamais !

Victorine n'entendait rien, ne voyait rien. Le sol aurait pu s'ouvrir sous elle sans qu'elle pousse un cri. Elle était déjà dans un trou de ténèbres et elle marmonnait. « Je le saurai... Il le paiera... S'il lui a fait des saletés, il le paiera de sa vie... Oui, il est temps qu'il paie. »

9

Trois mois passèrent. Janvier fut terrible. Le mistral souffla pendant deux semaines pour la plus grande joie des glaciers et le malheur des paysans. La montagne, dans l'ébranlement de l'air et du sol, se vida de ses bergers et de ses charbonniers.
Elle appartenait à Justin et à ses compagnons. Justin aimait se retrouver dans les bassins au moment de la récolte. Chaque bloc de glace qu'il taillait était une promesse de bel avenir. Chaque bloc enfermé dans une tour, c'était une pierre gagnée pour la construction de leur maison. L'idée de bâtir une bastide non loin de la Salomone s'était imposée à lui quand son père avait béni la bûche de Noël en récitant les paroles rituelles :
Allègre! Allègre!
Mes beaux enfants, que Dieu vous allègre!
Cacho-fio *arrive. Tout bien arrive!*
Dieu nous fasse la grâce de voir l'an qui vient!
Si nous ne sommes pas plus, que nous ne soyons pas moins!
Ils allaient être plus. Le ventre de Magali s'arrondissait. L'enfant naîtrait en avril. Il était inquiet cependant. Sa jeune épousée semblait lointaine, déta-

chée des contingences de la vie quotidienne. Elle disparaissait des heures durant dans la campagne malgré le froid. L'émoi qu'elle provoquait à la Bastide Blanche la laissait indifférente.

Henriette disait que, dans cet état, les femmes ont souvent des lubies et qu'il fallait attendre l'accouchement pour que tout rentre dans l'ordre. Justin n'en était pas si sûr. Ça n'avait rien à voir avec une fantaisie de femme grosse. C'était quelque chose de profond qui remontait au jour du mariage, après l'altercation de Magali et de sa mère. La fête avait été gâchée. La mariée murée dans le silence avait écourté les libations et la nuit de noces avait été la plus triste de toutes leurs nuits.

Souvent, il lui prenait l'envie de descendre à Signes la Noire et de tordre le cou à Victorine. Tout était de la faute à cette mauvaise mère. Qu'avait-elle pu dire à sa fille pour la rendre aussi malheureuse et taciturne ? Il n'osait pas le demander à Magali. Il respectait son silence, se disant qu'un jour, elle se soulagerait en lui dévoilant son secret.

En attendant, il travaillait pour elle et pour l'enfant. Il était au fond de la tour de Basset quand le sifflet de la pause retentit. Fidèle à ses habitudes, il dédaigna les échelles et grimpa à la corde de la poulie pour rejoindre son patron. Viguière l'attendait avec une miche de pain et du lard. Lui aussi paraissait bizarre depuis quelque temps. Justin le savait malade et préoccupé par ses affaires. Il l'épaulait du mieux qu'il pouvait, se chargeant de recruter les journaliers lors des cinq ou six récoltes de glace, entre les mois de décembre et de mars. L'affaire tournait, les bénéfices s'amoncelaient, pourtant le maître des glaces, à la grande déception de Justin, avait renoncé à la construction d'une nouvelle tour.

— Tiens, bois, lui dit Viguière en lui tendant la gourde qu'il portait à l'épaule.

Justin porta le goulot à ses lèvres. La gnole, du soixante degrés, lui brûla la langue et la gorge. Elle lui fit un bien immense en lui chauffant l'estomac. A son tour, Viguière but. Plus que de coutume. Il avait du souci. Cela se voyait à la fronce des sourcils, à la façon dont il regardait tous ses hommes réunis pour la pause.

— Mes chers compagnons, balbutia-t-il.

Il avait l'air d'un homme sur le départ. Justin s'attendait au pire. Le docteur Charpin n'était pas optimiste sur la santé du bonhomme; il tenait cette confidence de la grande Colette. La jeune femme qui fricotait ouvertement et officiellement avec le docteur savait des choses sur les maladies des uns et des autres.

Justin se fit une raison. Le maître allait lui annoncer sa fin prochaine. De la tristesse se peignit sur ses traits car il aimait Viguière comme son père.

— Suis-moi, lui dit son patron.

Ils coupèrent à travers bois et rejoignirent le chantier de la tour. Un trou marquait l'endroit où devait s'enfoncer le puits. Il était peu profond et entouré d'une cargaison de pierres taillées dans le plus grand désordre. Les maçons avaient abandonné leur tâche au printemps sur l'ordre de Viguière. Le vieil homme n'avait donné aucune explication. Les Italiens enrôlés par Gravat étaient repartis à Toulon sur d'autres chantiers avec une prime de dédommagement, et l'érection de la glacière avait été stoppée net.

Justin suivit des yeux son patron qui errait parmi les restes du monument. Dans deux ans, les ronces recouvriraient le tout. Il en eut la gorge nouée. Cette tour qui devait être aussi vaste qu'une cathédrale lui avait été promise. Elle ne se dresserait jamais sous le ciel balayé par le vent.

— Tu vois ça, lui dit soudain Viguière en montrant d'un geste large le périmètre encombré de matériaux. C'est la cause de tous mes tourments.

Justin sourcilla. Il regarda mieux l'entassement des pierres, compta trois poutres et cinq chevalets, estima les heures de travail passées sur l'excavation, se disant que son patron avait tort de se ronger les sangs pour une si faible perte. Quarante mille francs. Le cinquième des bénéfices d'une tour en fonctionnement.

— Les glacières vont disparaître, ajouta Viguière sur un ton embarrassé et mourant.

— Disparaître? reprit Justin.

Ce fut le seul murmure de ses lèvres. Sur les terres de Basset, où le mistral semblait souffler plus fort, il sentit soudain le froid. Le mugissement du vent devint lugubre. Il eut la vision d'une Sainte-Baume désertée, des tours à glace livrées aux corbeaux.

Viguière vint tout près de lui et déballa ce qu'il avait sur le cœur depuis plus d'un an.

— Cent fois, j'ai voulu vous réunir et vous expliquer... Le courage me manquait. Comment dire aux gars que la glace des montagnes, c'est fini, que le pays va mourir. Ils n'auraient pas compris.

— Moi non plus, je ne comprends pas.

— *Pitchoun*, le progrès nous a rattrapés. On sait faire de la glace industrielle à présent. J'aurais dû investir et me lancer dans cette fabrication, mais Roumisse m'a devancé. Cette canaille a jeté des millions dans la bataille. Sa première usine à glace va entrer en fonctionnement dès l'été prochain à Toulon et il a déjà acheté des terrains à Marseille, à Aix et à Hyères pour en construire d'autres.

— On se battra ! clama Justin en dressant le poing. Les gens préféreront toujours notre glace.

— Les gens préféreront payer dix fois moins cher de la glace chimique. On a perdu, petit. C'est notre dernière saison.

Justin, blanc d'émotion, écoutait et doutait. Son patron se trompait. Il y avait des traditions, des habitudes. Les hommes se méfiaient du progrès. On ne pouvait pas quitter ces montagnes parce qu'un Roumisse avait décidé que l'avenir de la Provence se jouerait désormais dans les villes.

— On se battra, répéta-t-il.

Viguière ne le reprit pas. Raidi et muet au milieu de son chantier inachevé, il contemplait leur montagne. Deux grosses larmes coulaient sur ses joues.

Dans la cheminée, le bois flambait. La salle brunie par le temps, avec ses cuivres cabossés, était pleine de l'odeur de la fumée. Au milieu de la longue table vernie, le pain chaud arrondissait son ventre brun. Magali venait de le sortir du four. Elle allait et venait depuis l'aube dans la Salomone, remplissant les menues tâches qu'on consentait à lui céder maintenant que son ventre pointait sous sa chemise de calicot.

Henriette était partie travailler à la verrerie. Restait le père. Morne, avec sa face fermée de soldat, il la suivait gravement du regard quand elle apparaissait dans la pièce commune. Entre eux, ça n'allait plus. Amédée en voulait à sa belle-fille. Elle n'obéissait en rien. On lui disait de rester au chaud, de manger doublement. Elle sortait, s'exposait à la rudesse de l'hiver, goûtait à peine les plats au cours des repas. Et cet imbécile de Justin se taisait. C'était lui, le mari, après tout! Où allait-on si les femmes n'en faisaient qu'à leur tête? Tout marchait de travers dans ce pays depuis qu'on leur accordait des droits. Il n'y avait qu'Antoine pour applaudir à toutes ces lois que ce fichu parlement républicain votait en faveur des femmes. Ces salopards avaient rétabli le divorce, la pleine capacité civile à la femme séparée de corps, et comble du malheur, ils venaient de leur ouvrir la voie du vote en leur permettant d'être électrices aux tribunaux de commerce.

Au fond, il se foutait de l'indépendance des femmes : il y avait bien longtemps que la sienne portait la culotte. Ce qu'il n'admettait pas, c'était que Magali puisse mettre en danger la vie du petit. Elle pouvait le perdre à tout moment. Là, à cet instant même. Magali venait de prendre une lourde bûche entre ses bras. Elle la déposa dans l'âtre, puis la face rougie par le feu, elle revint vers la table pour pousser le pain devant Amédée.

– Voulez-vous du lait?

Il lui répondit par un grognement qui signifiait oui. Encore quelques minutes et il éclaterait de colère. Elle lui versa le lait dans un bol, le toisant alors qu'il serrait les dents.

Magali se devait d'être forte et distante. Mille fois, face à son beau-père, elle avait failli tout raconter. S'il savait! Elle se détourna brusquement, l'émotion gagnait ses yeux. Son ventre lui faisait mal, mais c'était surtout dans sa tête qu'elle avait du mal quand elle revoyait le visage crispé de son père sur le sien. Elle s'approcha du feu. Il crépitait. Des braises coulaient entre les chenets. L'une d'elles roula et tomba

hors de l'âtre. Magali n'hésita pas à s'en saisir. Elle referma son poing sur le morceau ardent et marmonna :
— Je te tuerai, Roumisse !
Amédée se demandait ce qu'elle disait tout bas. Ce n'était pas la première fois qu'elle ronchonnait. Peut-être jurait-elle contre lui ! Ce qu'il redoutait arriva. Il la vit se diriger vers son manteau de mouton, le décrocher de la patère et s'en revêtir.
— Te voilà repartie, bougresse !
Elle ne broncha pas. Elle était habituée aux emportements du vieux Giraud. Ce dernier se maintenait presque droit, les poings plaqués sur la table, soulevant son corps mort à la force des bras.
— Prends garde à toi ! ajouta-t-il. S'il arrive quelque chose au petit, je...
Elle n'en entendit pas plus. Le flot des paroles d'Amédée fut emporté par une bourrasque de vent lorsqu'elle ouvrit la porte. Elle traversa le champ gelé. Son grand manteau de berger battait autour d'elle. Le mistral lui mordait le visage. Magali lui résistait. Ces attaques glaciales ne l'abattaient pas. Au contraire, elles lui durcissaient le corps et l'esprit. Elle savait exactement où elle devait se rendre. Ça faisait des semaines qu'elle parcourait les collines bordant Font-Mauresque. Et ses explorations avaient fini par payer. Elle tenait un bout de sa vengeance. Oh ! c'était un tout petit bout, une chiquenaude au regard des coups terribles qu'elle voulait porter à Roumisse, mais ça lui réchauffait le cœur. Si elle ne pouvait pas avoir la peau du maître hivernant à Marseille, elle aurait celle du serviteur.

Aujourd'hui était le dernier jour pour Caronet.

Le gros intendant veillait sur la propriété des Roumisse, mais il avait de mauvaises habitudes. Tous les trois jours, il partait à l'aube pour une longue tournée à travers les garrigues, posant des pièges à grives dans des endroits bien précis.

Magali s'était attachée à ses pas des matinées entières, le suivant de loin, observant tous ses gestes. Au vallon de la Caou, il s'asseyait toujours sur la même souche pour casser la croûte. Sous les rochers de Pédimbert, il sortait une paire de jumelles de leur boîtier et scrutait le vaste panorama, à la recherche d'autres braconniers dont il ne tolérait pas la présence sur les terres de son maître. Pédimbert était son coin. Sur ce site sauvage, le gibier pullulait. Le Caronet y plaçait presque tous ses pièges. Et c'était là que Magali avait placé le sien.

Magali grimpa sur l'escarpement de Pédimbert. Tout était prêt. Elle vérifia « sa machine », comme elle disait tout bas. Sa machine n'avait pas bougé. Puis elle descendit vers le chemin qui serpentait sous le surplomb pour examiner le sol. Son plan avait mûri nuit après nuit. Elle s'y était préparée avec calme, ne laissant rien au hasard. Ce sol, elle l'avait remué la veille. Deux pièges de l'intendant étaient posés là, au milieu des buissons épineux. Ils étaient vides. Alors elle tira des plis de sa robe deux oiseaux morts qu'elle avait achetés trois jours plus tôt au marché de Signes et leur coinça le cou après avoir déclenché le mécanisme à ressort des ingénieux « attrape-grives ». Puis, reculant, elle prit garde de ne pas poser les pieds à l'endroit où elle avait travaillé la veille. Elle parut satisfaite. Même un œil averti comme celui du Caronet n'y verrait rien.

Une heure passa. Soudain, elle l'aperçut. Le bedonnant bonhomme en costume de chasse avait le fusil en bandoulière et la casquette enfoncée au ras des yeux. Elle frissonna et se pelotonna derrière les rochers.

Caronet était aux aguets. Il prit ses jumelles. Les bouquets d'arbres, les moindres broussailles, tout le large amphithéâtre qui montait de Cuges au Saint-Pilon fut exploré. Il passa quelques minutes ainsi avant de reprendre sa ronde. Il se baissa une première fois pour réamorcer un piège, puis, avançant sous l'escarpement de Pédimbert, il découvrit les deux belles prises à plumes.

Magali retint sa respiration. Le gros salaud était à une quinzaine de mètres au-dessous d'elle. Elle le vit aller droit sur les oiseaux morts et compta ses pas. Soudain il hurla et tomba à la renverse. Il avait posé le pied juste où il fallait. Au milieu des mâchoires du piège à loups qu'elle avait dissimulé la veille.

– J'ai mal... Oh! mon Dieu que j'ai mal... A l'aide!
– Tu peux crier, nul ne t'entendra!

Caronet releva la tête et la découvrit, dressée sur l'escarpement. L'épouvante se peignit sur son visage grimaçant de douleur. Il tenta d'écarter les mâchoires d'acier qui s'étaient refermées sur le bas de sa jambe, déchiquetant le mollet jusqu'aux os, mais les forces lui manquaient. Alors il essaya de ramper. En vain. La garce avait pensé à tout. Une chaîne reliée à un pieu de fer enfoncé dans le sol retenait les deux demi-cercles de ferraille qui le torturaient. Elle se tendit, lui arrachant un nouveau cri de douleur.

– Ma jambe! Ma jambe, elle est foutue!
– Tu vas mourir, Caronet! lui lança-t-elle.
– Je te crèverai avant! hurla-t-il en se saisissant de son fusil.

Il tira, mais elle fit un bond de chèvre. Il rechargea

et visa. Elle avait disparu. Il attendit. Le vent mugissait à ses oreilles. Des cailloux roulèrent. Il tira encore.
— Montre-toi, putain !
Quoi qu'il arrive, il la crèverait. On allait le sortir de là. Des coups de feu, cela s'entendait de loin. Il reçut encore quelques gravillons. L'attente se prolongeait. Des élancements remontaient le long de sa jambe, le long des nerfs, jusqu'au crâne. Il pensa à des choses terribles, à la gangrène, à la scie du chirurgien, à la putréfaction qui cheminerait dans son sang. Et il déchargea encore deux cartouches vers le ciel.
— Sois maudite !
Maudite, elle l'était depuis que son père l'avait violée avec l'aide de ce porc qui gueulait en dessous. Magali s'arc-boutait sur le levier de bois. Elle pesait de toutes ses forces sur le rocher en équilibre. Tout le haut de l'escarpement était fragile. Le vent et les pluies avaient rogné la terre au fil des siècles, mettant à nu des blocs pareils à des récifs sur la crête de Pédimbert. Il y avait parfois des éboulements. Elle allait en provoquer un.

Peut-être avait-elle vu trop gros. Elle ne parvenait pas à desceller le monolithe dont la base semblait à peine tenir sur le sol. Elle eut une pensée pour l'enfant qu'elle portait, craignant de le perdre, mais sa soif de vengeance fut la plus forte. Elle poussa un cri de bûcheron et donna tout ce qu'elle avait dans les tripes. Le levier lui parut soudain léger. Le rocher vacilla, puis s'ébranla. D'abord, il fit un demi-tour sur lui-même, allant frapper de toute sa masse d'autres blocs, puis le grondement éclata.

Caronet comprit. Il fit un bond désespéré en

arrière, traînant sa chaîne. Il tenta de s'arracher à l'étreinte de fer qui lui broyait les chairs. La peur dépassait sa souffrance.

Il redressa la tête lorsque l'avalanche arriva. Dans leur course, les pierres, par tonnes, le broyèrent et l'arrachèrent au piège. Quand Magali s'avança sur le bord de l'escarpement, le corps de l'intendant gisait beaucoup plus bas, à moitié enseveli par l'éboulis. Elle n'éprouva rien. Pas le moindre contentement. Ce qu'elle voulait à présent, c'était la peau de son père.

10

Des chasseurs avaient ramené le corps de l'intendant au château. Huit heures plus tard, Roumisse, sa femme et ses deux filles accompagnés du notaire Merleux arrivèrent à Font-Mauresque. Dans la propriété, ce fut le branle-bas de combat. Le maître des glaces dut subir l'assaut de ses fermiers et de ses employés. On criait au crime. On lui demandait réparation. On en appelait aux gendarmes. Sur ce dernier point, il répondit clairement :

— C'est une affaire personnelle. Laissons les gendarmes d'Aubagne traquer les déserteurs et les trafiquants d'eau-de-vie. J'ai ma propre police. Quant à la justice, nous saurons l'appliquer, n'est-il pas vrai ?

Ces paroles rassurèrent le clan. M. Roumisse allait toujours jusqu'au bout de ses actes. Sa justice serait expéditive. Il y avait assez de gouffres dans la région pour y précipiter l'assassin du pauvre Caronet.

Le pauvre Caronet n'avait pas eu droit aux fastes du château. Il reposait dans la remise à outils, allongé sur un établi, enveloppé d'une couverture mitée.

La famille Roumisse s'y rendit en cortège. A l'entrée du réduit, le maître congédia son personnel. Nul ne devait entendre ce qui allait se dire.

Mme Roumisse et Amélie la cadette en profitèrent pour battre retraite, afin « d'organiser la maison », dirent-elles. En fait, elles répugnaient à être en présence du cadavre.

Bien leur fit. Il n'était pas beau à voir, le Caronet. Lorsque Roumisse, Camille et le notaire pénétrèrent dans la cabane, il se passa un moment avant qu'on se décide à retirer la couverture qui masquait la dépouille. Elle faisait une bosse dans la pénombre, rappelant au trio que l'intendant appartenait à la race des goinfres. Curieuse, Camille s'approcha de l'établi. Des lueurs malsaines traversèrent son regard quand son père commanda au notaire de dévoiler le corps.

– Allons, Merleux, enlevez cette couverture. Vous avez l'habitude.

Merleux en avait l'habitude et le profil. Maigre, le teint bilieux, le visage fermé et sans lèvres, il précédait souvent les croque-morts quand l'un de ses clients décédait. Il lui arrivait même de se trouver avec le prêtre, guettant le dernier souffle d'un moribond. C'était une canaille qui, sous le couvert de sa respectable profession, prêtait de l' « argent à usure », et spéculait dans l'immobilier. Mais sa fonction première était de servir Roumisse, le vaste empire de Roumisse dont il partageait les secrets.

Merleux fit glisser le misérable linceul. Camille eut un choc. Elle ne s'attendait pas à découvrir l'intendant à demi nu, les membres et le visage en bouillie.

– Père! C'est affreux!

Elle se précipita contre la poitrine de Roumisse qui avait pâli. Caronet avait la caboche enfoncée. De la cervelle s'était répandue sur son front. Le ventre à nu paraissait affreusement lourd, veiné de racines bleuâtres. Mais le pire était ce piège à loups refermé sur sa jambe avec la chaîne pendant sur le côté. Il ne sentait pas. La température n'était pas remontée au-dessus de moins cinq. Il était semblable à une grosse poupée désarticulée saisie par le froid.

— On l'a salement amoché, murmura Merleux.

— Nous savons qui c'est! cria Camille. N'est-ce pas, père, que nous connaissons l'assassin?

Roumisse acquiesça silencieusement, laissant poursuivre le notaire.

— Un Giraud, avança Merleux. Je sais tout ce qui vous oppose à cette famille, mademoiselle Camille. Il y a longtemps que je travaille aux côtés de votre père et l'une de mes tâches consiste à le débarrasser de tous les parasites qui nuisent à ses affaires.

— Il ne s'agit pas de n'importe quel Giraud! riposta Camille. Père! souviens-toi. Tu m'avais promis d'en finir avec Justin.

— Crois-tu que j'ai oublié! dit Roumisse en caressant les cheveux de sa fille.

Il n'avait pas oublié. Elle le vit dans son regard terrible. Les jours de Justin étaient comptés. Elle triompha quand il ajouta :

— Faites le nécessaire, Merleux. Avant la fin de l'année, je veux que ce rustre dorme sous dix pieds de terre.

Merleux hocha la tête. Il avait son plan. Tout n'était qu'une question d'argent.

Lorsque les premiers beaux jours arrivèrent, Magali accoucha d'un beau gros garçon. Amédée embrassa des dizaines de fois sa belle-fille. Il l'embrassa pour s'excuser des neuf mois de mauvaise humeur; il l'embrassa le jour du baptême, jetant lui-même les dragées et les sous à la marmaille du village. Il était, la coutume l'exigeait, le parrain de l'enfant. Il décida de l'appeler Julien. Julien Giraud, cela sonnait bien à l'oreille. Il l'embrassa encore le jour des relevailles quand elle se rendit à l'église Saint-Pierre vêtue d'une cotonnade blanche pour se présenter à Charles avec le cierge de la Chandeleur acheté à la Purification. Ce fut une période de fêtes, d'invitations qui mit à contribution l'oncle Antoine, grand spécialiste de la distillation d'eau-de-vie.

Étrangement, Magali ne songeait plus à se venger. L'accouchement l'avait libérée de ses cauchemars. Elle accueillit l'enfant avec bonheur, riant aux éclats quand il lui attrapait les cheveux avec ses minuscules menottes. Elle pleura de bonheur et d'émotion le soir de ses relevailles en écoutant Justin qui, face à la famille réunie, offrit le pain, le sel, deux œufs et une allumette faite d'une tige de fenouil soufrée à son *pitchoun* en disant :

« Mon Julien, que tu sois bon comme le pain, plein comme un œuf, sage comme le sel et droit comme une allumette. »

Le bébé prit du poids, s'éveillant en même temps que la terre. Magali aima ce printemps. Elle eut des désirs vagues, des envies de renouer avec sa mère dont on connaissait la détresse depuis le mariage. Victorine, cependant, refusait de la rencontrer. Juin arriva et ce besoin d'épanouissement éclata le 23, veille de la Saint-Jean-Baptiste et de la plus grande fête de l'année à Signes.

Ils se retrouvèrent tous chez Antoine. Frères, cousins, neveux, logeant dans la vaste maison de trois étages du coiffeur. Magali avait acheté de la dentelle tuyautée, un fichu de soie, une casaque de satin rouge, une jupe noire rehaussée de fleurs colorées. Elle voulait être la plus belle. Elle se devait d'honorer Justin, enrôlé par Panétaux pour la bravade.

Un vent de folie soufflait sur Signes. Des étrangers venus de Toulon, de Marseille et des communes proches avaient envahi le village. L'hôtel de la veuve Bouffier fut pris d'assaut par les bourgeois, la mairie réquisitionna des chambres, les gros propriétaires ouvrirent leurs bastides moyennant finance. Arrivèrent aussi les colporteurs, les gitans, tout un convoi d'amuseurs de foire qu'on dut parquer dans les champs ou entasser dans les remises.

Tout ce monde vivait au rythme des fifres et des tambours menés magistralement par Gravat et les frères Hermitte. Le 23 au soir, les musiciens firent le tour du pays pour donner la sérénade aux autorités.

On les entendait venir de loin. Amédée en eut la gorge nouée. Ça lui rappelait d'autres musiques, à Sedan. Lorsqu'ils se mirent à jouer face au salon de coiffure, les vitres tremblèrent, les chiens d'Antoine aboyèrent et le bébé pleura.

— Ce n'est rien, mon Julien, dit Magali en le berçant entre ses bras.

Mais il brailla de plus belle. Alors on se le passa de main en main, chacun essayant de le calmer à sa manière. Il cessa ses cris lorsque Antoine le gronda. Puis toute la famille suivit l'orchestre itinérant quand ce dernier s'en alla donner une autre sérénade. A un moment, on ne put ni avancer ni reculer. La foule s'échauffait. Il y eut des cris et des jurons qui n'étaient pas du goût de certains.

Merleux était de ceux-là. Il s'était enfermé dans sa chambre avec l'espoir de ne pas être dérangé. Ce fut peine perdue. La nuit avait été agitée. L'hôtel de la veuve Bouffier avait été envahi par toute une jeunesse de Toulon, des femmes de petite vertu dont les ébats et les beuveries se prolongèrent jusqu'à l'aube. A présent, il y avait cette ripaille au-dehors. Il détestait ces débordements. Pour lui, la liesse était un gaspillage. Elle bouleversait l'ordre établi.

Par curiosité, il s'approcha de la fenêtre, jeta un œil à travers les carreaux.

– En voilà une mascarade, marmonna-t-il.

Sous l'hôtel, les fifres s'époumonaient à souffler dans leurs instruments, les tambours frappaient à coups redoublés, les badauds s'égosillaient gaiement. Le notaire de Roumisse scruta chaque visage, les trouvant brutaux.

– De la canaille révolutionnaire, ajouta-t-il entre ses dents.

Puis sa bouche s'ouvrit comme pour se délecter d'une heureuse découverte. Tous les Giraud se tenaient à quelques pas des musiciens. Il les connaissait. Pas tous. Mais au moins trois du clan : Justin dont il s'était approché sur le marché du cours Lafayette, à Toulon, Antoine, par une photo achetée cher, et Magali, si bien décrite par le pauvre Caronet avant sa mort qu'on ne pouvait se tromper en la voyant. Il ne put s'empêcher d'admettre que c'était une belle diablesse, mais les femmes ne le préoccupaient guère, il préférait – et de loin ! – caresser des louis d'or.

Il fixa son regard sur Justin. En voilà un qui allait lui rapporter gros. Cette pensée lui arracha un fin sourire. Il s'éloigna de la fenêtre. Sa chambre n'était pas très vaste. Une armoire, un lit de fer, un secrétaire, deux lampes à pétrole et une gravure reproduisant un paysage alpin la meublaient. Ce goût paysan ne lui seyait guère, mais il n'était pas à Signes pour son confort. Il ouvrit le secrétaire. Dans l'une des cases se trouvait une bourse. Il la prit et en délia le lacet de cuir. Elle contenait dix pièces de quarante francs-or qu'il fit tinter. Elles sonnèrent lugubrement. C'était le glas de l'existence de Justin Giraud.

Merleux pensa à l'homme à qui il avait déjà versé une partie de la somme convenue pour le forfait. On l'avait fait venir de Nice. Le coup fait, il repartirait en direction de la frontière italienne. Il pouvait lui faire confiance. Ce n'était pas la première fois qu'il l'employait.

Toute la journée se passa dans le piétinement et la poussière à suivre la clique musicale. Quand ils le purent, les Giraud se frayèrent un chemin jusqu'au Café de France.

Le cabaretier Olive courait entre les tables dressées pour l'occasion sur la place du Marché. Antoine, grand seigneur, commanda vin, absinthe et limonade, puis comme l'orchestre juché sur une estrade entamait l'air de la *Fricassée*, femmes et hommes se mirent à danser, Magali confia Julien à Henriette, prit la main de Justin et le conduisit au centre de la place.

Amédée en fut tout retourné. C'était la première fois qu'il voyait son fils et sa belle-fille danser rituellement. Des souvenirs heureux remontèrent à sa mémoire, des images d'un Amédée valide entrant dans la folle sarabande des couples portés par la musique. Il aurait vendu à l'instant son âme au diable pour effectuer quelques pas au bras de la belle Magali qui attirait les regards.

La *Fricassée* représentait la lutte entre l'été et l'hiver. Elle commençait par une polka. Les robes s'envolèrent, les fichus se dénouèrent. Magali et Justin tournèrent sur l'air piqué et trépidant avant de changer de position. Ces deux-là souriaient, haletants. C'était toute leur jeunesse qui mimait le renouveau de la vie. Ils frappèrent des deux mains sur les cuisses, puis l'une contre l'autre avant de se les frapper mutuellement. Quarante couples les imitèrent, et ces claquements répétés étaient comme des coups de fusil lâchés sur la place. Les danseurs se donnaient à fond, libérant toute leur énergie, ils formèrent un cercle et partirent en sautant dans le sens des aiguilles d'une montre.

A chaque tour, Amédée applaudissait son couple favori, Antoine levait son verre, mais ils n'étaient pas les seuls à suivre du regard Magali et Justin. Sous l'arche de la tour de l'horloge qui dominait la place, un homme les jaugeait de ses yeux morts. Il portait des vêtements râpés de voyageur et ressemblait à cent autres badauds venus des bourgs avoisinants. On ne le remarquait pas. Il recevait les coups de coude de ses voisins sans maugréer. Il se déplaçait au gré de ce courant qui le pressait de toutes parts, le visage impassible, insignifiant.

Les danseurs se prirent le menton en frappant du pied droit deux fois la terre et les yeux morts de l'inconnu se fixèrent définitivement sur le visage de Justin. Il s'imprégna des traits du Signois, semblant partager le bonheur de ce dernier qui, à présent, se saisissait de l'oreille gauche de Magali. Il eut soudain l'étrange sensation d'être à son tour observé. Il était comme un animal, il en avait l'instinct. Pendant quelques secondes, il eut des sueurs froides, puis il découvrit celui qui le contemplait : le notaire Merleux. Il y eut entre eux des signes imperceptibles de connivence. Merleux hocha du menton en dardant ses yeux de fouine sur le couple, l'inconnu cligna des paupières en reprenant son observation. Sa proie, il la dévorait déjà. Demain, pour l'or du notaire, il la mettrait à mort.

Il y avait eu les danses, le feu de la Saint-Jean et encore des danses, puis les festivités reprirent le 24 juin. Entre deux manifestations, les Giraud s'étaient repliés chez Antoine, reprenant leurs forces comme après une bataille.

Les cousines reprisaient leurs robes mises à mal pendant les bals, les femmes se relayaient à la cuisine, les hommes préparaient fusils et cartouches. Henriette s'occupait de la tenue de bravadier de Justin, Magali donnait le sein à Julien.

— *Siou escouélé* [1], avoua-t-elle au moment où le bébé rassasié cessa de tirer goulûment son lait.

— Le contraire m'eût étonnée, répliqua Henriette, ça ne se fait pas de remuer comme ça après un accouchement. C'est de ta faute, ajouta-t-elle en invectivant Justin. Et ne bouge pas! sinon, nous n'en finirons jamais avec ton costume.

Justin réprima un rire. Sa mère le grondait comme quand il avait dix ans, lors de sa première communion. Elle tournait autour de lui, ajustait la longue veste noire sur ses hanches, tirait sur les plis de sa chemise, frottait la boucle de cuivre du ceinturon, traquait les poils sur le pantalon d'un blanc immaculé. Un bravadier devait ressembler à un chevalier. Au bout d'un moment, elle sembla satisfaite. Alors elle agrafa l'œillet au revers de la veste et posa le gibus à plumet sur la tête de son fils.

— Mon Dieu, qu'il est beau! s'écria-t-elle. Hein, n'est-ce pas qu'il est beau?

---

1. Je suis épuisée.

LE SECRET DE MAGALI

Il y eut des sifflements, on l'entoura, on le félicita. Il porterait haut l'honneur des Giraud.

– Tu ne boiras pas trop... Promets-le-moi, demanda Magali en l'admirant.

– Dois-je te le jurer? répondit-il en prenant un air navré.

– Surtout pas.

L'ivresse des bravadiers, c'était la hantise des Signoises. La coutume voulait que ces cavaliers trinquent devant chaque pas de porte. Et il n'était pas rare de les voir titubant dans les rues du village, se livrer à toutes sortes de sottises. En cinq siècles, la bravade avait connu des épisodes sanglants, mais la plupart du temps les bravadiers savaient se tenir. Même l'estomac rempli de gnole, ils respectaient la tradition et l'honneur de leurs noms.

– Viens ici que je te voie! appela Amédée, du rez-de-chaussée.

Justin descendit. Son père avait été installé sur l'un des fauteuils du salon de coiffure. A ses côtés se tenaient Antoine et deux autres oncles plus âgés.

Amédée ne s'extasia pas. Il examina son fils d'un œil sévère.

– Te voilà soldat signois ! finit-il par dire. Tiens, on l'a nettoyé, ajouta-t-il en montrant le fusil de chasse posé sur le marbre des cuvettes.

Justin prit le fusil. Antoine lui tendit la cartouchière, elle était bourrée de cartouches à blanc. Dangereuses cependant. On les remplissait à ras bord de poudre noire. Quand le bravadier tirait, le souffle de la détonation pouvait traverser un drap à deux mètres de distance.

– Ça, c'est pour les Boches qu'on a vaincus en 1707, dit l'un des oncles.

Amédée lui lança un regard noir. Qu'avait-il donc à parler ainsi, ce vieux babouin ? Voulait-il insinuer que certains ne les avaient pas arrêtés à Sedan, ces cochons de Teutons ? On savait à quoi elles servaient, ces cartouches. Les tirs dans le village rappelleraient que les Signois avaient écrasé les Autrichiens du duc de Savoie dans la plaine, en tuant plus de cinq cents.

– Et pour nos récoltes ! ajouta Antoine qui voulait éviter la dispute.

L'atmosphère se détendit. Chacun pensa au sens profond de la bravade. Au combat des forces du mal et du bien qu'allaient mimer les acteurs dès le lendemain, face à l'église.

– Les chevaux, dit soudain Justin.

Tous dressèrent l'oreille. Les chevaux battaient le pavé de leurs fers. Antoine ouvrit la porte vitrée du salon de coiffure, puis souleva Amédée entre ses bras. Le père de Justin ne pesait pas lourd ; il l'emmena sur un banc de pierre dressé contre la maison. Il y avait des chevaux de toutes races, des percherons puissants, larges de croupe et de col, des alezans nerveux aux muscles saillants sous le cuir, et même un yearling prêté par le comte d'Espinassy.

– C'est le tien, dit Antoine.

Le jeune pur-sang piaffait. Un valet du comte le tenait fermement par la bride. Il le présenta à Justin.

– On vous l'a préparé, dit-il.

La bête était magnifique. Le poil avait été lustré. La queue tressée. Des rubans de satin rouge pendaient de part et d'autre de la longue crinière souple et cuivrée. Un drap brodé aux armes de Signes recouvrait le dos et les flancs. La selle était une œuvre d'art damasquinée et rehaussée d'or.

Justin s'empara de la bride et parla tout bas au cheval avant de lui souffler dans les naseaux. L'odeur et les paroles de l'homme plurent au yearling qui se calma. Il permit à l'homme de le monter, et Justin se retrouva sur le dos de l'animal, fier et brave comme ses ancêtres signois attendant les Autrichiens.

Des rues avoisinantes, les bravadiers arrivaient. Panétaux apparut avec le porte-enseigne brandissant l'étendard de saint Éloi. Le facteur remplissait son rôle de capitaine avec sérieux; il contrôla sa troupe, compta ses hommes. Vingt-quatre, douze célibataires et douze hommes mariés.

Les chevaux frémirent. La clique de Gravat-Hermitte descendait la rue Marseillaise. Le son aigrelet des fifres et les roulements de tambours annonçaient le début de la tempête. Sur un signe de leur capitaine, les bravadiers tirèrent leur première salve. Ce fut comme un coup de tonnerre qui ébranla les maisons. Des chiens aboyèrent, des gosses pleurèrent; un pot de fleurs touché par le souffle de la détonation se brisa; un alezan fit une incartade et il fallut s'y mettre à trois pour le retenir.

Ce coup, Justin l'avait tiré en l'honneur des glaciers. Pour Viguière. Pour la guerre qu'ils allaient mener contre Roumisse qui venait de licencier tous ses employés travaillant aux glacières.

– En route pour l'église! commanda le capitaine.

Les fusils étaient brûlants. Cela faisait des heures qu'ils déchargeaient leurs cartouches en direction d'ennemis invisibles. Devant l'église, après avoir été bénis par Charles, ils avaient tenté d'éteindre le feu allumé par les prieurs. Ce rituel du feu se répétait depuis des siècles, depuis l'invention des mousquets. Les bravadiers essayaient de le tuer par le souffle de leurs tirs. Ils s'y mettaient tous ensemble, cernant le brasier, appuyant sur les détentes au commandement du capitaine. Et malheur sur le village s'ils parvenaient à l'étouffer. Malheur sur les récoltes. Malheur sur les troupeaux. L'effarement transformait les visages quand les flammes périssaient.

Mais cette fois encore, le feu avait résisté. Les prieurs s'étaient démenés, jetant des fascines de bois sec et du pétrole à l'instant critique. A présent, les soldats de Signes usaient leurs munitions pour le plaisir. La grande tournée des cafés avait commencé. Devant chaque pas de porte, on offrait le vin aux bravadiers.

– Bois, mon garçon! Bois en l'honneur de saint Éloi!

Cela faisait dix ou douze fois que Justin levait le coude à la santé du saint. L'alcool et l'odeur de la poudre lui tournaient la tête. Il trinqua. Panétaux choqua son verre au sien. Le facteur n'était pas beau à voir. La face rougie par la chaleur et l'ivresse, le gibus de travers, il était bien le digne chef d'une troupe de paillards. Il tenta de faire boire de l'anisette à son gros cheval de trait. Comme l'animal refusait, il lui donna un coup de poing, puis versa l'apéritif sur les naseaux.

Cela fit rire l'assemblée. Il y avait foule autour des bravadiers éméchés. Des enfants surtout qui, nombreux, les suivaient pas à pas, ramassant les cartouches, jubilant de les voir si sots.

– On n'agit pas ainsi avec un cheval! intervint Justin en repoussant le capitaine.

Il y eut un moment de tension extrême. Le facteur prit son fusil et le dirigea sur la poitrine du glacier, puis rompant brusquement son geste, il détourna l'arme et tira dans les carreaux d'une fenêtre. Le verre éclata. Le propriétaire entra dans une rage folle,

chassa les fêtards en les traitant de « *raspaou d'ibrougno!*[1] » et de bien d'autres mots interdits qui ravirent les enfants.
– T'es plus avec nous! hurla Panétaux à Justin.
Justin n'avait pas l'intention de rester. Comment pouvait-on mépriser les bêtes qui donnaient tant aux hommes? Il adorait les chevaux; il pensa aux siens qui tiraient le chariot à glace avec courage et flatta le yearling avant de grimper en selle. Le pur-sang s'agita; il se laissait de moins en moins mener. A chaque détonation, il jetait sa tête sur le côté et refusait d'aller plus avant au cœur du village.
– On rentre chez nous, n'aie pas peur, lui dit Justin.
Et le cheval, rassuré, continua sur ses pattes tremblantes, sentant grandir un nouveau danger.

Dans sa chambre d'hôtel, Merleux se préparait à sortir. Toute la journée, il avait attendu ce moment allongé sur le lit, les bras croisés derrière la tête. Depuis des heures, il échafaudait des plans de conquête. Il ne se contentait plus des miettes de l'empire Roumisse; il rêvait de combines énormes avec les banques, l'administration et les entrepreneurs, condamnant des quartiers entiers de Marseille et de Toulon à la démolition. Ces dernières années, il avait aidé Roumisse à acheter les membres des jurys d'expropriation quand les enquêtes d'utilité publique s'achevaient. Le maître construisait des usines, lui, le notaire, élèverait des cités ouvrières.
Quand il noua sa cravate, un sourire pinça finement ses lèvres; le miroir de l'armoire lui renvoyait l'image d'un Merleux puissant, futur possesseur de mille immeubles. Il s'empara de la bourse, ferma soigneuse-

---

1. Ramassis d'ivrognes!

ment la porte de sa chambre, salua la veuve Bouffier qui surveillait les mouvements des bravadiers, puis se mêla à la racaille. Il sortit de Signes en longeant le Raby, et se dirigea vers le cimetière. C'était là qu'il devait remettre la bourse, après le coup. Le destin le rapprochait de celui de Roumisse.

L'homme de Nice avait eu maintes fois l'occasion de descendre Justin, maintes fois il tint le bravadier dans la ligne de mire de son fusil. Une balle en plein cœur et on ne parlerait plus des exploits du plus turbulent des Giraud. S'il avait tant attendu, c'était que les consignes du notaire étaient strictes : « Tu tueras le cochon au crépuscule, quand le vin aura fait son effet sur les esprits, puis tu me rejoindras derrière le cimetière. »

Il avait du bon sens, ce notaire. Ces soûlards allaient paniquer. Il contempla la rue Saint-Jean à travers les volets à peine entrouverts. Les deux courants de la foule se heurtaient, se mélangeaient. Un marchand de beignets et de pommes au sucre rameutait à lui les gourmands. Sa carriole vitrée était un écueil en plein milieu de la rue. Elle ralentissait le mouvement de la foule, au sein de laquelle se tenait parfois un bravadier sur son cheval. Pas un de ces rustauds ne l'avait repéré. Il faut dire qu'il était dans une maison qui n'attirait pas le regard. Elle était abandonnée et maudite. Merleux lui avait expliqué qu'elle appartenait autrefois à un évêque assassiné par les Signois.

L'homme eut un petit ricanement de cynisme. Il était peut-être dans la pièce où le prélat avait rendu l'âme mais il ne croyait pas aux fantômes. Il gardait la tête froide. Le coup fait, il s'enfuirait par l'arrière de la maison qui donnait sur des potagers.

Un dernier rayon de soleil fit flamber la cloche de la

tour de l'horloge dont il apercevait le campanile au-dessus des toits, puis l'ombre gagna peu à peu la campagne environnante.

Alors qu'il commençait à s'inquiéter, le bravadier apparut, venant de la rue Bourgade. Il le reconnut à son cheval ; une bien belle bête pour un paysan costumé. Cette fois était la bonne. Il prit le fusil de guerre et mit sa victime en joue.

Justin avait hâte de retrouver les siens. Pour lui, la fête était finie. Après sa dispute avec Panétaux, il avait plongé sa tête dans l'eau fraîche du lavoir de Cabanenette. Maintenant, complètement dégrisé, les soucis l'assaillaient. Il ne parvenait plus à chasser les glacières de son esprit, les propos pessimistes de Viguière. La vente allait reprendre dans quelques jours. Ce serait la glace des montagnes contre la glace industrielle.

Soudain son cheval se cabra sans raison. Cette saute d'humeur se produisit une fraction de seconde avant le coup de feu. Derrière Justin, une femme hurla, sa poitrine était rouge de sang.

Tout se précipita. A la détonation, Justin reconnut une arme de guerre. Ça provenait de la maison de l'évêque. Il repéra les volets entrouverts, l'extrémité luisante d'un canon dirigé vers lui.

— Nom de Dieu ! C'est à moi qu'il en veut.

Il se coucha sur l'encolure du yearling quand le second coup partit. La balle siffla à ses oreilles et s'écrasa sur les pavés. Dans la bousculade, les gens cherchaient des abris. Les uns se jetaient derrière la fontaine, les autres se ruaient dans la chapelle Saint-Jean. Il y avait une telle cohue, que la panique gagna le village tout entier.

Justin se redressa. Entre les volets, au premier

étage, le canon avait disparu. Son cheval se cabra, refusa de se rapprocher de la maison maudite. Il le força à avancer à coups de talons. Quand il fut sous la fenêtre, il se mit debout sur la selle pour saisir le rebord de ses mains. Le fusil à l'épaule le gênait, mais il put se rétablir sur l'étroite corniche après avoir repoussé les volets.

L'assassin s'était volatilisé. A l'intérieur, de vieux meubles pourrissaient sur leurs pieds, un matelas au ventre crevé vomissait sa paille. Ce fut à ce moment, au milieu de cette atmosphère angoissante, que la peur noua ses tripes. Justin réalisa que son arme, qu'il venait de pointer dans toutes les directions, était chargée à blanc.

Une porte lui faisait face, il laissa battre au moins vingt fois son cœur avant de l'ouvrir. Elle grinça sur ses gonds, lui dévoilant un palier et l'escalier sombre par où s'était enfui le rufian. Il mit beaucoup de temps pour descendre les marches branlantes. La maison semblait animée d'une vie secrète; il se souvint d'une histoire de revenant qu'on lui racontait quand il était gosse, de l'évêque qui hantait encore les lieux, montrant ses plaies aux téméraires qui pénétraient ici.

L'esprit confus, il parvint au rez-de-chaussée, il laissa encore s'écouler quelques secondes avant de visiter une autre pièce.

— L'ordure! s'écria-t-il en découvrant la porte grande ouverte sur les potagers.

Il aurait dû s'en douter. Le pourri était parti par là. Il courut vers le seuil, aperçut l'homme, à plus d'une centaine de mètres, qui franchissait une haie le séparant du Raby. Alors, il revint sur ses pas, remonta dans la chambre, grimpa sur le rebord de la fenêtre et sauta sur son yearling.

– Tu l'as vu, ce salaud ? lui demanda un homme en arme.

Il ne lui répondit pas. C'était son affaire ; il allait régler seul le compte à ce bandit après l'avoir fait parler.

– N'y va pas seul ! cria l'homme qui avait compris les intentions de Justin en le voyant partir au galop.

Il avait manqué sa cible. Tout était raté. Même sa fuite. Quand il regarda par-dessus son épaule, l'homme de Nice vit le bravadier au loin, débouler à cheval le long de la rivière. Une bande armée suivait le cavalier. Malgré la distance, il entendait leurs cris vengeurs. Il se repéra par rapport au clocher de l'église Saint-Pierre, il était descendu trop bas en aval. A présent, il devait traverser un champ de blés verts pour se rendre au cimetière.

Il pensait à l'or de Merleux. Cet argent, il le méritait. Il mentirait, il dirait avoir tué le Signois afin d'empocher son dû. Le Marseillais avait intérêt à le payer ! Sinon... Il serra son poing autour du fusil qu'il emportait, imaginant le trou que ferait la balle dans la tête du notaire. Puis les cris le rattrapèrent.

Comment se débarrasser de ces paysans qui juraient tout haut de le dépecer vivant ? Il était hors de question de drainer cette horde de rats jusqu'au cimetière. Il se mit à courir plus vite, traçant un sillon au milieu des blés. Essoufflé, il parvint au bord d'un autre ruisseau – le Latay – dont le lit était à sec. Sur la rive opposée, un bois de chênes et un enchevêtrement de ronces venaient mourir entre les monceaux de pierres accumulés par les pluies torrentielles et les crues dévastatrices du Latay. Il s'y jeta, déchira ses vêtements sur les épines et s'enfonça dans le bois.

Au bout d'un moment, il retrouva son sourire mauvais. La horde était toujours à ses trousses, mais le cavalier avait renoncé. A travers les frondaisons, il le vit, raide sur son cheval, contempler l'impénétrable barrière de ronces.

A présent, comme ses poursuivants n'avaient pas de chien, il allait facilement les distancer. Il longea l'orée du bois. Il les entendit qui s'éloignaient. Il perçut de plus en plus faiblement leurs glapissements, leurs appels, le bruit des branches cassées, puis ce fut le silence. Alors il se décida à rejoindre Merleux.

« C'est fait », s'était dit Merleux en entendant les vociférations des villageois. Les Signois traquaient son homme. D'une certaine manière, il en fut soulagé. Dans le même temps, un frisson de terreur parcourut son corps. Et s'ils le faisaient prisonnier ? Merleux imagina le pire : le Niçois vidant son sac, dévoilant le nom du commanditaire. C'était idiot, mais il pensa au bruit de la guillotine, à sa propre tête roulant dans le panier. Il y avait toutes ces tombes autour de lui avec leurs croix de fer rouillées et tordues. Il ne put s'empêcher de songer à son nom gravé sur un tombeau. Il ne parvint pas à prendre la décision de filer et souffrit ainsi jusqu'à ce qu'un léger sifflement se fasse entendre.

Dieux ! murmura-t-il en reconnaissant le signal de son homme. Tout de même ! Il lui aura fallu du temps pour semer les bouseux. Le Niçois était à l'autre bout du cimetière. Merleux s'apprêtait à grimper sur une tombe pour lui faire un signe du bras lorsque le cavalier surgit soudain.

Le notaire recula en reconnaissant Justin.

Au bord de la rivière, face à l'inextricable végétation qui couvrait des lieues, Justin avait renoncé à la poursuite du criminel. Il savait bien que, sans les chiens, on n'avait aucune chance de le retrouver. L'homme allait se perdre dans la forêt qui s'étendait presque jusqu'à Toulon.

Pour oublier son dépit, il se mit à parler au yearling, lui confiant des secrets.

— Tu sais, mon beau, je sais de qui vient le coup. Il y en a un, là-haut, au château de Font-Mauresque, qui voudrait bien me savoir sous terre, dévoré par les vers. C'est le Roumisse... Allez, va, tu es une brave bête, on a fait notre possible tous les deux.

Le pur-sang l'écoutait, docile, semblant même comprendre son désarroi. Justin songeait à Roumisse, à Camille. Jamais ces deux-là n'abandonneraient la partie.

Il allait reprendre le chemin du village quand le cheval fit un écart, refusant d'obéir. Il le vit dresser la tête, écarter les naseaux, pointer les oreilles. Tout, dans le comportement de l'animal, indiquait qu'il y avait danger. Justin comprit pourquoi sa monture était fébrile quand il aperçut, à plus de trois cents mètres, courbée au fond du lit asséché du Latay, la silhouette fugitive du salopard qui lui avait tiré dessus.

Cette fois, il n'allait pas le laisser s'enfuir. Il encouragea son cheval à le suivre.

Le bonhomme pénétra dans le cimetière. Justin craignit de le perdre à nouveau. Alors il éperonna les flancs du coursier, qui fila comme un trait vers le mur de la nécropole. C'était un vieux mur tout écrêté, mais aux yeux de Justin, il parut gigantesque. En criant de toutes ses forces, il commanda au yearling de sauter l'obstacle. L'animal s'éleva, ses sabots firent voler les pierres. Tout un pan de mur s'écroula.

Au milieu de l'allée centrale, le Niçois demeura saisi

par cette apparition. Il oublia Merleux qui se terrait et fit glisser la bretelle de son fusil.

Ne faisant qu'un avec son compagnon, Justin bondissait par-dessus les tombes. Autour d'eux, la poussière et les gravillons volaient, les pots de fleurs se brisaient, une dalle se fendit sous le choc des sabots. Le sang bourdonnait à ses oreilles, voilant toutes ses sensations et le claquement sec de la détonation à l'instant où l'homme fit feu. Il entendit miauler la balle.

Une tombe le séparait encore de l'ennemi qui rechargeait son arme. Elle fut franchie avant que ce dernier puisse épauler. Le cheval le renversa, mais l'homme était solide. Il se redressa, titubant, tenant toujours l'arme entre ses mains.

Sans même prendre le temps d'arrêter sa monture, Justin sauta à terre et se rua en direction de l'adversaire. Dans sa course, il se saisit de son fusil de chasse et le pointa en avant.

– T'as aucune chance! ricana l'autre.

Le Niçois se délectait. L'arme du bravadier était chargée à blanc. Deux pas les séparaient. Les canons se frôlaient. Glacé, plein de haine, Justin se jeta en avant et tira à bout portant dans cette face de crapule.

La triple dose de poudre noire des cartouches explosa. Avec une force inouïe, le souffle brûlant frappa le visage de l'homme, le réduisant en bouillie.

Justin le regarda s'affaisser tandis que l'écho de la détonation emplissait sa tête. Il ne vit pas Merleux s'éclipser.

Merleux tremblait. Roumisse ne lui pardonnerait rien. Avant de quitter le cimetière, il eut un dernier regard pour Justin. Le paysan contemplait le cadavre. Aux yeux du notaire, il était le vainqueur, à jamais, même s'il devait crever bientôt d'une manière ou d'une autre.

11

Magali écouta le bruit des chariots à glace, consciente de son désir de les suivre jusqu'à Toulon. Elle serra Julien très fort contre sa poitrine.
– Tu vois, papa s'en va livrer sa glace à la ville.
Le bébé ouvrit grand les yeux, étonné de voir la lune accrochée à ce ciel noir, puis il bâilla et se rendormit.
– Suis-je sotte de t'avoir emmené ici en pleine nuit.
Elle se sentait effectivement sotte, fatiguée, impuissante. Depuis le dramatique épisode de la Saint-Jean, elle ne dormait presque plus. Elle y repensait sans cesse jusqu'au malaise. Ce n'était pas l'acte d'un fou comme on le supposait. L'homme avait bien essayé d'abattre Justin. Qui était-il? A cette question, les gendarmes n'avaient pas apporté de réponse. Il ne portait pas de papiers; son visage méconnaissable n'avait pas permis de l'identifier.
« Un *foulandre!* un *gigeou!*[1] », s'était exclamé le maire en réunion au conseil municipal.
Et on s'en tint là, oubliant que ce soi-disant aliéné avait de l'or sur lui, qu'il possédait un fusil de guerre

---

1. Un fou, un gaga.

et assez de jugeote ou de complices pour pénétrer sans effraction dans la maison de l'évêque.

Magali soupira. Elle rejetait la thèse officielle. Elle connaissait le bras qui avait armé l'inconnu. Elle se tourna vers le midi, repérant la falaise du Pas de l'Âne qu'un rayon de lune éclairait. Non loin de là, le responsable dormait dans son château.

Le Roumisse... Son père. Toutes les saletés qu'il lui avait faites affluèrent à son cerveau. Après la mort de Caronet et la naissance de Julien, elle croyait les avoir chassées à jamais. Elle eut la sensation d'une brûlure entre ses jambes. Son père la déchirait encore. Elle revoyait son visage déformé par la sauvagerie du viol.

C'était un monstre. Et il voulait tuer Justin! L'inquiétude se fit plus forte. La route était longue de Signes à Toulon, semée d'embûches; elle se resserrait dans les gorges d'Ollioules où de nombreux voyageurs avaient péri autrefois sous le couteau des brigands. Elle imagina des hommes cagoulés attendant les glaciers dans le défilé rocheux.

Il fallait en finir avec Roumisse. Mais qui donc allait l'aider dans cette terrible tâche? Antoine peut-être? Elle abandonna aussitôt l'idée d'associer le coiffeur à sa folie. L'oncle Giraud parlait haut et fort, mais c'était un tendre, un batailleur en paroles.

Il n'y avait personne à qui elle pouvait se confier. Personne... sauf.

– Je sais qui va nous aider! s'exclama-t-elle soudain. Je le sais, *pitchoun*!

Le *pitchoun* sur son sein ouvrit une fois de plus les yeux, montrant toujours le même étonnement face à cette lune dont le croissant mordait à présent la Sainte-Baume. Puis il se rendormit aussitôt dans le balancement des bras qui l'emportaient sur le chemin de Signes.

Victorine étouffait. Elle alla près de l'âtre, remua les cendres froides avec le tisonnier, à la recherche d'un signe du destin. Il y avait longtemps qu'elle n'arrivait plus à interpréter les signes. Ses pouvoirs étaient bien morts. L'avenir était mort; elle se fiait désormais à la science d'Agathe, mais cette dernière n'avait jamais été une bonne tireuse de cartes.

Trois heures sonnèrent à une antique pendule qu'on lui avait offerte « pour services rendus ». Victorine eut une brusque envie de réveiller Agathe, de lui demander de lire les lignes de sa main, ou d'étaler les lames d'un tarot, ou de jeter les runes sur une peau de sanglier, ou de...

A quoi bon? Savoir quoi! Elle n'espérait plus rien. Elle avait même hâte d'en finir avec cette vie de mauvaise prêtresse et de se retrouver avec Marthe en enfer.

Tout était de sa faute. Elle avait perdu le goût des choses de ce monde dans le dernier frisson des cloches de l'église Saint-Pierre, le jour des noces de sa fille.

Elle regrettait ses paroles; elle avait fait inutilement souffrir sa petite, sa Magali. Elle aurait voulu la couvrir de baisers, elle et son enfant. Mais il était trop tard. Elle ne connaîtrait jamais les joies d'être une grand-mère. Un gros chagrin monta en elle en pensant à toutes ces femmes aux cheveux blancs, heureuses de gâter les enfants et de les promener le soir dans les rues du village. Elle soupçonnait des plaisirs immenses et n'y gagnait que des pleurs.

Une larme roula sur sa joue.

Peut-être avait-elle mal fait? Depuis qu'elle était sortie de Signes et qu'elle marchait en direction de cette autre Signes qu'on surnommait « la Noire », Magali avait des doutes.

Elle craignait la réaction de sa mère. Dieu seul savait de quoi Victorine était capable. Elle serra un peu plus Julien contre elle. Il dormait à poings fermés. Seule la déraison la poussait en avant, vers la ligne sombre des grands arbres du marécage qu'elle distinguait à peine sous le ciel étoilé.

Depuis vingt-quatre heures, elle ne maîtrisait plus ses sentiments. Justin en portait la responsabilité, elle l'avait imploré de ne plus livrer en ville, puisque lui-même admettait qu'avec la fabrication de la glace industrielle de l'usine Roumisse, la concurrence allait être rude, mais il s'était entêté, clamant haut et fort son désir de défendre leur métier. Il était parti à Toulon, mais il n'avait pu l'empêcher d'être là avec Julien quand il prit la tête du convoi de glace. Après son départ, elle aurait dû rentrer immédiatement à la Salomone qu'elle avait quittée en prenant la précaution de ne pas réveiller Amédée et Henriette.

Qu'allaient-ils penser en découvrant à l'aube sa chambre vide ? A la Bastide Blanche, ce serait l'affolement, la détresse... Le remords lui tenaillait la gorge, mais elle avançait quand même.

Son cœur battit plus vite. Tout au bout du ruban pâle de la route, la maison de son enfance découpait son toit sur l'horizon sombre. Elle dépassa la source gargouillante du Gapeau où toutes les lavandières se retrouvaient pendant la journée. Les grands arbres cachèrent les constellations, elle reconnut les troncs sur lesquels Marthe avait gravé ses signes cabalistiques. Ses pieds retrouvèrent le sentier qu'empruntaient les gens en mal d'amour ou de santé. La maison massive se dressa soudain, toute noire, flanquée de ses chênes gardiens, avec ses odeurs de lierre et de poulailler. Et, lorsque ses yeux se furent accoutumés à l'obscurité de l'endroit, elle aperçut sa mère en robe noire, figée sur le seuil de l'entrée.

Victorine tremblait. Son don de double vue lui était revenu alors qu'elle désespérait de se sentir vide et sans âme. Cela avait été bref. Elle avait « vu » la femme sur la route de Signes, elle avait senti la présence de l'enfant et le lien de chair qui les unissait tous les trois. Ce fut si net qu'elle cria le nom de Magali en se précipitant au-dehors. L'émotion était si forte qu'elle ne put s'avancer sur la terrasse. Elle attendit le miracle, offrant son cœur aux ténèbres vides.

Magali balbutiait des « maman ». Celle à qui elle se raccrochait sans cesse lorsqu'elle était enfant, qui l'aidait à supporter la méchanceté populaire, sa mère unique et forte tendait ses bras tremblants.

– Ma petite...

Victorine pleurait. Des larmes retenues pendant des années cherchaient leur chemin sur ce beau visage émacié par les terribles imprécations répétées des millions de fois. Les sanglots brisèrent sa voix quand sa fille vint contre elle. Elle la baisa partout, puis elle se pencha sur l'enfant, n'osant le toucher tant il lui paraissait sacré.

– Prends-le... maman, c'est ton petit-fils.

Elle n'arrivait pas à réaliser que ce petit ange aux paupières closes était un peu le sien. Elle le contempla longuement, leva les yeux sur sa fille qui pleurait de joie en silence, puis se décida à tendre les mains vers Julien.

Ce fut comme si Victorine changeait de peau, comme si toutes ces années passées à invoquer le diable et à se nourrir du malheur d'autrui s'anéantissaient au contact de cet être fragile et pur. Elle l'emporta dans la vaste maison en jetant des regards suspicieux autour d'elle. Trop de mauvaises ondes traversaient les recoins sombres des pièces. Elle renversa du pied une statuette africaine aux traits grossiers, gronda des menaces contre les esprits malfaisants qu'elle croyait sentir et se rendit dans la cuisine, seul lieu où elle savait le bébé en sécurité. Là, à la lumière dorée d'une lampe à pétrole, elle s'extasia de le voir si beau, si plein du lait de Magali. Et quand il ouvrit les paupières et qu'elle vit ses yeux noirs, ourlés de longs cils, les larmes jaillirent à nouveau.

Magali enlaça sa mère, lui parla doucement comme jamais elle ne l'avait fait auparavant. C'était elle à présent qui protégeait une Victorine vulnérable réalisant soudain un bonheur qu'elle avait déjà peur de perdre.

Elle lui raconta sa vie là-haut à la Bastide Blanche. Elle parla de choses indifférentes, de moissons et de veillées.

– Tu sais, ils t'attendent à la Salomone.

– Ils... voudraient... que je leur rende visite? s'étonna Victorine en laissant transparaître sa joie.

– Henriette me questionne souvent sur toi. Vous avez des secrets de grand-mères à vous raconter.

Ce n'était pas vrai. Mais cela chauffait le cœur de Magali de voir sa mère heureuse. Elle se jura intérieurement de briser l'opposition des Giraud. Elle réussirait à faire inviter sa mère à la Bastide. Elle continua à dévoiler les habitudes des uns et des autres, déroulant ses souvenirs depuis son installation dans la montagne, puis elle eut des hésitations. Sa voix se fit plus faible. Son regard erra de plus en plus, se vidant de son expression.

Victorine remarqua le changement qui s'opérait. Elle devint attentive, pressentant un grand malheur. Elle prit la main de Magali; elle était froide. Pourtant le cœur s'emballait sous cette peau marquée par le travail de la terre.

Magali se tut. Ses yeux, aux pupilles dilatées, fixaient les cendres de l'âtre. Le temps s'était arrêté un jour d'automne et la brûlure lui dévorait le ventre.

– Tu ne m'as pas tout dit.
– Oui... non... oh! maman!

Victorine serra sa fille. Son visage se durcit, sa gorge haleta, jamais elle ne l'avait autant aimée, si bien qu'elle en voulait au monde entier de la voir si malheureuse.

– S'ils t'ont fait du mal, ils le paieront!

Elle pensait aux Signois, aux esprits de l'ombre, à tout et à rien, se chargeant de détruire ce qui pouvait nuire à Magali et à Julien.

– Je ne suis plus la même qu'autrefois, mais j'ai encore quelques pouvoirs! Ils le paieront! Je le jure! Dis-moi ce que tu as sur le cœur.

Magali fit un ultime effort et elle arracha les mots un à un de sa poitrine, racontant tout, le viol, Caronet. Cela dépassait ce que Victorine imaginait de pire, pire que l'étreinte qu'elle avait elle-même subie vingt ans plus tôt. En un instant, son bonheur se dissipa. Roumisse lui apparut comme une fatalité contre laquelle on ne pouvait rien, puis elle se reprit.

– Ce monstre ne vivra pas jusqu'à l'automne!
– Maman! Que vas-tu faire?
– Mon devoir de mère. J'irai là-haut! Ou à Marseille s'il le faut! Il périra de ma main!
– Tu n'arriveras jamais jusqu'à lui. Ils te mettront en prison... Il a des hommes partout. Marseille lui

appartient, la police, les rufians du Panier, tous sont achetés par la famille Roumisse ! Tu ne peux rien, maman.

— Crois-tu ?

Quelque chose de suave et de lugubre passa dans ce « Crois-tu » lâché par Victorine. Magali jugula sa peur. Sa mère lui apparaissait comme au temps le plus sombre de leur existence, quand Marthe et elle s'associaient pour dispenser le mal.

Il y avait sur ce front couvert de sueur et de rides, sur ces lèvres serrées, dans ces prunelles fixes, toute la détermination d'une mère décidée à se sacrifier.

— Suis-moi ! dit Victorine.

Magali enveloppa Julien de son châle. L'enfant tétait son pouce, il ferma les yeux dès les premiers pas de Magali.

Victorine entraîna sa fille hors de la maison. Elle s'était munie d'une lampe à pétrole qui chassait les ombres devant elle. Elle marcha jusqu'au fond du potager. Il y avait là un cabanon en pierres sèches. Il servait de remise et au fil des ans un bric-à-brac s'y était entassé. Victorine retira des cageots pour dégager un chemin à l'intérieur, puis elle repoussa une lourde caisse pleine de bouteilles vides.

— Viens près de moi !

Magali s'avança. La lampe éclairait un espace entre la caisse et le mur.

— S'il m'arrivait quelque chose... commença Victorine.

— Maman...

— Tais-toi et regarde. Il y a bien longtemps qu'on pense à ton avenir avec Marthe et Agathe... bien longtemps.

Victorine dégagea plusieurs pierres du sol. Elles

reposaient sur des planches qu'elle retira à leur tour, démasquant une cavité dans laquelle il y avait un petit coffre de fer aux coins rouillés.

— On s'était dit que notre commerce ne survivrait pas au siècle prochain...

Sur ces mots, elle rabattit le couvercle du coffre. Magali écarquilla les yeux. Des louis, des napoléons, des génies, des vingt francs, des cinquante francs-or, plus de mille pièces prirent vie à la flamme de la lampe.

— Vous pourrez refaire votre vie si la glace vient à manquer.

— Elle ne manquera jamais.

— On parle de l'usine à Roumisse sur le journal d'hier. Elle ouvre ses portes dans moins de deux heures. Cet homme est maudit, il tuera le métier de nos glaciers; les siens travaillent déjà à Toulon pour une misère. Je vais en finir avec lui! Jamais plus il ne nous fera du mal! Je le jure!

A cet instant, Magali sut que rien n'arrêterait sa mère. Ni les gardes qui entouraient Roumisse. Ni la raison. Ni Dieu même. Elle l'embrassa très fort comme si elle la quittait pour la dernière fois, ramenant l'innocent Julien sur le chemin de Signes. Dans son dos, l'aube pointait, toute de sang, sur la courbe des collines, annonçant la fin d'un monde.

Ils avaient laissé les gorges d'Ollioules derrière eux. Les cinq chariots avançaient péniblement sur la route de Toulon, les chevaux étaient fatigués, les hommes somnolaient sur leurs bancs. Justin ouvrit un œil quand ils franchirent le Pont Neuf, puis le Pont du Las, où s'étalait l'un des plus vastes marchés de la ville, mais ils n'étaient pas encore arrivés à destination. Ils livraient au cœur de Toulon, à l'autre marché, le plus grand de la cité. Ils longèrent les remparts de l'arsenal flanqués de fossés profonds près desquels se tenaient parfois des filles de joie attendant les marins ; mais à cette heure matinale, elles étaient reparties vers les bordels du port où les derniers fêtards ivres se laissaient plus facilement plumer.

Au pas plus rapide des chevaux, au fracas des roues sur les pavés, Justin sut qu'ils touchaient au but. Il se réveilla tout à fait en reconnaissant l'église Saint-Louis écrasée par les hautes maisons de la vieille ville.

– On y est ! cria-t-il à ses glaciers. On va leur montrer, à ces marchands de glace chimique, qui on est ! Soyons fiers de notre glace ! Elle vient des montagnes ! C'est Dieu qui nous l'a donnée ! C'est nous qui l'avons taillée ! Il y en aura pour le poisson, pour la viande et pour les sorbets ! Je vous le dis.

Il s'encourageait, se saoulait de mots. C'était le grand jour. Il avait encore en tête l'article du journal qui vantait la glace industrielle. « Demain, mille tonnes de glace dans nos rues », avait titré le quotidien. De la glace partout, dans les quartiers les plus reculés de la ville, de la glace pas chère, de la glace en long et en large, sur cinq colonnes avec en prime un dessin montrant l'usine Roumisse, belle cathédrale d'acier et de verre d'où sortaient des pains de glace longs de quatre mètres. Il le connaissait par cœur, ce sale article ; il y devinait la patte de Roumisse. Il avait envie de crier aux Toulonnais de prendre garde. Bientôt Roumisse deviendrait le propriétaire du journal, puis des abattoirs, des minoteries, des banques, des ateliers mécaniques du port et de toutes les âmes entre le mont Faron et la rade.

Il jeta un œil sur sa cargaison. La glace reposait sous

d'épaisses toiles de jute; chaque bloc était emmailloté de paille, tenu par des cordes. Il vit les gouttes d'eau suinter le long des ridelles du chariot. Elle commençait à fondre. C'était normal. On en perdait toujours un bon dixième avant la vente; mais ça le rendit anxieux et agressif. Il engueula des paysans tirant leur charrette à bras, les tenant pour responsables du retard. L'embouteillage de la basse ville se répétait tous les jours entre cinq et sept heures du matin. Maraîchers, charcutiers, éleveurs, colporteurs, tous se rendaient au cours Lafayette. Le cours bordé de platanes était comme un long fleuve traversant la ville du nord au sud. Sur ses rives s'étalait la mangeaille protégée par des bâches, les pyramides de tomates, les montagnes de haricots, les rangées de cervelles saignantes, les tresses d'ail, tout un monde de couleurs et de senteurs qui enchantait habituellement Justin.

– Pousse-toi! cria-t-il à une marchande de fleurs qui peinait sous la charge de lourds paniers remplis d'œillets. La glace n'attend pas!

– Holà! tout doux, mon beau glacier! Pas la peine de prendre des grands airs de *Segnour*[1]. Peut-être qu'elle attendra, ta glace, aujourd'hui!

Elle avait lu le journal. Sur le moment, il eut envie de fouetter ses chevaux et de passer en force, écrasant la fleuriste et tous les revendeurs dont il sentait peser les regards. Ils avaient tous à la bouche les descriptions élogieuses de l'article. Certains en parlaient à voix haute en contemplant les impressionnants chariots.

La femme trouva enfin son coin entre un marchand de fromages et un rétameur dont les bonnes joues se gonflaient pour attiser les braises d'un feu de charbon-

---

1. Seigneur.

nille. Cette chaleur, la fonte de l'étain, impressionnèrent Justin. Il y vit un signe néfaste. Et si son chargement devait fondre ? Il houspilla Garlaban, Pilon, Bertagne et Étoile. Les braves bêtes se remirent à tirer. Le fardier s'ébranla lourdement, craquant de toutes ses membrures, couvrant soudain les conversations du boucan de ses énormes roues ferrées.

Ce bruit fit du bien à Justin. Jusqu'à leur arrivée au bas du cours, il ne pensa plus à la concurrence.

— Tout doux, Garlaban. On est arrivés, Bertagne.

Les chevaux s'arrêtèrent, tournant la tête vers le port où les profils des cuirassés bleuissaient dans l'aurore naissante. Justin gonfla ses poumons d'air marin, comme s'il cherchait à se purifier de toutes les odeurs du marché.

— La glace ! La glace ! se mit-il à aboyer.

Ses hommes l'imitèrent. Cet appel faisait toujours son effet. Les clients apparaissaient, venant de la riche rue d'Alger ou des quartiers de la ville haute avec leurs domestiques. La première vente était un plaisir que s'attribuait Justin. Ses coéquipiers le regardaient opérer, extirper la barre du lit de paille, la mesurer, la scier puis la casser d'un coup sec de hache. Quand les pièces d'argent tombaient dans l'escarcelle, il y en avait toujours un pour se signer et remercier le ciel. Ensuite, tous s'y mettaient, faisant jaillir des pluies de cristaux glacés entre leurs mains durcies par le froid.

— La glace ! La glace ! répétèrent-ils en chœur en observant le va-et-vient des badauds qui glissaient sur la couche des trognons répandus par les paysans.

Personne ne s'approchait du convoi. Les minutes s'écoulaient, l'angoisse montait chez les Signois. Ils s'égosillèrent, rompant avec l'habitude en se rapprochant des rues animées et du quai abordé par les pointus chargés de poissons. Il y avait toujours des grossistes de la halle aux poissons prêts à payer cher un bon mètre de glace pour la conservation des rougets, des soles et des loups, espèces royales très prisées par les bourgeois de Toulon, mais aucun de ces mareyeurs ne semblait entendre les montagnards.

Soudain Justin reconnut le patron du Grand Café, important bonhomme vêtu de soie et de coton, connu pour ses exigences culinaires. Il tenait l'une des meilleures tables de la cité. Les épicuriens se disputaient ses petits salons; on réservait très longtemps à l'avance le droit de déguster ses plats. Avec lui, la vente allait commencer.

Justin s'avança au-devant de l'élégant restaurateur, retira sa casquette, le salua.

– Bonjour, monsieur Fabre.

L'autre inclina la tête, détournant son regard.

– Vous en voulez combien, aujourd'hui? demanda Justin.

– Pas tout de suite, je dois réfléchir... Je reviens dans une dizaine de minutes.

Il mentait, et cela, malgré son effort, était visible dans le clignotement de ses minuscules yeux bruns fuyants.

– Comme vous voudrez, lâcha Justin qui croyait encore malgré tout à la vente.

En vérité, il n'était pas dupe. Le jour venait et pas un centimètre de glace n'avait été tranché. Il contempla ses hommes qui parvenaient à peine à lancer leurs cris tant l'anxiété les étreignait.

Brusquement ils se turent. Il y eut un roulement qui ébranla tout le cours. Atterrés, ils virent descendre des camions tirés par de puissants percherons. Sur les caissons isothermes peints en blanc, des lettres bleues les hypnotisaient.

– Justin ! Justin ! s'écria un Signois.

Justin n'avait nul besoin d'être fustigé. Lui aussi savait lire. Il ânonna tout bas ce que ses yeux refusaient de voir :

S.G.R.
SOCIÉTÉ GLACIAIRE ROUMISSE

Dix véhicules se rangèrent face aux chariots des glaciers. Leurs conducteurs n'eurent même pas à se donner la peine de vanter leur marchandise. Ce fut la ruée. Des files se formèrent. Justin se rapprocha d'un camion. Il s'abandonna aux poussées des uns, aux railleries des autres.

– Té ! Regardez-le, celui-là, il n'a pas fini de s'acagnarder [1] ! clama un homme en le montrant du doigt.

– C'est bien fait ! Il n'avait qu'à vendre sa glace moins cher ! ajouta quelqu'un.

Justin ne les entendait plus, il venait d'avoir un éblouissement. L'intérieur du camion était rempli de longues barres argentées rigoureusement identiques qu'un manœuvre faisait glisser une à une avant d'annoncer : « Cinq sous le mètre ! Cinq sous le mètre ! »

C'était vingt fois moins cher que la glace des montagnes. Il ne comprenait pas. Il essaya de trouver des défauts à ces barres gelées que se disputait la clientèle. Elles paraissaient compactes, plus résistantes à la chaleur. Il ne prit pas même la peine de toucher un bloc pour se rendre à l'évidence. La qualité y était.

– Tout est perdu..., murmura-t-il.

Le prix de la marchandise était dérisoire. Ce n'était plus de l'or qui circulait des mains des acheteurs à

---

1. S'accoutumer à l'oisiveté par fainéantise.

celles des vendeurs, mais les nouvelles pièces de bronze que le gouvernement Dupuy avait mises en circulation par millions d'exemplaires. Sa seule consolation fut de voir des gens modestes emporter leur part de froid dans des couffins. Alors il se souvint des discours de Viguière sur le progrès, de ce XXe siècle qui promettait tant à l'humanité et il en éprouva de l'amertume. A quoi bon le progrès s'il tue le travail, se dit-il.

– Vous vous faites du mal. Retournez chez vous.

La voix le fit sortir de ses tristes pensées. Il sentit soudain la main de M. Fabre sur son épaule. Il la rejeta d'un mouvement brusque.

– Jamais !

Le patron du Grand Café le contempla d'un air navré avant de passer sa commande à l'employé de Roumisse : « Vous m'en mettrez deux mètres ! »

Cette commande le rendit encore plus furieux. Bousculant les files, il rejoignit ses hommes et leur intima de crier aussi « cinq sous le mètre ».

Le temps passa. Le soleil monta de quelques crans au-dessus de la rade et, à présent, il y avait foule sur le cours Lafayette. Les Signois s'étaient tus. Même à cinq sous, leur glace ne trouvait pas preneur. Elle fondait peu à peu sous leurs yeux ; ils en avaient la gorge nouée. Tout leur avenir disparaissait dans le lent goutte-à-goutte des barres. L'eau suintait à travers les sacs et la paille, filait le long des planches et des roues avant de fusionner avec la crasse des pavés. Pour un peu, ils l'auraient donnée, leur glace. C'était un crime de la voir se gaspiller, mais il y avait cette fierté qui leur interdisait d'offrir gratuitement ce bien si durement acquis. Des générations d'hommes s'étaient épuisées sur les flancs de la Sainte-Baume. Ils pensaient à tous ceux qui avaient payé de leur vie sous les tours, le long des routes. Ils pensaient à leurs femmes, à leurs enfants, à leurs villages condamnés à une mort lente. De la peine et de la rancœur s'accumulaient dans leurs larges poitrines de montagnards.

Comme pour les enfoncer un peu plus dans le désespoir qui les gagnait, d'autres camions Roumisse arrivèrent sur le marché.

— Il n'y a plus rien à faire ici, dit d'une voix sourde l'un des coéquipiers de Justin.

Il adressa un regard interrogateur à ce dernier. Justin ne semblait pas l'avoir entendu, il était hypnotisé par ces larmes froides répandues en flaques sous les chariots.

— Justin...

— Laisse-moi !

— Il est venu... Le Marseillais.

Justin releva lentement la tête. Une automobile flambant neuve pétaradait près du quai où un groupe de notables s'était formé. Roumisse était au volant. A ses côtés, Camille souriait à tous les flatteurs venus féliciter son père. Quand elle le regarda, il sentit la brûlure du mépris, la joie féroce qu'elle éprouvait à le découvrir battu. Il entendit même ce qu'elle lança tout haut :

— Voyez, père, vos concurrents ont les *pès fangoux* [1].

Un rire général accueillit ce bon mot. Et on observa, goguenards, les pauvres Signois pataugeant dans la mare de leur glace fondue. Roumisse triomphait. Il eut un coup d'œil complice pour sa fille.

— Concurrents, ça ! Allons donc. Nous méritons mieux que des mendiants descendus des montagnes.

La haine le submergea, mais Justin se retint. Il avait

---

[1]. Pieds crottés.

mieux à faire. Il ordonna à ses hommes de vider les chariots et comme il les voyait prendre délicatement les barres, sans respirer, de peur de souffler leur chaleur sur la glace, il s'empara lui-même d'un bloc et le laissa tomber sur le pavé.

Le bloc se fracassa.

Ce fut une libération. L'air entra à flots dans sa poitrine. Il ne sentit plus l'humiliation comme un poing serré en lui. La glace s'était morcelée en une multitude d'étoiles qui dépérissaient à vue d'œil sur le sol tiède.

– Alors qu'attendez-vous? cria-t-il aux siens en tirant une nouvelle barre du chariot.

Ils hésitèrent. Deux d'entre eux avaient les larmes aux yeux; ils les fermèrent quand Justin détruisit le second bloc. Quand, à leur tour, ils laissèrent tomber ce qu'ils avaient de plus sacré, ils comprirent que c'était la fin de leur monde.

Un cercle de curieux s'était formé autour des glaciers. Le silence avait remplacé la gouaille des marchands, les ménagères raidies dans une sorte de stupeur contemplaient ces diables de Signois anéantissant leur bien le plus précieux. Les morceaux de glace glissaient parfois jusqu'à leurs pieds et elles n'osaient pas s'en saisir. Les petits enfants accrochés à leurs jupes ne s'accroupissaient pas pour jouer avec les gros cristaux qui brillaient sous le soleil; ils avaient peur de ces hommes en rage aux faces grimaçantes.

On ne comprenait pas la folie des montagnards. Sauf Roumisse et sa fille. Ce sacrifice ternissait leur triomphe. Pour Camille, ce fut une vision insupportable; elle détourna la tête, s'éloignant un peu de son père qui restait digne mais blême.

Ces fous brisaient un passé qui avait fait la gloire de

sa famille. Roumisse revit ses aïeux priant au cœur des collines, attendant la pluie, le vent, le froid. Sa nostalgie fut brève mais intense, le temps de quelques fracas. Quand le dernier bloc tomba sur le cours Lafayette, le passé était bien mort. Alors il se tourna vers les notables de Toulon et les invita à fêter l'avenir dans ses nouveaux bureaux situés dans l'une des élégantes artères de la haute ville.

Justin regarda s'éloigner l'automobile. Sa haine monta d'un cran. Il la vit se refléter dans les yeux de ses coéquipiers qui serraient les poings. Lorsqu'il leur commanda de le suivre, ils étaient prêts à sacrifier leur vie.

12

Plus rien n'existait que leur rage, ce désir de détruire, à l'idée qu'une autre glace entrait en ces moments mêmes dans la plupart des foyers de Toulon. Partout, de la place d'Italie à la place du Théâtre en passant par le Champ-de-Mars et le boulevard de Strasbourg, les Signois avaient croisé les camions blancs de Roumisse. Partout, il y avait des files d'hommes et de femmes, des couffins pleins de glace artificielle, des enfants qui suçaient les éclats froids offerts par les nouveaux glaciers en salopettes bleues.

Tout ce déploiement orchestré de main de maître par Roumisse soulevait tout leur être, emportait leur existence accoutumée au lent rythme des saisons, leur calme de paysans.

Ils n'étaient que cinq mais ils avaient l'impression d'être cent. Justin menait leur troupe. Debout sur son banc, il faisait claquer son fouet aux oreilles de Garlaban et Étoile, et les deux chevaux de tête poussaient de toute la force de leur poitrail, entraînaient leurs frères Bertagne et Pilon, tiraient le fardier qui bondissait sur les pavés des rues. Vingt chevaux au galop, une cavalcade d'enfer, cinq hommes, cheveux au vent, chemises ouvertes, des roues qui arrachaient des étincelles au granit, voilà ce que les Toulonnais effrayés aperçurent soudain, venant de l'est de la ville et fonçant vers le couchant. Les fardiers doublaient les omnibus, les automobiles, les calèches et les fiacres. Parfois ils heurtaient les véhicules avec leurs énormes roues cerclées de fer, broyant les élégants marchepieds des coupés, les fins rayons des mails.

— Place ! Place ! hurlait Justin.

Son fouet tombait, s'élevait, retombait. La lanière de cuir longue de cinq mètres ondoyait, tranchait l'air brûlant du midi, lui procurant une sensation de puissance inouïe. Il n'apercevait rien d'autre que le dos luisant de ses chevaux et la portion de route que les sabots frappaient à chaque seconde. Il ne voyait pas les mondaines effrayées, les petits-bourgeois courroucés, les bigotes se signer sur les trottoirs. Il n'appartenait plus à ce monde.

Ils ralentirent cependant en abordant le bourg du Pont du Las où s'achevait le marché. Devant eux se dressait l'église Saint-Joseph, neuve, blanche, aux lignes froides, pareille à une tombe taillée dans le marbre. Ils la contournèrent. Justin se repéra. C'était facile. Il lui suffisait de se souvenir de l'article du journal ou de suivre les camions blancs de son ennemi.

A l'ombre de la tour nette du clocher, des maisons proprettes poussaient de part et d'autre du Las où coulait un mince filet d'eau. Elles alignaient leurs façades coquettes, leurs jardins découpés en carrés de tomates et de salades. Ce décor fraîchement bâti appartenait déjà à Roumisse dont l'usine s'élevait à plus de mille pas au milieu des champs.

Justin fit signe à ses compagnons de s'arrêter. Une boule monta dans les gorges. Le monstre de verre et d'acier baignait dans les vapeurs bleuâtres crachées par ses cheminées. Tout leur malheur venait de cette formidable construction posée entre ciel et terre, prête à les broyer comme elle avait broyé les champs sous ses membrures.

Pourquoi donc ne fuyaient-ils pas? Il était temps encore, ils pouvaient recommencer leur vie à Signes, cultiver la vigne, ce serait la sagesse. Non! Ce n'était pas possible, ils ne se résignaient pas à abandonner la lutte commencée avec leur ennemi. Toute leur chair en aurait saigné. L'honneur de leur nom, de leur famille, de la montagne les poussa à charger. D'un même coup de fouet, ils lancèrent leurs chevaux au galop et reprirent leur course.

Justin se laissait porter par la haine. Une volonté invincible le soutenait, une force qui lui aurait fait détruire à lui seul l'usine de Roumisse. Le corps principal du bâtiment grandissait; ses verrières pareilles à des écailles flambaient au soleil, des tuyaux de plomb nourrissaient son ventre, des buses de fer plongeaient dans ses flancs. Il semblait vivre grâce à une multitude de conduites qui le reliaient à des annexes en brique brune.

Le site était entouré d'un mur. On y pénétrait par une large entrée fermée la nuit d'une porte de métal sur rail. Les hommes qui la gardaient virent surgir soudain les Signois au bout de la route. Ils comprirent le danger, coururent vers la porte afin de la pousser, mais il était trop tard. Justin fut sur eux en quelques secondes. Il les cingla du fouet, zébrant de rouge leurs visages.

Les fardiers s'engouffrèrent dans la cour de l'usine. Il y eut des cris. De toutes parts, des employés se ruèrent sur les cinq furieux, puis se replièrent aussitôt quand le cuir des fouets mordit leur peau.

– Ne faites pas de mal aux hommes, sauf s'ils s'opposent à vous ! cria Justin avant de s'emparer de sa hache de glacier.

Tel un dieu barbare, il la brandit au-dessus de sa tête et se mesura à l'immense bâtisse de Roumisse dont le cintre de fer taillait une demi-lune grise en surplomb de l'entrée. Il poussa un hurlement sauvage et s'élança vers l'usine. Il fit encore claquer son fouet face à des hommes apeurés puis le jeta en pénétrant dans les entrailles bruyantes. La glace industrielle était vomie par des machines, elle glissait sur des rouleaux mécaniques, défilait par barres sous la cathédrale d'acier baignée de vapeurs froides. Au bout de cette chaîne cliquetante et chuintante une équipe d'ouvriers la récupérait et la chargeait dans les fourgons. Des chefs en casquette écussonnée allaient et venaient au sein de cet antre du nouvel âge. L'un d'eux apostropha Justin.

– Et toi ! Qu'est-ce que tu fous ici ?
– Mon devoir ! répliqua Justin avant d'abattre sa hache sur un tuyau de cuivre.

Il le sectionna net. Un gaz s'en échappa avec un sifflement strident.

– *Pantou*[1] ! Arrête ou je te crève ! dit le chef d'équipe en s'emparant d'un long outil terminé par un croc.

Justin abattit à nouveau sa hache, la releva, la fit voler dans tous les sens, cassant de la glace, des roulements à billes, coupant des courroies d'entraînement. En quelques coups, il provoqua une catastrophe. La chaîne se bloqua. Les barres crachées par le système de refroidissement s'entassèrent, puis se brisèrent sur le sol. Les Signois s'étaient répandus partout. On les voyait grimper aux minces échelles de fer, courir sur

---

1. Manant.

les passerelles. Leurs haches semaient la panique et la destruction. Les employés de Roumisse détalaient. Ils devinrent rapidement les maîtres du lieu.

– Passe ton chemin, ce n'est pas à toi que j'en veux! dit Justin au gaillard qui s'avançait vers lui.

– Sale rouge! gronda l'homme en agitant l'instrument avec lequel on guidait les barres de glace.

Justin ne voulait pas l'affronter, sa colère venait de retomber en même temps que l'arrêt de la machinerie. Il contempla la bête de fer qui perdait sa vie par les conduites, la glace éparpillée, les étincelles électriques le long des câbles arrachés et ses hommes qui se battaient encore contre le monstre d'acier.

Le chef se fendit soudain, balayant l'air avec son arme de fortune. Il atteignit la hanche de Justin avec la hampe et voulut le ramener à lui avec le croc. Mais Justin fit un bond sur le côté. Le coup avait été violent. Justin sentit presque aussitôt la douleur; il évita une nouvelle attaque, sauta sur les rouleaux de la chaîne puis se saisit de la main de son adversaire en levant sa hache.

Il ne la fit pas retomber sur le crâne du pauvre bougre qui le regardait avec stupeur. Il vit en lui son double. Chacun défendait son bien; il avait perdu, il le comprit quand il aperçut les gendarmes menés par Roumisse. Alors il jeta sa hache au pied du maître des glaces.

– Tout est fini pour toi, lui dit Roumisse qui parvenait enfin à respecter le serment fait à sa fille. C'est le bagne qui t'attend, mon garçon. Messieurs, emparez-vous de lui!

Viguière avait promis de les faire libérer. On le savait adroit dans les négociations et il avait le bras long. Il avait rameuté ses amis de Marseille et de Paris. A Signes, on avançait les noms du tout nouveau ministre Waldeck, de l'écrivain Charles Péguy, de Georges Clemenceau. Autour du brave maître des glacières déclinantes, les hommes de bonne volonté se liguaient. Chaque jour, la lutte faisait rage dans les salons de la Canebière où les troupes de Viguière acculaient les partisans de Roumisse; on finirait bien par trouver un compromis.

Cependant, ces jours étaient longs, à se ronger les sangs, longs à en crever sous le soleil qui écrasait la Bastide Blanche. Magali avait épuisé ses larmes au côté d'Henriette. Restait cette douleur dans la poitrine. Ces coups au cœur quand elle berçait Julien. Elle ne pouvait s'empêcher de penser au bagne. Elle avait entendu parler de l'île du Diable au bout du monde. C'était dans ce lieu maudit que Justin et les Signois risquaient d'être enfermés.

Pour la millième fois, elle regarda le chemin qui menait à la vallée. Il était comme une lame chauffée à blanc, puis elle s'inquiéta pour son beau-père. Amédée guettait l'arrivée de son fils, si par chance Viguière parvenait à le faire libérer de la prison Saint-Roch. On l'avait installé sous le plus vieil olivier de la Salomone; il n'en voulait plus partir. Il y dormait depuis plus de vingt jours, s'y soulageait comme il pouvait après s'être arraché à sa chaise. Les coups de gueule de l'oncle Antoine n'y avaient rien changé, ni les pleurs d'Henriette. Il s'était enraciné avec l'arbre.

A chaque aube, Henriette venait déposer un baiser sur son front. Il lui étreignait la main, puis la regardait partir vers la verrerie où elle continuait à travailler. Il lui semblait attendre ainsi depuis des années dans le

zézaiement des cigales et le chant des grillons. Il croyait ne plus savoir parler, il ne trouvait pas un mot pour se plaindre. Aussi quand Magali arriva et lui demanda de boire, il émit un grognement.
— Père, je vous en prie, buvez.
Il la regarda longuement avant de s'emparer de la cruche qu'elle lui tendait. Il y avait dans ce regard tant d'interrogation et de tristesse que Magali en fut émue. Elle tourna la tête; elle était incapable de le nourrir de faux espoirs. Elle descendait le matin au village, passait chez l'oncle Antoine, à la mairie, à l'église afin de glaner des nouvelles, mais ni le coiffeur, ni le maire, ni le curé ne savaient ce qui se tramait en haut lieu.
Amédée but avidement d'un trait. L'eau était tiède, il sentait sous ses lèvres asséchées le goulot d'argile de la cruche où la bouche de son fils se collait, cela lui rappelait le temps des moissons quand il le contemplait fauchant les blés.
— Aujourd'hui, dit-il soudain en s'essuyant les lèvres.
Magali le regarda sans comprendre. Le pauvre homme avait les traits tirés, la peau striée de rides profondes, la chaleur avait achevé le travail des ans ; il perdait la tête.
— Père, je dois vous ramener à la maison, dit-elle en tentant de le soulever.
Il eut un geste brutal pour la repousser.
— C'est aujourd'hui qu'ils vont le libérer !
Il y avait de la certitude et de la folie dans le regard qu'il lui jeta. Magali paniqua, elle ne savait comment venir en aide au vieux soldat. La Salomone était déserte. Les cousines étaient chez la grande Colette, préparant le trousseau de cette dernière qu'on allait marier au docteur Charpin. Les hommes vaquaient

dans la plaine de Signes, les femmes lavaient leur linge sur les bords du Latay, à une bonne lieue d'ici. Seul le petit Julien dormait dans son berceau.

Soudain Amédée se souleva sur ses bras et tendit son cou. Quelqu'un arrivait. Magali joignit les mains. Et si c'était vrai, le retour de Justin ! Le père Giraud avait de l'oreille. A l'extrémité du champ bordé de chênes, la cacophonie des cigales s'était tue.

Magali cessa de respirer. Puis elle cria :
— Maman !
Victorine venait d'apparaître sur le chemin.
— Maman ! lança encore Magali en courant vers elle.

Elle était enfin venue. Sa mère tant attendue, tant espérée par les familles de la Salomone. Elle prit sa fille contre elle, qui se laissa aller, pleurant sur son sein.

— Ma petite fille, ma toute petite... Plus personne ne te nuira à présent, plus personne.

Victorine la caressa, lui parla tout bas en la ramenant vers Amédée. Le vieux la voyait enfin, cette Aguisson qui avait hanté le cœur des hommes. Elle était plus belle et plus désirable que dans ses souvenirs. Ses cheveux drus et longs jaillissaient en une cascade noire qui retombait sur ses épaules dorées. Sa poitrine généreuse et ferme débordait de l'échancrure d'un chemisier brodé. Il devina, sous la large robe bleu ciel imprimée de fleurs, les jambes longues, nerveuses, faites pour s'accrocher aux hanches amoureuses les nuits d'été. Tout un passé ! Le sang afflua sous son crâne quand elle se pencha pour l'embrasser.

— Bonjour, Amédée.
— Ça fait si longtemps, Victorine.
Il n'avait jamais dansé avec elle. Il appartenait à une

autre génération et il était déjà paralysé quand elle fut en âge d'avoir des cavaliers. Il l'avait vue sauter dans le rigodon, légère avec la gavotte, sauvage sous les airs de branle. A présent, il la redécouvrait, tout ému de la sentir si près de lui, pleine des effluves de la terre. Des semaines durant, Magali avait redouté cette rencontre. Maintenant un rayon de soleil glissait en elle, chauffait son âme désespérée. Victorine et Amédée appartenaient au même monde. Elle contempla mieux sa mère, s'étonnant de ne pas la voir en noir. Cette robe, ce corsage, ces souliers, ces bijoux aux oreilles et aux doigts, elle ne les reconnaissait pas. Victorine était parée pour un bal, pareille à une jeune fille qui s'en va chercher le galant sous la lumière des lampions. Seule, une besace en toile râpée calée sur sa hanche dépareillait le bel ensemble.

Victorine sentit le regard de sa fille.

– Je sais, tu ne m'as jamais vue habillée ainsi. Ces vêtements étaient enfermés dans l'armoire de Marthe depuis vingt ans.

Magali réprima un frisson. L'armoire, la vaste et secrète armoire de la vieille chouette, elle s'en souvenait comme si elle y était encore. Marthe y cachait des « choses » et en possédait la clef qu'elle gardait autour du cou. Jamais l'enfant, puis l'adolescente Magali n'avait posé la main sur ce meuble massif aux vantaux garnis de ferrures tourmentées.

– La fiancée te plaît? demanda Victorine.

Il y avait de l'ironie dans cette question. Beaucoup de douleur aussi. Victorine eut un regard vague. Il y eut un coup de vent. Les cigales se turent. C'était un signe. La fille et la mère comprirent que le destin n'attendait plus.

Amédée n'aimait pas ça! L'étrange comportement

de Victorine, cette rafale de vent venue de nulle part, son cœur battant la chamade, tout annonçait un grand malheur.

— Aidez-moi à rentrer! jeta-t-il.

Il pensait ainsi briser le mauvais charme. Il y parvint presque. Les deux femmes firent un violent effort pour le porter jusqu'à la bastide. Quand elles le déposèrent dans la pénombre fraîche de la cuisine, il demanda son tabac, parla de tout et de rien. Il grignotait du temps. A plusieurs reprises, il vit Victorine jeter un œil à travers les persiennes croisées : elle s'impatientait. Lorsqu'il fut à bout de ses courtes histoires, elle enleva la besace qu'elle portait à la hanche et la donna à Magali.

— C'est pour toi.

Magali reçut ce présent qui pesait lourd. Elle ne prit pas la peine de l'ouvrir. Elle savait...

L'or des lavandières de la nuit. L'or amassé avec les billets lui brûlait les mains à travers la toile. Cet héritage, elle n'en voulait pas. Sa mère allait faire des bêtises. Elle pensait « bêtises » pour écarter l'idée de la mort.

— Tu restes ici! ordonna-t-elle à Victorine en jetant brutalement la besace.

— Nom de Dieu! jura Amédée en voyant l'or se répandre sur le sol.

Magali fit rempart de son corps entre la porte et sa mère. Elle s'accrocha à elle, pleura, lui rendit les baisers qu'elle lui prodiguait, mais rien n'y fit.

— Attendons Justin ensemble, je t'en supplie!

— Ton Justin reviendra quand la flamme s'éteindra. Laisse-moi à présent. Laisse-moi accomplir ce que j'aurais dû faire il y a vingt ans.

Victorine détacha les bras qui l'entouraient et s'en

alla sur le chemin. Quand elle disparut sous les chênes, les cigales se remirent à chanter.

Magali était atterrée. Elle n'avait plus de courage à rien. Il fallut toute la violence verbale d'Amédée pour qu'elle réagisse.

— Bon sang de *Capoun de Diou*! T'es là comme un santon! Tu ne comprends donc pas qu'elle va se tuer! Cours après elle! Sauve-la.

— Maman! Maman! se mit-elle à appeler en s'élançant sur le chemin.

«La glace! La glace des montagnes!»

Justin s'éveilla brusquement. Le rêve était trop beau. En proie à un désespoir grandissant, il cligna des paupières. L'appel des glaciers qui résonnait encore dans son crâne se mêla à la toux d'un compagnon de cellule. On les avait entassés dans un trou de vingt mètres carrés avec deux voleurs à l'étalage. Justin regarda un à un les Signois; ils paraissaient vieillis. Loin de la Sainte-Baume, ils s'étiolaient. Sur leurs visages mangés par la barbe et la vermine, le lent travail du deuil de l'existence avait commencé. Ils ressemblaient aux bagnards qu'on rassemblait parfois dans la cour de la prison, hagards, voûtés par le poids des chaînes et les coups des garde-chiourme.

Il quitta sa paillasse, tout endolori, et alla appuyer le front contre les barreaux du soupirail derrière lequel courait le haut mur d'enceinte. Il n'essaya même pas de tordre le cou pour apercevoir un morceau de ciel. Il existait de moins en moins depuis son passage devant le juge.

Dans le bureau du magistrat, où trônait un buste de la République, il s'était replié sur lui-même. Face à la loi, un amenuisement de tout son être l'avait livré à

Roumisse. Comme ses frères glaciers, il plantait son regard dans le sol pour ne le relever que de temps à autre dans un appel au secours naïf et effaré, puis il baissait aussitôt les paupières sous les mots et les intonations dures, les épaules rentrées, les joues couvertes de honte, pétrifié par l'homme en robe jetant des « coupables » et des « canailles » afin de plaire à Roumisse.

Sans aucun doute, leur procès allait être expéditif. Les autres prisonniers s'étaient chargés de leur enlever tout espoir. Ils s'imaginaient déjà en Guyane avec les serpents, les mouches suceuses de sang, les maladies qui vous précipitent dans une fosse anonyme en quelques jours.

Le choc sourd de la barre qui verrouillait la porte de la cellule le tira de ses sombres pensées. Le clic-clac de la clef fit un bruit terrible. Chaque fois que le battant de fer était repoussé, il lui semblait que l'heure de l'exil sonnait.

La trogne blême du gardien apparut avec ses traits pâteux, ses yeux vifs éclairés par une lampe à pétrole.

– Les Signois dehors! aboya-t-il.

Ils se regardèrent, n'osaient bouger, se demandant ce qu'on voulait d'eux. Justin fut le premier à sortir du trou à rats.

– Y a de la chance que pour la racaille, marmonna le geôlier en les toisant d'un air de vague dégoût.

Que voulait-il dire? Justin contempla sa face molle de dogue qui avait repris son indifférence.

– Allez zou! remballez vos hardes, mécréants!

Les Signois ramassèrent leurs vestes et leurs casquettes et le suivirent le long des corridors humides bordés de cellules. Il y eut des cris sur leur passage. Quelqu'un tambourina sur le fer de sa porte en hurlant.

– Boucle-la! gronda le gardien en cognant le battant avec son trousseau de clefs. (Puis il ajouta à l'intention de Justin :) il gueulera plus longtemps, on va lui couper le cou le mois prochain.

Il avait dit ça avec une sorte de jubilation comme s'il se délectait du futur spectacle public auquel on convierait les bonnes gens de la ville. En d'autres temps, Justin lui aurait mis son poing sur le nez, mais le ressort était cassé. Il chemina derrière ce gros salopard, poursuivi par les cris du condamné en pensant à son propre sort. D'escaliers en couloirs, ils parvinrent dans un périmètre plus civilisé, où le jour entrait à flots dorés par de larges fenêtres. Ils clignèrent des yeux dans la lumière. Une grille fut repoussée, une autre s'ouvrit sur un hall où les attendaient Viguière et Charles.

– Justin! lâcha le curé.

– Mes enfants! s'écria Viguière.

Les cinq rebelles demeurèrent stupéfaits, ne faisant plus un pas.

– Tout est réglé, ajouta le maître des glaces. Vous êtes libres.

Libres? Ce mot semblait venir de loin. Ils paraissaient en avoir oublié le sens. Puis ce fut le déclic. Des larmes jaillirent de leurs yeux, ils tombèrent dans les bras les uns des autres, dans ceux de leur patron et de leur curé.

Justin rencontra le regard fraternel de son ami Charles, sentit battre le cœur de Joseph Viguière contre le sien et il eut droit à un : « Grand couillon, on t'aime trop pour te laisser moisir ici. »

Un troisième homme écourta les effusions.

– J'espère qu'on ne le reverra plus à Toulon, dit-il en remettant des papiers à Viguière.

— J'en fais mon affaire ! répondit le maître.

Des questions brûlaient les lèvres de Justin. Comment avait-il fait pour les tirer de cet enfer et leur épargner l'exil ? Quel avait été le sacrifice ? Il crut même au miracle provoqué par les interventions de Charles.

— Tu sauras tout, lui dit son ami. Filons d'ici, la montagne nous attend.

Les herbes des collines étaient dures et fanées, elles griffaient ses mollets nus, s'accrochaient à sa robe. Victorine marchait dans l'air étouffant traversé d'insectes, les yeux fixés sur le col des glacières. Elle n'était plus venue au pied de la Sainte-Baume depuis vingt ans. Elle s'aventura dans la garrigue morte à présent. Deux tours à glace abandonnées perdaient déjà leurs tuiles, des wagonnets renversés étaient prisonniers des ronces.

Victorine contempla ce désastre, consciente de son désir de le fuir. Tout était de la faute de Roumisse. Cet homme semait le malheur partout. Sa haine monta encore. Alors elle passa le col et descendit vers le château de Font-Mauresque.

— Maman ! jeta en vain Magali.

Sa mère était là-haut, toute sertie de lumière dans l'échancrure du col. Magali se mit à courir sur la pente au moment où Victorine disparut. Elle savait maintenant où se rendait sa mère. Quand elle parvint au sommet du col, cette dernière était déjà loin sur le chemin qui serpentait. Soudain elle ne la vit plus. Victorine coupait à travers un bois.

A chaque tour de roues, les deux fiacres se rapprochaient de la montagne. L'émotion les étreignit quand ils grimpèrent le long de la route caillouteuse entre le Beausset et Signes. Justin aperçut peu à peu sa Sainte-Baume calée sous le ciel, étendant ses flancs d'un gris bleuté sur des kilomètres.

Il y eut des soupirs, des poings qui se serraient; tous les souvenirs affluèrent. Viguière étreignit fortement la cuisse de Justin. En quelques heures la mauvaise maladie qui le rongeait avait dessiné un masque de souffrance sur son visage.

– Voulez-vous que nous nous arrêtions à l'auberge du Camps? demanda Justin.

– Non, non, je veux voir mes tours... Ce soir il sera peut-être trop tard.

– Vous nous cachez la vérité, maître Viguière, je le sens. Quel marché avez-vous passé avec notre ennemi?

Viguière fit un effort, mais il ne put parler. Sa voix se cassa en un sanglot quand il essaya d'avouer ce qui lui pesait sur le cœur. Pour la première fois, Justin découvrit combien cet homme fort était fragile et il se jura tout bas de l'aider comme il avait aidé son père.

– Nous rebâtirons un autre monde; vos terres sont grasses!

– Vous ne rebâtirez rien, dit soudain Charles.

Justin se tourna vers son ami. Le prêtre était triste. Le secret de leur libération se frayait un chemin jusqu'à son regard de myope; il attendit l'assentiment muet de Viguière avant de poursuivre d'une voix calme et émue :

– Les terres ne lui appartiennent plus. Il les a cédées à Roumisse en échange de votre liberté. Tout est fini, Justin... Votre avenir est désormais dans la plaine.

– Non!

Justin niait l'évidence. La moitié de la Sainte-Baume appartenait désormais à Roumisse ! Sa montagne ! Il ne la voyait plus ; il n'y eut plus là, sous ce ciel d'août, rien qu'une noirceur dense dans laquelle flottait le visage de son ennemi. Il pensa à ses pauvres compagnons dans le fiacre qui précédait le leur ; eux ignoraient tout du terrible marché.

— Vous n'aviez pas le droit ! s'exclama Justin en s'adressant à son patron. La terre est sacrée ! Elle valait des milliers de fois nos misérables vies.

— Ne l'accable pas, intervint Charles. Il a fait ce que son cœur lui dictait. Crois-tu vraiment que la terre a plus de valeur qu'une vie ? Ne sacrifierais-tu pas quelques arpents pour sauver notre amitié ? Joseph n'a que vous, tu le sais. Sa lointaine famille ne s'est jamais manifestée avant sa maladie. Il t'a toi. Il sait très bien qu'un Justin ne le trahira jamais. Si tu es le frère que j'aurais voulu avoir, tu es le fils à qui il aurait tout voulu donner.

Justin vit les larmes dans les yeux de Viguière. Alors il le prit par l'épaule comme il le faisait avec son vieux père.

— Pardonnez-moi... J'ai voulu défendre notre terre à glace. J'ai voulu sauver notre travail. J'ai voulu perpétuer nos traditions. La colère m'a guidé, elle a précipité votre ruine...

— Je ne suis pas ruiné, mon petit, dit Viguière, loin de là. Et si tu le veux, pour le temps qu'il me reste à vivre, nous nous emploierons tous les deux à reconquérir notre bien perdu.

— Nous reprendrons nos collines à Roumisse ! J'en fais le serment.

Victorine n'était pas accablée par la chaleur. Elle ne

ressentait pas sa sueur couler, la soif, les pierres brûlantes sous ses pieds. Le château se dressait devant elle avec ses cyprès centenaires griffant le ciel de leurs doigts noirs. Un jardinier somnolait sous un poirier. Elle négligea cette présence et fit le tour de la propriété. Plus rien ne comptait que sa vengeance et la haine qui la poussait. Soudain elle le vit. Elle faillit crier.

Roumisse se prélassait à l'ombre d'une tonnelle. Des jeunes femmes en robes claires taquinaient un gros chien. Tout ce beau monde insouciant était servi par des domestiques. Elle reconnut Camille, la rivale de sa fille. Elle éprouva un sentiment féroce à la savoir là, buvant du jus d'orange et refaisant le monde avec son père. Cette garce allait payer, comme le salopard qui l'avait engendrée. Elle vit aussi Mme Roumisse, toute sèche et menue, aller et venir, préoccupée par le service, la tenue des employés qu'elle remettait en place sans raison. Victorine la compta avec les deux autres.

– Toi aussi, toi aussi, répéta-t-elle avant de reculer.

Alors elle fit ce que sa folie lui dictait depuis des jours. Elle alla vers les restanques. De la mauvaise herbe, jaunie et craquante, masquait les vieilles pierres des murets. Toute une végétation sauvage s'offrait à ses yeux, elle couvrait la colline, se mêlait aux arbres, enserrait le château et ses vergers. Sans hésiter, elle s'empara du briquet à mèche qu'elle portait sur elle jour et nuit et l'actionna. Le feu prit aussitôt. Elle se mit à courir, alluma un autre foyer, courut encore, dessinant peu à peu un cercle de flammes.

Bientôt le feu prit solidement pied dans un champ d'oliviers, et s'étendit de branche en branche jusqu'aux écuries. Le feu rougissait le visage de Victorine, le transformant en masque de démon. Elle entendit crier quelque part devant elle, mais elle continua sa cavalcade, embrasant les tousques et les buissons.

Le chien fut le premier à renifler l'odeur de la fumée. Après quelques aboiements furieux, ses maîtres alertés s'inquiétèrent.
– Qu'a donc Néron? demanda Camille en soupçonnant sa sœur de taquiner méchamment l'animal.
– Nom de Dieu! s'écria soudain Roumisse.
– Le feu! Le feu!
Mme Roumisse s'exclama en montrant du doigt la fumée qui s'élevait de la garrigue environnante. La stupeur, puis la peur s'inscrivirent dans leurs regards.
En quelques secondes, Roumisse évalua le danger. Le feu prenait de toutes parts. Quelqu'un allumait des foyers. Il poussa ses filles, commanda aux domestiques d'atteler la calèche. Avec un peu de chance, on pouvait rejoindre la départementale et sortir du piège.
Victorine sautait, s'élançait à travers les massifs de genêts, riait quand, dans un craquement sinistre, un arbuste flambait d'un coup. Elle hurla quand elle vit la calèche et les chevaux sauvés des flammes qui montaient entre les murs des écuries.
Tout était perdu lorsqu'elle aperçut Roumisse, pénétrant dans le château. Alors elle se précipita vers la bâtissse.
– J'en ai pour peu de temps! avait dit le maître. Partez! Je vous rejoindrai!
– Père! Père! appela Camille.
La jeune femme n'écouta pas les hurlements de sa mère et de sa sœur. Elle quitta la calèche, se précipita pour rejoindre son père.

Magali s'arracha aux ronces qui entravaient ses mouvements. Elle avait senti le « brûlé » dès les premières flammèches. Elle jeta des regards effrayés sur le paysage. Tout était sec! Sa mère venait de commettre le pire des crimes en Provence. Autour du château, les foyers faisaient leur jonction, des fumées tachaient le ciel, de longues flammes dévoraient le maquis. De la position où elle se tenait, elle vit les habitants de Font-Mauresque s'enfuir en calèche et à pied. Une jeune femme blonde ne les avait pas suivis. D'instinct, elle sut que c'était sa rivale... et sa sœur. Son sang parla.

– Maman! hurla-t-elle en apercevant sa mère qui courait vers le château.

Elle dévala la pente. Le feu arriva sur elle en rugissant, mais sans vent, il n'était pas rapide. Elle l'évita, fit des détours et se retrouva sur l'allée bordée d'arbres majestueux encore préservés des flammes. Pas pour longtemps. Un peu partout le brasier gagnait du terrain. Une bonne partie du château subissait déjà les premiers assauts de l'incendie venant des écuries où les chevaux qui n'avaient pas été libérés hennissaient de douleur.

Roumisse gardait son sang-froid. Il avait tenu à emporter ses actions et quelques papiers utiles compromettant des personnalités. Il remplissait une grosse sacoche de cuir quand Camille apparut sur le pas de la porte.

– Papa!

Il demeura stupéfait, puis entra en colère.

– Que fais-tu ici? Pourquoi n'es-tu pas avec les autres?

Elle le regardait sans comprendre. Il était accroupi devant son coffre ouvert, pareil à un voleur.

– Que t'importent ces papiers... Viens papa!

— C'est avec ça que je bâtis notre empire, comprends-tu, idiote ?

Il continua à enfourner des liasses dans la sacoche. Il ne se souciait plus de sa fille. Il semblait avoir oublié le feu. La fumée envahissait à présent le château, elle s'infiltrait de pièce en pièce, précédant les flammes qui s'attaquaient aux soubassements.

— Fiche le camp ! je te suis ! cria Roumisse à sa fille qui recula, effrayée par la proximité du feu et l'attitude de cet homme qu'elle aimait trop.

Quand elle se précipita vers le rez-de-chaussée, elle croisa une femme étrange qu'elle ne connaissait pas. Elle allait la prier de s'enfuir lorsque cette dernière lui jeta un terrible regard.

— Mon Dieu ! souffla-t-elle en s'enfuyant.

Victorine hésita à la saisir par les cheveux et à la traîner jusqu'aux pieds de Roumisse. La tentation était forte d'en finir avec le père et la fille, mais cela lui parut impossible. Elle voulait la peau du maître des glaces et elle avait besoin de ses deux mains pour le contraindre à crever dans le feu. Elle grimpa quatre à quatre les marches, se dirigea tout droit vers l'unique porte ouverte, et pénétra dans le vaste bureau meublé d'acajou aux murs couverts de livres. Roumisse avait terminé son tri. Il bouclait sa sacoche quand il entendit : « Tu n'as guère changé ! »

Il redressa la tête, contempla la femme qui semblait surgir des volutes de fumée. Qui était-elle ? Ses yeux le piquaient, il les fronça, puis eut un haussement d'épaules.

— Je ne vous connais pas !

— Victorine... Victorine Aguisson. Cela ne te rappelle rien ?

— Laissez-moi passer !

Il ne se souvenait de rien. Il marcha vers elle et allait l'écarter brutalement du bras lorsqu'elle s'accrocha à lui.

– Voilà vingt ans que, par le gel et le soleil brûlant, par le mistral et la pluie, la poussière et les chemins pierreux, je maudis ton nom! Voilà vingt ans que tu m'as prise de force comme tu as pris Magali, notre fille. Voilà vingt ans que j'attends cette étreinte.

Roumisse paniqua. En un instant il se souvint de cette nuit après le bal de la Saint-Jean, de cette femme couchée et violée dans le fossé. Il tenta en vain de se débarrasser d'elle, mais elle était d'une force surhumaine. Elle pesait de tout son poids et parvint à le ramener au centre de la pièce.

Victorine éclata de rire alors que des larmes jaillissaient de ses yeux. Ce n'était pas un rire trahissant une violente émotion, de ces larmes prévenant un profond désespoir; c'était un rire de féroce allégresse. Elle renversa Roumisse. Quelque part dans le château un plancher s'effondra. Le feu tout proche vrombissait. Il chantait haut et fort, ses sifflements lugubres se perdaient dans les crépitements.

– Laisse-moi, garce!

Roumisse luttait. Il avait abandonné sa sacoche pour mieux se défaire de la forcenée qui ricanait toujours en imprimant ses ongles dans sa chair. Il cria en voyant les flammes voraces surgir soudain entre les lattes du parquet.

Victorine le tenait comme il l'avait tenue sous lui vingt ans plus tôt. Elle le sentait frémir, se tordre. Elle sentait les coups de poing qu'il lui donnait, mais elle restait agrippée à son torse. Elle ne vit pas les deux barrières rouges danser de part et d'autre de leurs corps allongés. Le feu fit voler en éclats les vitres des fenêtres, grimpa le long des panneaux festonnés de la bibliothèque. Il lui avait autrefois volé des baisers; à son tour elle colla ses lèvres aux siennes tandis que des étincelles retombaient sur eux.

Camille pleurait. Magali la trouva effondrée face à l'entrée du château. La bâtisse était ravagée par les flammes. Des tourbillons furieux naissaient à travers la toiture trouée.

– Maman! appela-t-elle en voulant pénétrer dans la fournaise.

– N'y allez pas! Ils sont perdus.

Perdus? Magali nia cette évidence pendant quelques secondes, luttant contre la chaleur et les flammèches. Une déflagration qui provoqua la chute d'une partie du premier étage la fit reculer. Alors elle se tourna vers Camille, la tête bourdonnante et des larmes mêlées à la suie. Si elle n'avait pas pu sauver sa mère, elle sauverait sa sœur.

– Viens! lui ordonna-t-elle en la prenant entre ses bras. Il faut partir à présent.

– Il est trop tard, bafouilla Camille en jetant un regard désespéré sur la propriété.

L'incendie s'était propagé. Les vieux arbres centenaires étaient semblables à de grandes torches; la fumée s'épaississait d'instant en instant. Elles allaient mourir asphyxiées. Magali ne perdit plus de temps.

– Je connais un moyen de sortir de cet enfer! Le Latay n'est pas loin, nous allons suivre son cours! L'eau nous protégera.

Camille était trop abattue pour réagir. Magali la secoua.

– Tu dois me faire confiance! Je suis du pays! Je suis ta sœur!

Cette révélation surprenante lui redonna courage.

LE SECRET DE MAGALI

Quand Magali lui tendit la main, elle se mit à courir avec elle le long de l'allée en flammes.
La fumée au-dessus des collines fut un coup dur pour les glaciers qui revenaient de Toulon. Immédiatement, Justin sut où le feu avait pris. A Font-Mauresque. C'était loin de la Bastide Blanche, mais cela ne le rassura pas. Le vent pouvait se lever.
– Plus vite, cocher! ordonna Viguière.
La propriété de leur ennemi brûlait, mais il n'en éprouvait aucune joie. Le feu était un fléau contre lequel les Provençaux s'unissaient depuis le début des temps. Il savait qu'il pouvait compter sur Justin, sur ses hommes. Face à la catastrophe, ils avaient oublié Roumisse, leur métier perdu, la prison. La solidarité jouait. Quand ils arrivèrent sur le chemin de Chibron, ils se mêlèrent aussitôt aux Signois qui remontaient vers le Latay avec pioches, pelles, scies, haches et seaux.
– Nous en viendrons facilement à bout! dit un vieux qui connaissait les signes précurseurs du mistral. *Lou Mistraou* n'est ni pour aujourd'hui ni pour demain.
Tous se mirent au travail, le long du chemin, abattant des arbres, arrachant les buissons. La fumée noyait le paysage. Justin et ses glaciers s'avancèrent dans le lit de la petite rivière, prenant pied sur la rive gauche où le feu n'allait pas tarder à apparaître.
Ce fut à ce moment que l'un d'eux vit deux silhouettes titubant dans le courant.
– Là! Des survivants!
Ils se précipitèrent à leur secours. A peine s'était-il avancé dans l'eau, que Justin reconnut Magali et Camille, unies dans l'effort, se soutenant l'une l'autre. Elles éclatèrent en sanglots lorsqu'elles l'aperçurent. Il

les entraîna à l'air libre. Elles étaient sauvées. Il y eut des hourras et des signes de croix pour remercier les cieux. La glace les avait séparés, le feu les réunissait. Charles et Viguière les accueillirent. Tout l'avenir était dans ces trois-là ; ils le lurent dans leurs regards. Rien n'était perdu. Ils allaient rebâtir le monde.

DANS LA MÊME COLLECTION

Jean Anglade
Un parrain de cendre
Le Jardin de Mercure
Y a pas d'bon Dieu
La Soupe à la fourchette
Un lit d'aubépine
La Bête et le Bon Dieu (essai)
La Maîtresse au piquet
Sylvie Anne
Mélie de Sept-Vents
Jean-Jacques Antier
Autant en apporte la mer
La Croisade des Innocents
Marie-Paul Armand
La Poussière des corons
Le Vent de la haine
Le Pain rouge
La Courée
   tome I *La Courée*
   tome II *Louise*
   tome III *Benoît*
La Maîtresse d'école
La Cense aux alouettes
Édouard Axelrad
Au fil du fleuve
Erwan Bergot
Les Marches vers la gloire
Sud lointain
   tome I *Le Courrier de Saigon*
   tome II *La Rivière des parfums*
   tome III *Le Maître de Bao-Tan*
Rendez-vous à Vera-Cruz
Mourir au Laos
Annie Bruel
La colline des contrebandiers
Alice Collignon
Les Jonchères
Didier Cornaille
Les Labours d'hiver
Les Terres abandonnées
La Croix de Fourche
Georges Coulonges
Les Terres gelées
La Fête des écoles
La Madelon de l'an 40
L'Enfant sous les étoiles
Les Flammes de la liberté
Yves Courrière
Les Aubarède

Anne Courtillé
Les Dames de Clermont
Florine
Dieu le veult
Les Messieurs de Clermont
Alain Dubos
Les Seigneurs de la haute lande
Alain Gandy
L'Escadron
Adieu capitaine
Quand la Légion écrivait sa légende
Un sombre été à Chaluzac
Michel Hérubel
La Maison Gelder
Denis Humbert
La Malvialle
Un si joli village
La Rouvraie
La Dent du loup
Michel Jeury
Au cabaret des oiseaux
Jean Mabire
Opération Minotaure
Henry Noullet
Sur la piste de Samrang
La Falourde
Michel Peyramaure
Les Tambours sauvages
Pacifique Sud
Louisiana
Claude Riffaud
Mékong Palace
La Crique de l'or
Rêve de Siam
Jean Rosset
Vir'vent
Les Derniers Porteurs de terre
Annie Sanerot-Degroote
La Kermesse du diable
Le Cœur en Flandre
Jean-Michel Thibaux
L'Appel de la garrigue
Violaine Vanoyeke
Les Schuller
Le Serment des 4 rivières
Brigitte Varel
Un village pourtant si tranquille
Les Yeux de Manon
Claude Veillot et Jean-Michel Thibaux
L'enfant qui venait du froid

Cet ouvrage a été réalisé par la
SOCIÉTÉ NOUVELLE FIRMIN-DIDOT
Mesnil-sur-l'Estrée
pour le compte des Presses de la Cité
en Août 1997

Imprimé en France
Dépôt légal : Août 1997
N° d'édition : 6572 – N° d'impression : 38925